裴宝

上

Peibao

池总渣 著

北京燕山出版社
BEIJING YANSHAN PRESS

图书在版编目（ＣＩＰ）数据

裴宝 / 池总渣著 . –– 北京：北京燕山出版社，
2021.8
ISBN 978-7-5402-6141-2

Ⅰ.①裴… Ⅱ.①池… Ⅲ.①长篇小说 – 中国 – 当代
Ⅳ.① I247.5

中国版本图书馆 CIP 数据核字 (2021) 第 147465 号

裴宝

作　　者：池总渣

责任编辑：王月佳

特约编辑：蓝蓝子　阿　薯

装帧设计：46 设计

封面绘制：泠　年

出版发行：北京燕山出版社有限公司

社　　址：北京市丰台区东铁匠营苇子坑 138 号 C 座

电　　话：010–65240430（总编室）

印　　刷：长沙鸿发印务实业有限公司

开　　本：880mm × 1230mm　1/32

字　　数：352 千字

印　　张：17

版　　次：2021 年 8 月第 1 版

印　　次：2021 年 8 月第 1 次印刷

定　　价：72.80 元（全 2 册）

目 录

Contents

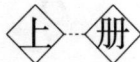

上·册

目 录
Contents

Chapter
01

邻家那位冷酷大哥

裴廷找到顾宝的时候，青年正懒懒散散地坐在酒吧的舞台上，踢掉了一只鞋，怀里抱着麦，用低哑的声音轻唱情歌。

　　顾宝曾经是顾家的宝贝，从名字都能看出全家对他的宠爱与偏心。可惜也许名字起得太好，命反而不好。

　　裴廷太忙了，当他收到顾家出事的消息时，已经是一个星期后。离裴家老宅几十米远的地方，就是顾宅，现已经被贴上红条，让银行给封了。

　　顾宝的父亲顾正进了监狱，顾母得知这个消息后，直接昏迷进了医院。一检查，雪上加霜，她得了胃癌，好在是早期。

　　整个顾家靠的不过是顾正一人。顾家不像裴家，有着几代人的积累，说好听些算是本市的后起之秀，说难听点叫暴发户。

　　顾正没了，顾家便也倒了。事情发生得突然，裴廷有想过帮忙，却被父亲叫去了书房谈心。

　　裴父只用手指点了点上面，神情严肃，裴廷便明白过来，顾正是很难被捞出来了。

　　那天夜里，裴廷抽了许多根烟，最后还是拨出好几通电话，找北京的关系，寻最好的律师。他没有去联系顾宝。他们已经许久没通过电话，上一次见面，还是在顾宝的订婚宴上。

顾宝，顾家之宝，初次见面的时候，裴廷就觉得，怎么会有男孩生得这样好看，冷白的皮肤，宽而深的眼皮，睫毛又卷又翘。

有些混血感。

少年的身子骨刚抽条，身上没有那种让人讨厌的汗臭味，哪怕他刚疯玩回来。他胳膊下还夹着足球，汗水坠在了鼻尖，冲人露出牙齿没心没肺地笑。

顾宝其实也紧张，顾正让他好好亲近这个邻家的大哥。

他一早就听过裴廷的名字，传闻中别人家的孩子，十九岁就已经提前毕业，在自己父亲手下帮忙做事，能力很强。

顾宝打量着眼前这个男人，在心里补充了一条：还很英俊。

这么帅的男人，他也想长得这么帅，不想像现在这样，太白了，班里的朋友们还会因此笑他。

顾宝气坏了，故意想要晒黑自己，结果没晒黑，反而晒伤了，被他妈唠叨了好久，又养了一段时间的皮肤，变得更白了。

顾宝心如死灰。

他的偶像是施瓦辛格，他大概要重新投胎，下辈子才能长成那样了。

但是裴廷就很有潜质，顾宝看着这个只大自己一两岁，却比自己高出了一个头的男人。

肩宽腿长，露出来的胳膊结实，血管分明，瞧着很有力量，能打两个他。

顾宝将球搂在身前，扯了扯自己的衣服，努力露出一个灿烂的笑容。

"哥哥好，我叫顾宝。"

好友们说，他的笑容没几个人能抵挡，是能把铁石心肠都化成一摊水的那种。

可是面前的裴家大哥哥，显然就是那几个人里的其中一个。

他冷淡地扫了顾宝一眼，转头跟顾正说："叔叔，我先走了。"

顾正笑呵呵的，好似没看见裴廷无视了自家宝贝儿子："叔叔送你出去。"

裴廷矜贵地摇头，礼貌而不失客气道："不用。"他顿了一下，"让您儿子送我出去就好。"

说罢，裴廷转身朝大门走去。他没有走得很快，步伐大却缓慢，姿态优雅，没一会儿，身后就传来了急促而凌乱的脚步声。顾宝急匆匆地跑了上来，然后小心翼翼地在他身后不远处停下。

顾宝和裴廷就这么一前一后地走着，直到裴廷上自家的轿车前，回头看了看顾宝："不用送了。"

男生腼腆地对裴廷说："哥哥，我的宝是宝贝的宝。"

裴廷扶着车门的手微微收紧："我知道。"

"那哥哥你呢？"

裴廷静了许久才说："手伸出来。"

顾宝乖乖地将一双手摊开展示在了裴廷面前，男生的掌心细嫩，肉乎饱满，十指却纤细。

裴廷微凉的指尖在他的掌心画下了自己的名字："裴廷。"

顾宝的掌心酥酥麻麻的，搞笑的是，明明裴廷一笔一画写得认真，顾宝却觉得除了痒，硬是一个字都没记住，只知道将手攥起来，冲裴廷笑："我知道了，裴廷。"

他还在变声期，声音青涩微哑，其实不算难听。

偏偏他话音刚落，就发觉了裴廷的眼神那样严肃，近乎严厉，甚至有几分嫌弃的意味。

他很能察觉出别人的喜恶，所以他才能讨人喜欢。

裴廷微微点头，便快速地上了车。车子疾驰而去，就像迫不及待地远离某件让他无法忍受的事物。

顾宝皱眉回到顾正身边，顾正瞧见自己儿子蔫巴的模样，心疼地问："怎么啦，裴廷给你气受了？"

顾宝拉扯着自己身上的衣服，只见球衣下摆有一大片污渍，又闻了闻自己身上："爸爸，裴廷是有洁癖吗？"

在自己父亲面前，顾宝倒不乖乖巧巧，一口一个"哥哥"了，直呼其名，放肆得很，因为眼前是他最亲近也最疼他的人。

顾正回想了一下："没听说过。"

顾宝轻轻地"哦"了一声，那就不是嫌他脏，是嫌他这个人了。

见心肝宝贝受委屈了，顾正说："宝儿别搭理他，我虽然和你裴叔叔做生意，但这是大人的事，你不用跟他好。"

顾宝坐到了顾正身边，刚运动完的男孩身上温度高，汗也出得多，顾正不嫌弃，大手抄着顾宝的脸揉搓，见儿子翻了白眼，还哈哈大笑。

汤玉美端着菜出来，埋汰自个儿子："去洗澡，别弄脏了阿姨刚擦完的凳子。"这个家也只有她这个妈敢凶顾宝。

顾宝从椅子上站起来，经过汤玉美身边的时候，还用手捻了块肉塞嘴里，汤玉美差点大叫："你脏死了！洗过手没啊，你就下手！"

顾正乐呵呵地说："男孩子脏点就脏点，没那么娇气。"

"你就知道护着他！顾正我给你说，要是顾宝以后脏得找不到媳妇，都是你给惯的！"汤玉美重重把菜放在桌上。

顾宝经过自家保姆身边的时候，还嘴甜道："陈姨做的菜比我妈做的好吃，我喜欢。"

汤玉美大叫："顾宝！你给我过来！"

顾宝快速地逃窜上楼冲了个澡，然后湿着头发下楼吃饭，又被汤玉美照着背心狠狠拍了几下，因为他不吹干头发。

汤玉美人到中年，成了位丰腴美人，跟随体重增加的是她的手劲。顾宝才刚到一米七的个子，硬生生被她拍得左摇右摆。

顾宝叼着筷子，莫名地想起了裴廷。他那么高的个子，那么壮的身体，汤玉美肯定打不过他。

要是跟裴廷玩得好了，两个家隔得这么近，走两步路就到了，他出门打篮球、玩滑板、骑摩托，就都有伴了不是吗！

而且要是裴廷过来吃饭，汤玉美就不能打他了，有客人在，汤玉美不敢这么凶。

怎么算都是一笔划算买卖。

最重要的是，他在这个小区没有朋友，连踢个球都要司机李叔送他到小伙伴们约好的地点。

裴廷那么高，伸个手就能碰到篮筐，他要是能请来这个外援，下次篮球赛肯定打爆三班那群蠢货。

顾宝越想越乐，问他爸："爸爸，裴廷是哪个裴，哪个廷？"

顾正夹了一大块肉给顾宝："宝儿问这个做什么？"

顾宝无辜地眨眼："你叫我跟他做朋友啊。"

顾正："他不是不喜欢你吗？"

顾老父亲一句话扎穿了顾宝的心，十八岁的男生最幼稚了，他把筷子一撂："没人会不喜欢我！没！有！人！"

汤玉美刚文好的眉一挑："谁准你在饭桌上拍筷子的？"

顾宝老老实实地把筷子捡起来："我错了，妈妈。"

桌下顾正偷偷塞给了顾宝一张名片，是裴廷来的时候给他的，上面有名字，有电话号码，还有微信号。

顾正冲儿子眨了下右眼，顾宝笑嘻嘻地比出了"OK"的手势。

年少轻狂的时候，为了证明自己，小男生无所不用其极，尤其像顾宝这么幼稚的家中宠儿。平日里汤玉美在，还能治一治他，但架不住顾正偷偷宠着。

好在父母给了他一副好皮囊，人也够义气，哪怕性子里偶尔那点作冒出头来，也不那么令人讨厌——人们总对长得好看的人心软。

顾宝知道自己的优势，也时时运用得很自如。

第一次遇到别人这么明目张胆地讨厌他，很好，很特别，这个人引起了他的注意。

中二期的顾宝趴在床上，抱着小枕头，申请加裴廷的微信。

他在床上等啊等，翻了好几个身，没等到，就忍不住发送无数次验证消息，从"裴大哥你好，我是顾宝"，再到"裴哥你理我一下呀"。

后来他便自娱自乐般地发"哈哈哈"，发表情，幼稚得不行。

裴廷很忙，忙着工作，没工夫跟小孩子玩过家家。

顾宝的头像是枚笑脸荷包蛋，有恶意卖萌之嫌。

裴廷在工作间隙点开微信，瞧见了好友添加的对话框里，顾宝一个人舞出一台大戏，手指抽动了两下，忍了忍，还是没忍住，回复一句：好玩吗？

顾宝迅速回复：好玩！

顾宝：你怎么还不加我啊？

裴廷早熟，稳重，拥有一切让长辈欣慰、夸赞的品质。此时此刻，却不知道脑子里抽了哪根筋，他回复道：不想加你。

回复以后，裴廷就后悔了。他手指一滑，通过了验证。

刚通过验证，顾宝立刻给他发了张照片，是张截图，正是在那句"不想加你"后面，系统显示的"已通过"。

裴廷舌尖抵住牙关，啧了一声，觉得实在无聊。

他退出了微信，将手机倒扣在书桌上，是不打算回了。

顾宝成功了一小步，不敢过于烦人。他点开裴廷的朋友圈，显示三天可见，只好扫兴退出。裴廷的头像是一张全黑图片，极简风。

微信上好兄弟纪图给他发了张撸串的照片，刚吃过饭的顾宝馋得口水都流下来了，回了一句：是人吗你？

纪图闹他：你自己不能来，想吃吗？给你多拍几张照片？

顾宝懒得理他：别闹，正忙呢。

纪图惊奇道：这个点就写作业了？

写什么作业！我忙着给咱们篮球队拉壮丁。顾宝回道。

这让纪图起了好奇心，追问是谁。顾宝一眼就决定要当朋友的人，当然得吹嘘一把，于是把裴廷的身体条件夸得天上有地下无。

他还要嘴贱地补一句：就是口是心非了点，我不是很喜欢，得改。

纪图不捧他：你都说是刚认识的帅哥了，人家跟你有啥关系，你就想叫人改？

顾宝自信道：迟早的事，到时候我最好的兄弟就不是你了，别难过，退位让贤吧。

滚滚滚，还退位让贤，这位置谁爱要谁要。纪图笑骂。

纪图知道顾宝被人嫌弃脏后，那张狂的"哈"字发了好几排，顾宝差点被他气死。

他们用文字聊得正嗨，纪图给他打了个音频电话，他莫名其妙，接了起来："图图，你干吗呢？"

电话那头不是图图，是图图的竹马杨扶风，他的另一位好兄弟。

原本他们三个都是一个小区的，后来顾正要搬家，顾宝还闹了好一阵，被汤玉美收拾了一顿才老实下来。

和老是怼他的纪图不同，杨扶风大他和纪图一岁，在他们三个人之中，总是充当大哥的角色，成熟，法子也多，对顾宝很好。

电话里杨扶风声音温和，背景安静，想来是用纪图的手机找了地方给他打电话。

顾宝道："哥，你怎么用纪图的手机给我打电话？"

杨扶风说自己手机没电，又问顾宝是不是被人欺负了。

顾宝都不知道纪图是怎么跟杨扶风说的，忙道："没呢，没被欺负。裴廷就是人看起来冷了点，心却热呀。"

这话说得顾宝自己都不好意思。他跟裴廷刚见面，认识的时间大概也不超过一小时，他哪知道裴廷到底是面冷心热，还是货真价实的大冰雕。

杨扶风说："要是真处不来别勉强，我其实摔得没那么严重。"

他们队里的王牌本来是杨扶风，可惜杨扶风上周摔伤了腿，马上就要到跟三班约好的球赛了，队里缺了个输出主力，大家心里都急。

顾宝怕杨扶风多想："没有，不勉强。而且他们家跟我家有生意来往呢，家里人都让我们俩好好相处。"

"哥你就别瞎想，裴廷都说会帮忙了，你就好好养腿。"顾宝轻快地说道。

等挂了电话，顾宝就在床上疯狂打滚，愁眉苦脸：一不小心牛就吹出去了，怎么办？

虽然他一门心思想跟裴廷交好，但裴廷一看就跟他们这种小屁孩不一样，忙着呢。

他最多忙写作业，忙考试，忙打篮球，裴廷可是忙公司，忙交际，忙着赚钱。

顾宝还是有那么一点点自知之明的，人得有共同话题才能当好友。

其实顾宝也不是瞎想，胡乱想要拉裴廷入伙。之前他就听说过裴廷不止成绩优异，连打篮球都很牛，参加过市赛那种。

世上就是有种人，做什么都很成功，优秀得令人发指。

虽然也不知道裴廷多久没打了，但退休的冠军也是冠军啊，打三班的那帮人不是打着玩吗？

然而冠军裴廷不搭理他，连在微信上都冷冷淡淡，除了那句"不想加你"，至今聊天框里还没别的话。

顾宝没话找话，自己在那儿嗨。他说裴廷的头像太黑，不招女孩子喜欢，建议人家换个牛油果笑脸，跟他的荷包蛋是配套的。

用过都说好，女孩都喜欢。

刚发完，顾宝自己都觉得扯。裴廷那么帅，还需要靠一个头像来讨女孩子喜欢吗？

要是姑娘喜欢他，哪怕头像全黑，也是五彩斑斓的黑。

裴廷刚开始只是没理顾宝，后来就是忘了回，等忙完几天下来，在聚会上看着陪在顾正旁边、装模作样用酒杯装可乐的顾宝时，裴廷才想起这么个人、这么件事。

裴廷的父亲带着他过去打招呼。两位大的在那儿客客气气，你来我往；两个小的站在一边，一个使劲冲另一个眨眼睛，另一个视若无睹。

眨眼睛的是顾宝，视若无睹的是裴廷。

裴廷当看不见，裴父可不能。裴父也奇怪自己这个儿子怎么这样冷淡，明明交给他做的事情，从来都做得很好，虽然性子冷，可需要交际的时候，还是表现得如鱼得水。

裴廷被父亲拍了下肩膀，便主动道："顾叔叔，我带顾宝认识点朋友。"

顾正欣慰地笑了，连连说了几个好。

他特意跟裴家搭上线，可不只是为了做生意，当然是在积累人脉。裴廷这么上道，他欣赏的同时，再看自家傻儿子。

算了，傻着就傻着吧，天塌下来，有他这个当爹的护着。

裴廷倒没说谎，他是真的有在给顾宝介绍圈子里的人。只可惜顾宝年纪实在太小，一开始打过招呼后，就插不上话了。

反正裴廷去哪儿，他就去哪儿。他跟在裴廷身后，看着他一路同人打招呼谈话，聊着他不懂的话题，最后坐在了宴厅供人休息的沙发上。

他握紧了酒杯，一心挨着裴廷坐。这时坐在他们对面，也认识裴廷的一位姐姐笑道："裴廷，哪儿来的小弟弟，这么黏你，单人沙发都得跟你坐一起。"

顾宝非常尴尬，他这才意识到沙发虽大，但是个单人沙发。他感觉到裴廷转过头来看他，英俊的眉眼，冷淡的神情。

是他不识相了，眼巴巴地跟，傻乎乎地黏。

说不定裴廷刚才只是在客套，根本没想着要带他。

而裴廷……他确实是在客套，不料这个顾家小少爷竟然真的一路跟着自己，甚至跟自己挤在一张沙发上。

他们好像也没这样熟吧。

裴廷近距离看着顾宝的脸，沉默了一会儿。

他当然察觉出来顾宝眼里的惶然与尴尬。顾家属于暴发户，顾宝不谙世事，跟他们这群自小就学着跟各类人打交道的人不一样。

太干净了，什么也藏不住，一眼就能见底。

说好听点叫纯真，说难听点叫傻。

下一瞬，顾宝望向了他，睫毛快速地抖动着，眼睛润着一层光，就像哭了般。裴廷定睛一看，顾宝却又没哭，只是因为眼睛太亮了，所以光都落进了他眼睛里。

裴廷觉得心口就像被不经意飞过的蝴蝶扇了一下，细细密密，泛起些许涟漪，算不上多明显的情绪，只是忽然有点心软。

他伸手揽住了本来打算起身的顾宝，望向那个故意开口的女生，道："我弟弟，顾宝。"说完他突然低声笑了一下，"顾家的顾，宝物的宝。"

许是因为他的声音过分好听，过于低沉，对面女生的脸，一下红透了。

顾宝的耳朵跟着红了半天，无他，裴廷的声音实在好听。顾宝虽过了变声期，但声线依然不够男子气概，裴廷这种低沉又荷尔蒙十足的，实在让他羡慕。

看对面的小姐姐，可不就被撩得说不出话来，一看就知道她在暗恋裴廷。

真好，他也想被很多小姑娘暗恋。

裴廷压在顾宝肩膀上的手很宽大，掌心微烫，顾宝不自在地动了动肩膀。裴廷没看他，而是掌心用力，不让他动。

顾宝不是那么听话的人，脑袋一偏，凑近裴廷，将声音压得低低的："你手太烫了。"

裴廷斜着看顾宝一眼，惊叹于这人的不知好歹。他这副做派为了什么，还不是为了让其他人知道，这是他带来的、他护着的，谁也别想欺负。

哪怕他们之间没这么熟，这姿态对付这群人精也够了。好歹不让顾宝吃那么多亏，毕竟两家之间还有合作。

裴廷那瞬间有种想撒手不管这位小公子的念头，他的手撤到一半，目光随意落在顾宝身上。

顾宝人虽傻了点，模样却不错，坐姿端正，背脊挺直，后颈碎发修剪齐整，天然的黑，米色丝绸很衬他肤色。

于是，离开了一半的手按回顾宝身上，掐住了顾宝的后颈。

顾宝没有太大的反应，只觉得痒。脖子动了一下，发现挣不开，顾宝就不开心了："你好幼稚啊，我都说手烫了。"

裴廷又稍微用了点力道，顾宝皱起眉，抬手要挡开裴廷的掌心。裴廷没让顾宝碰到自己，快速地收回手，还挪了下位置，离顾宝远了些。

再看顾宝脖子上的红痕，裴廷心想，小少爷果然很娇贵，只是用点力，这就红了。

而顾宝则是有点委屈，是裴廷先动手的，现在他又跟嫌弃自己一样，还坐远了。

但顾宝也能看出裴廷刚刚是在给他解围，跟他猜的一样，这哥哥是面冷心热的那款。

这样最好，好办事。

宴会上人来人往，顾宝全程都跟着裴廷。许是因为带着他这个累赘，裴廷在后半场都没怎么跟人谈话。顾宝倒是见识到了裴廷的人气到底有多旺，太多人同他打招呼，绝大部分是女人。

明明他和自己相差不过几岁，怎么这么招女人喜欢呢？

顾宝跟在裴廷旁边，过了半天才得出一个结论：因为裴廷长得老，过分早熟，所以他能够成为那些女人的选择对象。

他腹诽了一阵，总算缓解了他在裴廷身边几乎全程被人无视的尴尬。

裴廷走走停停，最后彻底停下来，导致盲目跟着他，心中又有事的顾宝差点撞到他背上去，幸好及时刹住。

顾宝抬头，对上裴廷的眼睛，茫然道："怎么不走了？"

裴廷表情有点奇怪："我去厕所，你也要跟吗？"

顾宝迟钝地摇了摇头："我在门口等你？"

"不用等我，你想去做什么就去做吧。"裴廷委婉地表示拒绝。

他往前几步，心想着顾宝会不会没听懂，忍不住再回头，只见顾宝什么也没说，低着头不知道想什么，好歹也没说出什么"不用，我可以等着"这种傻话。

还算有救，裴廷轻轻松了口气。

裴廷进了洗手间，正好里面有一名侍者走出来，看着年纪不大，眼圈有点红，瞧着像是被人欺负了。

裴廷皱眉，在场的都是有头有脸的人物，是谁敢在宴会上干这种事？

这时从厕所最后一排走出了一个人，裴廷看清楚对方的脸便知道是怎么回事。舒家老二，什么都敢，无法无天，想做什么就做什么。

舒家好歹还有个大的撑着，其他人虽然看不上这舒老二，但也不会说什么。

裴廷不喜欢舒二，这个人实在令人恶心。

裴家跟舒家早已断交，并无往来。

舒二看见裴廷的时候，眼睛一亮，又打量了好几眼，方才可惜道："还是十四五岁的时候能看，你现在太壮了。"

裴廷站在洗手池前洗手，一根一根手指地洗，慢条斯理，动作优雅。他拥有如今这副身材，也是因为家里人特意请来退伍特种兵教他防身术。

如今他不但能够将舒二揍趴下，还能将舒二的手指一根根折断。

裴廷自镜子前抬眼，凌厉的眼神让舒二抖了抖，舒二怂了，不敢再招惹他，绕过他出了洗手间。

舒二走了，裴廷这才关上水龙头，拿手机给裴父打了个电话，问多久结束。裴父说还有一会儿，又问他跟顾宝相处得怎么样。

提起顾宝，裴廷随意应了几句，却突然想起了什么。

顾宝，在门口。舒二，变态得专门欺负年纪小的。

这宴会上还有比顾宝更年轻的吗？

裴廷挂了电话，大步走出洗手间，门口已经没人了，不管是舒二还是顾宝，都没看见。

裴廷绷紧下颌骨，加快脚步，眼睛快速地扫视全场，连旁人跟他打招呼都没应。他第一次如此失礼。

巡视了一圈，他依然没找到人，心想人该不会已经被带走了吧。

这可是他亲口提出来要带顾宝去逛一逛，认识人，人好好交到他手里，要真出什么事……

裴廷掏出手机，要给父亲的贴身助理打电话，这时，他的衣角被人扯了一下。

他不喜欢被人碰触，更何况是这种紧要关头，他面色不悦地转头，身后人像是被他的模样吓了一跳，脖子都缩了缩。

顾宝一只手端着蛋糕，一只手牵着他的衣角，下唇还沾了点奶油，好奇地望着他："你在找什么？"

裴廷神色一松，那凶神恶煞的气势通通退去，平静下来。

他没有回答顾宝，顾宝收回手。

顾宝可记仇了，他没忘记裴廷今晚三番五次地嫌弃自己。也怪他这多管闲事的性格，见裴廷这么急，就忍不住过来问问，看自己能不能帮上忙。

他拿起叉子，泄愤般地在蛋糕上戳了两下，心不甘情不愿地问："你在找什么啊，这么急？"

裴廷说没什么，顾宝有点蔫地"哦"了一声，转身想走，结果后领被人扯了一下。他气鼓鼓地转头："你能不能别抓我后领？这样很不尊重人！"

裴廷收了手："抱歉。"

这道歉来得突然，而且裴廷看起来也不像轻易会道歉的人，偏偏又说得这样自然，好像真的对他很抱歉的样子。

顾宝立刻就为自己语气不好而感到内疚起来，他说："也没这么严重。如果你非要拉我衣领，就轻点，卡到喉结真的很难受。"

裴廷问他去哪儿了，他哀怨地看着这个明知故问的人。不是裴廷不让他跟着的吗！这个宴会上，说实话，他一个人都不认得。是顾正觉得他到年纪，需要出来应酬了，以后好接手生意。

虽然顾宝很想做一个混吃等死的富二代，但他也有责任心，知道自己该背负的责任。

裴廷不想带他，他也不知道跟谁搭话，正好肚子饿了，就去吃了点东西。

来这个宴会的人，很少有人奔着吃东西去的。

即便如此，东西依然很好吃。哪怕是顾宝这样挑的人，也吃了小半个蛋糕。

裴廷问他去了哪儿，他也没法说谎，只能老老实实道："去装块牛排，我饿了。"

面对他这个答话，裴廷脸上没什么表情，更没有要嘲笑他的样子，而是挑了一下眉，同他说："跟我来。"

裴廷竟然直接将他带到后厨，离开了宴厅。

顾宝有点紧张道："我们就这么离开行吗？"

裴廷说："没事，反正都是一群无聊的人。"舒二是那群无聊的人中，最令人厌恶的存在。

顾宝被裴廷留在了后厨附近，也没什么坐的地方，只有后厨要用的木箱堆在了一块，闻起来没什么味道，顾宝便不讲究地坐了上去，晃着腿等裴廷过来。

裴廷端着牛排过来的时候，正好看见顾宝因为坐姿而拉高的裤脚。

裴廷走到了顾宝面前，皱眉道："怎么坐下了？"

顾宝可怜道："太累了，让我坐一会儿。"他嘴上的奶油依然没被擦掉，裴廷没提醒他，他自己也不知道。

他闻到了牛排的香味，开心地抿嘴笑："好香。"

"这家酒店也就这位厨师做的牛排勉强能入口。"裴廷解释了一句，以免顾宝问自己为什么要将他带到这边来。

顾宝却什么都没问，天然不设防，实在好骗，还真诚地跟裴廷说谢谢，谢谢对方特意给自己弄牛排吃。

顾宝伸手要接过牛排，裴廷却不给他，而是用手指了一下他的嘴。他拿手在嘴上一抹，手背上沾下不少奶油。

想到自己一直顶着奶油在宴会上，顾宝十分窘迫："你怎么不提醒我？"

裴廷无语道："因为你笨。"

牛肉很嫩，汁水充足，顾宝吃得满足。他随意地晃着腿，膝盖却被裴廷按住了。他动作一顿，不知自己又做错了什么。

裴廷若无其事地将手收回去，用目光示意自己的裤脚。只见裴廷那质感很好的西装裤，被顾宝的球鞋蹭得沾上了灰。

顾宝不敢再嘚瑟了，抿住油汪汪的唇，将盘子随意搁在旁边的木箱上，往下跳，再一蹲，这是要大大咧咧地给裴廷拍裤腿。

这个行为在顾宝看来没什么，在球队待着的时候，男人之间根本不讲究。而且裴廷给他这么好吃的牛排，他总要报答一二。

他的手才挨到裴廷的裤脚，就见稳重了一晚上的裴廷大步后退，跟撞了鬼一样，脸色难看地瞪他："你做什么？"

顾宝抬着手，心想裴廷是有点矫情，明明不喜欢被人碰，偏偏喜欢碰别人，十足双标。

他叹了一口气，说："没想做什么，只是给你拍一下。"

顾宝从西装口袋里掏出装饰用的丝巾："要不用这个弄干净？"

裴廷脸色还是怪怪的，却看得出来松了一口气："不用。"

顾宝随意地将手帕塞回衣服里，不要就算了。他用手撑着膝盖起来，想到裴廷刚才的样子，差点笑出声。

很少有人能让裴廷手足无措，顾宝就做到了。

这人实在是不能离得太近，裴廷当即下定了决心："你慢慢吃，我先回去了。"

顾宝只觉得裴廷方才还很亲和，好像两个人亲近了不少，如今又对他疏远、冷淡，有意同他拉开距离。

他都不知道自己做错了什么，又是哪儿惹裴廷不高兴了，叫人对自己时冷时热。

分明裴廷能够很热情地跟宴会上那些人说话，虽然带他出来的时候，说了句那些都是无聊的人。可能在裴廷心里，也有很多不无聊的人，每一个都比他顾宝有趣。

按理来说，裴廷这样难搞，顾宝总该知难而退了。偏生他被激出了逆反心理，装听不懂裴廷的潜台词，匆忙道："我也吃饱了，我先把盘子送回去，你在这里等我。"

说完他急匆匆地端起盘子，跑向后厨，边跑还边回头，好似担心裴廷真的跑了。

从后厨出来后，那月下的石砖地上哪里还有裴廷的影子。

顾宝茫然四顾，越发失望，眉眼耷拉下去。

他心想算了，又不是找不来更厉害的人了，大不了他花钱请个篮球外援，技术优，服务佳，比裴廷好一百倍。

顾宝打算走，却有颗小石子滚到了球鞋边，他先是看到火点，再见一团烟雾，藏在暗处的裴廷手里夹烟，沉声道："在这儿。"

这人，明明在那个位置看得见自己在找人，他就是不出来，这性子怎么养的，这么恶劣。

顾宝硬声道："我没找你。"

裴廷夹烟的手垂在身侧，站在阴影里，没有靠近顾宝，也没反驳，只依然用那慵懒的声调慢悠悠地问他："能闻烟味吗？"

顾宝故意道："不能。"

裴廷沉默了一会儿，就在顾宝以为他不高兴时，他却没继续抽了，而是将烟熄灭收起，还拿出个喷雾在身上喷了两下。

就在顾宝被裴廷的精致震惊时，裴廷走近他："走吧。"

离得近了，顾宝的确没怎么闻到那股烟味，而是有一种说不上好闻或者难闻的气味。

他就像个小动物一样动了动鼻子·："你刚喷了什么？"

"你不是不能闻烟味吗？"裴廷没有正面回答。

顾宝想，虽然自己不抽烟，但从今天开始自己可以抽了。他也想像裴廷那样抽烟，再喷点东西，虽然装模作样，但帅。

忽然裴廷抬手拍他脑袋："你不许抽。"

顾宝一惊，难道他想什么写脸上了？他还要反驳："你自己都抽，凭什么管我？"

裴廷转头瞧他，眼神颇具压迫感，盯得他都快受不住了，裴廷道："你是小孩子。"

顾宝有点生气，又不敢对裴廷发火："我十八了！"

他立刻就听见裴廷从鼻子里发出的轻笑声，绝对是在嘲弄他。

顾宝屈辱道："十八岁都成年了。"

裴廷敷衍地点了几下头，顾宝恼了："你不也没比我大几岁？"

"但我工作了，你还在念书。"裴廷的回答简直要叫人气死。工作就工作，在他面前找什么存在感啊！

顾宝加快脚步，不想跟裴廷说话，那人又叫他："慢点，不是想跟我一起吗？"

谁想了！他没有，他顶多有眼无珠，认识了一个炫耀狂！

这时后领再次被人扯了一下，这回对方下手有轻重，没勒到顾宝，甚至还用手扶了一下他，帮他站稳。

裴廷比顾宝高一个头，天上有月亮，裴廷又处于背光处，顾宝压根儿看不清裴廷脸上的表情。

他听见裴廷说："现在知道为什么不让你抽烟了吧？"

两人凑得近，顾宝嗅到了浅淡的烟味，有点辛辣，忍不住打了个喷嚏。

顾宝不信，却也没反驳。

见顾宝恍然大悟，裴廷手上用力，将顾宝推了出去："小朋友抽什么烟，等你长大就会发现，最想戒的就是烟，还很影响其他人对你的观感。"

顾宝故意招裴廷："所以你因为身上的烟味被讨厌过？"

裴廷："我不经常抽。"

顾宝发现裴廷真的不喜欢正面回答问题，看起来好像回答了，实际又没让你知道什么。

他就故意同裴廷挨得近了些，见裴廷没有明显的抗拒反应，就说："你来我们队，跟我们一起打篮球好不好？"见裴廷皱眉，他赶紧道，"一次，就打一次。是场比赛，我们队里缺了个主力。"

裴廷拒绝："没空。"

顾宝不死心："你什么时候有空啊？"

裴廷想说什么时候都没空，顾宝继续哀求："帮帮忙吧，我知道你是个好人。"

领着好人卡的裴廷转头，他想说点坚定拒绝的话，却在对上顾宝双眼的时候停了下来。

他觉得顾宝应该经常拜托其他人做事，所以恳求时的表情如此熟练，叫人连拒绝都能生出愧疚心。

裴廷索性伸手将顾宝的脸转了过去，不让他冲着自己摆出这副撒娇的模样。

在顾宝想要挣扎抓下裴廷的手时，裴廷低声问："我帮了你，有什么好处？"

顾宝不动了，含糊不清道："你要什么好处？"

裴廷说："以后跟在我身边的时候，必须听话。"

这是什么条件！顾宝差点就想翻白眼了。他才跟裴廷认识多久啊，这人掌控欲怎么这么强？再说了，他也没有不听话。

顾宝答应了，裴廷收回手。顾宝揉着两边脸颊，小声说："你能不能别老是动手啊？"

又是脖子又是脸的，搞得他很好摆弄似的，实在让人高兴不起来。

裴廷："不能。"

顾宝忍辱负重："那公平点，你对我动手一次，也让我对你动手一次。"

裴廷似笑非笑地瞧他："不可能。"

顾宝："……"

顾宝是个很听话的人，不敢烦裴廷，平日里除了在微信上给裴廷分享一些天气预报，叫人注意带伞，就是说天气凉了，该煲什么汤。

好像他不知道裴廷出门有司机接送，家中有厨娘似的。

因为顾宝实在不知道该跟裴廷说什么。说自己高中生的日常吗？无聊幼稚。可不说话，他怕裴廷把自己忘了，毕竟裴廷那样忙。

这天顾宝早早放学回到家，骑上家里的脚踏车，篮子里放了从厨房偷来的玫瑰酥，打算去"行贿"。

脚踏车刚骑到门口，在前院浇花的汤玉美拦他："去哪儿？马上就吃饭了！"

汤玉美跟顾正是从穷日子过过来的，顾家还没这么发达的时候，她什么苦都吃过。

即使后来当了富太太，她也闲不下来，又不喜欢搓麻将、买名牌，平日里只好将时间消磨在花园里，种种花，拔拔草。

汤玉美这时刚剪下一捧花，打算换客厅里的鲜花，还没在手里捧热乎，就被不孝子顾宝拿去放在自己的小筐里："妈妈，我要出去溜一圈，马上回来。"

汤玉美："不许去。"

顾宝才不管她，脚一蹬人就出去了。一切都是为了赢，男人就得有野心，不能老听妈妈的话。他在心里给自己打气，将老妈的声音远远甩到了身后。

顾宝在裴家大门口来了个急刹车，裴家离他家不远，他却是第一次来。

明明在同一个小区，都是别墅，凭什么裴家就长得跟城堡似的!

顾宝的脚踩在地上，摸出手机，寻思着要怎么给裴廷发消息，哪知道刚想到这个人，这人就来了，身边还跟着一个白裙子女孩。

裴廷穿着休闲，没有穿西装的模样瞧着稚气许多，白T恤加牛仔裤，脚上白球鞋，臂弯上还挎着个女包。

顾宝惊呆了，他没想到，这么酷的裴廷，竟然也是女朋友的拎包小弟。

这小区虽大，道却窄，顾宝直截截地杵在路中间，跨坐在车上，甚至来不及躲。

裴廷看见他了，目光便没离过他，眉头却皱起，就像被麻烦找上门。

顾宝注意到他的表情，委屈地撇嘴，心想自己干吗要抢汤玉美的花过来送人，自己闻着不香吗？

顾宝等了一会儿，感觉裴廷不像是想跟他打招呼的样子，便主动下车，把自行车挪开，让出门口的道，叫裴廷和裴廷的女朋友方便进去。

因为他的动作，花掉了一地，沾了灰。

裴廷把包还给女生，转头就朝顾宝走来，路过地上的花时还顿了一下，却没停，更没捡。

顾宝没想到裴廷会过来，整个人又活了，眉开眼笑，脸上带着刚被太阳晒出来的红晕，好看得紧。

裴廷在顾宝面前停住："你怎么过来了？"他语气从来都是这样冷淡的，或者说，从顾宝刚认识他那会儿起，他语气就一直这样。

顾宝笑着说："来看你呀。"他从篮子里拿出玫瑰酥，还有那仅剩的几朵花，"给你，拿去送女朋友。"

裴廷的眉心皱得更紧了："谁告诉你我有女朋友的？"

"这还用人告诉啊，后面的漂亮姐姐还在等着呢。"顾宝冲那处挤眉弄眼。

裴廷没回头，直接高声道："姐，你先进去，我还有事。"

顾宝傻了，看着那漂亮姐姐说好，然后转身进了裴堡。

他忍不住道："你觉得我怎么样？"

裴廷睨着他说："没可能。"然后打开包装盒，看见里面的玫瑰酥。

"什么没可能？我是在问你我怎么样。"顾宝说。

裴廷笑了，笑得略讥讽："你觉得我姐会看上一个弟弟？"

顾宝眼巴巴地道："都说年下好，姐姐跟你差几岁啊？"

"她二十一。"刚说完裴廷就后悔了，觉得实在没必要告诉顾宝他姐到底多少岁。

顾宝认真地琢磨了一下，然后问："你说姐姐能等到我大学毕业吗？"

裴廷黑下脸，把玫瑰酥塞回顾宝怀里，转身要走。

顾宝赶紧黏上去，还死不要脸，伸手要拉住裴廷："哎，别走，我还没跟你说完话呢。"

在顾宝碰到自己前，裴廷眼明手快地按住他，将人推离自己，严厉道："以后不经过我同意，不准随便碰我。"

顾宝嘴巴刚张开，裴廷就说："不许顶嘴。"

"……"顾宝差点捏碎手里的玫瑰酥。

顾宝的乖顺让裴廷心情稍微好了点，便问他："球赛是什么时候？"

顾宝惊讶道："你怎么知道我来找你是因为这个事？"

裴廷："所以你是来给我送伞，还是来给我煲汤？"这是指顾宝那些无聊的转发消息。

这个人可真不是一般的坏，顾宝心想，裴廷的朋友肯定很少吧，性格这么恶劣，也就只有他能忍了。

他可能忍不了多久，等裴廷帮他们打完篮球，他就……

但顾宝现在只能忍气吞声："后天下午，地址我微信发给你。"

裴廷随意地应了一声，忽然将手里刚刚顾宝塞给他的花还了一朵给顾宝。他把那朵小花故意插到了顾宝的鬓角边，还挺衬顾宝。

顾宝一下就把花打下来了："你干吗！男人怎么可以在脑袋上插花？！"

没想到小顾宝还是个老古板，裴廷挑眉反驳："男人就可以送男人花了？"

这么一说，顾宝也觉得自己送花这个行为很多余。

他嘴硬道："我又没说送你，我说送姐姐。"

裴廷眯起眼："你说送谁？"

顾宝心想，这还是个姐控。其实他也没看清裴姐姐长什么样，就记得气质很好，长相嘛，裴廷这么优秀，姐姐肯定也不差。

都说招谁也不能招姐控，顾宝小声道："送你的。"

裴廷满意地"嗯"了一声，又插了一朵花在顾宝耳朵上。此时此刻，顾宝已经懒得反抗了，裴廷开心就好。等球赛结束，杨扶风一定要请他吃饭，他都不知道自己为这场球赛牺牲多少。

顾宝戴着那朵花，眼巴巴道："我够听话吗？"

裴廷："还不错。"

顾宝："后天球赛你一定会来吧？"

裴廷说："到时候在这里等我。"

"其实我可以自己去的。"顾宝说。

见裴廷不答，顾宝立刻转口道："我们当然得一起去。后天下午两点我过来接你，可以吗？"

顾宝讨好人的时候，眨眼睛的频率会变高。裴廷在顾宝面前第一次露出了还算真心的笑容，只可惜笑容很淡，转瞬即逝："可以。"

顾宝又问："那这朵花可以摘下来了吗？"

裴廷给顾宝摘花的时候，顾宝下意识缩起了脖子，裴廷快速取下花，对他说："伸手。"

顾宝将两只手都伸了出来，裴廷把花放在他掌心："送你。"

这个人好不要脸，拿自己送的东西来回礼，顾宝心想。

顾宝说："我不要花，换个东西送吧。"

裴廷不跟顾宝讲条件，转身想走，顾宝急急开口："教我抽烟，我也想学抽烟。"

好的不学，偏要学坏。

裴廷不理顾宝，刚走了几步，就想起后面这小崽子学坏之心不死，自己不教，总会有别的人教，倒不如自己教了，说不定他吃到苦头，就不抽了。

他转身："真想学？"

顾宝没想到能有转机，因为裴廷抽烟的样子真帅，他也想变帅。

裴廷说："别后悔。"

顾宝才不后悔，只是他不明白，为什么学抽烟要约在晚上，还在小公园里，不远处只有一盏小灯，隐约能听见树荫后面车子驶过马路的声音。

顾宝不怕黑，但怕鬼，他攥紧了汗湿的拳头，心怦怦直跳："哥哥，为什么要在这里啊？"

裴廷从兜里掏出特意买的最呛人的那款烟，漫不经心道：

"因为要教你。"

教他就教他，来这么黑的地方做什么？

他咽了咽唾沫，想说去人多点的地方学吧，这种儿童小公园，他最怕秋千突然荡起来了。

这时裴廷转身了，叼烟打火，动作流畅自然。他眯着眼吸了一口，包在了嘴里，然后大步走向了顾宝。

紧接着，一个烟圈极近地绽放在了顾宝的面前。

浓烈的尼古丁、火的气味，像黑夜里燃过的烟花，飘散在云团中。

这种方式，当然将顾宝呛得天昏地暗，眼泪都咳出来了。烟掉在地上，激起了数点火星。

烟雾逐渐散开，裴廷的脸重新出现在他面前，依然是散漫的神情，微哑的声音："烟的味道好吗？"

顾宝被熏得想吐，脸却再次被裴廷抬了起来，一块桃子味的糖被塞进了嘴里。

他听见裴廷说："糖比烟好。"

顾宝用舌头顶着嘴里的糖块，心想，糖当然比烟好，糖甜，烟苦。

但裴廷可真帅啊，他也想这么帅。

等长到十九岁，他也能变成这样的大人吗？

Chapter
02

还真是个小少爷

顾宝骑着车去找的裴廷。裴廷很准时地站在路口，手里提着个运动包，脑袋上戴着白色的运动帽，眯着眼朝顾宝看来。

待看清了顾宝骑着的自行车，裴廷眉心抽了一下："一辆自行车，两个人怎么去？"

顾宝脚踩在地上，朝裴廷身后看了一下，迟疑道："你自行车呢？"

没办法，顾宝年纪太小，不可能自己开车，家里有司机，但他爸上班要用。

虽说平日里上下学有司机接送，但放假他要去哪儿疯，汤玉美是从来都不给他用车的，嫌费油。

裴廷沉默着不动，顾宝劝道："其实很近的，也不远，自行车二十分钟的路程，没必要开车。"

"路上还有一条江，江风吹起来特别舒服，还有一家卖桂花糕的老店，那里的桂花糕特别好吃，我请你吃啊。"顾宝絮絮叨叨，因为没底气，所以只能用这些打动裴廷。

裴廷看了顾宝好一会儿，都快将顾宝看尽了才抬手。

顾宝脑袋一缩，以为要挨揍，没想到头上一沉，原来是裴廷伸手摘了自己的帽子给他戴上："你脸被晒红了。"

顾宝反手摸了下自己的脸，笑了："没事，我皮肤本来就这样，随便晒一下都烫半天。"

"你真没自行车啊？"顾宝想着裴廷家这么有钱，怎么会连一辆自行车都没有。

其实他也不想想，都这么有钱了，平日里如果没必要，为什么要骑自行车。

顾宝："要不这样，我家还有一辆阿姨买菜用的电瓶车，你会骑吗？"

裴廷已经听不下去了，将运动包往顾宝车筐里一放，转身往里走。顾宝吓了一跳，以为他不肯去，连自己的自行车都顾不上，扔下自行车就匆忙往裴廷走的方向跑。

结果车身不稳，砸下来刚到了顾宝，将他的小腿割出血痕，还险些将他绊倒。

裴廷听到后面一连串动静，一回身怀里就撞进了个顾宝，结结实实地，砸得他险些后退两步。

顾宝扶着裴廷的手臂站稳，嘴里抽着气，急道："你别生气啊！我立刻去软件上叫车，我们球队真的很需要你！"

裴廷扣着顾宝的肩膀，将人推开，就看见那一脸委屈的表情，嘴里说着哄人的话，瞧着倒像要被哄的那个。

他不由得叹了一口气："没说不帮你。我回去开车。"

裴廷扫了一眼那倒在地上的自行车："把车推进来放我家。"说完就看见了顾宝腿上的小伤口，忍不住又叹气道，"行了，别折腾，抱着包等我。"

裴廷将顾宝的车扶起来，推进院子里。

顾宝以为裴廷是叫自家司机开车接送，没想到这人骑着一辆老帅的重机车出来，将头盔塞他手里，叫他上车。

顾宝目瞪口呆，羡慕得眼睛都要滴血了："我还以为你会开汽车。"

裴廷："不想坐？"

顾宝当然想坐，他喜欢极了，就差摸着那辆车说自己也想要了。

他戴上头盔，抱着裴廷的包，双手去扶裴廷的腰，哪知道裴廷掰开他的手："扶后面，别抱我。"

这个冷酷无情的男人，顾宝撇嘴，老老实实地扶着后面，当裴廷的背包小弟。

中途裴廷停了下来，在一家药店给顾宝买了酒精跟创可贴。顾宝看到这些东西就不想用，膝盖直躲："这么点小伤不用管，我们要迟到了。"

裴廷拿着酒精，扫了顾宝一眼，顾宝就不说话了，乖乖把膝盖伸了出去，忍着疼上药。

有时候顾宝自己都觉得奇怪，他怎么就这么怕裴廷啊，裴廷不过比他大了几岁，却威严得跟他爹似的，他亲爸都未必比裴廷有威慑力。

在伤口上用酒精消毒，痛得要命，顾宝嘴巴抿得紧紧的，不让自己喊疼，省得裴廷更加瞧不起他。

是的，顾宝能感觉到裴廷有点不喜欢他，至于裴廷为什么帮忙，为什么容忍他，又为什么有时对他好，大概是因为裴廷这个人死要面子活受罪，哪怕没那么喜欢他，看在两家人的面子上，也要对他好。

顾宝觉得自己忍得很好，哪知道裴廷看他一眼就问道："有那么疼吗？"

顾宝说："不疼。"

裴廷："要不要给你买雪糕吃？"

顾宝："……"他又不是小孩子，干吗要这么哄他！

顾宝坚定拒绝，然后动作利索地跳上了大摩托，拍拍皮座："快点，我们要迟到了。"

裴廷走过来，将头盔拿起，套在顾宝的脑袋上，将盖子滑下来时，顾宝闻到了淡淡的酒精味，然后他就打了个喷嚏。

刚打完，就见裴廷一言难尽地望他，他听见裴廷低声说："还真是个小少爷。"

顾宝不好意思又有点气恼。他没这么娇弱，只吹点江风就病倒了。裴廷拉开运动包，从里面拿出一件外套，披在他身上："穿好。"

外套是裴廷的，比他的大一码，松松垮垮地套在他身上，衣服下摆都要铺到大腿上了。

虽然夏天热，但江风还是有点冷的。裴廷的外套穿上很暖和，混着空气中的花香，叫人舒服得一塌糊涂。

等到了地方，顾宝都昏昏欲睡了，还是裴廷叫醒他："还不下车？"

顾宝"哦"了一声，下车，取下头盔，塞回裴廷手里。一转头，就看见纪图和杨扶风，顾宝快活地跑了过去："图图、扶风，我来啦！"

纪图望着他身后小声道："顾宝，这是你请的外援吗？这车好帅啊，我也想坐。"

顾宝这才意识到自己把裴廷落在后头了，赶紧回头。果不其然，裴廷面无表情，眼神微沉，怎么看都不像高兴的样子。

顾宝赶紧朝裴廷走了两步："裴哥，这是我两个朋友，纪图，杨扶风。"

裴廷沉稳点头："你们好，我是裴廷。"

杨扶风微笑道："你好，听顾宝说，你篮球打得不错。"

裴廷："还行，只是来帮个忙。"

杨扶风："真是麻烦你了。要不是我脚受伤，也不用你这么辛苦过来。"

裴廷意味深长地看了顾宝一眼，顾宝的脖子都僵了，小心翼翼地冲裴廷笑，好在裴廷只道："没事。"

顾宝忙说："先进去吧，时间都快到了。"

他想去扶着杨扶风，却听裴廷说："顾宝，过来。"

杨扶风下意识想留住顾宝，有点担忧地望着他。

顾宝心里感动，不愧是杨扶风，一眼就瞧出裴廷这货不好相与，哪像纪图，满心满眼只有那辆贼帅的重机车。

顾宝拍了拍杨扶风的肩："你们先进去。"

这时纪图走过来，强硬地拉过杨扶风的手，搭在自己的肩膀上："走啦。"

杨扶风只好让纪图搀扶着，临走前还叮嘱顾宝说："顾宝，早点进来。"

顾宝满口应好,等两人进了室内球场,才回身走到裴廷身边:"怎么了啊?"

裴廷:"原来我是替补?"

顾宝真诚道:"怎么会?在我心中,你就是王牌。"

裴廷没说话,顾宝讨好道:"要不我们先进去吧?"

裴廷不动,顾宝急了:"你来都来了,该不会要反悔吧?!你要是反悔,那我……"顾宝想了半天,都想不出一句可以威胁的话来。

裴廷看他那样,突然问:"我要是反悔,你要怎么样?"

顾宝看着他毫无表情的脸,差点没被他气死,紧接着就听他说:"你要哭给我看?"

顾宝震惊了:"谁要哭?"

裴廷说:"你。"

"你想看我哭?"顾宝难以置信,这是什么恶趣味?

裴廷不答,越过顾宝往球场走。顾宝拎着包,紧紧跟在裴廷身后,两眼盯着裴廷。裴廷侧过脸问:"看什么?"

想看你到底还能有多坏,顾宝腹诽,面上还要拍马屁:"哥,你大人不记小人过,打完这场球赛,我请你吃桂花糕。"

裴廷似笑非笑道:"哦,我还以为等打完这场球赛,你就不来烦我了。"

顾宝听他这么说,赶紧保证道:"好的,我以后绝对不烦你了。"

哪知裴廷听完他说的话,脸上那点笑意瞬间就消失不见了,冷冷地看了他一眼:"是吗?"

顾宝以为他不信："真的，我保证！"

裴廷直到球赛开始都没有理会过顾宝，顾宝再傻，也知道对方并不满意他的那个答案。

顾宝觉得自己很无辜，分明提出条件的是裴廷，他只不过是迎合裴廷而已。哪知道裴廷这么别扭，说好不行，说不好也不行，都不知道裴廷到底想要什么样的答案。

顾宝没看过裴廷打球，只听说过。直到真正现场看见球场上的裴廷，他才知道原来有人打球能够这么凶。

这场篮球赛几乎要成为裴廷的个人秀，天赋和身材让他在球场上几乎无人能挡。

这根本都不像比赛了，更像单方面的吊打，上半场就轻轻松松拉出了几十分的差距。

他们班跟三班关系惯来不好，此时对面主力的眼都红了，怕是等球赛结束，就要跟他们约架。

中场休息的时候，光顾着跑来跑去的顾宝气喘吁吁地来到裴廷面前，压低声音说："哥，虽然我们这不是友谊赛，但多少还是让几分吧？"

裴廷没理他，专心喝水。他赶紧掏出纸巾，给裴廷擦汗。

裴廷喝水的动作一顿，用力攥住顾宝的手，掀起眼皮道："干什么？"

顾宝："哥，别生气了。"

裴廷推开顾宝的手："我没生气。"

顾宝将纸巾收回去，随意揣进兜里："那你让个分呗，本来那边对我们请外援就有意见，不好做得太绝。"

裴廷目光落在他的口袋上，又轻轻移开："行。"

本来还想要发表长篇大论、苦口婆心劝导对方的顾宝一时哑了："啊？"

裴廷从包里拿出另一瓶水递给他，他受宠若惊，立马接过，是运动饮料，喝起来不太甜。

这时杨扶风喊了他一声，他起身要往那儿去，裴廷却在此时出声道："等等。"

顾宝回头："怎么了？"

裴廷问："你说让分，让几分，怎么让？"

这个事情顾宝哪知道啊，他只好坐回去，冲杨扶风道："我一会儿再过去。"

然后他就跟裴廷开始商量怎么让分，又跟裴廷科普了一下他们跟三班的恩怨。

高中生的事情简单又幼稚，无非比较成绩，加上抢占篮球场那点事。

等顾宝念叨完，下半场就要开始了。

当顾宝想起来中途杨扶风叫过他时，篮球赛已经结束。三班领队的许棋走过来，问裴廷叫什么，是哪个学校的。

顾宝站在裴廷身边，不客气道："关你什么事啊！问这么清楚干吗？想挖墙脚啊？"

许棋直接无视了顾宝，对裴廷说："有没有兴趣来兼职做个教练？不用占你很多时间，就周末来指导一下就够了。"

顾宝简直要笑出声了。许棋这个大傻子，知不知道裴廷家里多有钱，怎么可能来当高中生的教练，他都不敢跟裴廷提这个要求呢。

裴廷仿佛没看见顾宝在旁边张牙舞爪的模样，客气地对许棋说："不好意思，暂时没空。"他没把话说绝。

许棋可惜道："好吧，希望下次有机会还能一起打球。"

顾宝赶紧道："没有下次了，我哥很忙的。"

许棋的目光终于落在顾宝身上，他先是弯腰，然后伸手将掌心按在顾宝脑袋上："大人说话，小孩子插什么嘴。"

顾宝简直要被气死了，虽然他只有一米七，但许棋也不需要弯腰才能摸到他的头啊！还有，谁是小孩？！顾宝正想用力拍开许棋的手，许棋的手就被人强行拉开了。

是裴廷。他本来就生得冷淡，沉下脸时，颇有震慑力，许棋都被看得身子一僵。

裴廷说："他不是小孩。"

许棋尴尬地扯了一下嘴角："开个玩笑罢了。"他的手腕隐隐作痛，这裴廷的握力也太大了，怪不得能将球传得那么远。

裴廷松开了许棋，伸手将顾宝被弄乱的头发理了两下："走吧。"

顾宝的心都在颤，原来这就是被大哥罩着的感觉，也太好了吧。他狐假虎威地冲许棋做了个鬼脸，然后跟在裴廷身后跑了。

裴廷脚步很大，径直往大门口走。顾宝拉住他："去哪儿？"

"回家。"裴廷将手从顾宝掌心抽了出来。他不喜欢浑身是汗的感觉，每次运动完，第一件事都是洗澡。

顾宝："一起吃饭呗，他们都想谢谢你帮忙呢。"

裴廷转过头，刚刚跟他们一起打球的男生们都往这边看。顾宝瞧见了，就说："你看，都在等你呢，就差你一个了。哥，一起吃个饭吧。"

　　裴廷冷静拒绝："你们吃吧，我先走了。"

　　顾宝傻了眼。裴廷要走，却觉得衣服被扯住了，低头一看，衣角被攥在顾宝的手心。

　　被裴廷的目光一扫，顾宝赶紧松开："好吧，你等我一下，你的包还没拿，我给你拿过来。"

　　裴廷"嗯"了一声，没拒绝。顾宝小跑到队员休息的地方，替裴廷婉拒了班上热情的同学，拿起了裴廷的包。

　　这时顾宝再次被杨扶风喊住，他拿着包走过去："怎么了？"他还要去给裴廷送包，不好叫人一直等着。

　　杨扶风笑了一下："没事，晚点再说，你先把包送过去。"

　　顾宝点头，然后小跑到裴廷面前，将包递给裴廷。裴廷背上包后，毫无留恋地往场馆的门口走。

　　身后没传来脚步声，顾宝没有跟来。

　　裴廷心想，顾宝大概以后不会再来烦他了，这是顾宝自己亲口答应的，希望这小男生说到做到。

　　不过也很可能做不到，年纪小，嘴上说说的事情，做不到很正常，他们两家又时时有往来。

　　也不知道下一次他会用什么借口凑过来，到时候自己会给点面子，不去笑他。

　　毕竟，小男生的自尊心还是要维护一下的。

　　而站在原地的顾宝，目送裴廷远去后，高高兴兴地在原地蹦了一下，没心没肺地转身跑回了自己的队里，开心道："赢了赢了！走走走！吃饭唱歌打电动！"

顾宝在该识趣的时候总不那么识趣，在不需要他那么听话的时候，偏偏又听话了。

裴廷在这个星期第三次点开与顾宝聊天的微信界面，看见聊天记录止于那日顾宝来接他前，对话是顾宝叫他不要这么快出来，自己到了会打电话，外面太阳大，很晒。

贴心得几乎不符合顾宝的年纪，十八岁的小男孩，很少有这样懂事的。

裴廷擅长看人，他觉得以顾宝那冒失、天真的性格，不会这样细腻，大概是有求于人时无师自通，知道讨好，拿平日里求人的套路来套路他。

是的，裴廷被套路了。要不然，他无须浪费时间来思考为什么顾宝真的不联系他这件事情。

应该是球赛结束，他没有利用价值便被甩开了，做得如此明显。

裴廷差点被气笑，他想去顾家将顾宝抓出来，教对方怎么做一个稍微聪明点的坏人，比如即使是利用别人，也要记得收拾好首尾，免得利用不成，反被人恨上。

顾正那老狐狸，到底是怎么生出这种不够聪明的小家伙的？

生了也就生了，偏养成这样的性子，也不知道小家伙长大后遇到事了，由谁来护。

说起来也不关他的事，顾宝是死是活，过得好不好，遇到什么事，都跟他没关系。

他不会小气到去记恨一个小孩利用过自己，也没工夫担忧这小孩的未来。他忙着呢。

裴廷手指一点，删掉了与顾宝的聊天记录。

顾宝也很忙，忙着赢球后跟三班耀武扬威，忙着写作业准备考试。别看顾宝这样，他在他们班还是个学习委员，成绩不错。

等好不容易闲下来，顾宝又被纪图拉着去杨扶风家打游戏。杨扶风最近买了一个PS4和一堆游戏碟，纪图天天在微信上念叨着要去试玩，一放学就把顾宝"劫持"到了杨扶风家。

杨扶风给他们上橙汁、点心，在旁边的小桌上摊开作业，有两份，一份他的，一份纪图的。

顾宝按着手柄，跟着电视机里的画面激动地挥舞双手："纪图，你再不好好写作业，期末就要垫底了，还考不考大学！扶风你也不管管他。"

顾宝虽然心里认扶风为哥，但通常只有心情好或者有求于人的时候喊哥，平时都是喊名字。虽然杨扶风比他大，但大家同级呀。

纪图几刀砍死了一个怪："考什么大学，以后出国留学。"

顾宝："十吗要出国？留在国内跟我们一起玩。"

纪图故意嫌他："谁要跟你一起玩！"

顾宝："你不跟我玩跟谁玩？你是不是有新的好朋友了？"

纪图："一个班的，你不知道我跟谁好啊？"

"我怎么知道你是不是在小区又跟谁好了？扶风你知道是

谁吗？"顾宝说。

杨扶风低头写着作业："他哪有别的朋友。"

顾宝嘻嘻笑了，纪图瞪他："笑什么笑！等我出国了，自然就有新的朋友。"

"图图，你怎么可以喜新厌旧？"顾宝用肩膀撞纪图，弄得纪图的游戏人物一刀劈空了，被怪咬掉了一口血。

纪图用脚踢顾宝："一边儿去。"

顾宝家比较远，到点了就该走了，再不走就得被汤玉美打电话来凶。他做好游戏存档，叮嘱杨扶风看好纪图，别让人偷偷打游戏，级数练得比他高。

杨扶风看着他笑，说好。

顾宝背着书包走后，房间里就剩下纪图和杨扶风，气氛一下冷了下来，只剩按键的声音嗒嗒地响。

杨扶风写完自己的作业，这才抬头道："别玩了。"

纪图将手柄扔在了地毯上，挑衅地望向杨扶风："你凭什么管我？"

杨扶风抿唇，不再看他，也不想争辩，打开下一本习题册做了起来。

这时纪图走到他身边，胳膊撑在桌子上，歪着脑袋瞧他："别写了，我们来玩吧。"

杨扶风问："你真打算出国留学？"

纪图漫不经心道："是啊，我成绩又不好。"

杨扶风还想说点什么，被纪图推倒在地毯上："少废话了，到底玩不玩？"

司机一路将顾宝送回了家，不料家里没人，汤玉美和顾正都出门了，应该是参加什么宴会去了。通常在这种情况下，在顾宝入睡前他们肯定回不来。

　　家里的钟点工阿姨也下班走了，没人给他热饭，搞得他觉得自己好可怜，只能吃剩饭。等洗完澡、写完作业，他这才觉出寂寞来。

　　偌大的别墅空荡荡的，只开一层的灯，有点瘆人。

　　他拉开书桌前的窗帘，往下瞧，底下黑蒙蒙的，只有几盏小灯。寂静的别墅区里，甚至都没多少车路过。

　　顾宝想到上次裴廷拉他去的小公园，还有那口烟，心里躁动得不行，想要学坏。于是他揣着零钱包出门，买了一根雪糕，又买了一盒烟，还搞了一罐啤酒。

　　提着塑料袋，顾宝慢吞吞地走到了小公园，然后喝了一口啤酒，难喝得他都快吐了，再抽口烟，这回是真的干呕了几声。

　　他抹着嘴巴，心想不对啊，上回裴廷教他的时候，除了觉得味道冲了点，没今天这么难受啊，难道是他抽烟的姿势不对？

　　顾宝掏出手机，给手上的烟拍了一张照片，然后找出裴廷的微信发了过去，顺带加上一个笑哭的表情：好难抽啊，是不是我牌子没买对？

　　他把烟按灭扔进垃圾桶里，酒放在地上，拿着雪糕坐秋千上，边荡边吃。

　　他等了很久才收到回复，都吃了半根雪糕。

　　裴廷回复的是一个香烟牌子，除了香烟名字外，其他的话一句没有，吝啬得厉害。

顾宝撇嘴，输入道：酒也难喝，又苦又麻。

这次裴廷回得很快：为什么喝酒？

没有为什么啊，想喝就喝了。顾宝说。

裴廷问他：你在上次的那个小公园？

顾宝惊讶道：你怎么知道啊？

因为照片。裴廷答。

顾宝又发了几句话，还问裴廷要不要来，裴廷都没理他。他无聊地荡了好一会儿秋千，直到一束光落入这个小公园，是车灯。

一辆车停在了公园入口，有人下了车。顾宝用手挡了一下光，模糊间看见有人朝他走来，直到那车子开走，视野逐渐恢复清晰，他才看清裴廷的模样。

裴廷穿着正式，手臂上搭着西装外套。

裴廷朝他走来，就像是特意来找他一样，实在让人惊喜。

顾宝一个激动，用力将秋千荡了过去。他本打算从秋千上跳下来再站住，没料到惯性让他往前冲，踉踉跄跄地差点摔倒。

为了接住顾宝，裴廷臂弯上昂贵的西装落在地上，盖住了地上脏兮兮的球鞋。

球鞋的主人微微踮着脚，头发乱而蓬松。

顾宝开心地笑着，呼吸间尽是雪糕的奶味，甜甜的、腻腻的。他仰头看着裴廷，弯着一双落满月光的眼，说："哥，好久不见。"

顾宝这边说着好久不见，裴廷却不给面子，先是掰开顾宝的手，再按着他的肩将他往外推，就像被什么脏东西给玷污了似的。

顾宝再好脾气也有点气了。

裴廷弯腰捡起自己的西装，看上面沾满尘土，再将目光移到顾宝身上。

顾宝年轻，情绪藏不住，梗着脖子生闷气的情绪，从他下垂的嘴角到瞪圆的眼睛，全露了出来。

裴廷想叹气，又不知道自己在愁什么，只好摆出大人的模样，说："小小年纪，又喝酒又抽烟，你这是想翻天啊。"

他说话慢条斯理，占足道理。顾宝看着那件被弄脏的西装，也没那么生气了。手里的半支雪糕往下淌水，他赶忙举起来，舔了一口："才不小，四舍五入都是个大人了。"

这四舍五入得真够多的。裴廷算了一下顾宝的年纪，还真的小，才过十七，刚满十八，小得厉害。

反正横竖算来，都比他小。

裴廷的视线落在顾宝手里的雪糕上，眼里透出些许笑意："好吃吗？"

顾宝小狗似的点头，就差摇尾巴了："你要不要，我去给你买？"

这殷勤的态度，成功将裴廷心里那点芥蒂给抹平了。

裴廷摇头说不用，问他怎么还不回家，他咬着雪糕，含糊道："家里没人。"

裴廷看到地上有啤酒，捡起来晃了一下，估摸着顾宝才喝了一口，手一扬，就将剩下的大半倒进旁边的花草里。

顾宝惊讶地叫了一声："我的酒！"

裴廷没理他，将易拉罐捏扁，投入远处的垃圾桶里，正中目标。金属罐撞击着垃圾桶，声音充斥着安静的小公园。

顾宝馋死了，也想这么扔，裴廷一转头就见他巴巴地看着，冲他伸手："烟呢？"

顾宝有点肉疼："才抽了一根呢，就这么扔了？"

虽然这么说，但顾宝还是乖乖地将烟交到了裴廷手里。哪知道这人根本不扔，转手就塞进了自己衣服口袋，直接没收。

顾宝无语道："真的很难抽！为什么跟你上次给我闻的完全不一样呢？"

裴廷："上次的是女士烟。"说完他好像还嫌不够，补充了一句，"巧克力味的，专治小朋友。"

顾宝："……"行吧。

莫名其妙地，环境就静了下来，他们谁也没有说话。

顾宝坐回了秋千上，问裴廷："你还不走吗？"

裴廷被顾宝问得有些无言，分明是顾宝在微信上问他来不来，现在又问他走不走，想法真是多变。

他总不能跟小孩计较，只道："回去吧，不早了。"

顾宝不说话，依然荡着他的秋千，装得很酷，又叛逆，很欠打的那种。

裴廷又问了一次，这回加重语气，吓得顾宝脖子一缩，不情不愿道："都说我家里没人了，你要走你先走吧，我在这里待一会儿。"

其实顾宝更希望裴廷能留下来陪他，虽然两个人没什么话说，但有个人在身边，总好过自己一个人受这晚夜冷风。

裴廷直接转身，走到公园门口，这才回头，朝眼巴巴盯着他看的小可怜宝说："过来。"

顾宝瞬间站起身，眉开眼笑，明知故问道："去哪儿？"

裴廷没理他，只用眼神施压。他没敢再卖乖，万一裴廷后悔了，他去哪儿哭，赶紧小跑到裴廷身边，跟着人走。

真是应了顾宝在家的时候在餐桌上说的那句话，没人会讨厌他。这不，才认识裴廷多久，他就成功进了裴堡。

裴廷家跟他家的结构有点像，面积却大很多，用人更多。裴廷进门就将手上的外套交给一名面容慈善的中年妇女，还转头同顾宝介绍了一下："五嫂。"

顾宝乖乖道："五嫂好。"

五嫂笑道："饿了吗？厨房里热着汤。"

裴廷本来想说不用，但余光扫到顾宝，于是说："拿两碗上来。"

顾宝刚开始没说话，跟着裴廷来到餐厅，这才嘀咕道："我不喜欢喝汤。"

在家的时候，汤玉美就老是逼他喝各种汤，什么冬虫夏草、燕窝银耳，对他来说，那些还没可乐诱人。

裴廷看起来再老派，也是个十九岁的年轻人，总不能拒绝可乐的诱惑吧。

顾宝又说："有没有可乐？我渴了。"

裴廷冷漠地砸下两个字："有汤。"

"……"顾宝心想，他这交的不是朋友，是后妈吧。

大概是瞧出顾宝脸上的不情愿，裴廷又补充道："能长高。"

最后顾宝一口气喝了三碗汤。开玩笑，这可是裴廷家的长高秘方，他怎么能不多喝点？

熬汤的五嫂乐了，直言他下次再来，一定会用上她的拿手绝活。

喝完汤，裴廷带顾宝去自己的书房。

顾宝进去后，看了一眼沙发到书桌的距离，选择性拿了几本书，走到了裴廷书桌旁边。

裴廷的书桌底下铺着看起来很柔软的地毯，顾宝腋下夹了个沙发抱枕，踢掉拖鞋，直接在裴廷书桌旁坐了下来。

裴廷惊讶地望着他："你坐地上干什么？"

顾宝伸直腿："跟你聊天啊，沙发隔得太远。"

"没必要，你在沙发上说话，我也能听见。"裴廷说，心里还有点嫌弃顾宝的不讲究，虽然这孩子的邋遢属性在自己认识他的第一天就看出来了。

顾宝耍无赖："想跟你近点说话嘛。"他还拍了下地毯，"这里很软，挺舒服，你要不要过来一起坐？"

裴廷冷硬拒绝："不用。"

顾宝也不勉强他，将手里的书翻了几页，随口问："你爸妈呢？"

裴廷打开电脑查阅文件："出差。"

顾宝："你妈妈跟着裴叔叔一起工作？"

裴廷好一会儿没回话，顾宝以为对方想要专心工作，不想理他。

他又翻了几页书，才听见裴廷说："离婚了，我母亲不住这里。"

裴廷用的是客气的"母亲"二字，没谁会这么称呼自己的妈妈。

其实父母离异是件很常见的事情，顾宝身边就有很多同学是离异家庭，但也不知怎么回事，他就是从裴廷的语气中听出一股难过来。

何为反差？冷硬者心软，强大者脆弱。一时间顾宝手足无措，只能干巴巴地来一句："啊，这样啊，对不起。"

裴廷却低声道："这有什么好道歉的，又不是你的错。"

说完后，裴廷便重新将注意力放在电脑上，直到椅子边有个人挨了过来。

裴廷低头，只见顾宝膝行到他椅子旁，抬头看着他。

裴廷问他做什么，他说："你要不要摸我的头？"

这个提议简直莫名其妙，裴廷说："我为什么要摸你的头？"

顾宝小声道："不摸吗？不摸就算了。"

裴廷反应过来，这大概是顾宝的特殊安慰方式，类似小狗将湿润的鼻头蹭在你手指上，为了让你开心。

他奇异地理解到了顾宝的意思，一时间觉得挺好笑的。

顾宝其实更想摸摸裴廷的脑袋，以示安慰。但裴廷这么威严，想来那金脑袋也神圣不可侵犯，于是他退而求其次，献出自己的脑袋，希望裴廷能摸得高兴点。

裴廷不要就算了，顾宝重新将书捧到膝盖上，默默地看。

这时，有一只手伸出来按在他脑袋上，用力地揉，几乎要将他揉得左右乱晃，险些跌倒。

顾宝伸手护住自己的脑袋，恼羞成怒："你干吗啊？"

顾宝对上了裴廷的笑眼，是真的在笑，开怀地、放肆地、带点恶作剧的意味。这时候的裴廷，总算有了点符合他年纪的朝气来。

顾宝顺了顺自己的头发："下次轻点，我的脑袋也很值钱的，能考六百多分的那种。"

裴廷配合道："是吗？那真的很值钱。"

顾宝："你不信？要不要看我的成绩单？"

裴廷说不用，又问顾宝要考什么学校。这个问题说远不远，说近不近，也是立刻就要考虑的。

顾宝没想好，裴廷就报了个学校的名字，是他的母校。

顾宝说："我为什么要去你念过的学校啊？"

裴廷："你怕什么，我早就毕业了。"

顾宝一脸"你这人很奇怪"的表情，说："就是因为你已经毕业了，我去那里又遇不见你，我去做什么？"

裴廷愣住了。

Chapter
03

你竟然不请我?

裴廷注视着顾宝好一阵，都将顾宝看得心虚了，直问："怎么了？"

裴廷摇头。

正事还是要说的，裴廷同顾宝介绍自己的学校，从环境说到师资，学术再到氛围。裴廷少有地滔滔不绝，他将自己当作一个过来者，真切地在为顾宝考虑。

可惜顾宝听着这番苦口婆心的话，只有嘴上应付，视线飘到一边的手机上，袜子里的脚趾动来动去，片刻不能消停。

裴廷只好停下："你就没想过以后吗？"

顾宝换了个姿势，懒散地趴下，抱着枕头。

"我有考虑过啊，就是还有几个月才高考，等考完出成绩再说吧。"顾宝已经将手机点开了，另起了一个话题，"你今年才十九吧，怎么这么快就出来接手生意了？"

裴廷将目光从他腰上移开："二十了，虚岁二十一。"

顾宝嘴巴微张，一脸傻样："什么时候的事？"

裴廷又开始专心办公，敷衍顾宝："上星期。"他不认为自己过生日没请顾宝，是什么罪大恶极的事，只可惜顾宝并不这么想。

他一骨碌从地毯上翻身坐起，双眼瞪得溜圆，一字一句地念："你竟然不请我？"

就上个星期，他跟裴廷失联也就两个星期。这人怎么连过生日都不请他？他们还是一起吃过牛排、打过球的关系啊！

裴廷的侧脸几乎要被顾宝盯穿，只好停止办公，转过椅子，面朝顾宝。

顾宝靠得太近，屈腿坐着，裴廷转过来后，脚尖差点踩到顾宝。

差点被踩的人还没反应，险些伤了人的裴廷反而皱起眉，脚尖离地，这才说："只是个无聊的生日宴。"

再无趣也是过生日，怎么，他现在连块生日蛋糕都没资格吃吗？爸爸肯定也知道这事，竟然都不跟他说。

顾宝把书合上，捡起手机，穿好鞋子。

裴廷见他动作，问他："要走？"

"回去了。"顾宝拍了下膝盖上不存在的灰，面无表情地说。

短短三个字，裴廷听出了怨气，也觉出顾宝的别扭。他很少哄人，起码这不是他擅长的事。他觉得顾宝现在挺幼稚，就是太闲了，才会因为这种小事生气。

虽然心里有点烦，但裴廷还是说："五嫂的点心还没送上来。"

顾宝转头看了他一眼："不吃了。"

顾宝都走到门口了，也没听见裴廷的后文。

比如喊住他，或者再解释两句，不然他很没面子。

刚闹了脾气，真这么走的话，以后真的老死不相往来不成？

别说两家有生意往来，就是都住在一个小区，日后都不好相见了。

明明之前这人在他面前时时装出大人的样子，现在情商怎么这样低？他心里都快挖个坑把裴廷给埋了。

顾宝的手碰上了门把，特意停下，竖起耳朵听后面的动静，结果只听见敲打键盘的声音，回头一看，裴廷竟对着电脑开始办公，压根儿没有想留他的意思。

这时五嫂敲门，顾宝正好拉开门。她看见顾宝，笑眯眯道："怎么出来了？要去上厕所吗？走廊尽头右拐。"

顾宝刚想说话，就听见裴廷在身后说："他准备回去，五嫂，你送他下楼。"

五嫂惊讶道："哎呀，你才来多久啊，就回去了？"

她刚说完，顾宝就接过五嫂手里的点心盘子，露出了乖巧的笑容："好香，我吃完点心再走。"

五嫂开心道："好好好，下次记得来吃饭，我做的饭比点心好吃哦。"

顾宝天真地眨眼："是吗？我也很想吃，可惜裴哥太小气，不肯请我来。"

裴廷听顾宝污蔑自己，无奈地敲了下桌子："好了，五嫂你先回房休息吧。顾宝，过来。"

五嫂只能冲顾宝笑了笑，替他们关上门。

顾宝端着点心站在门口："干什么？"

裴廷扫了一眼顾宝手里端着的盘子："你打算把盘子都端

回家？"

不情不愿，满脸别扭，顾宝慢吞吞地挪到裴廷桌前，把点心往桌上一放，动静很大，充满脾气。

裴廷的脸也沉了："请人的是我爸，要不你找他闹去？"

顾宝惯来狡猾，哪怕脾气比天大，撒泼的时候也极会看人脸色，能够反反复复折腾人，让人有火发不出。他拿这套应付了很多人，对付裴廷，绰绰有余。

当下顾宝也不闹了，双手背到身后，跟罚站的小学生似的，眼皮耷拉着，嘴里还要委屈道："我以为我们是朋友。"

说完他用眼去瞄裴廷，见人无动于衷，只能继续："你瞧不起我。"

这指控很重，哪怕刚开始裴廷确实看不上顾宝，这时也不能承认。他说他没有，顾宝继续嘟囔："第一次见面你就嫌我脏。"

裴廷沉默了，无法反驳。顾宝见他不反驳，更加起劲："平时微信也是，我给你发十条，你能回一次都不错了。还有上次打篮球，是你叫我别烦你的。你都不知道，庆功宴时我因为你那个要求，连饭都吃不下。"

这当然是骗人的，顾宝吃了三碗米饭，撑得在电玩城都玩不了跳舞机。

因为胃里沉，蹦不起来。

见裴廷面容有松动的痕迹，顾宝趁热打铁："哥，做朋友是相互的，你老嫌弃我，我也难受啊。"

裴廷逐渐平静下来，也觉得自己刚才冲顾宝发火有点不妥。他软和语气，难得道了歉，又说："是我不对，下次生日肯定请你。"

顾宝蔫蔫地应了一声，仿佛被裴廷伤透了心。他指了指点心："那你吃吗？"

裴廷将盘子往他那里推，哄小孩："都给你。"

顾宝端起要走，裴廷忙道："去哪儿？"

手里拿着点心的顾宝挪到沙发上："我吃完再走。"这是不跟裴廷好了，他不肯挨着裴廷，也不坐地毯，省得伤心。

裴廷轻咳一声："你真打算吃独食？"

顾宝的小脸从沙发背后探了出来，嘴巴还沾了点饼干屑："不是你说都给我的吗？"

"我那是客气话。"裴廷一脸正直，面不红、气不喘地说，"坐过来，分我一半。"

顾宝只好端着盘子原路返回。

裴廷倒没跟他抢那几块饼干："别生气，生气长不高。"

这是哄孩子呢，骗谁呢！顾宝生气地想，浑然不觉自己刚才喝了三碗汤，就是被骗了。他满脸不开心："我现在不想理你。"

裴廷的心正软着，全是因为顾宝说，那天庆功宴为了他连饭都吃不下。他现在看顾宝，都能看出这小破孩的可爱之处来。

他笑顾宝："再生气可就要变傻子了。"

顾宝更气了："不许说我傻！"

他瞪着裴廷，好在裴廷也没有要一直逗他的意思，"嗯"了一声，算是答应了。

但顾宝疑心重，见这番对话一结束裴廷就拿起手机，立即追问："你不会是去微信把我的备注名改成'傻子'吧？"

裴廷拿着手机："我只是要看邮件。"

顾宝不信："你给我看一下。"

裴廷便给他看了，上面只是单纯的"顾宝"两个字，并没有改名。

顾宝这才松口气，裴廷要退出，却不小心手滑点开了发送信息，对话框里一片空白。

裴廷："……"

顾宝："……"

漫长的沉默后，顾宝艰难开口："你把我们的对话删除了？"

裴廷没否认，这毕竟是事实。他现在头有点疼，不知道该怎么跟顾宝解释这件事。

而且顾宝如今的眼神让人非常有压力。

让人意外的是，顾宝在这件事上倒没有过多纠缠："算了。"他坐回地毯上，"下次不要删了，对话删了，连聊天记录都翻不到，跟没加有什么区别。"

裴廷用指腹敲了敲手机屏幕："你在意这个？"

顾宝也不看他："因为你不在意我这个朋友，所以无所谓我们的聊天记录。删了就删了吧，反正也只是一些无聊的话而已。"

裴廷嘴唇动了动，想说什么，顾宝却看了一眼时间，说："这次我真的要走了。帮我谢谢五嫂，她做的点心真的很好吃。"

顾宝前脚在裴家将人堵得哑口无言，后脚一到家就把这事给忘了，足以见其不上心，在裴家的做派都是装的。

其实他当时的反应也不算做戏，发现裴廷竟然删了对话，他还是有点不开心的，但这些都被裴廷的表情所弥补了。

裴廷一副得知自己做错了，想开口解释又没法张嘴的模样实在好笑。

顾宝觉得裴廷这个人有意思，大概是因为对方平时成熟稳重、冷淡疏远，一旦有了点温度，就特别给人好感。

顾宝到了家，发现顾正和汤玉美已经回来了。

发觉顾宝没在家，汤玉美特意守在客厅，将人逮着骂了一场。

幸好顾宝在裴廷家待了有段时间，身上的味道都散了，要不然叫汤玉美知道他偷偷抽了烟，顾家都要被她掀翻。

顾宝好不容易回到房间，竟然收到了裴廷的消息，虽然只有干巴巴的一句"到家了吗"，但足够叫人惊喜。

他赶紧回了个表情包，又乖巧地说自己真没怪对方，叫对方无须在意那么多，反正聊天记录没多少。

顾宝将话发过去便去洗澡了，等洗完澡出来再看信息，就看见裴廷说：好的。

这两个字几乎要被顾宝瞪出火来。好的？就这样？就没了？裴廷到底会不会说话啊？这个人肯定没有朋友。

顾宝将手机丢开，在床上滚了几圈，这才气呼呼地捡起手机。他不想理裴廷了，是手机游戏不好玩，还是新剧、动漫不好看，他何必活受罪，对着一根木头生气？

裴木头没有自知之明，还要问他：你想过来吃饭吗？

什么叫我想？明明是你要请我吃饭。顾宝说。

裴廷再木，都能看出顾宝这句话里的火药气息了，更何况他不木，只是喜欢逗小朋友而已。

裴廷说：不是你跟五嫂说想过来吃饭的吗？

顾宝牙关都咬紧了，就觉得裴廷实在讨厌，半句都不输人，连一个邀请都能说得像他要去蹭饭一样。

他别扭地回了句：我只是客气一下而已。

裴廷说：好的。

又是"好的"！怎么又是这两个字！这人知不知道这两个字有多气人，多影响他发挥！顾宝气得脸都绿了，咬牙切齿道：我！不！好！

裴廷看见这三个字，忍不住笑了，知道逗小朋友要有度，便说：我开玩笑的。你有空就过来吧，五嫂很喜欢你。

小朋友还在生气，输入了半天，最后跟他说：是你非要请我的。

这时五嫂将茶送了进来，看见裴廷的表情，也跟着笑："少爷，是有什么好事吗？"

听五嫂这么说，裴廷放下手机："没有。"

五嫂："是吗？很久没见你这么笑了。"

裴廷想了想，又笑了一下："确实遇到了好笑的事。"——和好玩的人。

第二日，顾宝到了学校，逮着纪图就开始吐槽裴廷，可惜他这好友今日状态不佳，连打数个哈欠，叫他都不好意思继续说下去了："图图，你昨晚做贼去啦？"

杨扶风跟他们不在一个班，所以课间休息一般顾宝是找纪图说话。

纪图懒洋洋地趴在桌上："是啊，做贼去了，现在腰酸背痛。"

顾宝顺着他的话说："偷什么去了？"

纪图突然笑得跟偷腥成功的猫一样："偷玩去了。"

这话听得顾宝大大翻了个白眼："不是都让你等我了吗？玩到哪儿了？"

纪图又打了个哈欠，眼泪都溢出来了："也就通关了吧。"

顾宝羡慕得要命，逼着纪图跟自己交代，到底是怎么打通关的。

纪图被他烦得不行，放学以后就躲得不见人影。杨扶风来到他们班，见只有他一个人，还奇怪地问了句："纪图呢？"

顾宝突然发现杨扶风对纪图的称呼也变了，以前明明会跟着他一起喊图图。

然而现在这些都不是重点。

顾宝酸溜溜道："不是让你帮我看着纪图别打游戏吗？他都打通关了！"

杨扶风双眼微睁，是吃惊的模样。顾宝观察杨扶风的神情，明白了纪图大概是骗他的，当即就嚷嚷着纪图不厚道。

他又想起来杨扶风想找纪图，便问："你找他什么事啊？"

杨扶风摇头："他不在就算了，我们走吧。"

顾宝便和杨扶风一起走到校门口才分开。杨扶风看着顾宝上了车，这才去校园的自行车棚。在那里，他看见了吊儿郎当、单肩背着书包的纪图。

纪图坐在他的自行车上，两脚踩在地上。

杨扶风见他又是这么不着调的样子，不由得皱起眉："你在这里做什么？"他抬手看了一眼腕表，快六点了。

见纪图没应声，杨扶风走过去，也不理人，蹲下身开自行车的锁，没想到纪图直接往他膝盖上一踹。杨扶风往后一躲，差点坐在了地上，然后抬头，有些愠怒道："这是在学校！"

纪图无趣地收回脚，随意道："你又要去上那个什么补习班？"

杨扶风随口回他："你自己不想好好读书，还要拦着我？"

听他这么说，纪图直接炸了："你什么意思？看不起我就直说！你呢？送完你的顾宝了？"

杨扶风忍了忍，还是没忍住："你别总是阴阳怪气的。再说，顾宝是我们的朋友，你自己不知道哪根筋搭错线，不等我们一起，还说这种话。"

纪图最烦他说大道理，直接起身要走，看也不看他一眼。

杨扶风眼明手快，抓住了纪图的手臂，纪图停下，声音冷硬道："松手。"

而此时，顾宝还不知道他的两个朋友起了纷争。回到家中，他又一次需要赴宴。而他已经在白天给裴廷发消息，说晚上要去裴廷家吃饭。

这下好了，得爽约了。

顾宝在微信上跟裴廷说了，裴廷问他是不是王家那个，他便直接给裴廷打了个微信电话，等了好一会儿电话才被接起来，裴廷问："什么事？"

顾宝："你不去吗？那里我谁都不认识，肯定会很无聊。"

"就算我去，你也会很无聊。"裴廷说。

顾宝急忙道："怎么会？你来啊。"一着急，顾宝用上了自己对顾正撒娇时常用的语气。

很可惜，裴廷不是顾正，对他的撒娇有很强的抵抗能力："你可以不去宴会。"

顾宝失望道："不行啊，爸爸叫我多交点朋友，但你知道的，没谁想跟我这小孩做朋友啊，他们都有自己的圈子。"

裴廷没想到顾宝竟然还能看出这些来，也不算太笨。不知道为什么上次跟他在宴会的时候，表现得那样傻。

裴廷心里虽这么想，嘴上还要安慰："没事，总有人会喜欢你的。"

裴廷说的是实话。顾宝生得好看，人们总是对好看的人有几分宽容，他便是如此，对顾宝比对旁人都多出了几分容忍心。

最后顾宝还是跟着顾正去了宴会，裴廷则留在公司夜战。他年纪轻轻出来做事，并没有旁人想的那么轻松。

很多事情不是靠着家世就容易办成的，家世就像一把双刃剑，可以利用来推波助澜，却也容易一不小心成为阻碍，他只能付出更多的精力去做好每一件事。

他所在的项目组，组员渐渐走光了。他捏了捏酸胀的眉心，拿出手机，发现顾宝半个小时前给他发了一条消息。

顾宝说，他在宴会上遇到了一个好人，他也交到朋友了。

顾宝说那人叫舒明，问他认不认识。

裴廷一下从办公椅上站了起来，握紧了手机。他可太认识了——舒明，舒家老二，那个变态，专挑小孩子欺负，尤其是顾宝这种！

裴廷风风火火地赶到公司的地下停车场，驱车前往宴会举办地，其间还不断地给顾宝打电话，偏偏总没人接。他理智地猜测事情不会那样糟糕，因为现场有顾正在。

但是就怕万一，舒二要是用阴招，事情就很难预计。

打不通顾宝的手机，裴廷便给顾正打电话。顾正接得很快，裴廷来不及客气，直接切入主题，问顾宝在哪儿。

顾正被他问得一愣，他再次急声追问，顾正便说顾宝没在自己身边，又问他怎么了。

裴廷不知道该不该说舒二的事情，这事三言两语说不清楚。

说裴廷没后悔是不可能的，他应该陪顾宝去。

他对顾正说："我有急事要找顾宝，叔叔你帮我找一找他。"

顾正说好，说找到了再联系他。

挂掉电话后，裴廷又给几个朋友都打了电话，叫他们帮忙找顾宝。

一路疾驰，裴廷在十多分钟后抵达宴会现场。他的一个朋友周玖说帮忙看了一下监控录像，是舒二把人带走了，也没离开多远，在泳池那边。

宴会地点是一家酒店，年纪大的要谈事，年轻人觉得宴会无聊，便可以去酒店的娱乐场所打发时间。

有玩牌打球的，也有游泳唱歌的。泳池那边有好几个提供休息的房间，顾宝就是被带去了那里。

周玖隐晦地暗示，顾宝已经被舒二带走有段时间了，如果真有什么意外，可能已经晚了。

　　裴廷只觉得脑子里嗡的一声，仿佛有根弦断了。周玖从未见过他脸色这么难看，额露青筋，震怒万分。他风一般卷到了泳池那边，其间还将一个玩水枪的公子哥撞进了泳池里。

　　水花溅起，裴廷一身湿透，而他全然不顾，大步朝那几间房跑去。

　　这时，在房间里的顾宝完全不知道已经有人找他找疯了。他只觉得今晚认识的这位舒先生有点奇怪，刚开始感觉是个热情的人，现在觉得有点过分热情。

　　房间里有游戏机，大概是宴会布置人安排在这儿的。顾宝一进来便开始打游戏。舒先生说去洗澡，给他倒了一杯果汁，叫他先喝。

　　顾宝没喝，专心打游戏。进房间的时候，顾宝留意到舒二锁了门，心里有点奇怪，但也没多想。

　　他想着好歹自己是个男生，不用这么紧张，说不定这是舒二的习惯。汤玉美在家也喜欢锁门，她觉得这样有安全感，甚至没法开着门睡觉。

　　但顾宝就完全不同，他不喜欢锁门，特别不喜欢，家里还是宽敞些好。

　　于是，等舒二进了浴室，顾宝便将门锁拧开了。

　　他继续沉迷游戏。

　　房间外，裴廷推开一间间房间的门，还惊扰了一对小情侣。男的抱住女生张嘴大骂，裴廷也不管，留下周玖替他连连道歉。

　　周玖头大得很，能来这个地方的人非富即贵，哪有这么好得罪的，也不知道顾宝是裴廷什么人，让他这么着急。

他也希望裴廷动静不要太大，如果那个顾宝真被舒二欺负了，也有顾正在。

前几个房间都检查完了，只剩走廊尽头的那个。这顾宝还算幸运，那些房间要么没人，要么没上锁，让他们快速地确定了目标。

周玖看见裴廷已经站在门前，握住了门把手，他没有像之前那样冲动推开门，就像临到门前，又开始胆怯，担心里面的画面是自己最害怕的那种。

舒二会对顾宝做什么，裴廷其实也不确定，但他非常确定的是，顾宝落在舒二手里就绝对不安全。舒二这个人心绪不定，做事全看心情，无法无天。

必须要及早让顾宝离开舒二的掌控。

周玖刚想过去帮忙，就见裴廷果决地推开门，那门竟然也没锁。

周玖看见裴廷愣住了，那表情既不像震怒又不像惊恐，甚至有些茫然。

里面到底发生了什么事情？周玖跟过去，往里一看。

只见舒二竟然被一个男生按在地上打。男生看起来年纪不大，瞧着也不算孔武有力，手上却抄着个破掉的游戏机，机身上染血，是舒二的血。

时隔几年，舒二再次翻车，被人爆头。

顾宝气喘吁吁，像头愤怒的小豹子，连踢带踹，手上的游戏机高扬，又要往下砸，舒二满脸血，都快被吓尿了。

像他这种饮酒作乐的富二代，身体看着强健，实则不堪一击，竟然还没有正在长身体的青少年来得凶。

舒二听见有人开门，连滚带爬往门口跑，希望有人能救自己。

舒二慌乱之下没看清来人的长相，等瞧见是裴廷，就觉眼前一黑。下一秒，他就真的眼前一黑，因为裴廷一脚踹到了他的小腹上，将他踢飞出去，他摔在地上，没了动静。

周玖极有眼力见地关上了门，以防舒二那群狗腿子看见了过来帮忙。

顾宝攥着游戏机，浑身紧绷，剧烈喘气，牙关都在战栗。他转头看向门口的裴廷，再望向地上昏迷不醒的舒明，手里的"凶器"一下掉在地上。

裴廷走过来，伸手碰他的脸。他本能地一缩，他不是故意的，但他忍不住。好在裴廷好像也不在意他的躲闪，而是强硬地摁住他的脑袋，指腹擦过他的脸颊，带下一抹血来。

裴廷沉声问："有没有哪里受伤？"

顾宝迟缓地摇头，颤抖地喊了声"哥"。他的眼酸了，腿软了，本来年纪不大，从小又是被捧在手心长大，第一次遇上变态。看着地上生死不知的舒明，他忍不住红了眼眶："我是不是惹祸了？"

裴廷说没事，顾宝还要去看舒明，却被遮住了双眼。裴廷同他四目相对，对他说："别看那种东西。"

顾宝抬手握住了裴廷按在自己脸上的双手，哑着声道："我不是故意的。他非要灌我喝酒，我不肯，他就要揍我。"

裴廷嘘了一声，安抚道："我知道。他是我踢晕的，也是我打伤的。你没来过这里，也没闯祸。"

说完裴廷转头望向周玖，问："是吗？"

虽是疑问句，但用的是肯定的语气。

周玖"啊"了一声，看向刚刚还凶得很的小豹子，现在瑟瑟发抖的顾宝，立即反应过来，点了点头，还安慰顾宝："小朋友，别怕，你裴哥能处理干净这事，不用担心。"

顾宝的身体没那么抖了，裴廷打算叫周玖先把顾宝带走，他留下来处理。没想到顾宝揪着他不放，一双眼巴巴地望着他，是刚受过惊，现在只相信他，只愿意跟着他的模样。

周玖体贴道："老裴，你带小朋友去清理一下吧，我来处理这人渣就好。"

裴廷点头："麻烦你了。"

周玖笑道："跟我客气什么，你裴公子的人情，多的是人想要。"

顾宝不安地看了看周玖，轻轻松开了裴廷的袖子，说："我感觉好多了，可以自己回去。"

周玖一眼就看出来顾宝是怕裴廷欠他人情，所以强装出无事的模样。他都能看出来的事情，裴廷自然也清楚。

裴廷脱下西装外套，披在了顾宝身上："走吧。"

顾宝还在犹豫，却在裴廷颇具压迫感的眼神下闭了嘴。

裴廷将顾宝带到了另外的房间，给人洗手，查看是否有伤口。顾宝身上有点磕碰出来的瘀青，唯一的伤口在手上，大概是因为太紧张，被游戏机的碎片划伤了。

顾宝刚才不觉得疼，现在看到伤口，痛感就明显起来，但他没有像上次裴廷帮他处理伤口那样，嚷嚷着喊疼，而是不出声，安安静静地让裴廷给他上药。

裴廷一直听不到声音，便抬头看他："不疼吗？"

顾宝抿嘴摇头，裴廷看着他的模样，觉得这孩子冒着傻气，在不该乖的时候，乖得让人心疼。

他不擅长安慰人，当下也不多问，只沉默地处理顾宝的伤处，然后收拾医药箱。

裴廷不问顾宝发生了什么事，顾宝有点感激。

他坐在床上，看着裴廷进浴室拿出一条洗好的毛巾，然后轻轻擦拭他脸上的血。

裴廷说："现在没事了，别怕，有我呢。"

房间的隔音效果一般，隐约能听见外面泳池里的喧哗声。顾宝紧张起来，跟裴廷说："你说我刚才动静闹得那么大，会不会被人发现？"

他这是还在担心呢。

裴廷打开冰箱看了一眼，找到自己想要的东西拿出来，又去洗杯子，忙进忙出，还要安慰顾宝："听见了也没什么，那畜生不敢说出去。"

见他这般态度，顾宝也渐渐没那么害怕了。

顾宝刚受了惊吓，心潮正起伏着，裴廷往他手里塞了杯热牛奶，秋后算账："为什么不接我电话？"

听到这问话，顾宝这才想起兜里的手机，立马掏出来看，原来手机没电关机了。因为他在来宴会的路上使劲地玩，游戏耗电，给裴廷发消息的时候早就只剩百分之五的电了。

也正是因为要找房间充电，他才被舒二哄骗走了。也是他玩心大，一见游戏机就忘记充电的事。

裴廷在酒店床头翻出了多功能充电线，将顾宝手机接了过去："一会儿记得给你爸爸回个电话。"

"爸爸在找我吗？"顾宝也急了，走到床头盯着手机，恨不得屏幕快快亮起来。

裴廷敲了敲他的脑袋，力道很轻："因为我在来的路上给他打了电话，问他你在哪儿，他联系不上你，肯定会担心。"

顾宝衣服上也有血，他扯了一下衬衣下摆，烦躁道："这怎么办啊？我这个样子肯定不能给爸爸看见。"

说完他求助般地望向裴廷，这时候他就觉得裴廷无所不能。

被顾宝用这种眼神一看，裴廷移开视线，到底没让顾宝失望，拿出手机便同别人联系，叫人带点衣服过来。

挂了电话，裴廷还要跟顾宝对说辞："你一会儿就说……"他停顿了一下，想起来时那个被他撞进水里的公子哥，便说，"跟人玩水，掉进池子里了。"

顾宝小声嘀咕这理由太蠢，被裴廷一瞪，乖乖说好。手机屏幕亮了，顾宝拿起来给顾正回电话，声音平稳，演技满分，显然应付顾正很是得心应手，已经骗人不下一两回了。

裴廷新奇地打量顾宝，又在心里重新给他下了个定义——

看来还是个小骗子。

顾正语气稍重地将小骗子说了一顿，到底心疼他，没有骂他，只叫他记得跟裴廷联系，说人家找了他许久。

顾宝握着手机，看着眼前的裴廷，后知后觉发现对方的衣服都是湿的，衬衫贴身，发丝滴水，比他更像一个落进泳池的受害者。

他对着电话那头的顾正说："我知道，哥现在跟我一起呢。"

顾正奇怪道："他今天也来了？我怎么没看见他？"

顾宝："一会儿你就能看见。"说得差不多后，他挂了电话，对裴廷道，"你身上都是湿的，有衣服换吗？怎么弄的？"

裴廷用手背随意擦拭下巴上的水："不是很湿，一会儿就干了。"他说的倒不是假话，他体温高，这衣服贴着身体，很快就干了不少。

顾宝跟个小大人一样念他："不知道注意自己的身体，感冒了怎么办？你不是帮我弄了衣服吗，给自己也弄一套啊。"

裴廷不理他，等人把衣服送来了，就拎着衣服递给他。裴廷在电话里交代的是年轻人穿，布料舒服为主，于是对方买的是棉质短袖和运动长裤，朴素简单。

顾宝拧开扣子，脱掉西裤，将新衣服穿上，总算觉得喘过来气，转身一看，裴廷竟然背对着他，站在远处摆弄手机，一副君子避嫌模样。

他忍不住笑："哥，都是男的，你怕什么？泳池边都是穿得比我少的男人啊。"

裴廷不回头，问他："你穿好了没？"

听顾宝说穿好了，裴廷这才转身，忧心忡忡地拧着眉，又要教训他："这个世上坏人不分男女，也不会写在脸上，你要有防备心。"

"我知道啊。"顾宝说，"可是你又不是别人，我知道你是好人啊。"

这话堵得裴廷满肚子大道理说不出来，哑口无言。

顾宝笑不出来了，裴廷继续道："你今天太胡闹了，不要随意相信陌生人，要是真的出了什么事，最后受罪的只有你自己。"

发觉裴廷很认真地在教训自己以后，顾宝突然委屈上了，就不知道为什么，反正很委屈。明明是他被欺负了，还要被说。

顾宝不说话，低着头掰手指，跟自己较劲，负气不理人。裴廷也不管他，将他换下来的衣服捡起来，放进酒店的脏衣篓里，然后给周玖打电话，问处理好舒明没有。

周玖说差不多了，问他在哪儿。他看也不看顾宝，同周玖道："我现在过去找你。"

顾宝一下抬起头来，盯着裴廷。裴廷脸上不见刚才安慰他时的温情，又像第一次见面时那样冷漠。

他忍不住撇着嘴，手指掰得通红，只见裴廷将手机收起，转头对着坐在床上无措的他说："我先走了，你在这里休息一会儿，等你父亲过来接你，不要乱跑。"

顾宝立刻站起身："你不和我一起？"

裴廷冷淡道："我很忙，还有事。"

"你骗人，你，你刚刚都打算留下来陪我的。"顾宝急得说话也结巴起来。

他委屈死了，不明白裴廷为什么这样生气。他跑到了门前，幼稚地用身体挡门："你气什么？难道你是坏人吗？"

裴廷的脸色更糟："我当然不是。"

"那你更不该生气了，我又没说你。"顾宝说。

他这副模样，让裴廷眸色更冷，言语越发不客气："现在的问题是你不知道该怎么尊重其他人，也没有要尊重的意思。"

顾宝眼皮泛红："是舒明先欺负我的，你也欺负我！"他的眼泪在眼眶里打转，强忍着不让它掉下来。其实他知道裴廷的意思，可是现在的情况不一样，他就觉得裴廷不向着他、不护着他，还骂他、怪他。

他看裴廷的眼神，就像做错事情的是裴廷一样。

顾宝让开，大声道："你走好了！我就是不知道尊重别人，我就这样，你要讨厌就讨厌吧！我不在乎！"

要是现在在家里，顾宝都已经蹿到房间摔上门了，可惜这里没门，他只能跑到床边，把自己埋进被子里，偷偷吸鼻子。

今天这种事情，他不是不害怕，不是不难受，他只是觉得自己是个男孩，要坚强点。就算是他偏激说了两句不好听的话，就不能……换个时间来教育他吗，他又不是不肯听。

顾宝把自己裹成了一个蚕蛹，等了半天没听见关门的声音。他憋着气等着，只等来了拍在他被子上的手，裴廷说："出来，天这么热，把自己裹成这样做什么？"

他在被子里扭了扭身体，说："不用你管我！"

裴廷没出声，顾宝已经后悔了。等了好一会儿，他终于慢吞吞地探出个脑袋，眼眶通红，头发乱翘，被子裹得他只露出一张脸，像枚三角饭团。

顾宝耷拉着脑袋，红着鼻子，小声说："对不起。"

裴廷还是没出声，顾宝脸几乎要埋到胸口了："我刚才说的都是气话。"他抬起头，眼尾都垂下来了，可怜得紧，"别生我的气。"

怎么会有顾宝这种人，裴廷心想，闹的时候让人生气，委屈的时候又叫人心疼。裴廷不觉得心疼，但多少有点无力，有一股发不出火来的感觉。

倒也不能说顾宝错，他是冲动说错了话，裴廷自己也选择错了时机来教育。

于是裴廷没有在顾宝刚刚负气的时候离开。其实就差一点了，他的手已经握上门把手，脑海里却又浮现出顾宝委屈的神情。

他觉得这是因为小孩的口不择言，叫人生气。

他看着坐在床上，几乎是无师自通就能叫人轻易心软的顾宝，脑子还未想，嘴上便说："我没生气。"

顾宝死死地盯着裴廷，想通过这种方式看穿裴廷的内心。可裴廷毫无表情的脸上瞧不出丝毫破绽，唯一能看出来的东西，大概就是他对于顾宝的认错，好像没有丝毫动容。

这让顾宝心里有点懊恼，他不想裴廷讨厌他，这人帮了他许多，从篮球赛到今天救了他。

裴廷给他打了那么多电话，又辛苦地找到他，现在更背下殴打舒明的罪过。

于情于理，裴廷都是他的恩人，他欠了裴廷天大的人情。

他是不懂事，但还没有到完全不知人情世故，认为别人帮忙都是应该的地步。

他既然能跟裴廷认错，最艰难的低头的那一步都走了，自然也不怕接下来没脸没皮耍赖了。他松开了一点被子，手拍了拍床边："你坐。"

裴廷扫了一眼床，拒绝道："我身上是湿的。"

顾宝用期待的眼神望着他，他无法，只好坐下，只挨着一点床，好像真的怕把床单弄湿似的。分明他和顾宝，没有任何一个人需要留下过夜，他们一会儿就走了。

这只是借口，顾宝心里清楚，裴廷大概是还没原谅他，或者更糟糕。裴廷对他的印象比刚开始的时候还差，可能觉得他无药可救，又或者骄纵，是个不懂尊重人的傻子。

顾宝的脑子里乱七八糟地想着，裴廷却变得沉默寡言，没有刚才的谈兴。

其实在顾宝看来，这更符合裴廷平日里的性格。这人本来就不是多话的人，刚刚大约是因为想安慰他，所以多说了几句，后来……就是被他气到了，怒斥了他一顿。

说是怒斥，也不太准确。裴廷说顾宝的时候，声音不高不低，却能够让人轻易感觉到他的不悦。大概是因为他出社会早，经历了事，能够不怒自威。

顾宝哪受得住这种，把脑袋一歪，开始耍无赖。

"哥，我还能去你家吃饭吗？"

裴廷说："我能拦着你不成？"

顾宝嘿嘿一笑："不让我进去也可以，反正五嫂喜欢我，她会来给我开门。"

两个人之间的气氛又缓和下来，谁也不想提刚才的事情了。门被敲响，是顾正来了，他看见宝贝儿子莫名换了一身衣服，还有点诧异。

顾宝就将刚才裴廷教自己的那套借口跟顾正说了。顾正一边听，一边看了裴廷好几眼。裴廷不等他问，便慢慢解释："顾宝摔水池里的时候，我刚好路过，被溅了一身水。"

顾正立刻道："真是不好意思。顾宝你也真是，都知道给自己弄套衣服，不知道给裴廷弄吗？"

真是好大一口锅，顾宝被堵得说不出话。

裴廷客客气气地同顾正打完招呼便要走，顾宝下意识拉住他："去哪儿？"

他回头，眼神平静道："我还有事。"

顾宝悻悻地松开了手，他怕裴廷还没消气，说不准回去就把他拉黑了。

像是瞧出他在想什么，裴廷叹了口气，主动道："今天晚饭没吃成，周末再约吧。"

顾正就看见自己儿子的情绪由阴转晴，像一朵小太阳花一样，然后露出标准的八颗牙，用力点头。

裴廷一走，顾正就奇怪道："你跟裴廷的关系什么时候变得这么好了？"

"嗨！"顾宝鼻子快翘上天了，"你不知道你儿子吗？多招人喜欢啊！区区裴廷？"顾宝牛皮吹得很响，好像自己刚才没有又闹又低头哄裴廷似的。

顾正点他额头，把人戳得一晃一晃的："在裴廷面前长点心，多学学人家好的，收收你浑身臭毛病。"

顾宝有点心虚："我还是不是你宝贝儿子了，竟然说我一身臭毛病。"

顾正还看不穿他："和人裴廷才闹矛盾吧？"

顾宝大惊，觉得他爸不愧是白手起家，发家致富的大佬，这读心术太牛了。见顾宝一脸惊叹，不知在脑补什么，顾正叹气："你是我儿子，我还能看不出你打小跟别人认错的样子吗？"

顾宝这套顾正都见了无数回。这套在他奶奶面前百发百中，在自己面前偶尔管用，在他亲妈那儿？别提了，架势刚摆出来，汤玉美就已经把拖鞋抄起来往他的小屁股上抽了。

顾宝"哦"了一声，眉梢耷拉下来。顾正想揉揉他的脑袋，自家的孩子再熊也是在家疼。想到他跟别人认错，顾正心里就不太是滋味。

他也知道自己这种心态养儿子不好，幸好有汤玉美在旁边镇着，要不然顾宝非得被养废不可，哪还能像今天这样，是个可心的小宝贝啊！

亲爹看着自己加了一千八百层滤镜的儿，刚想安慰安慰，就见那不争气的儿嘻嘻一笑，冲他嘚瑟："爸，你听见没，裴廷喊我去他家吃饭呢！"

顾正刚伸出去的手立刻失去柔情，用力地敲在顾宝的脑袋上，恨铁不成钢道："长点心！别个子不长，心也不长！"

这话可戳到顾宝的痛处了。男孩晚发育，但十八岁也差不多该猛长个了。顾宝自小个子就不矮，偏偏进了发育期，这生长就变得迟缓了，慢吞吞的，一年也就长两三厘米，长到现在，也就一米七三。

汤玉美一米七，顾正一米八三，怎么说顾宝也不该一米七三。虽然对自己未来的身高有信心，但顾宝回到家中还是吵着要吃夜宵，要长个。

汤玉美烦得随便用剩菜给他炒了个饭，再加一个煎蛋，淋点酱油。夜宵刚端上桌，他就闹着要喝奶。裴廷在酒店给他的热牛奶，他觉得好喝得紧，又香又浓。

他们家都没喝牛奶的习惯，只有一箱亲戚送的酸奶，汤玉美翻出来给顾宝。顾宝不乐意的表情刚出来，汤玉美就站在餐桌前满脸风雨欲来，下一秒就要脱鞋抽他了。

顾宝顿时识相道："谢谢妈妈！世上只有妈妈好，一会儿我吃完自己洗碗洗锅，妈妈早点睡吧，睡前记得多擦点护手霜。"

所以说，顾宝这身哄人本事哪儿来的？全是在他妈身上实践出来的。都是惨痛的眼泪，时代的记忆。

吃太多的下场就是，晚上顾宝起了几次夜，胃里还是不舒服。他找纪图和杨扶风，可这两个人都不理他。亏他还想跟这两位好兄弟吐槽今天的事情，寻求安慰。

退出群聊，顾宝点开裴廷的微信，不抱太多希望地发了一句：哥，睡了吗？

没想到裴廷竟然回他了，虽然只有一个问号，但他也不介意。

顾宝问他：这么晚，怎么还不睡啊？

忙。裴廷回道。他是因为顾宝才这样忙的——找顾宝的时间本来应该用来工作，既然在顾宝身上花了时间，那么自然也要牺牲点睡眠来弥补工作。

小祸害还不知自己惹了祸，给他发消息，说自己吃撑了，睡不着。这是真的气人，有人想睡还睡不了呢。

下一秒，小没良心的顾宝说：哥，今天真的谢谢你。谢谢这种事情，不能嘴上说说。

裴廷挑眉：你不嘴上说说，还能做什么？

那边输入很久，最后才发来一句：我会有行动的，你信我！

至于怎么行动，顾宝也没仔细想。大概是有好吃的、好玩的，或者看到有趣的东西，都会发给裴廷，同他分享。

因为裴廷有删过他们对话，顾宝觉得是之前的聊天记录让裴廷认为没有保存的意义，裴廷才删除的。所以现在该聊点有意义的，于是聊天内容成了今日趣事、风景照，或者是顾宝的成绩进了几名，退了几名。

裴廷每日工作完，看一眼跟顾宝的聊天记录，恍惚间都有自己多了个十八岁孩子的错觉，而孩子马上就要高考了。

高考像是全世界都该紧张的事情，裴廷看了看顾宝的成绩，的确像顾宝所说的优秀，可供选择的大学也有好几所，不过……

顾宝在卧室做作业，桌上摆着汤玉美给他炖的燕窝。手机震动几下，是裴廷给他发消息。裴廷问他：不考虑出国留学吗？

这个顾宝真没想过。如果要出国留学，早应该准备起来了。整个顾家都没人想过要让他出去，觉得太远了，独苗离开这样久，父母舍不得。

而且顾正觉得，家业这么大，哪怕顾宝不够优秀，也能让他靠着吃一辈子，无须出国镀金，证明自己。学校选个离家近的，周六周日能回来最好。

　　顾宝对这些没想法，没有丝毫叛逆心思，也不想远走高飞，他是想考完以后按成绩选学校。

　　他问裴廷是不是觉得他出国比较好。裴廷回得很谨慎：看你选择。

　　顾宝一时有些茫然。其实从小到大，上什么学校都是听从父母的安排，顾宝没觉得有什么不好的。

　　他对未来没有什么想法，或者说，他不够有主见，比较随波逐流。他做梦也不敢想象自己能变得像裴廷那样有出息，只需要做个不够好也不坏的孩子就行。

　　也不是没想过，他这种不成器的样子，能不能接下顾正的产业，曾经还因为这种事情觉得有压力，好几天饭都吃少了。汤玉美看在眼里，派顾正同他谈心。

　　他们家慈父严母，顾宝跟爸爸比较好，虽然也爱和妈妈撒娇，但男人的心事还是跟爸爸谈。顾正得知他的苦恼后，哈哈大笑，揉着他的脑袋说："小小年纪，想这些做什么？"

　　顾宝苦大仇深地叹了口气："不小了。"

　　顾正抱住自己的儿子，跟他说不要害怕，就算到时候接不下产业也没有关系，父亲打好的江山就算守不住，他也有一定的股份，以后靠分红过自己的日子就行。

　　顾宝看着自己的爸爸，小声说："你会不会觉得我很没用啊？你当初应该多生一个。"

顾正看着自己的儿子，疼在心上的宝贝，柔声道："不会，爸爸最不后悔的事情，就是生命里有了你。"

　　自那以后，顾宝便不再想这些事了。有人宠着的孩子，天塌下来了都有人撑着，顾宝天真地以为他能这么顺利地过一辈子。

　　日子过得很快，顾宝在学习和偶尔放假去找裴廷玩的时间中度过了。随着他在裴家待的时间增加，他也见过了裴叔叔。裴叔叔每次看见他都笑呵呵的，对他很好，甚至记住了他爱吃的菜。

　　裴廷的书房给他布置了一个专门的地方，供他写作业。有时候顾正都会说他，叫他不要经常去麻烦人家。

　　对顾宝来说，去裴廷家，跟去杨扶风、纪图家都没有区别，都是去朋友家。

　　而且随着高考的来临，顾正和汤玉美明显紧张起来。两个人都放下了手中不少的事情，回家陪顾宝，搞得顾宝很烦，特意在餐桌上叫顾正去忙公事，叫汤玉美继续去跟富太太们上茶艺班。

　　汤玉美给顾宝装了一碗饭："宝宝，你马上就要高考了，爸爸妈妈怎么能不关心你呢？"

　　顾宝："不要，你们这样叫我紧张，我紧张就容易发挥得不好。跟平时一样就好了。"

　　说是这么说，但顾正和汤玉美还是老样子，逼得顾宝直接往裴廷家跑，求得喘息的空间。

　　顾宝在裴家的时候，裴廷也不惯着他，忙的时候会叫他不要说话。五嫂经常送点心、茶水过来，养得他还胖了几斤。

有时候裴廷跟别人谈的事情、开的视讯会议，都会让顾宝觉得这人也太厉害了，怪不得裴叔叔会让他这么小年纪就出来做生意。

这天裴廷刚通完一通电话，放下手机，便感觉到旁边有道炙热的目光在盯着他瞧，转头一看，只见顾宝双手托腮，支在桌上盯着他看。

裴廷从来都无视顾宝这些奇怪的行为，反倒是顾宝先开口："你不问我在看什么吗？"

裴廷翻看着文件，配合地问了一句："在看什么？"

顾宝坐在软绵的懒人椅上，靠着抱枕，书桌上散着一堆试卷。懒人椅什么的是裴廷亲自叫人安排的家具，和这冷硬的书房格格不入。

顾宝感叹："哥，你也太帅了。"

裴廷好似无动于衷的模样，也不理顾宝。顾宝又说："裴姐姐什么时候回来？"

跟裴廷熟了以后，他才知道他"一见钟情"的裴姐姐在国外进修，很少回来。他常常念一念，每次他一提到裴姐姐，裴廷脸上的表情就会很好笑，感觉特逗。

顾宝热衷于看裴廷露出各种各样的表情，就像抽卡一样，叫人心痒痒的，所以他时不时挑战裴廷的极限。

裴廷看穿了他的套路，不想回应。

顾宝又问："哥，你喜欢什么样的女生？"

这个问题没有任何营养，不过裴廷没想过会找什么样的女朋友，他想了想，说："不知道，看感觉，年纪小点吧，皮肤白，睫毛……"裴廷意识到自己难得多话，便立刻停了下来。

果然，再看顾宝，这人都激动起来了，手撑着桌子，双眼亮晶晶的："这么详细，哥，你是不是已经有意中人了？"

裴廷冷下脸："作业写完了吗？"

"早就写完了。快继续说啊，是谁？哪家的女孩？长得漂亮吗？"顾宝兴奋道。

他不客气道："我为什么要跟你说？"

这话让顾宝有点受伤了，他轻轻坐回了自己的椅子上："干吗呀，问问都不行吗？"

裴廷默然，犹豫着要不要哄一下顾宝，但顾宝这个人擅长自我安慰。

果不其然，没过多久，顾宝就说："我也有喜欢的类型。"

他不管裴廷要不要听，自顾自道："我喜欢像姐姐那样的，头发长，长得漂亮，有气质，个子要高……"

直男顾宝，品位就是这么土。裴廷越听脸越黑，生气道："我不想谈这些，闭嘴，要不然就回你家去！"

顾宝安静了，书房里也就没人说话。五嫂送点心过来，刚好打破了凝滞的气氛。顾宝认错认惯了，他自然地接过了五嫂的点心盘，走到裴廷面前，乖乖地冲人笑。

顾宝从盘里捡起一块饼干，递给裴廷。裴廷刚要拿，顾宝的手就一缩，闭紧嘴"嗯嗯"了一声，表示自己要说话，想用饼干换裴廷心软，给他解个禁。

裴廷烦他，拨开他的手，要继续看文件。他不依不饶，将裴廷的椅子转向自己，又"嗯嗯"了一声。

再让顾宝这么闹下去，裴廷就做不了事了，于是他说："说话。"

顾宝一下便笑着从盘里捏点心，掰了一块送到裴廷手里："别生气，生气容易老，吃块点心消消火？"见裴廷吃了，顾宝还问，"好吃吧？"

裴廷冷眼瞧他："又不是你做的，骄傲什么。"

顾宝没脸没皮，将手里剩下的点心直接塞自己嘴里，还舔了一下手指上的碎末："与有荣焉嘛。"

说完就见裴廷用一言难尽的眼神望着自己，顾宝问："怎么了？"

裴廷说："脏。"

顾宝："……"

Chapter
04

四人行的海边聚会

纪图和杨扶风吵架了，等到顾宝发现的时候，两人已经好几天都没说过话。顾宝真是左右为难，他们三人关系这么铁，怎么能说翻脸就翻脸？这次还是认真的。

　　顾宝劝纪图，纪图露出白牙朝他笑，话语却冷透了："你再提他，我连你都不搭理。"纪图说到做到，一转眼就跟别人玩了，课间都不喊他。

　　他委屈地给杨扶风发消息，问他们到底怎么了。杨扶风只说没事，纪图闹别扭，过几天就好了。

　　于是顾宝等了几天，却发现纪图越发跟别人打得火热。也不是没人跟顾宝玩，但他心里最好的兄弟是纪图，好到以后结婚他都要请纪图当伴郎的那种。

　　纪图不理他，他难受，他不明白纪图到底在气什么。晚上去裴廷那里玩，他愁眉苦脸，连点心都吃不下，托着下巴在那里叹气。

　　裴廷刚开始没管顾宝，等忙了一通，转头看人还在那里愁，出声道："到底什么事？"

　　顾宝问裴廷："如果你生我气，那你怎么样才能消气？"

裴廷："你说呢？"他以为顾宝最懂怎么让人消气，毕竟顾宝成天招他，让他烦了，又卖乖，来来回回踏着他的底线，肆无忌惮。

看来问裴廷也是白问，顾宝又趴回桌子上兀自忧伤。裴廷走到他桌前，敲了一下桌面："起来。"

顾宝趴着摇头："没劲。"

裴廷："走，我带你出去逛逛。"

马上要高考的学生，心理最容易出问题。裴廷虽然不算家长，但平日里总是忍不住关注相关消息，前几天才有个学生跳了楼。

裴廷觉得自己太操心了，说是在养儿子也不为过。顾宝很少拒绝裴廷，即使拒绝，也会在对方第二次提出时同意。裴廷本意是在小区里随便逛逛，顾宝却要骑裴廷那辆超帅的重机车，去江边喝酒、吃桂花糕。

车骑上了，桂花糕也买了，酒却没有，只有两杯奶茶。江边有大片的草地，许多人都来这边散心。

裴廷从背来的包里掏出浅色的毯子，铺在地上，让顾宝坐。

城市的夜空没有星星，顾宝转了个身，小声地问裴廷："我两个朋友吵架了，他们现在不搭理对方，也不理我。"说到这里，顾宝委屈了，"可是我又没惹他们，他们干吗生我气？"

裴廷问："是不是你无意中得罪人家了？"

"我没有，我只是想让他们和好。纪图说如果我帮扶风说话，他就不理我。"顾宝赶紧把事情的经过说了，他真的很冤枉。

他看着裴廷英俊的侧脸，注意力突然跑偏："哥，你这睫毛能搭火柴了，你有没有试过能搭几根？最近这种视频很多，要不我给你拍一个，以你的颜值肯定能火。"

裴廷正帮顾宝分析他和他朋友的事情，当给高中生开解心事了，哪知道下一秒，这人就无厘头地来了这么一句。

他转头想叫顾宝认真点，脸刚侧过来，发现顾宝因为靠得太近，嘴唇不小心擦过他的衣服，刚吃过桂花糕的油脂便沾到了他的衣服上。

这个意外让两个人都愣住了，还没等顾宝反应过来，裴廷已经坐起身："你怎么回事？"他声音有点冷，不是很高兴。

顾宝太久没被裴廷凶了，虽然平日里他对顾宝的态度也算不上温柔，但顾宝听得出来他是真的不高兴还是在逗自己。

现在突然被说了，顾宝还有点蒙，就像每个被宠坏的孩子失了偏爱，都会有落差感。

顾宝："我不是故意的。"他有点伤心，"这又不是多大的事。"

裴廷却连名带姓地喊他："对我来说，不是小事。"

"只是个意外而已，桂花糕又不脏，再说也不是洗不掉。"顾宝没想到，他才问完裴廷生气时怎么才能消气这种问题，他就真惹裴廷生气了。

裴廷沉着脸，顾宝不敢说话，只能吸着奶茶，小心用纸巾给裴廷擦拭衣服。

顾宝不是不知道，裴廷讨厌衣服皱巴，每次穿前都要熨得齐整。有次用人熨得不够好，顾宝亲眼看着裴廷这个完美主义者重新熨了一遍，可见他有多在意衣服是否整洁。

但此刻裴廷起身，头也不回地对顾宝说："走吧，很晚了。"

紧接着，他便听到拍打声，转头一看，顾宝用力拍了好几下自己的嘴唇，把嘴唇都拍红了。

他惊讶道："你做什么？"

顾宝顶着那通红的额头，狠狠道："给你出气，叫它没分寸，弄脏了裴少爷的衣服。活该吧！"说是给裴廷出气，实际嘴上却毫不客气。

他也是有自己的小脾气的，平时看起来软得很，刺却藏在最里头，等到发狠时，就会冒出来扎人手。

顾宝这样，裴廷反倒不知该怎么办："我不是这个意思。"

"随便吧，我要回家。"顾宝冷着脸道。这几天他本来就因为纪图的事情烦，现在还要受裴廷的气。算了算了，这些人，他谁都不想哄！

顾宝气冲冲要走，却被裴廷逮住领子，强行掉了个头。裴廷刚想抓住顾宝的胳膊，就被人用力撞了一下，撞得他后退几步，他怒了："顾！宝！"

没想到顾宝比他更大声："裴廷！我受够你了！这点小事你还要生气，你讲不讲理啊！"顾宝气急败坏，音量控制不住，引得路人纷纷侧目。

裴廷尴尬了："闭嘴！"

顾宝冲过去："为什么是我闭嘴！你才闭嘴！"

他又要撞裴廷，裴廷为他的幼稚惊叹的同时，双臂却快准狠地把人控制住，叫他不能再乱动。

顾宝狠狠踩他的脚，他疼得眉心一皱，却还是没松开顾宝，声音轻了下来，低声哄道："行了，怎么这样大的脾气，这是在外面，不是在家里，别闹了。"

在裴廷手下挣扎了半天都没挣扎出来，本来就敌不过裴廷的力气，顾宝只能歇。这气一泄，顾宝的脑袋就清醒过来，明白自己吃了熊心豹子胆，竟然跟裴廷发火，甚至踩人脚。

真是出息了，他该不会活不过今晚吧？顾宝瑟瑟发抖。

裴廷见他安静下来，于是放开他："不生气了吧？"他的语气就跟哄孩子一样，甚至带点笑意。

"刚刚像只发疯的小狗。"裴廷嫌他。

顾宝听了不服气，不情不愿道："谁是小狗啊！是你先生气的。"

裴廷长长地叹了口气，多少有点无力感："所以你现在知道，我生气的时候，你该怎么样叫我消气了吧？"

顾宝有点蒙，他又没有特意哄裴廷，裴廷是怎么消气的？因为他刚才顶嘴，还踩裴廷？

裴廷见他还没明白，解释道："你朋友如果在意你的感受，还想继续跟你一起玩，就算你不哄，他也会消气。那种哄不回来的朋友，就没必要继续了。因为即使你低声下气，对方内心也没把你当回事……"

"不是这样的。"顾宝闷闷地反驳，"纪图是很好的人，我们认识很多年了，他不会不在乎我。"

"嗯。"裴廷应了一声，手一下下顺着他的背，就跟安慰他一样，"别想太多了，也别难受。"

顾宝点了点头，他静了一会儿，然后不太好意思道："哥，你的意思是，你心里很在意我，想跟我一块玩，所以自己消气了吗？"

他忍不住笑了起来，颇为自得，蹬鼻子上脸。

周六天气很好，顾宝一大早被裴廷的来电吵醒，拿着手机缩在被窝里艰难地说："哥，今天周末，我要睡觉。"

"起来。"简短有力的命令，叫顾宝被迫睁开了眼睛。有时候他都怀疑，上辈子他是裴廷的儿子，所以这辈子被裴廷管得死死的。

他困得头晕眼花，匆匆洗脸刷牙，连嘴边的牙膏沫都没冲干净，然后顶着一头乱毛，挎着个小包就立在了家门外。

裴廷开着车来接他，车停在他家门前鸣了一声喇叭，把他的瞌睡吓跑了一半。

顾宝睁开眼，慢吞吞上车，问："去哪儿？怎么开了这辆？"

顾宝随便穿了一件短袖短裤，脚上还踩着拖鞋，腮边一抹白沫，实在不像话。裴廷知道这个人邋遢，但没想到随着认识时间的增加，顾宝越发不讲究。

不过他自己也没说到底去哪儿，保了个密，实在怪不得顾宝这副模样。

裴廷抽出纸巾，用力按在顾宝脸上，有点嫌弃道："脸没洗干净。"

顾宝将挡风镜打下来看，嘴边还有点残余的牙膏沫，他不怎么在乎地舔掉："到底去哪儿啊？我昨晚写卷子写到了一点钟，好累啊。"

"抽屉里有早餐。"裴廷说。

顾宝拉开抽屉，里面塞着温热的三明治和瓶装豆奶。顾宝撇嘴："这就是你给高三学生的早餐？"

裴廷："不吃给我。"

顾宝赶紧拆开包装，塞在嘴里咬了一大口，含糊道："送人了哪有收回去的道理。"

这三明治相貌平平，内里却很丰富，培根火腿、芝士鸡蛋，咬一口下去，酥脆表皮被蛋汁裹过，好吃得要命。顾宝惊艳道："不是外面买的吧，五嫂做的？"

裴廷没说话，顾宝咽下嘴里的东西："哥，你做的？"裴廷"嗯"了一声，没否认。旁边的顾宝受宠若惊，他把三明治吃得干干净净，一点都没浪费。

车子开了一个半小时，到了目的地，竟然是在海边。这心散得够远的。顾宝看着自己这一身："你怎么不早说啊？我都没带泳衣。"

裴廷解开安全带，扶着顾宝的椅子将身子往后探。

裴廷将纸袋放在他腿上："给你买好了，要不要再给你买个游泳圈？"

"小看谁呢！我六岁就是浪里小白龙了好吗！"浪宝开心坏了，他喜欢海，喜欢太阳，喜欢这里的一切。

顾宝踢开拖鞋，就要撒欢，再一次被裴廷从后面逮住了。他发现裴廷真的很喜欢提溜他的领口，就像那是缰绳，随时让他刹车。

顾宝护着脖子，转头要跟裴廷抗议这个行为，就见裴廷用湿纸巾在他嘴角擦了一下："把鞋穿好，这里石头多，小心扎到脚，小白龙。"

裴廷声音里的笑意，还有那个称呼，闹得顾宝反而有些不好意思："知道了。"他抢过裴廷的纸巾，"我自己来。"

"等等。"裴廷又喊停，"还有人一起。"

顾宝莫名其妙，看向裴廷。裴廷冲不远处挑眉，顾宝回头，看见来人，双眼一下就亮了，"谢谢哥，你真好！"

杨扶风和纪图一前一后地走了过来，两个人看起来好像还没和好，但他们还是来了。纪图满脸别扭地对顾宝说："马上就要高考，还出来玩，也就只有你这么心大了。"

顾宝亲亲热热地将手搭在了纪图肩上："反正图图你来了。想不想我？"

纪图翻了个白眼："才多久不见，少腻歪了。"说完他悄悄地凑到顾宝耳边说，"对不起啊。"

顾宝同他笑，笑得毫无芥蒂。他们本来就没什么事，只是闹小别扭而已。今天能和好，对顾宝来说，那就是天亮了，烦心事全消。

顾宝和纪图在前面走，杨扶风和裴廷在后面看着他们。

杨扶风对裴廷说："谢谢你。"

"我不是为了你们，只是他不开心。"裴廷注视着顾宝的背影，低声道。

裴廷先联系的杨扶风，本能让他觉得，怎么解开顾宝目前的困局重点在杨扶风身上。

果然，他将顾宝的烦心事说了以后，又提出周末来海边一趟散心放风，杨扶风同意了，并成功地带上了纪图。

沙滩边上很多人，裴廷租了四张带篷躺椅，还有专人送上水果和饮料。裴廷不打算下水，却准备齐全，喊了准备下水疯的顾宝过来，让他抹防晒霜。

顾宝穿上了花花绿绿的泳裤，戴着墨镜，直接往躺椅上一瘫，一动也不想动。

旁边纪图捧着个半圆的西瓜，一勺勺地挖，杨扶风已经下水了。

"我不用防晒。"顾宝犯懒。

裴廷不理他："晒伤了晚上就不能吃海鲜了。"

顾宝立刻抬起头，惊喜道："还有海鲜？"

裴廷拿着防晒霜在他眼前晃了晃："烧烤啤酒，你不是想喝酒吗？"

顾宝兴奋地直踢腿："哥，你太贴心了！"

顾宝擦好防晒霜，踩着拖鞋跑到纪图身边，分了一口西瓜。

顾宝眯着眼乐："超甜！"他太快乐了，今天不但有海，还能跟纪图和好，他觉得这是他今年感到最高兴的其中一天，还有一天是赢了三班的比赛那天。

裴廷在海边悠闲地坐了一下午，享受他难得的假期。他又不是机器人，更不沉迷公事，偶尔出来散心也算放松。

晚上，海滩边燃起一簇簇火，都是由附近商家提供的烧烤工具。裴廷负责烤，顾宝负责吃。

后来顾宝良心过不去了，狗腿至极，给裴廷打下手，给裴廷倒可乐。因为裴廷负责开车，不能喝酒。

顾宝自己也喝了大半瓶可乐，打着饱嗝跟裴廷说："哥，你的手艺真的太好了。"

裴廷没搭理他，他也不在意，乐颠颠地跑去和纪图玩。

这个时候的海风很舒服，顾宝又吃饱喝足，没多久就和纪图双双瘫在沙滩上，有一搭没一搭地数星星。

裴廷在海滩附近定了一间海景别墅，他们在这儿过夜。

由于这是给顾宝的惊喜，裴廷没说要过夜的事情，顾宝什么都没有准备，本打算不换衣服，却被无法忍受他随便的裴廷带去买衣服。

杨扶风和纪图花了一天的时间，也就勉强在人前装出个样子。本来就是纪图单方面同杨扶风冷战，现在知道顾宝的心思，纪图再怎么样也会给点面子，而私下里，他根本没有把杨扶风从微信黑名单里移出来。

顾宝出门前特意跑到纪图那儿问他要不要一起出门，他趴在床上看电影，慵懒地翻了个身："不去。"

"想吃什么夜宵？夜市那里吃的很多。"顾宝扒拉着门框问，他心里还是很想捎上纪图。

纪图终于撑起身子，伸出手指冲顾宝勾了勾。顾宝不明所以地走过去，刚走到床边，纪图就一跃而起，坏笑着用手臂勾住了他的脖子，挠他痒痒。

顾宝晕头转向间，被人一阵挠，笑得拖鞋都飞了出去，不断求饶。纪图挠了好半天才气喘吁吁地停下来："年纪不大，却挺操心。"

纪图松开了顾宝："我真的没事，就是马上高考了，有点情绪失控，不用管我。以前该怎么样，现在就还是怎么样。"

他开始赶人："去吧，给我带点水果，想吃草莓。"

顾宝说好，起身又看了看纪图，没有立刻走，而是轻声说："那你别不开心。"

纪图翻了个身，重新拿起平板电脑，装作要看电影的模样，不耐烦地冲顾宝摆手："行了，赶紧走吧。"

顾宝从纪图房间出来，又转去杨扶风房间。杨扶风不在，也不知道去了哪里。他下楼，裴廷在院子里等他。

院里立着一盏灯，灯下飞虫无数。裴廷穿着简单的白衬衫、牛仔裤，单手插兜等着他。

顾宝小跑过去，放肆地跳到了裴廷身上，要裴廷背他。

裴廷只在开头被顾宝压弯了腰，步子都没挪两下，姿势不变："下来。"

顾宝利落地下了地，嘿嘿地笑："哥，我们走吧，不是要买衣服吗？"

说着他赶紧朝前跑了两步，怕裴廷揍他。裴廷还是揍了，也不疼，不是很认真的教训。

夜市很热闹，到处都是人。一整条街，盏盏灯绵延到尽头，有许多酒吧，一间间餐厅，有烧烤、海鲜，卖墨镜的，卖泳衣的，应有尽有。

顾宝跟裴廷挨得很近，他手里拿着一枚甜筒，慢慢地吃，眼睛还往裴廷身上瞄。

裴廷转头，正好捕捉到他的视线，问他："看什么？"

"哥，你为什么对我这么好啊？"顾宝问。他跟裴廷认识几个月了，从来都不觉得对方是个贴心的人。裴廷对他的态度，就跟逗小孩一样。

但顾宝喜欢跟裴廷待在一块，即使这个人让他觉得自己像永远长不大的孩子。他从未想过，裴廷也有这么贴心的一面。

裴廷反问："我对你好吗？"

顾宝用力点头。裴廷知道他烦什么，还为他解决烦恼，这份用心当然是对他很好了。哪怕是他自己都难以想象，他会对谁这么用心。

"也没有很好吧。"裴廷散漫地否认，顾宝便不说话了。

裴廷打量他，看他吃得嘴边都是奶油，忍不住道："你怎么一天到晚嘴边都沾到东西，你是小孩吗？"

顾宝胡乱地舔掉嘴边的奶油，厚颜无耻地笑道："我是啊。"说笑完，顾宝长长地吐了口气，"我觉得我这次高考肯定能考好，人生都圆满了。"

"你人生才过多久，这就圆满了？"裴廷说。

顾宝也不在乎裴廷说他，反正他自己觉得已经足够完美，有好吃的，有好玩的，身边还有对他很好的人。

裴廷看到一家服装店，拉着顾宝进去了。

买好了衣服，再捎上纪图的夜宵，他们俩去晚上的海边散心。浪潮有规律地起伏，天边一轮月亮，热闹仿佛都离他们远了，世界安静下来。

顾宝说，以后有了女朋友，一定要带过来。裴廷好像看海看入神了，没理。顾宝使坏，用脚勾了海水往裴廷身上泼，将人的白衬衫都泼湿了。

裴廷无可奈何地看他，用手将湿发拢至脑后："顾宝，你是不是欠揍了？"

顾宝快步跑开，大笑："我才不等你揍我！"

裴廷大步朝顾宝走去，顾宝根本跑不过裴廷，没有一会儿就被逮住了，顾宝惊叫道："吃的！衣服！"

裴廷也不管，举着顾宝就往海里走。顾宝只能拼命把东西扔到干燥的沙滩上，保住了衣服，没保住食物。

他不断认错："哥，我错了，哥，我给你磕头了，放我下去吧。"

裴廷脸上沾着水珠，眉目染笑，根本不理他，就像个恶作剧的孩子，非常英俊。

顾宝双手扶在裴廷的肩膀上。

下一秒，顾宝就被丢了出去，整个人摔进了水里，苦腥的海水淹了一脸，难受得要命。顾宝蔫蔫地从海水里爬出来，他要收回那些裴廷对他好的话，这个人对他不好起来，简直不是人。

竟然把他往海里丢，弄得给纪图带的草莓都给浪费了。

他坐在那里没动，裴廷以为他生气了，跨着海水朝他走来："是不是摔到了？"

等裴廷一走近，顾宝就把人拉进海里，自己体验到的滋味都叫裴廷尝试一遍。

两个人在海边闹得浑身都湿了，回到别墅的时候，顾宝都冷得发抖。

顾宝一回来就迫不及待地进了浴室。他浑身的沙子，头发里都是，一身海腥味，难闻得紧。

本来今晚顾宝是跟裴廷一起睡的，因为别墅虽大，但只有二层能睡人，三楼是阳台，一楼是客厅，二楼就三个房间。

刚开始分房的时候，纪图不等安排，就已经提着包占了一个房间，说自己最近有点精神衰弱，没法跟别人睡，只想自己一个房间。

杨扶风看着纪图的背影，裴廷没问顾宝意见，便做了决定："顾宝跟我一间吧。"他朝杨扶风示意，"你睡这间。"

杨扶风看了看顾宝："可以吗？"

顾宝心想，问他干什么，他觉得无所谓，跟裴廷一间就一间呗，反正裴廷看起来应该也是那种老实安静的睡相，他实在没办法想象裴廷打呼噜的样子。

但现在顾宝后悔了，他一点都不想理会裴廷。于是洗完澡后，他径直去找纪图了。

刚进纪图房间，顾宝就打了个哆嗦，纪图房里的空调温度开得太低了，刚洗完澡的顾宝冷得直吸气。

纪图开着灯睡觉，被开门声弄醒，从被子里探出一个脑袋，眼睛都没睁开："你怎么来了？"

顾宝走过去掀开被子，冰冷的手脚激得纪图清醒了几分，他摘了耳机道："快走，我都说了我晚上一个人睡。"

"别这样，图图，聊会儿天嘛。"顾宝舰着脸继续往被子里钻，还想凑到纪图的平板电脑面前，"你在看什么？"

纪图嫌弃死了，使劲把他推开，耳朵上的耳机掉下来，里面电锯的声音漏了出来。他再看纪图的平板电脑，上面赫然是恐怖电影的氛围。

顾宝牙酸道："图图，你的口味什么时候变得这么重了？你看这个睡觉不会做噩梦吗？"

"不会。你再缠着我，跟我一起睡，我才会做噩梦。"纪图冷酷道。

顾宝说："我们马上就要毕业了，到时候考上大学有可能就见不了面，你不会想我吗？现在我在创造我俩的回忆，免得你上了大学太想我了，躲在被子里哭。"

纪图听得五官都皱在一起了："顾宝，你脑子坏掉了？我都被你肉麻得起鸡皮疙瘩了。"

说是这么说，但纪图到底没有继续赶顾宝走，反而换了一部顾宝爱看的电视剧。

中途纪图问："我的水果？"

顾宝一想起来就气，说别提了，都叫裴廷给霍霍了，浪费钱，直叫裴廷败家子。

正说着，纪图的房间门被敲响了。

裴廷换好了睡衣，头发微润，靠着门，抱着双臂："顾宝，还不回房间？"

话音刚落，裴廷就看见顾宝跟个地鼠似的，一溜烟滑进了纪图的被子里，连脑袋都看不到了。他走到纪图床前，对那团窝包说："出来。"

顾宝闷在被子里说："不要，我今晚跟图图睡。"

纪图嫌弃地用脚踢顾宝："哎，出去，回你的房间。"

顾宝在被子里掐了纪图一把："你还是不是我的好兄弟了！"

纪图说："我是啊，但是今天的车费、餐费、房费，全是金主爸爸给的。此处不留人，你走吧。"

顾宝见纪图不肯留他，只能灰溜溜地从被子里出来，跟在裴廷身后回了房间。

裴廷坐在床上，在翻东西，发出了不小的动静。顾宝站在门口，眼睛盯着脚，被罚站一样，就是不过去。

而他确实也被罚站了，罚了三十秒呢。

他听见裴廷说："过来。"

顾宝瞬间憋了口气："不要。"

他决定反抗，要是裴廷打算跟他动手，那他也要还手。脸丢一次就好了，不能次次都丢。

顾宝给自己的劲鼓得很足，却听裴廷说："过来，头发吹干了再过去睡。"

他一愣，有些茫然地看向裴廷。裴廷依然是面无表情的，手里拿着吹风机，桌上还放着一盒巧克力。

顾宝慢吞吞地走过去，眼睛盯着那盒巧克力，心想他才不会那么容易被哄好。

他刚走到裴廷面前，嘴里就被塞了一块巧克力，香甜的味道在嘴里漫开。

裴廷说："你想跟纪图一个房间就去，先把头发吹干，不然会感冒。"

他浑身劲都没了，乖乖点头，这时裴廷问他："甜吗？"

顾宝笑了："甜。"

真是没有比顾宝更好哄的了，裴廷心里忍着笑想。

顾宝晃了晃脑袋，不太满意裴廷吹头发的手法。裴廷显然没伺候过人，给他吹个头发，要么远要么太近，一会儿烫耳朵，一会儿他又觉得自己脑袋快被推得从脖子上滚下去。

偏偏顾宝不敢嫌弃，只能不断提出改正意见。裴廷到底还是烦了，把吹风机塞他手里，让他自己来。

顾宝几下将头发吹干，男生头发短，本就不用吹，他怀疑这是裴廷冲他示好，哄他来吹头发。咂巴着嘴里的巧克力味，他决定原谅裴廷了。他可真是容易心软。

屁股底下的床又软又绵，房间里的温度刚刚好，顾宝打了个哈欠，困了。

裴廷躺在床的右手边，左边空出了一个人的位置，还贴心地备了一条薄被。他用遥控器将房间的灯光调暗，然后对顾宝说："你可以去纪图房间了。"

他都困成这样了，也跟裴廷和好了，去什么纪图房间，纪图那里冷死个人。

顾宝自然地掀开被子躺下，还怼一句裴廷的口是心非："我去图图房间，那你让出来这么大一块的位置，还有床被子，谁来躺？"

裴廷用着手机，冷漠答道："我习惯睡右边。"

顾宝翻了个身，脸靠在胳膊肘上："一般不是睡中间的吗？"

他非要下裴廷的面子，叫人承认想把他留下来。

"因为右边有插座，能充电。"裴廷抬手，晃了晃手机连着的线。

这人不按套路来，气得顾宝翻了个白眼，掀起被子往脑袋上一罩："我要睡了，关灯！"

这次裴廷没跟他反着来，关了灯，也躺进了被子里。周遭太静，没多久顾宝就睡着了。

醒来时，他发现被子的四个角都掖得严实，屋里的空调不知道什么时候停了，窗帘只开了一条缝，耀眼的阳光在屋里落下一角。

顾宝踢开了被子，觉得又潮又闷，非常难受。

他往身旁一看，旁边已经空了，裴廷不知道去了哪里。

这时门被轻轻敲响，杨扶风的声音在外面响起："顾宝，你醒了吗？我买了早餐回来。"

顾宝对门外喊："我醒了，在换衣服呢。"

杨扶风笑道："那我下楼了，在餐桌那里等你。"

顾宝松了口气，他下了床，先去洗澡。昨天湿衣服是裴廷收拾的，也不知道给他收去哪儿了。

放水的时候，顾宝给裴廷打电话，一接通，急促的呼吸扑了顾宝一耳朵，将人都听炸了，顾宝大声道："你干什么呢！"

"在健身。你醒了？"裴廷好似没听出他多毛了，自然地问，中途还喝了口水。

裴廷听到水声，问他："你在洗澡？"

顾宝坐在浴缸边上："对啊，你走的时候把空调关了吗？

热得我出了一身汗。"

"没关。"裴廷问他，"想吃什么早餐？"

顾宝也不纠结空调的事："扶风已经买好了，你回来吃就行。对了，我的衣服你收哪儿了？我洗完澡要穿。"

"你先洗吧，我很快就能回去，一会儿给你送上去。"裴廷的气息变得平稳许多，但还是有点急促，声音微哑。

洗澡的过程中，因为担心裴廷随时可能进来给他送衣服，所以他加快动作，只用偏冷的水洗了个澡，将黏腻的汗水冲干净。

但裴廷不是不知分寸的人，给他送衣服进来时，敲了门。

门里传来顾宝的声音，他说进来。

放下衣服，裴廷就出去了。

裴廷先到楼下，看到杨扶风和纪图一左一右占据了餐桌的两端，互不搭理。

裴廷同他们不熟。他性格本就冷淡，不需要应酬或者无心来往的人，他通常不会保持热情。

他随意地选了一把椅子坐了下来，拿起面前的面包，涂抹果酱。

餐厅里的气氛很静，近乎凝滞，每个人都在做自己的事情，谁也不理谁。

直到楼梯口传来有节奏的脚步声，顾宝小跑下楼，卷来了一阵新鲜空气。他没留意餐桌边位置的分布，自然地落座到裴廷对面。

这时，杨扶风和裴廷同时递了东西给他。杨扶风推过来的是面，裴廷则是将手上抹好酱的面包递给了他。

最后是裴廷先收了手，他自己吃了那块面包，又慢条斯理地将餐盘里的鸡蛋切割成小份。

顾宝没有意识到刚才发生的事情有什么问题，在他眼中就是裴廷给他吃的，又收了回去。再加上杨扶风的面实在诱人，他便接过来吃了，一边吃一边关心纪图："你一大早只吃水果啊，不饿吗？"

纪图将手里的草莓放下，蔫蔫道："胃不舒服，不饿。我上去补觉。"

说完他把餐盘一推，走了。

顾宝发觉桌上的水果只有草莓，奇怪道："昨晚我带回来的草莓不都摔烂了吗？"

他看向裴廷，跟他确认，裴廷掀起眼皮，应了声"嗯"。

顾宝说："难道我记错了？"

裴廷看了一眼杨扶风，觉得顾宝这孩子的脑子怕是没救了，也懒得提醒他。除了他带回来那些烂草莓，桌上还有另外一个人会买草莓。

吃过早餐，顾宝问什么时候回去，裴廷说下午。天气太热了，车里很闷。顾宝说送纪图和杨扶风回去好不好，说着还用眼神去求裴廷。

裴廷问他："我在你眼里到底有多不近人情？"不用顾宝说，他本来也会送。对他来说，这一屋子的人都是孩子，他自然应该照顾着点。

顾宝他们睡的那间房空调的确坏了，裴廷打了个电话给房东，同人说了，谈话过程也不纠缠，该赔就赔，押金无须退。

挂了电话，他打开阳台的落地窗，窗边的白纱扬起，送进一股裹着海腥味的风。

顾宝端着草莓进房间的时候，也觉得这风吹得很舒服，将闷热都驱散不少。

他来到阳台上。阳台上有两把白色的躺椅，裴廷躺在那儿，戴着墨镜，手腕悬在扶手处，指间夹着香烟，一缕白雾升上半空，那模样好似电影画面。

顾宝坐在另外一张躺椅上，踢掉拖鞋，双脚踩着躺椅，自己吃了一颗草莓，又捏了一颗递给裴廷。

他自己又吃了几个，发觉裴廷根本没接水果，于是将草莓尖抵到了裴廷的手指上：“吃啊，手举着很累。”

裴廷抽了口烟，将墨镜推开，朝顾宝喷了口烟。

顾宝别过头：“臭死了。”

这话听得裴廷一阵笑，声音低沉喑哑，跟大提琴似的。顾宝捂着耳朵：“笑什么？！”

裴廷将烟塞回嘴里，咬着烟满意道：“看来没学坏。”说完还扫了一眼顾宝怀里的草莓，“你自己都吃了吧。”

顾宝可算明白了，裴廷不轻易心情好，一般心情好都是怼人的时候。怼的对象还用说，当然是他这个可怜的撒气宝。

下午纪图从楼上下来时提着个包，顾宝帮人开车门，还学着裴廷的口气，将一口清朗的少年音压得很做作，低声说：“睡得好吗，嗯？”

他"嗯"得抑扬顿挫，自觉满意，很是有气质，然后他就被打了。

纪图给了他肩膀一拳："好好说话，困意都给你吓没了。"

顾宝用手摩挲下巴："不好听吗？"

纪图都懒得理他："小屁孩，好听个屁！"

"图图，不能说脏话。"顾宝死皮赖脸地蹭上去，要跟纪图一块儿坐。

顾宝挺喜欢和纪图玩，要不然也不能和纪图做这么多年的好兄弟。所以纪图那几天不理他，才让他那么难过。

纪图支着下巴，转头瞧他这副模样，竟然认真地问了一声："要是我真的出国，你一个人怎么办？"

顾宝平日里不愿想这么远的事情，但架不住纪图叫他想。他愣了一下，然后说："也不是一个人吧，扶风也在，裴哥还住我家隔壁，我上大学后肯定能交到其他朋友。"

纪图自嘲地笑道："也是。"

顾宝察觉到他语气里的那点失落，劝慰道："不走了呗，你最后几个月加把劲，叫扶风给你补课，跟我和扶风一起考A大。"

纪图愣愣道："杨扶风要跟你考一个学校？"

顾宝漫不经心地"嗯"了一声。现在重点不是杨扶风，是纪图，他还想继续劝，却见纪图将眼睛闭上了，脑袋靠在窗边，不想说话，要休息。

见纪图这副困倦的模样，顾宝也不吵他了，轻轻放开他，顾宝还从裴廷的包里翻出了裴廷的外套，借花献佛地盖在了纪图身上。

车里的空调开着，裴廷在不远处抽烟，杨扶风还没上来。顾宝看了看纪图，觉得还是下车去拿点吃的，顺便叫裴廷一会儿开车的时候找家药店买晕车药。

纪图本来就晕车，现在没休息好，不知道一会儿要怎么吐呢。

顾宝下了车，就见杨扶风背着包走过来，和纪图一样，眼下青黑，没睡好。杨扶风叫了顾宝一声，顾宝便停下朝裴廷走的脚步。杨扶风从包里取出保温瓶和一板药，递给顾宝："给纪图。"

顾宝看着手里的晕车药，为难死了："你们没和好？"

"嗯。"杨扶风不想多说。

顾宝却将药塞到他手里："要给你自己给，我才不帮忙。"说完他背着手，一路小跑到裴廷身边，跟人家一块儿站着。

裴廷斜眼看他，把烟熄了。

顾宝随口问："熄了干吗？继续抽吧。什么时候出发？"

"你不是嫌臭吗？"裴廷说，将盒子塞回兜里。

顾宝惊了，他平日里怎么没觉得他的话对裴廷这样有用！

裴廷又从口袋里拿出一根棒棒糖，递给顾宝："车里人齐了吗？"

顾宝拆开糖纸，把糖塞进嘴里，还真是草莓味的，被他猜中了。

嘴里含着糖的顾宝说："等一会儿再上去吧。"

裴廷回头看向车，挡风玻璃后的那两个人坐在后座，在说话。顾宝这是给他们留空间，叫他们好好谈心。

吃着棒棒糖的顾宝叹了口气："虽然他们来了，但主要问题没有解决，他们根本没和好。"

"不知道在闹什么，以前没闹这么久啊。都是兄弟，有什么过不去的？"顾宝愁死了，甚至已经在想，要是杨扶风和纪图真的决裂了，如果叫他站边，他得站谁那边。

果然还是选纪图，他和纪图玩得最久。

何况，纪图这人看起来洒脱，心里最敏感，什么不开心的事情都往肚子里憋，久而久之，都能把自己整抑郁。

裴廷看得比较深，但也摸不准杨扶风和纪图的关系。在他看来，他们虽说是朋友，但看起来关系不好。

裴廷抬手揉顾宝的脑袋，像看小孩子："想这么多，高考能考好吗？"

顾宝瞪他："当然，小看谁！我年级前三十好吗！"

说杨扶风要跟他上一所大学，这话也不假。他们成绩相近，Ａ大是本市最好的重本，他随口问过杨扶风要考哪个学校。杨扶风反问他，他说Ａ大，杨扶风说Ａ大的确是最好的选择。

那会儿他和杨扶风在补习班，纪图也报了，只是那天纪图逃了课，没来补习。顾宝问杨扶风，说纪图怎么办，一直不好好学习，估计考本科都悬。

杨扶风垂眸看书，不像高兴的样子，好像对纪图逃课很有意见。他忍了忍，没忍住，同顾宝说："不知道他到底在想什么！"

顾宝："纪图有说过想上什么学校吗？"

"他现在这个成绩，能去哪里！他自己都不上心，别人再劝有什么用，只图一时之快……"杨扶风停了下来，大概觉得自己说得太多，为难地抿唇，宣泄似的翻开了书，继续做题。

顾宝小心道："我觉得纪图不像心里没数的人，他应该有自己的想法吧。"

杨扶风："谁知道，他那个人本来就任性。"

顾宝觉得杨扶风虽然面上做出嫌弃的样子，但心里何尝不是在为纪图担心。

那天补习课，杨扶风还多收了一套卷子，并把课堂笔记弄得清清楚楚，笔记当然不是杨扶风自己用。他们学霸都是预习加复习，在课堂上就将内容吃透，学渣才需要反复理解课堂笔记。

杨扶风是拿回去给纪图的。

说起来，这两个人闹别扭，好像就是因为纪图上次说要出国，然后杨扶风一天比一天不高兴。

难道是因为这个？也不对啊，他都没有因为这个生纪图的气，杨扶风又为什么生气？果然是有他不知道的缘由吧。

裴廷看了下表："走吧。"

他们一前一后上了车，纪图还在睡觉，杨扶风听见开门声，抬眼朝他们看来。

顾宝用气音道："睡着了？"

杨扶风点头，漫长的车程中，大家都很少说话。

公路沿海，黄昏岸边，云层交叠，红紫黄橙，美得惊心。

顾宝将窗子降了下来，闭上眼感受海风。裴廷配合地降了车速，叫风在顾宝脸上吹得不那么猛烈。

杨扶风在后座把纪图身上的外套压了压，确定没有地方漏风。

　　一车寂静，各怀心事。也许好，也许坏，但此时此刻，大家心里都很平静。裴廷专心开车，顾宝闭眼感受空气中的味道，感受了半天，他才回头对裴廷笑："哥，这里真好。"

　　裴廷扶着方向盘，闻言也望向他："下次再来。"

　　"下次是什么时候?"

　　"等你高考完吧。"

　　顾宝没有继续追问，他觉得聚会这种事情顺其自然就好。他总不可能跟裴廷决裂，也不会跟纪图失联，更不会跟杨扶风闹翻。

　　也许下次他们还是能来这个海边住同一栋房子，那时候纪图或许就不跟杨扶风吵架了，他们能够和好，四个人再一起玩，那是最美好的事情。

Chapter

05

两元店的礼物

临近高考那几日，汤玉美紧张得不行，在顾宝枕头底下压了六百五，祝他旗开得胜，一举中状元。

　　顾正也是早早下班归家，亲手做羹汤，就怕钟点工阿姨一时失误，闹得宝贝儿子高考的时候拉肚子，那真是多年寒窗苦读全费。

　　汤玉美压好钱以后，坐在顾宝床上开始同他确认，2B铅笔买好了吗，笔芯有没有，又嘱咐他把准考证放文件袋里，不许拿出来，等高考那天再翻，省得丢了。

　　顾宝捧着一瓶酸奶，觉得汤玉美看不起自己，竟然只压六百五，总分可是七百五呢。

　　汤玉美拆他的台："你要是能考个六百五我都谢天谢地了，你还想怎么样？"

　　"别人家的都是盼着自己儿子考高分，你倒好，给我扣个一百。少了一百，当什么状元，连举人的边都挨不上，怎么着我也能考个七百。"顾宝厚颜无耻道。

　　汤玉美被逗乐了："行，宝宝你要是真能考个七百，考完以后，你说什么妈都答应。"

"我要谈恋爱。"顾宝大声道。

亲妈翻脸了："谈个屁！你才几岁就谈恋爱？"

顾宝忍不住往汤玉美肚子上看，咂舌道："你自己当年恋爱的时候，也没好到哪里去吧。"

然后他被揍了，汤玉美拎着拖鞋从二楼打到一楼。

顾正端着鱼从厨房出来，见母子俩闹着呢，扬声道："别折腾，万一摔骨折了怎么办？"

年年高考都出各种新闻，都是考前遇上倒霉事的。

顾正严肃起来，连汤玉美都不敢说话，母子俩被顾正训了一顿。

都说温柔的人发起火来才可怕。顾宝曾经追问过父母的爱情，他一直以为汤玉美能跟顾正在一块，是汤玉美"强取豪夺"。

不是顾宝看扁亲妈，实在是汤玉美年轻时候姿色平平，而顾正高大俊朗，旧照好似电影明星。

汤玉美听亲儿子这么损自己，放下碗不干了，问顾正，她当年是不是被追的那个。

顾正夹了一块排骨放汤玉美碗里，睄了顾宝一眼，为妻子正名："是我先追了你妈。"说完他还笑，"你妈胆子小，人还乖，哪里敢追男人。"

顾宝震惊，这两个特征他在汤玉美身上半点看不出来。大概是情人眼里出西施，顾正的眼睛一瞎好多年。

汤玉美脾气虽暴，却也是针对儿子，面对顾正，她从来都很听话。母子俩落座餐桌边，汤玉美先给顾正舀了一碗奶白鱼汤，接着便端饭吃了起来。

顾宝眼巴巴地瞧汤玉美，见她没有要关怀儿子的意思，小嘴一撇。顾正乐了，给他盛汤。

　　接了汤，顾宝还小声嘟囔："我算是看出来了，你俩是真爱，儿子是附带。"

　　饭后，顾正叫顾宝去裴廷家。顾宝吃得很饱，本就想散步消食，听到吩咐也没多问，挺着肚子就要出发，被顾正喊住了："叫你裴哥给一件当年他考试时用的东西。"

　　意在讨个吉利，父母真是迷信，顾宝啧啧感叹，倒没拒绝。谁让裴廷当年考了状元，分数七百一，放榜前，裴家的门槛都被高校的招生老师踩破了。

　　成绩好有什么用，还不是要继承家业。裴家家大业大，裴廷考试成绩再好，也不过是锦上添花而已。

　　顾宝溜达到裴家，熟门熟路地往里钻，一路跟裴家不少人打招呼。大家都知道他马上要高考，拉着他关心。谁叫顾宝嘴甜脸靓，招裴家上下喜欢呢。

　　二楼裴廷推开窗子透风，缓解疲惫，就听楼下吵吵嚷嚷。裴家规矩严，平日里大家多做事，少说话，能闹出这个动静的，除了顾宝，也没别人了。

　　讨人喜欢的顾宝在楼下抬头，正好对上裴廷的目光，他咧嘴一笑，冲人招手。他不指望高贵冷艳的裴廷下楼迎接，自己快步登上二楼，蹿进裴廷房间。

　　他径自在自己的小天地窝下，手上提着礼，出门前顾正非要他带的。顾正说熟归熟，礼不可少。

　　顾宝把东西往旁边一搁："我爸送你的。"

裴廷目光往那袋礼上一扫，眉心微蹙。最近顾家想搭着裴家的线，做景区酒店，分一杯羹。这事有好几家在争，顾正这是借着顾宝给他们家送礼。按理不该收，偏偏是顾宝送来的，又是他在收。

　　他觉得头疼。顾宝不知情，甩手说东西太沉，不知顾正到底送了什么，说完就扒拉袋子。裴廷喝住他，犹豫了一会儿，然后说："东西你拿回去。"

　　顾宝眨巴着他的大眼，直接拒绝："不要，这玩意死沉，我的手都勒红了。"

　　说完他还将双手伸到裴廷眼皮底下。果然，顾少爷掌心被勒出深红印子，红得可怖。

　　裴廷皱眉，拿了药箱打算给他上药。

　　顾宝不干，他这扭捏姿态叫裴廷误会了，裴廷伸手弹他脑袋："又骗人是吧？"

　　"我哪有骗人？手红成这样，你不是看见了吗？"说完顾宝打了个饱嗝，形象全无。不过顾宝早就放弃在裴廷面前维护形象，他揉着肚子说，"晚上吃太饱了，一会儿你陪我去散步。"

　　裴廷一看就知道顾宝还有别的目的，于是主动问他："今天过来有什么事？"

　　顾宝说："你高考那会儿用的东西还有吗？"

　　裴廷回忆一番，还真没有，剩下的不多，几乎被他父亲送人了。亲戚来贺喜讨要，他爸不好不给。现在顾宝再来要，好像晚了太多年。

　　顾宝傻眼了，没想到一点都没剩下，追问道："你再仔细想想，真一点都没剩下？"

"铅笔橡皮擦，眼镜文件袋？"

裴廷摇头，说没有。

"衣服袜子，总会有一件吧？"顾宝觉得自己简直是小天才，他就不信还有人要裴廷这些东西。

顾宝最后也没能得到裴状元的贴身衣物。裴廷给了他一支钢笔，款式老旧，成色不好。他捏着那支有点年头的钢笔，翻来覆去地看。裴廷说："别弄丢了，考完还我。"

顾宝没有缺心眼地说这笔看起来不贵，为什么不送给自己，而是小心地把笔收进裴廷收藏笔的盒子里："好，我肯定小心。"

裴廷意外地打量他，将他都看恼了，才道："我还以为你要多问几句。"

"有什么好问的？你这么珍惜这笔，这笔肯定很重要。你把这么重要的东西给我了，丢了我也不能丢了笔啊。"顾宝理所当然地说。

裴廷觉得顾宝的贴心总叫人意外，让人的心都被他哄软了，平日里他看起来傻乎乎的，却意外地敏感。

高考第一天，顾宝自觉发挥良好，也无心理负担，甚至提前交卷，将老师考前的叮嘱当作耳旁风，整栋楼他最先出来。候在外面的汤玉美气得面色铁青，又不敢打这金贵的高考生。

第二天考完英语，顾宝出了考场，快活地往校门口奔，画风在一众考生中截然不同。顾正来不及叫人低调，急声问他考得如何，他还没说话，这时旁边伸来一只手，递上一瓶矿泉水，是给他喝的。

顾宝顺手望去，看见裴廷，双眼瞪圆："你怎么来了？"

候在旁边的顾氏夫妇也有相同的疑问，只是面上客气，都没说罢了。

裴廷神色自若："顺路过来，看你考得怎么样。"

顾宝喝了好几口水才笑道："考个Ａ大，问题不大。"

汤玉美这才松了口气。裴廷面上依旧淡然，看不出什么，只对他说："辛苦了。"然后裴廷冲顾正道："叔叔，我先走了。"

顾正还没来得及挽留，就听自家儿子说："怎么能走？一起吃饭啊。"

裴廷像摸小狗一样揉顾宝的头："我还有事，明天或者后天，我们再聚。"

顾宝只能说好，又眼巴巴地目送裴廷离开。等人一走，顾正就问顾宝："裴廷特意来送你高考？我怎么觉得这事这么怪呢？"

顾宝嘴上说哪里怪了。

裴廷跟顾正、汤玉美一块在校门口等他高考归来，活像他又多了个爸。

这爸还怪年轻的，跟汤玉美不是很配。

顾宝大逆不道地想。

高考结束后的谢师宴安排在了一周后，大家可以好好休息，有个缓冲时间。顾宝没和裴廷约上，随父母去山庄度假。顾正觉得备战高考的这些时日，全家人都过于紧张，正好出门放松。

顾宝虽不紧张，但对于玩，他从来都是没有意见的，收拾好行李就跟爸妈出门了，像出笼的鸟。等裴廷在微信上找他，他已经坐在前往山庄的车上了。

看到消息顾宝才想起，考完那天裴廷跟他说明后天约。他打电话给裴廷，电话一接通就喊了声哥，跟小狗认尿似的。

裴廷同顾宝相处这么久，一听就知道怎么回事。他不出声，任由顾宝先交代。顾宝说了自己的去向，并再三保证，回来一定找他。

顾宝这边说完，裴廷那边就回了句不用。

顾宝紧张了："哥，你不会生气了吧？别啊！都怪我爸，非要说这个时候适合去散心。"顾宝为了哄哥，出卖亲爸。亲爸在前面开着车，从后视镜瞪顾宝，小声说了句"小没良心的"。

这种情况倒显得顾宝两边不讨好，两头不吃香。裴廷说没生气，又讲自己忙，先挂了电话。

这通电话一结束，顾宝就攥着手机长吁短叹。汤玉美在前座回头："宝贝，你那朋友没这么小气吧，别烦了，难得出来玩。"

顾宝忧愁地靠在车窗上："希望吧，都怪我，忘记跟他说一声了。"

电话那头的裴廷，退出通话界面，点开 APP，取消不少订单，有玩的、吃的，还有住的，是精心安排的行程。

他本打算慰劳一下这个高考完的小朋友，倒是他多事了，他再关心也不能越过别人的爸妈。

高考那日，他觉得顾宝算是他照顾了一段时间的小孩，顾宝人生中最重要的时刻，他想参与。他买了庆祝的花束和蛋糕，临下车时又觉得抱着东西迎接太过夸张。

事实证明，不是他买了东西过来夸张，而是他出现在这种场合就不合适。

一家三口的事，他突兀地插入其中。

裴廷没送出花也没收回钢笔，现下为顾宝安排好的一切也都白费，全部取消。

他翻开文件，决定把心思投入工作中，人要想忙起来很容易。

当裴廷想起顾宝时，时间已经过了一个星期，这期间顾宝没找他，他也没去找顾宝。不过他点开朋友圈，能看见顾宝发出的照片——小孩蹲在温泉池旁，一脸惊讶地指着一只小鸭子。

小孩拍下美食，在旁边竖起大拇指。

小孩在自行车上张开了手脚，危险驾驶，只为拍下一张照片。

裴廷的手一动，评论了一句：注意安全。

下一秒，微信聊天列表顾宝那枚荷包蛋头像右上角，红色的消息提醒数字从"1"跳到了"11"。顾宝这是一口气给他发了多少消息！

裴廷点开对话框，照片涌了出来，比朋友圈多了几倍的照片，像流量不要钱般充斥着对话框。

裴廷一张都没点开，把手机搁下。他倒不是有意晾着顾宝，而是同事过来叫他去开会。开会时他从来不用手机，他揣在口袋里的手机时不时震一下。

手机贴着大腿，震动得有频率有节奏，在你以为就要消停时又来一条消息。

裴廷面不改色，而他身旁的同事却忍不住了，悄声叫他看一眼手机，万一别人有急事呢？

　　他摇头，顾宝能有什么急事，有急事也不会等到一个星期后才来急。

　　顾宝确实没急事，他只是迟钝地想起他的裴哥。

　　他发的都是照片，好像这样能将这些时日缺少的聊天给补上。

　　顾宝跟裴廷大多是在现实生活中交流，尤其高考前那段时间，他时时去裴家蹭饭。

　　这一个星期玩得太疯，也是他第一次这么久没跟裴廷联系。

　　照片发完后顾宝又说了些路上的趣事，顺势发出邀约——他们谢师宴以后还要去唱歌喝酒，问裴廷要不要一起。

　　顾宝等了又等，喝掉了一瓶橙汁，上了两回厕所，还把一集电视剧给看完了，裴廷依然没有回复。

　　一切就像回到最初的模样，他死皮赖脸，人家爱答不理。

　　不过现在的顾宝倒不慌，他知道自己多少有点分量，不会怀疑裴廷是故意不理他，应该是人家有事在忙。

　　两个钟头后，顾宝终于收到回复，短短二字，简洁有力：不要。

　　顾宝差点被这两个字给堵死，心想：为什么不要啊？还说得这么决绝！

　　房间门被敲响，顾正提着行李叫顾宝："东西收拾好没？走了。"

　　顾宝只好把手机揣进口袋，将乱糟糟的行李箱合上，里面有一堆玩意儿，逼得他要坐在行李箱上才能拉上拉链。

这个星期说他完全忘了裴廷，其实也不是。他给裴廷买了许多东西，看见好吃的、好玩的，都想给裴廷留一份。玩累了，晚上他一回到房间就休息，根本没空联系旁人。

更何况，要送人礼物，总不能挑一件就拍一张照片发过去问人喜不喜欢，没这样送礼的，没有惊喜。

他也给纪图和杨扶风带了不少礼物，要送裴廷的却最多。

亏他惦记着裴哥，这人却一点都不想他，还不跟他出去玩，他生气了。

一个小时的车程，几个钟头的飞机，到了家，顾宝都累瘫了。一家三口各自回屋，这个星期相处下来，差点儿亲情不稳。

顾宝精力旺盛，顾正和汤玉美可没他那精力，只能看他像个泼猴一般到处撒野，惹祸。

顾正爱妻如命，差点大义灭亲。顾宝挨了老父亲的一顿毒打，越发想念最近有点他第二个爹趋势的裴廷，因此才有了微信上那通交流。

到了家，顾宝睡了一下午，晚上闹钟响起，他爬起来，提上东西去裴廷家守株待兔。

顾宝来了裴家多次，没有身为客人的自觉，裴家用人们都认识他，让他进来，还跟他说裴廷不在。

顾宝失望地"啊"了一声，也不能就这么走了，只好进客厅。裴父坐在客厅里看报纸，一瞧见顾宝就笑着道："你怎么来了？阿廷他不在。"

顾宝嘴甜："没事，他不在，我正好陪您下棋。"

裴父好棋爱茶，自己儿子是个闷葫芦，平日里就算难得陪他下棋，也不放水。顾宝就不一样了，会来事、会哄人，主要是棋品好、技术差，裴父虐菜，很是愉快。

顾宝被裴父打得落花流水，输了好几盘。他们俩下棋还要论输赢。顾宝一穷学生哪有彩头，只能提出幼稚的惩罚——在脸上贴纸。

哪想到裴父这么大把年纪，还恶趣味十足，给顾宝嘴边下巴上贴上三条，看他人小脸嫩，加上胡子，哈哈大笑。

见裴父心情好，顾宝问裴廷去哪儿了。提到儿子，裴父兴味不见少，反而老顽童似的冲他眨眼："你裴哥哥讨老婆去了。"

顾宝惊得胡子都掉了："什么？哥才几岁啊，这么急？"

裴父说："谁知道呢。他最近跟风宙国际老总的女儿走得很近，今天也是，一同出门吃饭去了。"

风宙国际的千金，即使是顾宝也知道，两人确实门当户对。原来裴廷不跟他出去玩，是在忙着找对象啊。

意识到这点，他忍不住撇嘴。就算是这样，裴廷也可以跟他说啊，他又不会拦着。

裴廷真是有异性没人性，有了爱情，不要兄弟。

下了半个钟头的棋，裴父乏了，顾宝识趣告辞。他打算送给裴廷的东西，都是些杂七杂八的不值钱的玩意儿。

他没把东西留下，怎么提来的，就打算怎么拎回去。走到门口，被两束车灯照得眼睛都睁不开，他拿手挡光，身体让了几步，等车开进来再走。

车进来后没走，在他身边停下来，车窗后是裴廷的脸，裴廷打量着他："怎么来了不打个电话？等我一会儿，我把车停了来找你。"

顾宝没吱声，裴廷又说："上书房等我。"

顾宝终于打算说话，他气运丹田，声音铿锵有力："不要！"

吼完他还冲裴廷做了个鬼脸，然后跑出了裴家。他要把这些东西都散给班上同学，才不要送给裴廷了，免得浪费！

顾宝胆大包天地撂狠话，撒完野，拔腿就跑。他忘了，这可是裴堡，车里坐的是正宗裴少爷，他几步跑到大门口，傻眼了——铁栅栏轰隆一声，自动合上。

车里的裴廷将拇指从手机按键上移开，他觉得自己大学毕业后，把家里能够电子化的设施都更新的这一举措，实在明智。

这不，简单的一个按键就瓮中捉"宝"了。顾宝手上挂着袋子，伸手扒着栅栏，痴痴地往外看，活脱一个被强行限制人身自由的傻宝。

傻宝让人拍了脑袋，掐着后颈，姓裴的还在他身后冷冷道："几日不见，胆肥了啊。"

顾宝不只是胆肥，想到裴廷拒绝他是为了去约会，他的胆量都快膨胀得在他的小身躯里待不住了："你不仗义！"

裴廷听他指控，还以为他是垂死挣扎，反咬一口："是谁玩得开开心心？是谁先爽约？又是谁这么多天，连个消息都不发？"

三个"是谁"的指控，把顾宝嚣张的气焰给浇熄不少。当裴廷松开他颈子，抢走他袋子，再说上楼时，他只能灰溜溜跟在裴廷身后。

路上遇到五嫂，五嫂还很不给面子地说了句："呀，小顾，你不是回去了吗？"

顾宝恨不得捂住脸，心想五嫂怎么这样，看不出他被裴廷抓回来了吗。幸好客厅里的裴父已经不在了，要是裴父也问一句他怎么回来了，他就……半个月都不要来裴家了。

他看着走在前方的裴廷，瞧人今天穿着衬衣，袖扣精致，腰身收成一把，一看就是专门打扮过后再出门的。

顾宝在裴廷身后龇牙咧嘴做鬼脸，走到楼梯拐角时，裴廷停了下来，转身将顾宝堵在窄小的空间里。顾宝气弱道："怎……怎么了？"

裴廷："你知不知道，你在我后面做什么表情，我都能看见？"

"啊？"顾宝装无辜。

裴廷让他往右边看。右边是墙壁，雅致墙纸上铺着一大幅深色的画。玻璃干干净净，在昏暗环境下能当镜子用，上面映出他傻乎乎的脸。

这下可让顾宝臊了个大红脸。

裴廷话里带着笑意："闹什么脾气呢？"

"都没找你麻烦，还跟我闹。"

他的声音又哑又低，能听出些许疲惫。

裴廷按在墙上的手摸索着打开了灯，灯亮起的那一刻，顾宝下意识闭眼，却没有感受到黑暗中突然见光的刺目感，睁开眼一看，裴廷的手虚掩在他的双目前，替他挡光。

裴廷收手，后退，然后嘱咐顾宝："愣着干吗？上来。"

瞪着裴廷的背影，顾宝按着自己的胸口，下死劲捶了两下，差点把自己捶岔气。他怎么觉得今晚的裴廷不太对劲，好像……过分帅了，难道真谈恋爱了？

顾宝没谈过恋爱，不过纪图跟他说过，陷入爱情的女生都会变漂亮。

同理，裴廷谈恋爱了，也就变帅了，帅得他都有点羡慕。

顾宝几步追上裴廷："你爸爸说你今晚去约会了？你恋爱了啊？"

裴廷没理他，直到进了书房，把手里的袋子往沙发上一搁，解扣子，挽袖口，没有要回答他的意思。

顾宝扬声又问了一遍，裴廷才说："别听他胡说，我有正经事。"

"那你为什么不跟我去谢师宴？"顾宝问。

裴廷一言难尽地望着他："那是你们的谢师宴，在场的也是你的同学，我去合适吗？"

顾宝乐了："你连高考那天都来了，还有什么不合适？"

说到这事，裴廷就心情不好。他心情不好，自然不会叫罪魁祸首得意，当下转移话题："那袋子里是什么？"

顾宝这会儿全然忘了刚才要把东西散给同学了，提着那袋子，跟捧着宝贝一样，巴巴地凑到裴廷身前献宝。

他坐在地毯上，从袋子里一件件拿东西，有太阳花形状的钥匙扣、狗狗木雕、琥珀吊坠、花环、长得奇形怪状的套娃，竟然还有个捶背器。

裴廷越看脸越黑："这是什么？"

"特产啊。"顾宝欢快地说。

裴廷："你确定你去的是度假山庄，不是两元店？"

顾宝差点一口气没上来，他捂着心口："你去过两元店吗，就两元店！这些东西价格都不便宜好吗？！"

裴廷用看冤大头的怜悯目光瞧他，他更气了，把那些零碎东西都往袋子里收："不要算了，我送给别人。"

裴廷没出声，甚至已经打开电脑准备忙了。顾宝收拾东西的速度越来越慢，最后可怜兮兮地抬头："你怎么不拦我啊？"

裴廷余光分了他一点："送别人吧，我不介意。"

顾宝拎着袋子就跳起来，往门口冲。裴廷以为逗孩子过火了，刚想把人叫住，就见顾宝在门口来了个急刹车，转身就往自己那个专用的小角落走，把小玩意儿全拿出来摆好："你不要我要，就放这里，叫你天天看着，等有些人后悔了……"

"有些人不会后悔。"裴廷插了句嘴。

顾宝动作越来越慢，看着那些小玩意儿，就像望着自己稀碎的心。俗话说得好，有了后娘就有后爹。裴廷这"二爹"，才几日不见就不疼他了。

他盯着那些东西，动作停下，嘴巴噘得老高。这时有手从他身后探来拎走了那朵太阳花，指尖旋着钥匙扣："这东西不错。"

是这堆东西里最幼稚，亦最似顾宝的，跟他微信头像那朵荷包蛋一模一样，让人瞧着开心。

顾宝眼睛亮了，嘴上还要哼哼："这是两元店里花五毛钱买的，最便宜，没眼光。"

裴廷不跟顾宝争，顾宝还要跟他解释在哪儿买的，买的心路历程，絮絮叨叨，十分催眠。

他这周本就忙，已有数日没能睡好，他靠在沙发上听顾宝说话，渐渐睡了过去。

顾宝说完以后，半天没等到回应，扭身一看，发现这人竟然已经睡着了。他放缓呼吸，心里抱怨裴廷敷衍他，连话都不认真听，实际动作都放得轻轻的，还去自己的位置拿了平日自己用的小毯子，盖到裴廷身上。

毯子轻飘，却惊醒了裴廷，裴廷猛地睁眼，眼里血丝密布。顾宝觉得自己迟钝，竟然没发现裴廷都这么累了。

裴廷凌厉的眼神在落在顾宝身上后变得柔软下来，看着身上的被子。顾宝解释道："天气热，但睡觉不盖着肚子会着凉。"这是汤玉美说的。

裴廷缓慢地眨眼睛，睫毛在脸颊落下阴影，罕见地透露出一股脆弱来。他身子后挪，在宽大的沙发上让出个位置。顾宝顺势坐了下去，裴廷说："你也睡会儿。"

这要求挺奇怪的，顾宝问："你干吗？我还要回家。"

裴廷重新把眼睛闭上了："一个人躺着无聊。"

太神奇了，顾宝难得见到裴廷的稚气模样，这种时候就能看出来裴廷跟他年纪差得不大。

顾宝躺下后还要讨价还价："那你不能生我气了啊，我不是故意爽约，我记着呢！都怪我爸。"顾宝甩起锅来颇为熟练。

裴廷的回应是，用毯子盖住了顾宝的脸，以实际行动让顾宝闭嘴。

顾宝冒着得近视的风险，埋头接收纪图的消息。纪图考完就出国玩耍，在群里说是提前踩点，看他爸妈花钱给他塞的是哪所学校，帅哥美女多不多。

他在帅哥美女的关注点上歪了一秒，然后问纪图：你看帅哥干吗？

纪图秒回：当然是看我在这个学校潜在的竞争对手。

顾宝不以为意，换了个话题：所以谢师宴你来不来？

废话，这种场合怎么可以没有我呢？少了我这个活跃气氛的小王子，大家不都得抱头痛哭啊！纪图语气轻快道。

他们两个聊天，杨扶风全程无话。顾宝切出群聊，私戳扶风，问对方是不是心情不好。他不敢问考试相关，要真考砸了，杨扶风自己不倾诉，反被他一问，这不是哪壶不开提哪壶嘛。

杨扶风回得很快，说没有。顾宝不是多嘴的人，就没继续聊下去。杨扶风在群里回复道：明天一起去谢师宴吗？

顾宝说可以啊，纪图没回话。杨扶风圈了纪图，道：你呢？

纪图说：我明天下了飞机自己过去。

顾宝看着对话框，心里不是不难受，他再天真，也能感觉到杨扶风和纪图回不到从前了。分别在即，还闹得心有嫌隙，到底是走上了人生的分岔路，注定渐行渐远。

收回手机，顾宝心情很不好，无声叹气。这动静有点大，裴廷睁开困倦的眼："怎么了？"

顾宝摇头："没有，我就是有点忧郁。"

裴廷坐起身，叫顾宝去给自己拿瓶水。书房是裴廷常居地，设有冰箱。顾宝走到冰箱前取来瓶装水，踩着拖鞋走到裴廷面前，被裴廷拽到沙发上。

　　他盯着裴廷的黑眼圈，没忍住道："你怎么不问问我为什么忧郁啊？你一点都不关心我！"

　　受到指控的裴廷只能无奈放下水瓶，拧紧瓶盖："所以你为什么忧郁啊？"

　　顾宝没留意，觉得裴廷敷衍，又不敢作。说来说去，还不是因为朋友的那点事。他尽力了，杨扶风和纪图不和好，他没办法。

　　更深的忧郁是对分离的，从高中到大学，马上翻开人生新篇章，顾宝有点怕。

　　裴廷："你那两个朋友都还小，年轻气盛，等长大了，成熟点，就会意识到当时天大的事情都只是小问题，以后要是有重逢的机会，说不定能握手言和，冰释前嫌。"

　　未必就是握手言和，也可能是成年人之间留有余地的客套。深一层的可能，裴廷不打算跟顾宝说。

　　他觉得顾宝迟早会懂，却仍像每位溺爱孩子的长辈，盼他晚些才懂，望他留有天真，保持纯粹，过得快乐。

　　他忽然就懂了，为什么顾正能将顾宝养成这样。

　　顾宝望着裴廷："那得等多久啊？"

　　裴廷勾唇，逗狗般去摸他的头："这我怎么知道？当你裴哥是万能的啊？"

　　顾宝不乐意，拍开他的手，说回去了，时间不早了，明天还要起早床。

本打算走，顾宝多余地问一句："真不跟我去谢师宴啊？谢师宴你可以不参加，晚上聚会一起呗。你年纪不大，怎么一天到晚老气横秋？我觉得你需要吸收点青春气息。"

"你还不够青春？"裴廷说。

顾宝得意："那是，我可太青春了，你最近有没有感觉到自己在变年轻？"

"你当你是千年人参，还是保健补品？我本来就年轻。"裴廷说。

他起身，拉着顾宝站好："明天好好地玩，一辈子难得一次。"

顾宝想得很远："你说会不会有人跟我表白？趁最后一天，向我倾诉着三年来对我的爱慕。"光是想想，都快美死了。

"哦，或许吧。如果有人告白了呢，你打算怎么办？"

顾宝悻悻道："也不能怎么办，我妈说我要是敢谈恋爱，她打断我的腿。"

裴廷竟然点头赞同："嗯，女朋友可以晚点找，腿不能早早断。"

都是什么歪理，顾宝瞪他。其实要真的有人跟他表白，他也不知道该怎么办，要不要答应？要是错过真爱怎么办？

裴廷送他下楼，他路上还问："如果真有人表白呢？"

裴廷上楼走顾宝前面，下楼还是在他前面，他看不见裴廷脸上的神情，只能听见平淡的语气："你想异地恋？"

"我不知道，我还没谈过恋爱呢。初恋就是异地恋，会不会太高难度了？"顾宝说。

裴廷问："你有喜欢的人吗？"

"没有。"顾宝干脆否认。

"那即使表白了，你也没必要接受。"裴廷答道。

顾宝有不同意见："万一我们日久生情了呢？"

裴廷站定，回首："你们要是能日久生情，还能等到现在？"

这话说得太有道理，顾宝无言以对。话题却没有到此结束，反而继续延伸，顾宝好奇道："哥，你谈过恋爱，喜欢是一种什么样的感觉啊？"

话语间他们已经走到了门口，裴廷无奈地望他："你今天是想住下来跟我探讨一整晚吗？"

顾宝觉得这个提议不错："好啊，我给我妈打电话，说我今晚不回去了。"

裴廷："……"

汤玉美在电话里唠叨顾宝，怕他在别人家做客不懂事，惹人嫌。顾宝撒娇："妈妈，我是那种熊孩子吗？"

汤玉美："你是。"

顾宝："妈妈，我是你亲儿子吗？"

"不是，你是我从垃圾桶里捡来的。"汤玉美冷酷道。

顾宝是在裴廷卧室里给母亲打电话。他以为自己会睡客卧，哪知道裴廷没把他当外人，将他领到了自己的房间，现在裴廷已经在洗澡了。

此刻听汤玉美一顿训话，顾宝连声答应。

这时，裴廷从浴室出来，身上裹着短袖真丝睡袍，手臂上的肌肉结实饱满，顾宝都惊了："你身材真好。"

汤玉美："你说什么？"她也惊了，"你真在裴廷家？你到底在哪儿，给我老实交代！"

顾宝都服了汤玉美的脑洞："我就在裴家，没在别的地方。"

"你把电话给裴廷。"汤玉美道。

裴廷擦着头发，对顾宝那句点评不作回应，顾宝把手机伸到他面前："我妈要跟你说话。"

他接过，恭恭敬敬地说阿姨好，顺势坐在床边。顾宝又妒又羡，直接伸手去摸他胳膊上的肌肉。

裴廷瞪了顾宝一眼，无声警告。顾宝嘴里啧啧有声，仗着裴廷拿着手机不方便抽他，又摸了好几下。

裴廷还没挂电话就把顾宝收拾了，嘴里对着手机里的"妈"客气回话，手里掐着她儿子的后颈，膝盖压腰，镇得顾宝跟个翻不了身的王八似的，只能垂死挣扎般地划拉四肢。

裴廷讲完电话，问汤玉美还要不要跟顾宝说话，汤玉美笑呵呵地说不用，他便挂掉电话。顾宝挣扎得头发凌乱，差点大喊亲妈救救儿子，好在裴廷及时收腿，把手机丢回他怀里。

顾宝坐起来，整理自己的衣服："摸一摸肌肉怎么了？这么小气。"

裴廷双手抱胸："因为不公平。"

顾宝傻眼："什么不公平？"

裴廷的目光从他的头扫到脚："你没什么地方值得摸的。"

顾宝差点跳起来给裴廷一记头槌，让对方感受一下自己的脑袋有多硬。他神情狰狞，裴廷已经转身走开，翻出了短袖、短裤和上次旅游剩下的一次性用品，丢给他。

顾宝气冲冲地抓着衣服站起来："你别得意，等我到你这个年纪，我也能有一身肌肉。"

裴廷挨在床头，气死人不偿命般地补充了一句："应该很难。"

小看谁啊！顾宝冲进浴室，激烈洗澡，差点把自己洗缺氧，好不容易出来，却手扶着墙，揉着腰："都怪你，刚才好像伤到我了。"

他穿裴廷的衣服，尺寸都不太合适，像偷穿了大人的衣服。

裴廷手里拿着平板电脑，问："很疼？"

顾宝怕他不信，走到他面前转身，哼哼唧唧地说："你要不要看看，肯定红了！"

裴廷看他还能折腾，便靠回床上："看起来还好，不严重。"

顾宝气哼哼地揉着腰，踢掉鞋爬上床。

顾宝躺在床上，脸挨着枕头，手揉着眼，困倦的模样。

"要睡了吗？"裴廷替他关了灯。

"嗯，今天坐了很久的飞机，刚到家就找你了。"顾宝打了个哈欠，自动过滤掉他到家后先睡了一下午的事实。

房间有空调，温度较低，顾宝就如取暖的小动物般黏人。

黑暗中，裴廷开了口："顾宝。"

"嗯？"顾宝已经有点恍惚了，意识渐渐下沉，拽着他坠入梦里。

裴廷："明天我陪你去。"

"嗯……"顾宝的声音微弱，鼻音浓重。

第二日，顾宝在光线中醒来，阳光该死地明媚，刺痛了他想要睡懒觉的心。裴廷的床实在太舒服了，他想搬回家中独享。

他迷糊了一会儿，总算想起昨晚临睡前的事，裴廷说要陪他！

顾宝从被子里钻出来，进浴室洗漱后才下楼。早餐准备好了，五嫂跟他说，裴廷去上班前，特意吩咐叫他吃完早餐再走。

裴廷不在，顾宝都没办法确定昨夜是不是自己困蒙了，听错了。

出了裴堡，奔回顾家，他换好衣服，拿着手机打了一辆车。他在车上给裴廷发信息，确定这人到底来不来。

裴廷说好，晚点过去，不参加谢师宴，只陪他们玩一会儿。顾宝满意了，他给纪图打电话，纪图那边很安静，他问："你还在机场吗？"

纪图说："我已经回来了，准备出发了。"

顾宝问："要不要一起出发？"

纪图停顿了一下，然后说："不了，跑来跑去的不方便，你先去那边等我吧。"

顾宝前往举办谢师宴的餐厅所在商场，在二层的奶茶店等纪图和杨扶风。没想到这两个人竟然是一起来的，纪图的头发微潮，看着像刚洗过。

万万没想到这两个人竟然和好了，还相约一起来，也不喊上他。顾宝揽住纪图，开玩笑地抱怨道："好啊，回来不找我，找杨扶风，我不开心了。"

纪图掐他的脸："你不开心什么？我们一个小区的，在门口碰见就顺便一起来了，节省车费。你家太远了，不方便。"

不知怎么的,纪图说了挺多,杨扶风沉默寡言,没插半句话。

纪图忽然转头瞪了杨扶风一眼,杨扶风才"嗯"了一声。

顾宝看看这个,又瞧瞧那个:"我怎么觉得你们有事在瞒我?"

纪图干笑道:"想多了小宝,快走吧。"

"裴哥晚上跟我们一起。"顾宝先给他们打个预防针。

纪图听了很惊讶:"你把他叫来做什么?这是我们班的聚会。"

听了这明显排外的话语,顾宝不太高兴:"他是我朋友,为什么不能来?"

纪图挑眉:"行吧,来就来吧,正好蹭个车。"

谢师宴很闹腾,大家给老师轮番敬茶,留签名,拍合影。整个宴席大家基本都在说话,菜没人吃上几口。

等宴散了,他们又转战到KTV。好像不管是成年人还是学生,出来聚会消遣的方式就是吃饭唱歌,这两样必不可少,最常见。

裴廷到了地方时,给顾宝打了个电话,是纪图接的。那边很吵,闹得裴廷拿远了手机。纪图说顾宝不在,刚刚出去了,又讲了包厢号,叫他直接上来。

他特意回家换了套比较休闲的衣服,头上戴着棒球帽,背包里放着醒酒药还有湿巾,不是给自己用的,只是担心顾宝会喝醉。

那小孩连啤酒都不会喝,不知道今天会不会逞能。罢了,难得的日子,就叫他喝吧,醉了也没事,自己可以送他回去。

坐电梯抵达 KTV 的四楼，裴廷寻找纪图所说的包厢号，却看见顾宝和一个女生从不远处跑过，手拉着手。

准确来说，是女生拉着顾宝，两个年轻人的脸都是红的，顾宝的模样瞧着有点慌，眼神害羞，盯着自己被拉着的手。

女生是他们班的班花，叫范娇，性格开朗大方，模样漂亮。刚刚范娇坐到他身边叫他出去的时候，他还有点不敢相信，心里隐隐有一种预感。

范娇将他拉到了安全通道才松开他，漂亮的女孩目光漂移，手背在身后，小声道："你知道我想说什么吧？"

顾宝整张脸烧透了，结结巴巴道："我，我不知道啊。"

范娇抿唇，大方道："顾宝，我喜欢你。"

顾宝的心就跟放了一束烟花似的，噼里啪啦地响成一串，下意识道："不可能吧。"

范娇本来还很紧张，见顾宝这个反应，笑出来："怎么不可能了？毕业就告白，很奇怪吗？"

"不是，你怎么会喜欢我？"顾宝都不敢看姑娘的眼睛。

范娇走过来，她今天穿了白色的裙子，头发微卷。她很漂亮，顾宝敢打包票，班上肯定有不少人暗恋她。这样的人喜欢他？他先是不敢置信，又觉得头有点昏。不能说不兴奋，这可是他第一次被别人告白啊！

女孩伸手握住了他的食指，掌心汗湿了，她也很紧张，她问："我想和你交往，考上同一个大学，好不好？"

昏昏沉沉、迷迷糊糊，顾宝都不知道自己到底做了什么反应。他看见范娇笑了，伸开手臂抱了上来："太好了，今天就是我们第一天哦。"

范娇和顾宝抱了一会儿，在顾宝耳边说："我们走吧，拉着手一起进去。"

顾宝第一次和女生牵手，感觉有点说不上来。

范娇忽然停了下来，顾宝茫然地问她："怎么了？"

范娇轻声道："顾宝，你认识那个人吗？"

顾宝望过去，发现是裴廷。裴廷的目光对上他的，然后缓慢下移，落到他们紧紧握在一起的手上。

顾宝有点心虚，但他没有松开范娇的手，只说："他是我很好的朋友，裴廷，今天我叫他过来跟我们一起玩的。"

他对范娇说："你先进去吧，我一会儿去找你。"

范娇没有纠缠，反正顾宝已经是她的了。她笑着经过裴廷，礼貌地同人点头。

裴廷面无表情地望着她，眸色深深，让人心慌。她心里有点害怕，加快了步伐。

顾宝走到了裴廷面前，脸上喜悦微散。裴廷却不看他，目光追随着范娇的背影，直到人进了包厢。

他有点不高兴了，但仍笑道："漂亮吗？"

裴廷转回头："她是谁？"

想到刚才的事情，顾宝脸上又烫得厉害。带着兴奋的心情，他跟裴廷仔细描述，甚至剖析了自己的心路历程："我没想到她会喜欢我，她可是班上最漂亮的女生！"

"明明我昨晚是在跟你胡说八道，结果真有人跟我表白了！"顾宝眼睛都在放光，激动得泛着水光。

裴廷沉默地听完："我记得你说，你不会接受。"

顾宝揉着耳朵："那可是范娇啊！"

"你喜欢她？"裴廷问。

顾宝好似卡了一下才说："没人不喜欢范娇。她是很多男生的梦中情人，我相信我跟她会日久生情的。"

裴廷没说话，顾宝的声音渐渐低了下来："我谈恋爱了，你不为我高兴吗？"

裴廷忽然抬手压了下帽子："你先进包厢，我去一下洗手间。"

KTV里很吵，不知哪个包厢的人在唱莫文蔚的《他不爱我》，声嘶力竭，哭声呜呜，大约是失恋以后醉酒撒泼。

顾宝看不清裴廷的神情，只觉得他的脚步过于匆匆，顾宝去抓他的手臂，被猛地一甩，顾宝愣了，看着自己的掌心，立在原处。

裴廷的身影消失在拐角处，顾宝犹疑着要不要追。包厢门被人猛地撞开，纪图满脸震惊地跑出来，快步到他身前，掐着他的肩膀："你跟范娇谈恋爱了？！"

他语气恶狠狠的，实在不像为顾宝高兴的样子。

顾宝胃里好似包了一块铁，他以为纪图会祝福他，会羡慕他，怎么也想不到是这种反应。

纪图也觉出自己失态，他松开了顾宝的肩膀，后退一步，勉强道："臭小子，还以为你高中不会谈恋爱，不声不响的，都不告诉我，不够兄弟。"

顾宝揉着肩膀："范娇才跟我表白，之前我都不知道。"

"所以你就跟她谈了？"纪图不可思议道，问了跟裴廷一模一样的问题，"你喜欢她？"

他语气很冲道："我不能喜欢她吗？！"

纪图听出了他声音里的恼火之意，脸色变了几变，继而软下声音："对不起，我不该这么问。你当然能喜欢她，你喜欢谁都可以。"

顾宝只觉得刚恋爱的兴奋都被纪图和裴廷打散了，还朋友呢，个个都不为他高兴。

裴廷更是，竟然甩开他。

他看向洗手间的方向，打消过去找人的念头，准备进包厢。这时杨扶风出来了，顾宝抢先开口："对，没错，我谈恋爱了，你也要教训我吗？！"

纪图在他身后拉住他的手臂："顾宝……"

"没事。"杨扶风打断了纪图，他面上浮现了笑容，"顾宝，恭喜你，范娇和你，你们很登对。"

他的恋情总算受到合理的祝福："是吗，我也觉得。"

他转脸跟纪图说："你看看扶风，哪像你，这么凶。我谈恋爱，你应该为我高兴啊。"

纪图松开抓着他的手，垂下眼睑，不看他。

顾宝推了推他："什么啊，你到底怎么了？难道你也喜欢范娇？"

如果是这样，纪图喜欢范娇，那他不会跟范娇继续交往。

他和范娇才刚刚开始，感情不深，他跟纪图好多年了，他不想失去这个好友。

纪图嘴唇动了动，面容复杂，刚想说什么，杨扶风大步走来，将纪图拽到自己身边："别理他，他喝醉了，在发酒疯。你快进去吧，班里的人都在等着你解释呢！"

顾宝为难地笑着，害羞且腼腆："哎呀，有什么好说的，怎么这样八卦！"

虽是这么说，顾宝还是进了包厢，接受众人的盘问。范娇坐在他身边，与他十指相扣，笑得甜美。

洗手间里，灯悬在高空，暖光被光洁的大理石折射在每一个角落，镜子干净光滑，清晰地照出裴廷的脸。

裴廷低眉扯出几张擦手纸，粗暴地处理手上的水。

他取出车钥匙，想把上面的太阳花扯落。那小东西材质不好，只需稍微用力，就能从扣上解离。

掌心握着太阳花，胶身柔软，裴廷久久没动，想了许多，又似没想，到底还是舍不得。他将钥匙放了回去，重新整理衣着。

从洗手间至包厢，十几米路，他却像走了一个世纪。

他推开包厢门，顾宝坐在高脚凳上，脚踩着地，旋身过来，朝门口的他露出一个毫无芥蒂的笑容。

顾宝心大，进了包厢，撑过盘问，被起哄与新晋女友对唱情歌，已经把刚才对他甩手和冷脸的裴廷抛在脑后。

包厢里五颜六色的灯，几乎晃花人眼，大家都喝多了，有人笑，有人哭。裴廷的身影被范娇挡住，他眼里只看见女友那满是欣喜的脸。

不知是谁起哄抱一个、亲一下，顾宝握着话筒手足无措，还是范娇主动。说来也奇怪，她这样积极的女生，怎么会到今日才表白？

范娇上前，双手搂住顾宝的肩，脸庞凑近，一双人影贴在一块，起哄声几乎要掀翻整个包间。

顾宝猝不及防没了初吻，嘴唇上残余香软气息。范娇的唇远没有她本人大胆，颤抖，害羞，只青涩地贴在一起，又因为他这个男主角没有进一步的反应，她只能退开了。

整个晚上，顾宝都被人团团包围，从这里被哄到那里，喝了不少酒，到后面身子飘了，人也晕了，什么时候昏睡过去的都不知道。

顾宝再次醒来，是因喉咙干涩，胸腔疼痛。一场醉酒，喝得他胸骨剧疼，不像喝醉，更像被人打了一顿，照着胸口捶的那种。

他勉强睁开眼，四周像在酒店，底下是张双人床，浴室里传来水声，磨砂的窗玻璃勉强透露出人影。

他怎么会在这儿？

他艰难地从酒精里找回记忆，他毕业了，他有了女朋友，是范娇。

那现在又是怎么回事？他带范娇来了酒店？

头疼，眼疼，到处都疼，顾宝掀开被子，眼睛找着自己的外套。这时浴室门开了，水汽弥漫出来。

顾宝看清了浴室里的人，是裴廷。他放心地松了口气，露出个笑容来，声音沙哑地喊"哥"。

裴廷穿着酒店的浴袍，用毛巾搓着头发，听见顾宝的声音，望了他一眼，下一瞬，他从包里翻出醒酒的药，装了一杯温水，送到顾宝面前："喝吧。"

顾宝捂着喉咙："哥，我嗓子好难受。"

裴廷"嗯"了一声，说："你吐了几次，衣服都脏了，我送去干洗，明天才能送过来。"

看顾宝四处摸索，裴廷问："找什么？"

顾宝："我手机呢？"

裴廷将一部摔得粉碎甚至开不了机的手机递给他："抱歉，我背你的时候，把你手机摔坏了，明天我再陪你去买一台。"

顾宝看着这部手机，如果不是裴廷说这手机是从口袋里掉出来摔成这样的，他会以为是从十八楼丢下去才变成这样的。

不过也挺正常，手机有时坚硬，有时脆弱，摔得多碎，全看运气和落地时的角度。

顾宝把手机放到一边："算了，反正也该换了。"

他吃下解酒药，将那杯水喝光，又蔫蔫地躺回被子里："喝醉好难受啊，我下次再也不要喝醉了。"

裴廷坐在床的另一边，没有说话。

顾宝想要继续睡，却睡不着，忽然傻笑起来，裴廷问他笑什么，语气很怪。他没留意，继续笑道："我觉得我好幸福啊，我的愿望实现了，上大学之前谈了个女朋友。"

裴廷一直背对着他："开心吗？"

"嗯。"顾宝懒懒地答，又补充了一句，"还有交到了你这个好朋友。"

裴廷不语，顾宝的困意渐渐涌了上来："哥，下次……我们带范娇去那个海滩吧。我想和她一起，再在海边走一走，好不好？"

一觉睡得天昏地暗，直到屋里若有若无地蹿入一缕香味，是浓郁的皮蛋瘦肉粥和清新的蜂蜜柠檬水。

顾宝被香醒，在被窝里挣扎一会儿，勉强爬起。他进了浴室，看清镜子里肿得像猪头的自己，差点发誓再不喝酒。

从浴室出来，他直扑酒店套房的餐厅。桌上果然有将他从梦中勾醒来的食物，冒着热气，令人食指大动。

而贴心的裴先生不在，顾宝捧着粥像喝水一样狼吞虎咽，这才缓过腹中那股宿醉后的难受。

端着蜂蜜柠檬水，顾宝光着脚在房间里找裴廷。椅子上搭着裴廷的棒球服，桌上摆着他的手机，衣服、手机都在，人不可能出去了。

果然，他在酒店的阳台上找到了裴廷。他站在门后，没有立刻开门，只因他觉得裴廷靠在阳台的角落安静地抽烟的模样很孤寂。

像一只孤独离群的鸟，目光没有焦点，嘴唇紧抿，能看出几分忧郁。

顾宝开门，裴廷听见动静，朝这边望了一眼。顾宝冲人咧嘴傻笑，裴廷把烟捻熄，没回他笑，只问了声："酒醒了？"

"嗯！"顾宝一屁股坐在了裴廷身旁。裴廷靠着一张躺椅，他就分了一角，同人挨着。

裴廷说："还记得昨晚发生了什么吗？"

这个问题叫顾宝羞愧。昨晚还能发生什么，不就是他谈了女朋友以后，就把裴廷忘在一边坐了一晚上的冷板凳。

是他将人叫来，又没负好责任。

顾宝没敢提，而是转移话题："皮蛋瘦肉粥真好喝，哪家的？"

他装傻，裴廷也不继续追问，站起身，冲他道："走吧，我送你回家。"

换衣服退房，顾宝身上穿着裴廷的外套。因为突然下雨，空气变得湿冷。顾宝为了耍帅只穿了件短袖，加之醉酒醒来，身体有点虚，夹杂着雨丝的风冻得他打喷嚏。

他穿着明显不属于他的外套，提着裴廷的包，跟在裴廷身后，模样憔悴地等人退房。

裴廷退房后，拿着手机，带着顾宝往外走。

裴廷落落大方的态度，又叫顾宝怀疑自己昨日是不是弄错了，裴廷没有不高兴。

就是裴廷真不高兴，他也能理解。人是他叫来的，除了开头那会儿打了招呼，后来他就被范娇的事情闹得没精力管裴廷。

那里都是他们班的人，裴廷作为外人，一晚上都没人照应，想来滋味不好受。他都做好心理准备，接受裴廷今日的冷脸了。

只是裴廷却像无事发生的样子，除了模样有些疲惫，看不出是不是对他有不满。

车上，顾宝脱了外套，盖在腿上，自来熟地拉开车里的抽屉。几次坐裴廷的车，他都闹着要吃东西，后来裴廷的车里就常备零食，今天亦不例外。

顾宝选了个山楂糖，酸甜开胃。他捏出一片塞自己嘴里，又拿一片递给裴廷。

他经常投喂裴廷，已成习惯，平日裴廷不嫌弃他，今日却把脸侧开，拒绝了，还说："系好安全带。"

之前裴廷都会顺手帮他系，他一愣，"哦"了一声，放下山楂，乖乖给自己系了安全带。

裴廷果然还是生气了吧。他犹豫再三，还是先道歉，说自己昨晚不是故意的，酒量太差，过早喝醉，没照顾到裴廷。

裴廷单手扶着方向盘，双眼直视前方："没事。"

简单的两字，将顾宝一大串想好的道歉话语堵在喉中，他试探性地问："不生气了？"

裴廷勾起嘴角："嗯，不生气了。"

"为什么啊？"顾宝还要作死般地问。

红灯亮，车子缓慢停下，裴廷开车很稳，一如他这个人。雨刷反复刮着车窗，车外瓢泼大雨，车内安静得如一方天地。

裴廷自静谧中看了顾宝一眼："因为就算生气，又能怎么样呢。"

这叫顾宝都不好意思了，他的手指抠着安全带，思来想去，最后吐出一句："你生气的话，我还能哄你啊。"

裴廷哑然失笑，过了半天才摇头："我不需要你哄。"

顾宝总觉得裴廷话中有话，却听不明白。车子向前行驶，气氛重新安静下来，雨声沙沙，顾宝靠在窗上，轻声道："我不会重色轻友的，你放心，你是我哥，这辈子都是。"

车子在一家商场前停下，雨越发大了，雷声阵阵，雨伞撑开，水珠噼里啪啦地砸下来。雨伞只有一把，两人都是男人，哪怕全程顾宝都挨着裴廷，依然湿了裤脚。

他们进了空调效果十足的商城，顾宝更是脚踝刺冷，怀疑自己年纪轻轻就要得风湿。

裴廷在一旁的套伞机收好伞，拿在手上，问顾宝："有没有哪里湿了？"

顾宝刚想说自己鞋子、头发都湿了，视线落在裴廷的肩头，话语顿在舌尖。裴廷穿着黑色短袖，肩膀大半边都湿了。

如果不是他发现这人的袖子边缘湿透了，水从手臂淌下，还不知道这人要顶着半边湿透的衣服穿多久。

他穿了裴廷的外套都觉得冷，那裴廷呢？

顾宝伸手抓住裴廷的衣服，裴廷见他动作还想躲，被他瞪了一眼，凶了一句"别动！"

裴廷不敢动了。

顾宝伸手摸了下裴廷的手臂，感觉紧绷如石，应该是冻僵的。他恼了："你傻啊，怎么不说啊！手机可以下次买，你感冒了怎么办？"

自己都淋成这样了，还问他有没有哪里淋湿。

顾宝就很气，跟昨天一样，不知道为什么气，就无名火起。

他知道他没资格生气。裴廷是为了给他让伞，带他来买手机才变成这样的，他冲人发哪门子火？

顾宝握住裴廷的手腕，没买手机，先带人去服装店。裴廷有着模特般的身材，随便穿都好看。顾宝和服装店的小姐站在一块，给裴廷搭衣服，不亦乐乎。

导购小姐见是大客户，顾宝身上的外套还是名牌，就知道这是肥客，好听的话不要钱似的倒了一箩筐。

加之裴廷身材的确好，她看了都要星星眼。

顾宝听得舒心，很是有面子。这么帅气的人是他的朋友，他能不骄傲吗？

于是他大手一挥，一副纨绔子弟的做派："这里到这里，我都要了。"

掏钱的时候他却傻了，因为他手机坏了，绑定顾正的那张副卡没带，身上更无现金，眼看着导购满脸欣喜逐渐僵硬。裴廷从换衣室出来看见这种情况，便上前将顾宝挑出来的衣服去掉大半，只要了自己身上的和另外一件。

导购脸都黑了，勉强维持着笑容，要不是裴廷结了两件，她都能翻白眼，觉得自己浪费时间，被小孩子耍着玩。

看着脸嫩，能有多少钱？

二人出了服装店，顾宝小声地对裴廷道："今天没带卡，不然就能给你买很多衣服了。"

裴廷按他脑袋："人才多大，口气不小。有钱也不用这么花，没必要。"

顾宝："你没看见刚刚那个导购的眼神，好丢脸啊。"

裴廷自在道："捧高踩低罢了，没必要因为这样浪费钱。"

顾宝揉了揉脸颊："好啦，我就是觉得很窘而已。走吧，去买手机。"

"不高兴了？"裴廷问。

顾宝哪有这么容易不高兴，虽然刚刚发现裴廷衣服湿的时候，就已经不高兴过一会儿了："没有。"

裴廷语重心长道："你现在还不懂，这世界上这样的人很多。你今日有钱有势，多的是人来捧你，但那未必就是真实的。保持好心态，即使哪一天不再得势，也不会为受旁人冷待而难过。"

"当然，也不会有这么多人平白无故过来踩你，我只是说有这个可能。这个世上好人还是很多的。"裴廷灌了一碗心灵鸡汤给顾宝，又让顾宝找到了点二爸的感觉。

顾宝笑嘻嘻道："知道啦。如果真有那么一天，我也知道，就算全世界的人都来欺负我，哥你也不会欺负我的。"

他说得笃定，语气里是全然的信赖，说得那么认真，好像他相信，无论如何裴廷都不会对他不好。他有一种直觉，分辨得出来人心好坏。

裴廷好吗？他没那么好，更不那么坏。

面对着顾宝天真的目光和盲目的信任，裴廷颔首："嗯，会对你好，绝对不会欺负你。"

Chapter
06

电影院黑，容易产生暧昧

出成绩那天，顾宝难得待在家中。这段时间他瞒着父母同范娇恋爱，年轻人的感情火速升温，很快就甜甜蜜蜜，牵手亲嘴。

　　别的事情，顾宝可不敢想，更不敢提，觉得不尊敬女生，又怕真的年纪轻轻，无法对彼此负责。

　　汤玉美对他的教育还是很成功的。汤玉美说，知道男孩子冲动，就是因为容易冲动，才要克制。要不然这种事情一旦发生，受到更大伤害的是女孩子。

　　如果喜欢人家，就要珍惜对方。

　　顾宝深以为然，所以他不打算跟范娇更进一步，起码不是现在。

　　他还这么小，范娇长他两岁，也没多大。

　　感情和友情不能对比，要跟女朋友在一起，自然会少上许多和朋友玩的时间。

　　就像这些日子，他跟裴廷都没了联系，与纪图、杨扶风那个小群也时时无人说话，冷冷清清。

　　男生比起女生，好像天性上就更在乎玩乐，所以恋爱的热乎劲一过，顾宝就开始想朋友了。

他和范娇在一块时，都是以裴廷的名义打的掩护，而他跟家里说出去找裴哥玩，偶尔把纪图当作借口。

个个都很配合他，可见兄弟情深。

这日出了成绩，跟顾宝预想中的差不多，基本能确定会去A大。

顾宝得知消息，开始一一打电话报喜，先是裴廷，没有人接，再是纪图，依然不通，杨扶风也没理他。

他合理怀疑，这三个人现在正凑在一块，故意不接他的电话，不带他玩，报复他沉迷恋爱，不理兄弟。

范娇倒是接了电话。她考得不好，在电话里抽抽搭搭地哭，说他们上不了一个学校了，家里叫她出国。

顾宝听到这个消息，整个人蒙了，呆愣了半天才问："哪个国家啊？没事，不要哭，不就是坐个飞机去看你吗，现在交通这么便利，你还怕见不到啊？"

嘴上这么哄，顾宝心里未必没有胆怯。异地恋就算了，还是跨国恋啊，感情多深才经得住异地的考验啊？

不过，十年爱情长跑，九年异地，最终修成正果的也不是没有。

他不是容易变心的人，范娇应该也不会。

这么一厘清思绪，顾宝又信心满满，哄了女友足足半个小时，说得口干舌燥才挂了电话。

收了手机，顾宝从房间出来，到楼下带上点心零食、游戏光碟准备去裴家一趟。

裴廷那边有特意为他买的游戏机，不忙的时候裴廷会陪他打上几局。裴廷聪明，游戏技术也提高得很快，如果不让着他，他会一点游戏体验都感受不到。

就算知道裴廷让着自己，顾宝也打得很快活。

有些日子没见，他想裴廷了。

他溜达到裴堡，大家都知道他今天出成绩，纷纷来问他考得如何。得知他考得不错，能上心仪的Ａ大后，裴家这些人就跟自己孩子争气一样，夸个不停。

顾宝喜欢被夸，美滋滋地杵在那里被赞赏的话浇了一身。楼上窗子开了，裴廷站在窗后，还没说话，顾宝就忙道："我来了我来了！"

踩着欢快的步伐，顾宝来到裴廷的书房，背着手说："猜猜我考了多少分？"

"考得不错吧。"裴廷说。

顾宝"嘿"了一声，发现裴廷穿着正式，正在戴腕表，还简单地喷了点香水，他问："要出门？"

裴廷敛眸："嗯，约了人。"

"谁啊？"顾宝问。

裴廷拿起手机，不是很上心地回他："你不认识。"

今天可是顾宝的大好日子，电话打不通，他才来找裴廷，看见裴廷在用手机，他就想起来了："我才给你打了电话，你没看到吗？"

裴廷翻了下手机："刚看到。"

顾宝不满意了，他有点委屈，撇嘴道："你不祝贺我一下？"

裴廷看了他一眼，没有错过他所有神情，包括他可怜模样下的不甘，说："你女朋友考得怎么样？不是说一起上大学吗？"

"她考得不好，家里叫她出国。才打电话跟我哭呢，哄了好久。我觉得国外也不远，不就是坐个飞机吗，我又不缺那几张机票的钱。"顾宝在金钱方面从来没烦恼过。

汤玉美虽然严厉，但和顾正一样，不怎么管他这些花销。

裴廷听了，没什么表示，又看了眼手机，好像不耐烦跟他对话似的。

顾宝恼了："今天是我的重要日子！"

"我知道，你考得很好，恭喜了。"裴廷走过来，靠得与他近了些，身上低调的香水味涌了过来，像是去见女人的味道。

好听的、吉利的话，顾宝在楼下、在家中都听了一堆。他很不满裴廷的态度，这样敷衍的恭喜，他情愿不要。

顾宝小脸沉得更厉害："你到底去见谁？那个人比我重要吗？"

裴廷笑了，嘴角勾起，抬手拍顾宝的头："别胡闹了，我有正事，生意场上的人。"

顾宝想到了一个人选："是风宙国际的千金？"

裴廷没有否认。

"你们今天见面是谈公事，还是私人约会？"顾宝追问。

裴廷因他的语气皱眉，想说与他无关，却说不出口。

顾宝久久等不来答案，也发觉裴廷面上隐约的不耐烦。

他想说算了，走就走吧，他又不是没人跟他一起玩。偏偏这口气下不去，出不来，堵在胃里，将他的思绪搅作一团。他不愿跟裴廷闹翻，只能妥协，语气低落："你是不是讨厌我了？"

裴廷愣了许久，终究无可奈何地叹了口气："没有。"

"顾宝，朋友之间也该有距离，我也有我自己的私生活。就跟你一样，你要去见你女朋友的时候，肯定也不想我跟你闹吧？"裴廷说。

顾宝无言以对，他迟疑道："可是……如果你想跟我和范娇一起去玩……"

"但我不想。"

顾宝似乎没想到这个回答，不安地望着裴廷，想要跟人解释："我不是想闹，今天是我高考成绩出来了，我想跟你一起分享这个好消息，我以为你会在乎。备考的那段时间，你对我那么关心，高考那天，你还去接我了不是吗？你甚至把重要的钢笔送……"

他说不下去了，不知道裴廷为什么要对他这样。

从前对他那样关心，如今对他这样冷淡。

是他做错了什么吗？还是因为这段时间他恋爱，忽略了裴廷，于是裴廷不高兴了？

他垂头："对不起，我不该这么跟你闹。"

说到闹时，顾宝加重了语气，心有不甘，连认错都是不情愿的。

"我先回去了。"顾宝加快语速，扭头就走。

裴廷没出声，更没拦他，而是冷静地望着他的背影，犹如看着这人走出自己的人生。

今日能够狠心，来日不必烦心。

遇到问题，重要的是思考，找出解决的办法。裴廷靠这一套攻克了不少难题，无论是生活上，还是事业上。

可……到底认识了这么久。

裴廷在自己后悔前就已经捉住了顾宝的手，他揉着额角："好了，走去哪儿？你游戏碟不都拿过来了吗？"

顾宝梗着脖子说："没事，我可以去找……"

"找你女朋友打？"裴廷松开他，"也好。"

顾宝嘟囔道："她高考考砸了，哪有心情。我可以去找纪图。"

"反正不会打扰你约会的，我还没那么不懂事。"顾宝负气道。

裴廷默了默："不算打扰，我吃顿饭就回来，你在家里等我。"

顾宝没说好，也没说不好，身子僵硬地杵在门口，依然不转身。

裴廷叹了口气："那你想怎么办？"

顾宝听出他语气里的退让："你在追她？"

"别胡说。"裴廷立刻否认。

顾宝："你们只是普通朋友见面吧？"

"嗯。"裴廷好像猜到顾宝要说什么了。

顾宝转过头来："她长得漂亮吗？带上我行不行？"

裴廷重重地敲了下他的脑袋："你以为是相亲？更何况你有女朋友了，还看其他女生做什么？"

顾宝捂住脑袋："在家一个人打游戏等你太无聊了，你也可以带我去吃饭啊，吃完我们还能去逛逛。而且跟女生约会，怎么能只吃完饭就算了？你不带她去看电影啊？最近新出的一部电影很好看，今天正好上映。"

裴廷被他气乐了："你也说是约会，你跟过去像话吗？"

顾宝气短道："那什么，我能帮你把把关，看看她人好不好。"

"不需要。"裴廷直接拒绝。

顾宝低落地说："那我在这儿等你回来？"就似受了天大的委屈，问裴廷怎么能狠心弃他于不顾。

裴廷的确不能。

他望着这个他有意无意惯坏的孩子。

都无所谓了，只要顾宝高兴就好。

在顾宝看来，如果裴廷提出要跟他和范娇一起出去玩，他是不介意的。这个要求换作是纪图又或者杨扶风，他都不认为有什么。

好男人会懂得把自己女朋友带入朋友圈，叫身边的兄弟都认识。

只是不管是纪图还是杨扶风，甚至是裴廷，没人有这个意思。

他的兄弟们都不打算跟他的女友一起玩。

许是因为单身的人都讨厌被秀恩爱，更不想当电灯泡，顾宝明白。

当裴廷真的提出要把他带去见风宙国际的千金时，他反而忐忑起来："你到底是不是要追她？"

裴廷心头一动，手指停在杨卿兰的电话号码上，尚未拨出，若有所思地问顾宝："问这么多干什么？"

傻子似的直男宝茫然道："我就问问而已。"

不等裴廷被噎到回不来话，他又恍然大悟，自作聪明："你是不是怕我羡慕啊？我羡慕什么，我都有范娇了！"他那小模样，快骄傲死了。

说完他又嘟囔："她如果长得很漂亮，这样的豪门千金，哪个男人能娶到，该偷笑了。"

说到这儿，他还真有点羡慕。

"你到底是不是要追她？"顾宝问。

裴廷反问："追又如何，不追又如何？"

裴廷没打电话，转而给杨卿兰发短信，说自己要带个小朋友过去，问她介不介意。

最近裴家要与风宙国际合作，风宙国际总裁杨添的小女儿杨卿兰与裴廷适龄，便相约着让两个年轻人私下见面。

裴廷与杨卿兰见过几次，他谈公事，无意与杨卿兰发展更深的关系。

杨卿兰正有此意，不过她说，比起她爸爸叫她去见的那些男人，裴廷已经不错。

她有意用裴廷来作挡箭牌，裴廷亦可利用她促进两家商业合作，互利共赢。

裴廷欣赏聪明的女性，要是在从前，杨卿兰或许会是他喜欢的类型。

顾宝觉得裴廷狡猾，不给个准话，叫人摸不明白他的意思。

顾宝苦思冥想一番给了个中规中矩的答案："追的话，一会儿吃完饭，你和她单独去看电影，电影院黑，容易产生暧昧。"

顾宝说得老有经验，仿佛谈过十七八段恋爱。

他还补上另外一个选项："不追的话，你们看电影就捎上我，咱们一块看个合家欢剧场。"

裴廷忍不住抽他："还合家欢？我是你爸？"

顾宝按捺住想要认"裴"作父的心，不然叫顾正知道了，得打死他。

裴廷说："你考虑再多也没用，杨小姐要是不高兴你去，你就给我老实在家待着。"

顾宝这回没顶嘴："应该的，女孩子的意见最重要。"

女孩子的意见重要，他的意见就不重要是吧！

裴廷抱起手，冷眼瞧顾宝："我让你别去，你跟我争。杨小姐不让你去，你就愿意？"

顾宝"哎呀"一声："你怎么就不懂？杨小姐和我又不熟，她要是不乐意，我当然不会觍着脸去。你却是我哥啊，怎么能一样？"

裴廷："……"

杨小姐当然不介意，还发来短信，说自己也带个朋友，正好一起，两人行变成四人行。裴廷准备捎上顾宝，顾宝却嫌自己穿得不够正式。他是踩着拖鞋来裴廷家的，这副模样怎么能去见千金小姐？

他非要回趟家，打扮齐整，还特意选了不要太帅的衣服，生怕突出了他的英俊，让杨小姐移情别恋。

想太多的顾宝钻进裴廷的车，竟然还提着一小袋礼物——是汤玉美出国的时候在免税店买的巧克力和口红。

不知道的人还以为今日杨卿兰是来和顾宝相亲的。

裴廷一时无语："怎么还带这个？"

　　顾宝把袋子放在大腿上，拆了根棒棒糖吃："第一次见面，总要客气客气吧。"

　　裴廷看着他怀里那名牌手袋，再想到那两元店款的太阳花，觉得自己不只心肌梗死，脑出血怕也会提前找上门。

　　殊不知顾宝是那种对亲近的人才闹腾，对不熟的人很礼貌的人，典型的窝里横，好听点叫不把裴廷当外人。

　　顾宝睨了裴廷一眼，难得智商上线："给你买的都是想着你才买的，给她送的是在我妈房里随手拿的。"

　　裴廷被揭穿了心思，咳嗽一声，拧开音乐键，让歌声散布在整个车厢。

　　定的餐厅也不远，二十多分钟的车程。裴廷和顾宝先到，杨卿兰和她朋友晚来。

　　杨卿兰的朋友看着很乖，矮杨卿兰半个脑袋，皮肤白皙，身材娇小，黑发披肩，跟杨卿兰手牵着手。

　　杨卿兰长得美艳，她的朋友模样清纯，都是美人，她们进了餐厅那一刻引来不少视线。直到她们俩坐在同样容貌不俗的裴廷和顾宝那一桌，那些跃跃欲试的眼神这才消停。

　　杨卿兰微笑着同朋友介绍："这是我朋友方灵。方灵，这是裴廷。"她目光移到了顾宝身上，笑了，"和他的小朋友。"

　　顾宝耳朵红了，手在底下轻掐裴廷大腿，倒没生气，就觉得丢人。裴廷到底怎么跟人说的，说自己要带一个幼稚的小朋友过来？

　　他把礼物袋子拿出来递给杨卿兰："抱歉，不知道你也会带朋友来，礼物只拿了一份。"说完还要瞪裴廷一眼。

裴廷尴尬，他确实忘了跟顾宝说。

方灵甜美一笑："没关系。"

一顿饭吃得很和谐，全无当初杨卿兰和裴廷私下见面时的客套和生疏。杨卿兰好似很喜欢顾宝，总是逗着人说话，还认了顾宝当弟弟。

裴廷清楚顾宝讨人喜欢的程度，就目前来说，这个程度让他很不喜欢。

方灵安静内向，为了照顾她，杨卿兰把话题引到她身上，说："裴廷，小灵跟你一个大学毕业的，说不定跟你同届呢。"

裴廷念书比较早，方灵跟他同届倒也正常。裴廷自然往下接话，却没想到，他们专业相同，导师更是同一个，实在过于巧合。

提到学校相关的，方灵也不那么腼腆，多跟裴廷说了几句话。顾宝眼瞧着杨卿兰的表情不对了，又在桌下拉裴廷。

他觉得裴廷当着杨卿兰的面同人家朋友热情，不管两人之间有无暧昧，都不太妥。

哪知他的手被裴廷按住，那飘过来的凌厉眼神好像在说"别闹"。

饭后去电影院，现在买票没有太好的位置，四个人不能坐在一起，票分两路，一前一后，两人一队。

顾宝不知到底该不该跟裴廷坐，他有些尴尬，旁边的方灵同样。

票是裴廷分的，几个人互相看了一圈，就知道接下来该跟谁一块坐了。

顾宝抱着爆米花和可乐走向方灵，发现刚刚还在的杨卿兰与裴廷不见踪影，他问："他们呢？"

方灵："说是抽烟去了。"

顾宝"哦"了一声，不知道该说什么。他有女友，不好对其他女生热情。可不说话，难道真的静默到电影结束？

方灵的座位跟他的在一起，这叫他暗暗咬牙。

裴廷果然想追杨卿兰，还将方灵扔给他照顾。万一这里有范娇的朋友，看见他和别的女生看电影了怎么办？他要分手了，就都怪裴廷。

方灵的手指缠着头发，兴致不高，顾宝捧着爆米花杵在原处。他们俩比电影院的雕塑还要僵硬。

抽烟室里，裴廷给杨卿兰点火，女人吞吐烟雾，妩媚笑道："合作愉快？"

裴廷神色自若，回敬一句："还没合作，不用着急庆祝。"

这话一语双关，懂的人自然懂。

聪明人都喜欢跟聪明人对话。

杨卿兰又抽了一口烟："如果跟你订婚，我没太大意见。"

她父亲有这个意向，她不可能一辈子不结婚。

裴廷垂眸："我劝你慎重。有些决定要是轻率地做了，也许会后悔一辈子。"

杨卿兰皱眉，指甲轻弹烟灰，没说话。

电影极具正能量，一点不浪漫，顾宝不用担心和方灵尴尬，因为他全程睡死过去了，爆米花都撒腿上了。直到电影结束，他才扶着扭到的脖子醒来，觉得裴廷选的电影太烂，怪不得都没几对选在最后一排的情侣。

裴廷和杨卿兰坐在前头，放映厅的灯亮起来，顾宝探身一看，正好看见前面隔了好几排的两人在咬耳朵，有说有笑，一看就有戏。

方灵跟着他一块偷看，只看一眼就窝回座位上，拿出手机，垂眸不语。

裴廷本要送女士们回家，杨卿兰说自己有车，可以回去。她拉方灵，却被方灵避开了，动作明显，气氛尴尬。

杨卿兰还未说话，方灵就说："我去朋友家，她来接我。"

"哪个朋友？"杨卿兰问。

方灵说："你不认识。"

顾宝手上还捏着可乐，下意识望向裴廷。裴廷自然道："那我们先走了，下次再约。"

杨卿兰的视线不离方灵，似乎意外于方灵的反应。

裴廷揽着顾宝离开，顾宝一边走一边回头，看杨卿兰再次上前，这次是伸手捉住了方灵，把人往旁边的消防通道拉。

顾宝不肯走："你傻啊，没看见两个女孩要打起来了？"

裴廷掐着顾宝的后颈："别看了，没事。"

"怎么没事？肯定是因为你这个蓝颜祸水，都叫你不要当着杨小姐的面勾搭她朋友了。"顾宝控诉道。

裴廷瞅着顾宝："她们认识好多年，情比金坚，不会因为这种小事翻脸。"

顾宝心想也是，虽然裴廷很帅，但杨小姐也是白富美，什么男人没见过，要是为了男人翻脸，那她们的友情也太不坚固了。

说完裴廷还手上施力，揉他的脖子："睡落枕了？"

顾宝刚点头，又瞪圆眼："你怎么知道？你不看电影，偷看我了？"

裴廷故意说："是电影不够好看，还是杨小姐不够美，我闲得偷看你？"

顾宝一想："也是。"

他们没立刻回家，顾宝看电影看得全身僵硬，裴廷带他去放松。

顾宝以为裴廷会带他去做大保健，一脸兴奋，抵死不从："我身心都属于娇娇。"

裴廷看着顾宝，先揍上一顿再说。

去的是正规的理疗店，老师傅检查顾宝的脖子，说没什么太大问题，就睡觉姿势不对，有点扭到。

老师傅给他扎了几针，再推拿一番，手法老道，模样严肃，搞得他有点不好意思，还以为是那种店。

出来后回到车上，顾宝好奇地问裴廷有没有去过那种店。

裴廷一只手打方向盘，一只手抽顾宝，管得比亲爸严："你想干吗？"

顾宝立刻证明自己身心清白，一点都不想干吗。

裴廷调低空调温度："换个话题。"

顾宝"喊"了一声，觉得没意思，掏出手机打游戏。裴廷忍不住多嘴："年纪还小，别做混事。"

顾宝听了，不信道："你不是谈过好几个女朋友吗？"

见裴廷不说话，顾宝来劲了，视线犹如 X 光打在裴廷身上，把稳重的裴廷看得耳郭都红了，这才回过味来。

"我的天啊！你不会和我一样……"顾宝差点把声音喊劈叉。

裴廷恼羞成怒："我才二十，这很奇怪吗？！"

顾宝忍着笑："不奇怪。"

裴廷想找回点脸面："因为我尊重女生。"

顾宝憋了一肚子笑，回到家才放肆洒出来，笑到不行。裴廷先前教他抽烟那会儿那么会，他还以为裴廷擅长喝酒抽烟加泡妞呢，结果和自己一样纯嘛。

裴廷烦得好几日没联系顾宝。

而这时的顾宝在苦心经营自己的初恋，每晚视频电话，偶尔见面，买了情侣衣和鞋，还有一对杯子。

他记住了范娇的喜好，知道了女孩的小心思，也经历过吵架与和好。

在一场夏雨后，范娇坐上了飞机飞往国外，顾宝去了离家很近的 A 大。

同样去了国外的，还有纪图。

纪图在出国前来到顾宝家中，书包里藏着一瓶洋酒。两个小年轻关起房门喝得烂醉，弄得汤玉美第二日开门时勃然大怒，差点把他们两个丢到楼下的池子里醒酒。

走之前，纪图抱着顾宝大哭了一场。顾宝不知他为什么哭，他也没说多少，只让顾宝好好照顾自己，别瘦了，交新的朋友，快快乐乐。

闹得像生离死别，搞得顾宝都被感染得眼眶湿润。

九月，杨扶风跟顾宝一起进了Ａ大，经历了残酷的军训。杨扶风跟顾宝不是一个专业，两人见面的机会都变少了。

杨扶风偶尔过来找他吃饭，会问纪图有没有跟他联系。

顾宝说没有，纪图渐渐地微信不回，电话不接。

十月，顾宝在宿舍里又一次拨了纪图的电话，却惊讶地发现号码已经成了空号。

发觉这个事情后，顾宝惊慌地找到了杨扶风。杨扶风沉默地握着手机：“我也联系不上他。”

“我们好像……把他弄丢了，顾宝。”杨扶风说。

顾宝当然不肯接受，他觉得难过、伤心，甚至想要在周末出国找纪图，看看人是不是出了什么意外，不然一个大活人怎么能够失联。

不等顾宝买机票出发，杨扶风已经请假离校，再归来时，他一身疲惫地拖着行李，同顾宝说：“纪图根本没去那所学校，他骗了我们。”

纪图真的消失了，多年竹马，万年铁三角，缺了主心骨。

顾宝去纪图家，想找纪图父母，惊恐地发觉，纪图的家搬走了，已经不在这小区。

顾宝难受了好几个月，是裴廷一直陪着开导才渐渐好起来。

偶尔顾宝还会给纪图的微信发长长的消息，跟写信一样，希望纪图有一天能看见。

裴廷知道这件事，还问顾宝："你什么时候也给我写几封？"

顾宝握着手机，认真道："我想一辈子都不要给你写这种信。"

说着他鼻子又红了，眼眶湿润："那代表着我又失去一位朋友了。"

这可比失恋还难过，虽然顾宝没失恋过。

周末裴廷偶尔会过来接顾宝回家，顾宝的室友都知道他有这么个好哥哥，时时过来请客，叫他们好好照顾顾宝。

这日裴廷问顾宝在哪个课室，顾宝回复以后，本打算专心上课，课上到一半，隐约感受到身后有股隐约的骚动。

回头一看，一身黑的裴廷坐在最后一排，酷得跟大明星一样。

周围的学生们都看了过去，不时交头接耳。

顾宝目瞪口呆，像个仓鼠一样埋起头，给裴廷疯狂发微信：你怎么进来了？

裴廷回得很快：来接你下课。

顾宝：你太过分了，你知不知道因为你，我"人气小王子"的称号都要让出去了？

裴廷：你还有这么幼稚的称号？

顾宝：……

裴廷：坐过来，到我旁边。

顾宝：不要，我要好好上课。

裴廷：过来，有话跟你说。

顾宝唉声叹气，收起手机，还没跟坐在旁边的室友王辉说一声，对方就很懂地冲他道："快过去吧，放心，书包和课本我帮你带回去。"

顾宝感激地对王辉笑了笑，然后弯腰溜到了最后一排，坐到裴廷身边："走吧。"

裴廷问："走去哪儿？"

"你不是要带我逃课吗？"顾宝问。

裴廷敲他脑袋："好好上课。"

顾宝连教材都没了，还上什么课，最后还是逃课了。他拉着裴廷出了教室，这才敢大声说话："你怎么来了？今天才周三。"

裴廷说："带你去吃饭。"

顾宝莫名其妙："这么突然？"

裴廷无奈望他："你知不知道今天什么日子？"

顾宝还真不知道。

裴廷伸手，将顾宝连帽卫衣上的绳抽紧，打了个蝴蝶结："生日快乐啊，小王子。"

顾宝解开蝴蝶结，这才反应过来。

他好几天前就挨个通知他生日，还叫舍友做好准备，哪知他记成明天，更不知裴廷今日会特地过来。

顾宝拿出手机给王辉打电话，先控诉一番对方没良心，竟然不记得他生日，恶人先告状。

王辉"啊"了一声，很茫然道："你哥今天过来不就是要给你过生吗？我和老大蛋糕都给你买好了，等你晚上回来吹蜡烛呢。"

好吧，闹了半天，只有他傻乎乎地把自己生日忘得一干二净。

裴廷在旁边笑出声，顾宝尴尬地收起手机，吐槽裴廷肉麻，刚刚那声小王子尬得他脚趾抓地。裴廷不承认自己肉麻："是你说的，人气小王子。"

顾宝羞耻地去捂裴廷的嘴，反而被人捉住手，卡住脑袋一顿揉搓。顾宝上大学后就染了头发，如今被裴廷薅了一把，乱得跟小鸡崽一样。

顾宝："我生日你还欺负我！"

裴廷把人带上车，没搞什么惊喜那套，直接驱车将人载到礼物储存点。

那是一家机车俱乐部，裴廷一个月前在这家店定了车。

顾宝跟着裴廷走入，已经猜到自己十九岁的生日礼物到底是什么。他没想到，裴廷会送他这么贵重的礼物。

裴廷站在一辆被黑布笼罩的车前，轻笑道："老板怎么搞得花里胡哨的。"

顾宝满目期盼地看着裴廷。裴廷后退一步："来吧，拆你的礼物。"

黑布滑落，银白的雅马哈呈现在顾宝眼前，被俱乐部的光一打，巨帅，简直是男人的梦想。

裴廷还精心设计过，在车身侧面漆了顾宝的名字，小小的。

顾宝几乎要挂在机车上，他早就馋裴廷那辆重机车，万万没想到，他也能拥有一辆。

"哥，真的是送我的吗？我真收了啊，你不许后悔！"顾宝赶紧拿手机拍照，发到宿舍群里，叫人馋一馋。

宿舍老大复明对机车小有研究，惊叹道：顾宝，你卖肾了吗？这一辆十多万啊！

王辉：我觉得卖肾不够。

老三谢安：羡慕到眼睛滴血，拆个轮子能换一台外星人电脑吗？

复明：歪，妖妖灵。

王辉：顾宝，我帮你打死谢安，这辆车能不能让我骑一骑？

复明：瞧你这出息，顾宝，你这学期的作业我包了，没别的要求，请让我跟这台雅马哈独处一天一夜。

谢安：老大，你想干什么？！

三人都挺好的，知道顾宝收的礼物贵重，谁也没酸。

大抵都知道顾宝是个矮富帅，已经适应良好。顾宝他哥是个高巨富，每次开来的车，虽然不算换得勤，但台台都是豪车，腕表能值一个首付。

顾宝炫耀完就把手机塞回兜里，苦下脸："等你生日的时候，我要送什么啊？把老婆本掏出来吗？"

裴廷双手插兜："这倒也不必，你还可以去两元店再逛逛，买里面最贵的。"

顾宝来来回回摸着雅马哈，差点把口水流在上面，恨不得立刻骑回家，让路上的人都欣赏他英俊的身姿。

裴廷说不行，骑可以，但只能去专门的车道，等练习好了再上路。

顾宝趴在车上，仰头问："那我的车怎么办？"

裴廷："老板会把车送到赛场那边，下次我带你去。"

顾宝两眼冒星星，彻底膜拜裴廷："哥，以后你叫我往东，我绝不往西，肝脑涂地，在所不辞。"

裴廷薅了一把他的头："行了，起来吧，带你去吃饭。"

餐厅自然也预约好了，有小舞台，有钢琴，裴廷上去弹了一首曲子，庆祝他生日快乐。

裴廷惯会装模作样，松开琴键，镇定自若地走下来，顾宝坐在座位上给他鼓掌："好听好听。"

"好听吗？我都弹错了。"裴廷说，他拿起桌上的餐巾，压进掌心，拭去一手的汗。

裴廷掀起眼睫，隔着一桌摇晃烛光，望着顾宝："你听懂了吗？"

顾宝从未学过钢琴，也无听轻音乐的爱好，听得最多的是流行音乐，哪懂这些。

顾正有意带一家人去听过钢琴演奏，陶冶情操，结果一家三口全睡昏过去，丢人丢到顾正连钢琴都不逼他学了。

顾宝在裴廷面前，从不掩饰无知，老实巴交地摇头："不懂，可是很好听，你就是当代的……"顾宝憋了半天，终于吐出一句，"裴多芬。"

今晚的他是裴廷的夸夸机，身心已被雅马哈收买，无论裴廷做什么，在他眼里都十分优秀，非常帅气。

顾宝又道："不过这餐厅怎么点了这么多蜡烛？很容易着火啊。"

他才上完大学生消防宣传课，很有安全意识。

"你放心，我进来的时候都看好逃生通道了，一会儿你跟着我跑。"顾宝拍着胸膛道。

裴廷好笑道："赶紧吃吧。"

顾宝专心致志地吃完牛排，觉得还是学校后街那家石锅拌饭里的牛排饭好吃。

餐厅是裴廷选的，顾宝不敢说不好吃。

中途顾宝借着去厕所的由头要去结账，看着账单，哪怕是他也有点肉疼。服务员跟他说，今日这餐是预约的，账单已经结清，不用付费。

顾宝在心里估算了下今晚裴廷在自己身上花掉的钱，怕是老婆本都不够，搞不好真要去卖个肾，才能在裴廷生日时还个差不多的礼。

知道裴廷一出手就是十多万的重机车，顾宝其实挺有负担的。顾家是在他读初中时突然发达的，他也从一个家境比较优裕的小少年成为一个真正的富二代。

其实他想拒绝这份礼物，但裴廷都在上面刻了他的名字，不可能退货，拒绝的话还很扫兴。顾宝只能另作打算。汤玉美要是知道他收了这礼物，大概会打断他的腿。

想到这些，顾宝就好愁，他都想去知乎发求助：好朋友太有钱了怎么办？

回到座位上，顾宝的手机就没消停过，父母、杨扶风，还有范娇都给他打了电话，祝他生日快乐。

范娇神神秘秘地说要给他个惊喜。在范娇跟他通话时，对面的裴廷起身，说出去抽根烟，他好奇范娇送的惊喜，漫不经心地点了头。

很快，顾宝就知道范娇的惊喜是什么了。

范娇挂了电话后，顾宝的微信上收到了一张照片，他猛地站起来。

范娇拍了一张学校大门口的照片，这就说明她此刻已经在校门口了。这惊喜太大，让顾宝感动得不知所措。他没想到范娇竟然从国外回来，为了给他庆生。

今天的幸福过多，他过于快乐。

他来到餐厅外，裴廷正孤寂地站在廊下，呼出一口香烟。他朝裴廷跑去，裴廷愣了愣，下意识张开手臂，怕他冲得太猛摔了。

顾宝双手扶着裴廷的手臂，刹住了车。他脸颊泛红，看起来比任何时候都要高兴："她来找我了！"

裴廷立刻就懂了，甚至不用顾宝说出那个名字。

但顾宝还是说出了那个名字："我的天啦，娇娇是坐了多久的飞机，好辛苦。"

裴廷双臂垂下，背到身后，顾宝手上落了空，也没在意，他转而捧住自己的脸，渐渐红透。

裴廷一个没注意，香烟烫进手心，灼痛下，皮焦肉绽。他皱了下眉，然后平静地问："是吧，那我们赶紧回去吧。她住哪个酒店？"

顾宝有些苦恼："还要回宿舍吹个蜡烛，怎么办？好像很对不起王辉他们，他们特意给我订的蛋糕，我今天一天都没时

174

间跟他们一起。"

裴廷说："没事，男人都会理解的，女朋友重要。"

顾宝问他："哥，你要不要来我们宿舍分一块蛋糕？"

裴廷说不用了，今晚还要早点回去，不然明日早起会累。

顾宝被送回学校，进了宿舍，王辉和谢安躲在门后拉彩带筒，噼里啪啦，他们高唱着生日快乐，鬼哭狼嚎，把隔壁宿舍的同学都惊动了，都过来分了块蛋糕。

得知顾宝的女朋友来了，今晚要去酒店陪女友，大家都酸得要命。

与顾宝这边的热闹不同，裴廷站在车边，重新掏了支烟出来抽，看着顾宝的学校大门。

他打开后车座，将藏在里面的蛋糕和鲜花取出。他坐在后座，开着车门，打开蛋糕盒，自己尝了一口。

为了顾宝的生日，他有心在厨房学习了一个星期，叫擅长点心的五嫂教了他如何制作蛋糕。

雪白的奶油上一笔一画地写下了"生日快乐"，内芯是草莓、黄桃和巧克力，都是顾宝喜欢的。

他尝了一口，没能吃完，他从来不喜欢太甜的东西。

这蛋糕没做好，甜得发腻。

"咚"的一声，他把蛋糕扔进了垃圾桶里，连带着那束鲜花一起。

Chapter

07

你许了什么愿望

裴廷回家冲澡，换好睡衣后，才到楼下问五嫂要医药箱。掌心那点火辣，虽不太疼，但存在感鲜明，叫人恼火。

　　尤其提醒了他今天的多管闲事。

　　五嫂大惊小怪，以为他哪里受了重伤。他敷衍几句，便拿着药上楼。在药物作用下，痛感缓解了许多，心头阴霾未散，依旧沉郁。

　　裴廷想忙公事，但或许是今天忙了太多事，已经有些疲累。裴廷发现自己怎么也无法集中精神。他拿上烟，走到与书房连接的阳台，那里有盏星星灯，是顾宝带过来的。

　　他说这里太暗，怎么不安个灯。裴廷答，平日不常用这个阳台，有灯没灯都无所谓。

　　顾宝说，有星星啊，可以看星星。掀开落地窗帘，顾宝探身出去，只看见城市里被污染的大气层，别说星星，连月亮都是朦胧的，景色不算很好。

　　裴廷跟着一起探身，故意问，星星在哪儿。裴廷发现自己跟顾宝在一块时，常常变得恶劣，热衷于看人吃瘪。

　　第二日，星星就来了。顾宝吸着奶茶，提着一盏红色的灯，像童话故事里的道具，不知从哪里翻出来的。

顾宝把灯放在阳台那儿，说以后就有星星了。

裴廷坐在阳台上抽烟，把灯打开，暖黄的光从镂空的灯罩中透出，落满了阳台，一地的星星。

他一根一根地抽，很快半包烟就没了。他掏出手机，反复点开微信又关上，他都觉得自己无聊。

裴廷难得放松，什么事也没做，耗掉了大半时间。

不知过了多久，楼下又热闹起来。如果不是知道顾宝今晚一定要陪女朋友，裴廷肯定以为顾宝来了。

顾宝仿佛拥有特殊天赋，他身边总是热闹的，跟裴廷不一样。

他们从来都不是相似的人，就像两个极端。上帝开了个玩笑，让他认识了顾宝——这个人生里的意外。

裴廷随意地想着，顾宝今晚在做什么，跟范娇一起吗，会不会闹出什么意外。

要是搁在以往，裴廷肯定想要管教他。

只是他到底不是顾宝的亲人，真动手去干涉顾宝的爱情，只会影响他们之间的友谊。

幻想走进现实，他真的听到了顾宝的声音，一声声的"哥"从书房门外透了进来。

裴廷扭头望着声音来源处，书房门把手被拧开，手里拿着盒子的顾宝走了进来，一边走一边嘟囔："我还以为你睡了，五嫂说你没睡。你怎么走得那么急啊，连块蛋糕都不肯吃。"

顾宝走到了落地窗前，瞧裴廷一脸震惊，难得情绪外露，他乐了，咧出一口白牙："你怎么跟见了鬼一样？干吗，我刚满十九岁，是不是觉得我比前一天更帅了？"说完，他抬手看表，惊叫了一声，"啊！时间快过了，赶紧关灯！"

顾宝把灯关上，借着阳台那点"小星星"，磕磕碰碰走到裴廷面前，还撞到膝盖，疼得他倒吸气。

裴廷全程都没出声，眼前的顾宝捧着一小块切好的蛋糕，上面还有完整的巧克力牌，写着"生日快乐"。

一根细小的蜡烛被顾宝点燃了，摇摇晃晃的烛光柔和了顾宝的脸颊，些许婴儿肥的轮廓，和裴廷刚认识顾宝那会儿的模样重合。

顾宝把蛋糕捧到裴廷面前，笑着说："十二点还没过，生日愿望还有效。裴廷，我的愿望，分你一半。"

发觉裴廷始终没有动作，顾宝急了："快呀，还有一分钟今天就过去了！"

裴廷伸手掐住了顾宝的脸，将人掐得龇牙咧嘴、大声喊疼，裴廷才停下，心想不是幻觉。

顾宝捂着自己的脸，觉得自己好心没有好报，分愿望给裴廷，这人还让自己这么疼。

裴廷终于开口："谁跟你说愿望能分的？"

"你不管嘛，来，三二一，闭眼许愿。"顾宝说完，赶紧合上眼。

手机震动起来，提醒着十二点已过，蜡烛被吹灭，微甜的奶油，蜡烛微焦的气息，昏暗环境里蹲在身前的人。

顾宝睁开眼，笑问："你许了什么愿望？"

裴廷答"不告诉你"，顾宝噘嘴，嫌他小气。

顾宝打开灯，光明来得突然。顾宝用手指抹了奶油涂到裴廷脸上，下一秒他躲得远远的："别想着拿蛋糕砸我，这可是我千辛万苦从室友手里保留下来的，差点当不成兄弟。"

裴廷爱干净，脸上沾了奶油，却生不起气。

顾宝把蛋糕端到裴廷面前："吃吧。"

裴廷拿着叉子，一口口吃着蛋糕。数个小时前，他的味蕾被蛋糕伤得半死不活，数个小时后，味蕾重新被蛋糕复活。

他品到了前所未有的香甜、柔软，没有比这更好吃的蛋糕了。

好吃到裴廷说："是在哪家买的？"

顾宝难得见裴廷对甜食感兴趣，舔了下手指上的奶油："你喜欢这种？回去我问问复明，蛋糕是他订的。"

顾宝觉得味道一般，但既然裴廷喜欢，以后经常买给裴廷就是了。

眼前的裴廷看起来心情真好，顾宝也觉得开心。

顾宝窝进自己的专属座位，他忙了一天已经困了，听到裴廷问他："你怎么回来了？范娇呢？"

"娇娇在酒店。她累了一天，倒时差呢。"顾宝的身体陷入懒人沙发，眼皮都要黏在一块了。

顾宝："而且今天是我妈的受难日，我怎么能不回来陪她？再说了，你不是还没吃我的蛋糕吗？本来以为你已经休息了，都不打算上来，五嫂说你没睡，正好一起吹个蜡烛。"

裴廷觉得是时候给五嫂涨工资了，过年再包个大红包，他试探性地问："我以为你会陪范娇。"

顾宝勉强睁开眼睛，有点苦恼道："你怎么跟复明一样？我怎么陪她？酒店就一张床，我睡沙发啊？"

看顾宝已经开始打哈欠，裴廷走过去把顾宝从沙发里捞了起来："回去陪你妈妈吧，不过这么晚了，她会不会已经睡了？"

汤玉美的确睡了，睡前甚至敷了一张昂贵的面膜。

那些精华都没吸收，她就被讨债鬼顾宝吵醒，吓得她以为大半夜家里进贼，楼下这么多动静。

顾正高尔夫球杆都捏在手里，胆战心惊的夫妻俩看见楼下的顾宝，统一战线训了儿子一通，说他以后别大半夜回家。顾正严肃道："知道你妈被吓成什么样了吗？！"说着还揽过娇妻的肩膀，任由老婆的面膜水糊了自己一肩膀。

汤玉美在老公怀里还柔柔弱弱的，在顾宝面前就凶得要命，掐着人的耳朵："这么晚才回来，也不知道打个电话！"凶完以后又问，"蛋糕吃了吗？肚子饿不饿？给你下碗面吃？"

顾宝傻笑着抱住了自己的妈妈："不饿，吃了好多蛋糕。我煮面给你吃啊，你的乖儿子才学了一手。"

汤玉美："不要，我减肥。"

顾正依然严肃着脸，把球杆放到一边："宝宝，爸爸有点饿。"

最后顾宝拿手的半生不熟的面、焦煳的煎鸡蛋，都被顾正和汤玉美分吃了。

汤玉美嘴上说着难吃，实际一口都没落下。

吃完面，汤玉美拿了个红包出来，里面是她回老家求来的红符，说是能保佑人平平安安。

汤玉美看着顾宝："乖崽好像才从妈妈肚子里出来，一转眼都这么大了。"

顾宝捏着红包："是啊，乖崽都能谈恋爱了。"

汤玉美虎着脸："你敢！"

顾宝不服气："妈，我爸追你的时候，你明明和我差不多大！"

汤玉美："那是因为你爸帅。你外公说，这么帅的男人难得傻了，落到咱们家来，不赶紧抓紧，哪里能把你生得这么好看？"

"你妈妈有眼光，你该知道感恩！"汤玉美说。

顾正在旁边咳嗽："老婆，我听着呢。"

汤玉美温情款款道："没，我说我们儿子傻。"

顾宝："……"老妈，我也听着呢。

范娇这次回国没能待多久，她背着父母私会男友，一觉醒来才发现男友不在，只有桌上男友买的温热早餐。

她一天天都安排好了，陪顾宝，找朋友，最后还是要回家。

想到昨晚顾宝没留下来，范娇觉得顾宝尊重自己，又有点失落。和顾宝交往的过程中，她不是没有快乐，就是觉得顾宝好像没有那么喜欢她。

女孩总是患得患失，异地恋更是容易没有安全感。

她在酒店待了会儿，顾宝来了，陪她逛街、吃饭，再送她回家。

范娇跟顾宝同班三年，知道顾宝是个活泼性子。只是在她面前，他挺稳重收敛，明明比她小，却总是摆出大人的模样。

不能说不好，她就是觉得顾宝跟她恋爱以后没法放开，两人之间像隔了一层什么一样。

不知顾宝和别人相处时是不是这个样子，不过她到底是女朋友，顾宝要是对她和对别人一视同仁，那才叫奇怪。

成熟稳重的顾宝送完早餐，发现女友还未起床，只好回家睡大觉。

他这个行为要是叫范娇的闺密团知道了，定会被打上负分，标上直男。

一觉醒来，他陪女友逛断腿，把女友送到家，又去了一趟裴廷带他去过的理疗店。

那里针对肌肉酸痛的按摩套餐有奇效，让顾宝年纪轻轻就迷上了养生。

他用裴廷的会员卡，时时往里面充钱，去一次充一次，久而久之，里面的钱不减反增。

裴廷在公司里收到了短信提醒，会心一笑。

顾宝在理疗店优哉游哉，室友在聊天群打探情况，问他女友在怀，开不开心，快不快乐。

逛街的时候很痛苦，休息的时候很快乐，这大约都是直男的通病。

在服装店里，顾宝陪着一窝中年男士坐在沙发上，每个人脸上的表情都非常沉重、麻木，如出一辙，仿佛在交代顾宝婚后的日子。

他觉得约会最好找个能消磨时间的地方，电影院就不错，或者有 Wi-Fi 的奶茶店，能联机打游戏的那种。

当然，想是这么想，说就不敢说。他在范娇面前可稳重了，是个值得依靠的男友、移动的提重物机、靠谱的点评家。

好歹他眼光不错，分得清直筒裤和阔腿裤的区别。

陪了范娇几天，直到把人送去机场，顾宝已经逃了几节课，都叫王辉帮他答到。

王辉说："你哥严谨，不知从哪里搞到了学校兼职群，在里面雇了个人，帮你代课。"

顾宝很吃惊，没想到裴廷贴心到这种程度，以后要是有了孩子，还不宠成二世祖啊。

顾宝问王辉："我哥怎么知道我没来上课？"

裴廷对他的态度从来是该惯惯、该说说，管他跟管儿子一样，知道他为了恋爱逃课，竟然都不说他？

王辉说："你哥来学校找过你，发现你不在，问了几句，我就给他说了，转头他就帮你找了代课。顾宝，你这哥从哪儿领的，也给我发一个呗？"

顾宝笑骂了句"滚"，说这是独一无二、是天上掉下来的大彩票，没得领。

吃过午饭，回到宿舍，顾宝逃避般地跟谢安打了几把游戏。谢安太菜，一人拖累了全队，顾宝药都嗑完了，龙还没打下来，气得他从椅子上伸脚踢谢安。

复明在床上看剧，嫌他们吵，飞了个拖鞋过来，正中谢安。

谢安转身就去跟宿舍老大纠缠，企图挑战权威，被大佬掀翻，毫无尊严地收尾。

顾宝在床上笑到肚子痛，只是他心里有事，连笑的时间都没平常久。

消磨上足够的时间，顾宝拿上手机，提了水壶，走到打热水的地方拨出电话。

隔壁女生宿舍楼跟男生宿舍是连着的，中间有个过道，男生这边的门锁着，平日里总能看见小情侣在半透明的门前依依不舍，仿若牛郎织女，中间那道门是银河。

正是傍晚，小情侣都没出来上演依依不舍的一幕。

这块地方信号最好，总能瞧见对面有女生穿着睡衣、披着外套深夜打电话，大约是打给异地的男友；遇到分手的，哭得男生宿舍楼都听得见。

顾宝也偶尔打电话，不是给范娇，而是给裴廷。

范娇在国外，他们常用视频聊天。给裴廷打电话，是裴廷给他养出来的习惯。

虽然裴廷的原话是说，有急事打电话，不急微信联系，但顾宝在那之后，经常给裴廷打电话，一个月手机套餐送的三百分钟国内电话都不够顾宝用的。

通常裴廷会接电话，如果他不接，会直接挂断后在微信上解释一句。

这次他久久没接，一通两通，三通四通，都没接。

这是让顾宝进宫面圣，龙颜大怒了。

顾宝垂死挣扎，切入微信聊天框，发了个"聊五块钱天"的表情包，再发个红包。

可可爱爱，乖巧伶俐。

裴廷没点开红包，反而发了个压缩包过来。

代课帮顾宝上了五天课，裴廷另花一笔钱，请人记好课堂笔记，做成文件，拷下老师的课件，一并发给顾宝。

顾宝又感动又害怕，小心试探般地发了一句"哥，你真好"。

裴廷还是没说话。

顾宝诚恳认错，并表示自己再也不会了。

裴廷冷淡道：陪女友重要，考试和前途哪里比得上女朋友。

——以后你出社会，面试官看的是你的恋爱战绩，不是专业能力。

顾宝觉得没那么严重，裴廷实在小题大做。再说了，他以后不会去应聘其他公司，他只会继承家业。

说实话，他自认为，在富二代里他也算有出息，没有酒后驾驶，更无不良嗜好，还考上了重点大学，还要他怎么样，不过逃个课而已。

更何况，一个星期的课，补补就回来了。

这大概是富裕家庭被娇宠孩子的通病，太有底气。只因无论如何，都有家底在后面撑着，对很多事情都不会太上心，活得懒散，随遇而安，毫无危机感。

裴廷同人相处这么久，顾宝的臭毛病一眼可知。

不是因为顾宝为了女友逃课一个星期，而是透过现象看本质。顾宝对自己的学业不算在乎，往更深处去理解，这人没有要培养自己能力的意识。

这么多日了，顾宝才发现自己给他请了代课，说明这些时日，他从未关注过学业的事情。

不用想，裴廷也知道顾宝心里在念叨什么，无非觉得自己过分严厉，对他严苛。表面听话知错，实际转头就忘。

裴廷在适当的时候提醒顾宝，教育顾宝，希望顾宝走上正道，过得顺遂。

再看他操心的对象，没心没肺地约他明天见面。

顾宝发现一家真人CS，好像很好玩，宿舍的人都去，还要在外过夜，就问裴廷去不去。

裴廷说不去，撂下手机，没空陪孩子过家家，忙自己的事去了。

夜色渐深，手机一早没了电，裴廷坐在办公室里翻看文件。

裴父最近给裴廷换了个部门，实际是升职，让他管了一批人。

当然有人不服，觉得他凭关系上位。越是有人不服，他就越要做出成绩。知道父亲有意磨炼自己，他更要认真工作，彻底了解公司上下的运作，到时才不容易被人糊弄。

他忙起来是真的忙，一天恨不得有四十五个小时。

眼睛注视电脑太久，疲惫不堪。

玻璃门被人敲了几下，倒霉孩子提着日式料理和珍珠奶茶，被保安提溜进来。

原来顾宝在公司大楼底下贼眉鼠眼、鬼鬼祟祟的，保安见他深夜在这里徘徊，想要抓他去公安局。

他反抗时摔了一杯奶茶，湿了半管裤子，委委屈屈地报出裴廷的大名，说自己是裴廷的弟弟，不是贼。

尽职尽责的保安就把人带上来了，叫裴廷认一认。

得知裴廷真的认识此人，保安还惶恐不安，鞠躬道歉，说自己不是有意的，生怕裴廷迁怒自己。

裴廷客客气气送走了保安，还给人塞了一包烟，说辛苦了。

顾宝在旁边看完全程，更委屈了。

刚才保安动作粗暴，扭得他胳膊生疼，衣服扣子都被扯坏了一枚。

他不指望裴廷为他说话，但裴廷也不必这么顺着保安吧，简直就像在夸人干得漂亮，把他收拾了一顿。

送走保安，再一转头，裴廷觉出顾宝眼中的深深委屈，解释道："前阵子这座办公楼进了小偷，所以保安比较敏感。"

顾宝浑身散发着奶茶味，揉了揉肩膀，情绪低落地"哦"了一声。

他这番动作，当然是做给裴廷看的，裴廷心知肚明，却依然如顾宝所愿，问道："怎么了，你这裤子怎么回事？"

顾宝添油加醋，把保安捉拿他的画面描述得跟电影里的惊险现场般，还把自己被扯落扣子的衣服指给裴廷看。

裴廷问："伤到了吗？"

"胳膊有点痛，可能扭到了。"顾宝没那么气了。他本来就只是想裴廷关心他，既然关心到位，那点不高兴瞬间烟消云散，他甚至觉得保安这么无礼的举动也情有可原。

要不然，他真是坏人怎么办？裴廷经常独自一人在这儿加班呢，多危险啊。

裴廷皱眉，叫顾宝过去，抓着胳膊试探性地扳了几下，问他痛不痛，他笑道："你好像许叔哦。"

许叔就是他们常去的那家理疗店的店长，给人正骨经验丰富。

裴廷说："就是跟许叔学的。"又掐了几个位置，问，"疼吗？"

顾宝嘻嘻笑，说痒。

裴廷明白了，刚才说疼是跟他装可怜呢。保安是特意找来的退伍军人，真认真跟顾宝动粗，怕也轮不到顾宝上来同他相认。

确认这人是在做戏，裴廷松了手，放下心的同时又被他气得想笑。

坐回椅子上，重新翻弄文件，裴廷说："你来做什么？"

裴廷冷了下来，这宣告着苦肉计失效。顾宝把日式料理放在裴廷桌上，也不急着凑上去说话，转身去找洗手间，先洗掉裤子上的奶茶渍再说。

裴廷以为顾宝受不住冷遇，发脾气要走。他强忍着没去拦，顾宝犯的是原则性问题，这次不能轻易叫人过关。

可人真走了，裴廷更无法专心公事。推开文件，他扶额长叹一声，打开食物袋子，是他爱去的那家料理店。

一年多的相处，何止是裴廷对顾宝增加了许多了解，反过来一样，顾宝也记住裴廷的许多喜好。

料理可怜地挤在透明盒中，沙拉糊得到处都是。

洗手间里，顾宝一边清理裤子一边替裴廷庆幸，起码他不会找裴廷麻烦。

顾宝没说谎，他的确跟保安撕扯了一番。幸好是他遇到了这种事，要是来的是大老板，被人这样弄了，还合不合作了。

果然还是要提醒裴廷，和保安说说，别急着赤白脸，对人动粗。

不过顾宝也不想想，哪个大老板会三更半夜来这边。

顾宝回忆起裴廷的脸色，本想揣摩圣意，注意力却成功跑偏。

他发现裴廷的黑眼圈很重，年纪轻轻的，这么呕心沥血做什么？

裴家那么有钱，裴叔叔看起来也很随和，怎么就对独生子这么严厉？

再操劳下去，裴廷会不会秃头啊？

秃头就算了，要是过劳了怎么办？不行，下次跟裴叔叔下棋的时候，得拐弯抹角地提一下。

顾宝心里愁着裴廷的事，把半个裤脚都打湿了，勉强拧干，走回办公室。

走廊上的声控灯闪烁着，一下一下，顾宝加快了步伐，拐角就是办公楼的入口。

哪知道办公室灯都关了，硕大的办公室蓝幽幽的，只有应急通道的指示灯还亮着。

顾宝推门而入，不敢相信裴廷真的丢下了他。

难道是故意恶搞他？

顾宝加大音量："哥，你在哪儿？"

叮咚，不知是谁的电脑亮了起来，蓝光打到顾宝身上，他冷汗都出来了，脑子里闪过与各种办公室相关的恐怖电影画面，比如从电脑里爬出来的女人，而那提示声一下接着一下，越来越急促，跟催命一样。

裴廷去哪儿了？

刚刚不是还在这儿吗？

难道他见到的不是裴廷本人？

三个质疑快将顾宝的小胆吓破了，他转身想走出去，胳膊却碰到了一个圆形的物体，那东西砸了出去，滚在地上，咕噜噜地响，就像一颗人的脑袋。

顾宝的腿都软了，下意识往后退，腰部撞上了椅子，毛茸茸的东西碰在了他手上，还有丝丝的凉意蹿进脖子里。

他被吓哭了，脚软成了虾米。人在受惊过度的时候，叫也叫不出来，动也动不了。

昏暗的视野里，那颗圆形的玩意儿就像一颗脑袋，直直地盯着他。

楼下的裴廷提着袋子走向了保安，言简意赅地交代，以后即使有怀疑的对象也该问清楚，不要随便动手。

那个保安没想到裴廷竟然还秋后算账，一边抹汗，一边尴尬地笑了笑。

他哪知裴廷是冷酷老派的家长款，认为孩子是要教训，但不能真被欺负了。

保安本来就已经后悔今晚的冲动，好在裴廷也没有过多谴责的意思，甚至说完表示支持他们的工作，一会儿就有夜宵送来，吃了东西守夜，肚子不空，人会暖点。

裴廷说完打算离开，脚步一停，问保安："刚才那个小孩，就是我弟弟，他走的时候，看起来是不是很不高兴？"

　　保安茫然地看着他："裴先生，你弟弟没下来啊。"

　　裴廷一愣，明白过来，转身大步朝电梯走去。顾宝就是个胆小的，还爱看鬼片，又极容易被鬼片吓到。

　　拖着裴廷一起看鬼片时，顾宝自己常常吓得小脸苍白，弄得裴廷知道他要看哪部，会提前把那部电影看完，等到了恐怖刺激的地方，给他预警。

　　电梯今日下来得格外缓慢，虽说他心里觉得顾宝不太可能被吓到，但不排除有这个可能。

　　裴廷重重地按了几下电梯键，最后脚下一旋，快步迈向楼梯，解开西装外套，搭在手臂上，三步并作两步，一口气跑上三楼。

　　办公室里很暗，有个职工经常不关电脑就下班，此时那台电脑亮着，办公室里却没人。

　　难道是保安弄错了，顾宝已经走了？

　　裴廷打开灯，大声道："顾宝？！"

　　他看到地上有个篮球。公司注重职员的身心健康，有专门的食堂，也有健身房，还有篮球场，职工下班以后都会去打打球放松一下。

　　裴廷捡起那个球放回桌上，转过拐角，终于发现顾宝。

　　顾宝蹲在地上，脑袋埋在手臂里，缩成一团，吓成鹌鹑。

　　裴廷放轻脚步，小声道："顾宝，你在这里干什么？"

　　顾宝哆哆嗦嗦地抬头，战战兢兢道："你去哪儿了？"

裴廷走过去，想拉人起来：“我以为你走了，所以准备下班。”

顾宝起不来，腿还软着，被裴廷一拉，总算勉强站了起来。

他红着眼说："吓死我了。"

扭头一看，那仿佛是头发的可疑物品，是件外套，朋克的皮衣，很多流苏。

再望那台电脑，正常屏幕，没有奇怪的事物，还有那个被裴廷放在桌上的篮球。误会一个个解开，顾宝才觉得周身暖了过来。

回神后，他才发现裴廷一直在安抚他，手在他背上一下下捋。

顾宝别扭地解释："那什么，我就，嗯……果然还是受了内伤，所以蹲在这里，你们保安，管一管。"

说完他又觉得把这锅推给保安不太好："算了，不必教训了，我觉得他今晚应该会反省自己。"

裴廷看他吓出一脑袋冷汗，也不拆穿他，把外套递给他："穿上。"

顾宝推开裴廷的手，男生死要面子，他想证明自己没事，却忘了人倒霉起来喝水都塞牙缝。

被绊倒的那一刻，顾宝终于醒悟过来，他今夜不宜出门，出门必受重伤。

裴廷看着地上的倒霉孩子，叹了口气："你是在演电视剧吗？今年都不流行平地摔了。"

顾宝眼泪花都出来了，因为裴廷说风凉话："我脚肯定扭到了，你还说我！"

顾宝生气了。

裴廷掀开顾宝的裤脚，发现那里湿答答的，问怎么回事。顾宝说是为了洗奶茶渍，保安把他的奶茶打翻了，本来想和裴廷一起喝的。

再看那红肿的脚踝，就知顾宝所言非虚。裴廷说："你刚才走是为了洗裤子？"

顾宝："嗯，我回来你就不见了，我以为你很生我气。"

有再大的气，现在也生不起来了。

裴廷蹲在顾宝身前："上来。"

顾宝也不矫情，麻利地爬上了裴廷的背，被人轻轻松松地背了起来。裴廷掂了掂他的体重，说："多吃点饭，太轻了。"

他嫌顾宝过瘦，顾宝趴在他身上，知道今夜是成功过关，就开始放肆："我也觉得我不够胖，得多喝几杯奶茶。"

"奶茶你不喝吗，给我吧，里面的珍珠很好吃。"顾宝在裴廷背上说。

裴廷："老实点，别惦记奶茶了，想想你的脚还能不能出去玩。不能出去也好，这周的课落下这么多，乖乖补课。"

顾宝蔫了，报复性地扯了扯裴廷的头发。

裴廷对受伤的顾宝容忍度奇高，把他背进电梯，面不改色地迎着保安惊讶的眼神，直达地下停车场。

这是顾宝长大以后，第一次被背。

从前都是顾正背他，裴廷可太有安全感了，他都要提前羡慕裴廷的孩子了。

裴廷会娶什么样的妻子呢？像杨小姐那样的大美人吗？他

们两个生下来的孩子应该会很乖吧。

等他和范娇有了孩子，他一定要让两个小家伙联姻。

这样他就能跟裴廷当一辈子的好兄弟，老了能够一起去爬山，去钓鱼。

他比裴廷年纪小，到时候裴廷老到走不动路，他就能像今天裴廷背他一样，推着裴廷的轮椅去小公园看风景，两个老头子一块晒太阳。

想到那个画面，顾宝都觉得又温馨又搞笑。

裴廷感觉到顾宝在笑，问他笑什么。他凑到裴廷耳边悄悄地说："哥，我们要当一辈子好兄弟。"

"嗯，一辈子的好兄弟。"

Chapter
08

瞒着他偷偷搬家

顾宝的脚踝扭伤有点严重，别说真人 CS 这种激烈运动，就是正常走路都不太便利，起码要静养一周，等脚踝的肿胀消下去再说。

　　他正是好动的年纪，听到不能去玩，简直是天大的打击。裴廷瞧着他的模样有点心疼，问许医生："叔，你看他这个脚，有没有什么能快点好的方法？"

　　许叔瞧了裴廷一眼："一会儿我给你开个药酒，你给小顾揉几天，怎么揉，我教你。"

　　顾宝心想，裴廷都忙死了，哪有工夫来管他的脚，他自己揉就好。

　　他还没说话，就听见裴廷干净利落地应了声"好"。

　　"不好！"顾宝打断道，"哥最近很忙，我自己也能按。"

　　不用裴廷说，许叔就道："你按？你这么怕疼，肯定不老实揉，别浪费我的蛇酒了，材料很贵。"

　　听到原材料是蛇，顾宝心里就觉得毛毛的："那就不揉了。就是扭伤，又不是骨折，搞这么大阵仗干吗？"

　　裴廷并不理会顾宝的意见，拉着许叔出去，把顾宝一个人搁在房间里。十几分钟后，裴廷便提着袋子进来，里面有药酒。药酒的味道挺大，顾宝嫌臭，更不想用。

实际上他不过是不想裴廷来回奔波，劳心劳力。

他的学校与裴家相隔不过三十分钟的车程，但他瞧得出裴廷最近有多累。

只是裴廷这个人，一旦决定做什么事情，就好似没有顾宝反对的余地。

果然，顾宝找了一堆理由被裴廷一一驳回。见顾宝为难得脸都皱紧了，裴廷把药酒放到一边，去揉顾宝的头发："好了，就按个几天，不算麻烦。"

顾宝："我不想让你跑来跑去。你本来就忙，没必要过来照顾我，而且从你家来学校，这么远的路，来回开车不累吗？"

"我已经从裴家搬出来了。"裴廷平静地丢出了这个惊天雷。

顾宝果然被震住了："搬去哪儿了？"

他的第一反应是，他以后回小区都不能坐裴廷的车了。车不是重点，重点是裴廷搬家这么大的事，为什么不跟他说，难道他不是裴廷最好的朋友吗？

裴廷以后不来接他的话，那他们还怎么一起玩，联系会不会变少？他才说了要当一辈子好朋友，裴廷就瞒着他偷偷搬家？

裴廷不知道顾宝的心理活动，但从脸上多少能看出来一点。

他说："本来打算跟你说，那时候去你学校找你，你室友说你找女朋友去了，没在学校。"

顾宝："你都搬好了？"

"嗯。"裴廷拉开旁边的椅子坐下，全然不把顾宝心虚又恼怒的眼神放在心上。

顾宝："乔迁宴都吃了？"还没他的份。

裴廷逗他："吃了，是你最喜欢的火锅，五嫂还送来了她新做的小龙虾。"

顾宝捶着胸口，痛心疾首："有这种好事，竟然不叫我，你还是不是我哥了！"

"你那时陪你的女朋友，小龙虾哪有女友重要。"

顾宝又问："谁陪你吃的？"

这话说得好像裴廷没其他好友。裴廷一张嘴就吐出一串名字，人很多，很热闹，就是没他顾宝。

顾宝心里有点吃味。

他也知道裴廷有很多好友，他自己也和宿舍的人关系很好，但他觉得裴廷是自己最重要的好友。之前纪图也很重要，可是纪图伤透了他的心。

纪图一言不合就失联，实在过分。

杨扶风自从上了大学以后，不知怎么就跟他疏远起来。

两人明明在一个大学，却很少见到。顾宝刚开始经常约杨扶风出去，都被杨扶风用这样或那样的理由拒绝了。

顾宝又不是傻子，直接找到杨扶风当面质问，要是他做错了事，他道歉，别让两个人的相处别别扭扭的。

杨扶风只摇头："不是你的错，是我错了。"

最终话也没说明白，两人的感情却淡了下来。所以顾宝对裴廷这个朋友，有种本能想要抓紧的感觉。

　　他生怕哪天就被抛下了，这是纪图和杨扶风给他带来的阴影。

　　那不是萍水相逢的朋友，而是十多年相处下来，拥有彼此回忆和青春的至交。

　　顾宝怎么也不明白，到底为什么会变成现在这样，三个人说散就散了。

　　最难过的时间，幸好有裴廷陪着他。

　　"哥，以后要是我做错了事，你可以骂我，可以打我，千万别不理我。"

　　"不会，你做错了事，我会教你，会原谅你。"裴廷感觉到了顾宝的不安，缓和语气道。

　　顾宝眼尾低垂："嗯，我讨厌别人不清不楚地疏远，好像这么多年的感情根本经不住考验，也不值钱，说断就断了。"

　　一句话吐露出他对杨扶风和纪图的怨气。怎么可能没有怨？但人家都不想跟他玩了，他也不能一直缠着，热脸贴冷屁股，没几个朋友是这么处的。

　　是男人就大大方方把事情说清楚了，阴阳怪气地做什么！

　　裴廷捏了下顾宝的后颈，叫顾宝感觉到细细麻麻的痒，他脸上的乌云散开，笑出来："你干吗啊！明知道我怕痒。"

　　"我不会疏远你，怕是你先不想跟我做朋友。"裴廷道。

　　顾宝觉得自己被冤枉了："怎么可能？你这辈子都是我哥！"

　　顾宝的目光落在裴廷的手腕上，他一直觉得裴廷的手好看，修长有力，骨节均匀，好似那些海报上的手，能衬上最昂贵的装饰品。

灵机一动，顾宝认为他知道要在裴廷生日的时候，送裴廷什么了。

接下来，就是想着该怎么存钱了。

裴廷的新住址离Ａ大还挺近的，去公司也要方便些。而且裴廷本来就打算从家里搬出来，后来遇到顾宝，反而耽搁了。

高级公寓里，设计简约，景色和采光都极好，顾宝一瘸一拐地跟着裴廷回家，满脸惊叹地陷进了裴廷那昂贵的进口沙发。

裴堡的设计看起来当然也很高档，不过是裴父的品位，大多家具是木质的。

裴廷的新家看起来正合顾宝的意，还有宽大的电视机。他还看到电视机下方的柜子上摆着游戏机和一堆光盘，立刻从沙发上站起来，走到那里翻光盘。都是他玩惯的几款游戏，不用想也知道，是裴廷给他准备的。

顾宝忍不住想：这人怎么能这么贴心！

裴廷从厨房拿了一听可乐出来，看见顾宝在那里翻游戏碟，皱眉道："脚还想不想要了，跑来跑去。"

顾宝把游戏碟放下："哥，今晚我要住这里。"

游戏碟里有款最新的，他还没玩过呢。

裴廷把可乐递给他，还将手机里的外卖页面打开："不然你还想回学校？这个点了，宿管锁门了吧。看看要吃点什么，自己点。"

顾宝被安排得明明白白，快乐地点了比萨和炸鸡。

来到裴廷给自己安排的卧室，顾宝环顾四周，发现这房间的风格和他在裴家待的那个角落很像，一看就是为他准备的。

　　"我的天啦，哥你还为我准备了个房间！"顾宝感动道。

　　没参加乔迁宴算什么，裴廷那些朋友哪有他的待遇，他可是拥有专属的房间！

　　裴廷故意说："这是客卧，谁都能来，不是专门给你的。"

　　顾宝扑到了那张床上，看见床头柜上有那盏星星灯和他买来的狗狗雕塑，卧室里的桌椅都是他在裴廷书房里用惯的："我不信，这里都是我的东西，就是我的。"

　　裴廷也不跟他争："去洗澡吧。"

　　顾宝坐起身，嬉皮笑脸地朝裴廷伸出了手。

　　裴廷抱起手臂："什么意思？"

　　顾宝奇怪道："你不扶我过去吗？"

　　裴廷："顾同学，我记得你只是脚扭了，不是断了。"

　　顾宝傻眼了。这人怎么说翻脸就翻脸，刚才还各种对他关心不是吗，现在又嫌他小题大做？

　　裴廷的心怎么跟海底针一样，叫人捉摸不透？

　　进浴室前，先给脚踝上一次药。把药酒搓在掌心，感受掌心渐渐发热，看来功效的确很好。裴廷捉来顾宝的脚踝置于膝上，铁血无情地一顿按摩，把顾宝按出猪叫，最后倒在沙发上哼哼唧唧，连眼泪都出来了。

　　顾宝眼泪汪汪地看向裴廷："哥，你就不能轻点吗？我是你弟，不是你仇人。"

裴廷面无表情地用力，顾宝又哭着倒回去，另一只脚蹬在裴廷的腿上，不敢用力，又想报复，最终的结果就是脚丫晃来晃去，有一下没一下地踢。

顾宝放肆不到三秒，就被裴廷重重一掐，伴随一句"老实点"，裴廷松开了他，起身离开房间。

他胳膊肘撑着起来，看着自己肿得跟猪蹄一样的脚，心疼得直想吹吹，身体柔韧性却不过关，没法操作成功。

裴廷走得急，顾宝在床上玩了会儿手机，连游戏都输赢两把了，裴廷还没回来。

顾宝扶着墙，踮着脚出去，脖子伸得长长的，一个劲地叫哥。他哥在洗手间，水声不停，洗个手要这么久吗？

这时外卖来了，成功地吸引走了顾宝的注意力。

炸得喷香的鸡翅和芝士比萨，顾宝坐在餐桌前吃得嘴巴油腻腻的，再饮几口可乐，看着手机视频，觉得人生圆满，脚都没那么疼了。

吃到一半，顾宝才惦记起请客的裴廷。他用纸巾擦手擦嘴，身残志坚地找裴廷。

裴廷正好开门，试探性地往外看。他洗了澡，头发淌水，穿着睡衣。

顾宝没想到裴廷动作这么快："哥，我还以为你就洗个手，怎么连澡都洗了？"

裴廷过来，看到餐桌上的残局，便动手收拾。这屋有两间浴室，他叫顾宝用另一间。

顾宝出来客厅，坐下来继续吃比萨，听到裴廷的话，他问：

"为什么？"

裴廷敷衍孩子："哪有这么多为什么，叫你用卧室那个你就用。"

顾宝觉得嘴里的比萨都不香了："你是不是怕我用你的东西？我不会乱用的。"

裴廷哭笑不得："你怎么会这么想？你住在这里，用的哪样不是我的？"

说的也是，只要裴廷不是嫌弃他就行。

顾宝吸了口可乐，难得懂事地问裴廷："你要是有事就去忙吧，我自己可以照顾自己的。"

裴廷挑眉，觉得他懂事，没拒绝这个提议，把换洗衣服都安排好了，放进了他的房间。

进书房前，裴廷说有事喊他，顾宝端坐在座位上，老实点头。

裴廷忙了几个钟头。他在办公室里的活本来就没做完，顾宝来找他，他又把人带回家，耽误了点时间。

等合上电脑，裴廷吁了口气，看桌上的钟表，显示深夜两点半。

他小心出门，却发现客厅的灯没关，硕大的沙发边缘露出一点顾宝的卷毛，光线落在上面，暖融融的。

电视开得很小声，裴廷在书房都没听见。

他走到沙发前，却发现顾宝已经睡着了，身子蜷缩成一团。

裴廷低声喊醒顾宝，顾宝睁开眼，手指揉着眼皮，裴廷问："怎么不进去睡？"

顾宝的脸颊蹭着沙发，脚动了动，牵扯到了脚踝，眉心皱起，没喊疼，只轻声道："等你啊，几点了？"

裴廷问："需要扶你进去吗？"

顾宝笑着说："你不是嫌我麻烦，只是扭到脚，不是骨折吗？"

裴廷"嗯"了一声，问他："所以不用？"

顾宝坐起来，他睡迷糊了，本能道："我又不是小孩了。"

顾宝心想自己是不是说得太生硬了，挽救般开口："哥，我知道你老觉得我是个小孩，我不小了，再过一年都成年了，身高都有一米七五。"

裴廷语气很淡："我明白。时间不早了，你快点睡，明天我送你回学校。"

顾宝："啊，不用，我明天放假，可以在你这儿住一天。"

裴廷说："可是我不方便。"

顾宝愣了愣，裴廷话语里拒绝赶人的意思太明显，叫他心下一跳，咯噔一声。

裴廷就像明白他在想什么："真的不方便，我有约会。"

顾宝回过神，惊异道："约会？"

裴廷："嗯，这次就不带你过去了。"

王辉平日不爱学习，极其擅长临时抱佛脚。他定了周六一大早的闹钟，打算去图书馆学习，却磨蹭到了中午才起。他洗漱穿衣，收拾好书本，床上其他人都还在蒙头大睡。

宿舍的门被人打开了，顾宝一瘸一拐地走进来。

这是怎么回事？好好的一个人出去，怎么断了条腿回来？

王辉放下手里的书,刚想迎上去,就见人家比亲哥还亲的哥出现在人身后。裴廷肩上背着顾宝的小背包,也没扶顾宝,任由顾宝走在前面。

不对,这气氛很不对。兄弟吵架?

王辉指了指床上的复明和谢安,小声地对顾宝说:"他们打游戏打到了半夜,你们小点声。"

他以为裴廷要留下来一会儿,这种事也不是没有。之前裴廷接顾宝时来得太早,还同复明他们打过游戏。

裴廷这个人放下架子来,还是很好相处的。

而且他游戏打得也很好,一教就能上手,替顾宝将复明和谢安虐得体无完肤。小人得志的顾宝冲复明和谢安嚣张地笑,直把人笑得牙痒痒的,他们想揍,又被裴廷护着,动不得。

裴廷来到王辉面前,刚想说什么,坐在床上的顾宝就说:"哥,快一点了,你赶紧走吧,不然时间来不及。"

顾宝双手扶床,脸上看不出情绪。

裴廷也不理顾宝,把手上的药油交给了王辉,嘱咐他盯着顾宝,一天三次。

顾宝闻言,脸色更难看,却没说话,只盯着裴廷的背影,仿佛能在上面盯出个洞。

裴廷把药交给王辉就走了,甚至没跟顾宝说句再见。

王辉察觉出气氛不对,宿舍门刚一掩上,顾宝就抓起床上的枕头丢了过去。

柔软的枕头砸不出什么声音,顾宝充满愤怒地一砸,但在惹人愤怒的对象心里激不起半点涟漪。

王辉捡起枕头，丢回顾宝床上："幸好咱们的洁癖小安子昨天拖过地，不然你的枕头就不能用了。"

顾宝抱住那枕头倒在床上，翻来覆去地滚了几个圈，最后腾地坐起来，跟王辉说："辉辉，我要气死了。"声音还是压得小小的，怕吵到室友们。

顾宝执意要跟着王辉去图书馆学习，不然他一个人在宿舍得憋死。

图书馆里不能说话，顾宝就用本子给王辉传字条。

可怜的王辉，又是个爱八卦不爱学习的，注定期末有挂科风险。

一来二去，顾宝就把兄弟俩的矛盾交代清楚了。

起因是裴廷要去约会，不带顾宝，这本来没什么。早上起来，裴廷早餐不等顾宝吃，上班后回来又迫不及待地把顾宝送回学校。

顾宝问裴廷的房间密码，说下次再来玩，裴廷敷衍他，说那下次再说。直到裴廷把药酒交给王辉，这才把顾宝点燃了。

顾宝的字越写越大，力透纸背，充满愤怒。

重点不是药油，而是裴廷的态度。一开始说要帮他上药，执着的人是裴廷，现在像把麻烦甩开一样对待他的，也是裴廷。

如果……如果裴廷不对他的脚伤那么上心，他也不会有这么强烈的落差感。

王辉摸着下巴，不知道说什么好，这超出了他的理解范围。

顾宝又挥挥洒洒地落下竖排打字：而且他连再见都没跟我说！他都不看我！

王辉："……"

他思考半天，问出关键点：你们昨天吵架了？

不然不会无缘无故就变成今天这样。

顾宝看着王辉的问话，眉心扭成死结，过了半天才迟疑地写：因为我说了一句"我又不是小孩了"？

王辉差点笑出声：什么鬼啊，你在搞笑吗？

顾宝无辜摊手：我的脚不是受伤了吗，他昨天偶尔会扶我走一下路，其中有一次我就这么回了一句。

顾宝继续埋头写，嘴巴稚气地嘟起：我只是叫顾宝，又不是真的是宝宝。我这样说，有问题吗？可我刚说完，哥就跟我冷着脸了。

王辉：不至于这么严重吧，是不是你语气太重了？

顾宝回想了一下，启唇轻声道："有吗？"

王辉也写累了，用同样低的音量回答："可能你哥觉得你小题大做，不高兴了吧。"

顾宝觉得自己特别冤，小题大做的到底是谁啊！

王辉又给出了另外一个答案："或者还有个更合理的原因。"

顾宝探过头去，连声问："什么什么？是什么原因？"

王辉对他翻了一个白眼："你怎么这样不懂事？你哥要追女朋友，你自觉点让位好吧，别阻碍你哥找嫂子。"

顾宝被他的话噎住了，他没考虑过这个，现在顺着这个思路来想，竟然意外地合理。

裴廷不告诉顾宝自己家里的密码，是因为他要追的女生要是来家里做客了，顾宝若是闯进去，可能坏人好事。

昨日裴廷坚持要给顾宝抹药，晚上想起了要跟女生约会，就后悔了，觉得来伺候他这个小孩，不如追女孩来得重要。

和杨小姐的约会都能带他去，今天这个约会却不能带他去，说明对象很重要，起码比杨小姐那次要正式。

裴廷……要谈恋爱了？

顾宝说不清自己心里的感觉，他没法为裴廷高兴，起码在此时被抛下的情况下。

还没追到那个女生就这么对他了，等追到了那个女孩，裴廷是不是就完全不管他了？

王辉把结论说出来，见顾宝不反驳，越发肯定道："你哥对你这么好，他要追女生，你得支持他啊。懂事点，最近没事别去麻烦你哥了。"

顾宝没忍住，不爽地反驳："我才没有麻烦他。"

王辉惊讶地望着他："我的宝啊，你还真是个宝宝啊！你以为你哥那样的大忙人是为了什么，成天把时间耗在我们这里打游戏，请我们吃饭，带我们去玩，是真想跟我们几个做朋友吗？还不是拜托我们好好照顾你。"

王辉是个明白人，复明也是，谢安就更别提了，那家伙浑身上下都是心眼。

有时候他们也觉得顾宝傻乎乎的，太单纯，容易被人骗。

顾宝抓皱了本子："就算他不这么做，我也能照顾好自己。"

王辉摸顾宝脑袋："我的小少爷啊，你刚来学校那会儿，连个热水壶都不会用。还有开学那会儿，得罪了学生会那些人，你以为都是谁给你摆平的？"

顾宝开学的时候加入过学生会，后来实在受不了里面的气氛，跟部长大吵了一架，愤怒退出。

本来那边是想找顾宝麻烦的，顾宝连着几天心情不好，裴廷就找王辉问了下情况，暗中替顾宝摆平了。

还有许许多多的事。

有时候王辉都觉得，裴廷不应该是顾宝认的哥，而是他亲哥才对。

他的亲哥只会抢他衣服穿，恶整他，哪里像裴廷这样对顾宝，几乎是能照顾到的地方都安排到位了。

顾宝松开了被自己折磨得皱巴巴的纸："所以按你说的，我应该懂事点，别老是耽误他的私人时间，就算他因为追女孩不理我了，我也得理解。"

王辉："你本来就该理解啊！顾宝，你是他弟弟不是吗？做人弟弟，这基本道理总该懂吧？你自己也有女朋友，你和你女朋友在一起的时候，会希望你哥天天跟在你们屁股后面吗？"

顾宝不说话，垂着睫毛，不知在想什么。

王辉嘴角抽了抽："你哥该不会真这么做了吧……"

顾宝瞪王辉："怎么可能！我哥才不会这么做。"

"是我……更幼稚，我才是会做出那种事的人。"顾宝说。

顾宝："而且，就算我哥经常加入我和娇娇的约会，我也无所谓。"

王辉无语了："不是你有没有所谓的问题，是你女朋友有所谓啊！你的脑子都在想什么？"

顾宝："没想什么，我就是觉得不应该重色轻友，我也不会那样对我哥。"

王辉："兄弟，你知不知道，再好的朋友也不能跟朋友的女朋友太好，你就不怕脑袋变绿吗？"

顾宝猛地站起来，失控道："别胡说八道！"

这句声音大了点，引来周遭同学的目光。王辉尴尬闭嘴，也觉得自己说的话太过了，这不只是质疑裴廷的人品，还是怀疑范娇的感情。

顾宝气乎乎地抓起书本，转身就走了。脚上刺痛一阵阵地传来，顾宝不想管，因为此时他的脑子被王辉的猜测占满了。

万一裴廷喜欢上了范娇。

一时间，他竟然分不清，要是有这个可能，他是心痛友谊更多，还是深感被背叛更多。

总之，都很不高兴。

冲出了图书馆，顾宝发热的头脑就冷静下来。都怪王辉，没事瞎假设什么，范娇和裴廷根本没可能。

且不提这两人根本没见过几次，裴廷对范娇的态度从来都是避而不见，谨慎过头。除了 KTV 那次，裴廷在范娇出国前甚至都没再见过她。

这样的两个人，怎么可能会有什么？

顾宝却听不得这种假设，想象一下都不行。他坐在图书馆外消了好久的气，自我排解后，才起身去买雪糕，回到图书馆里。

王辉拿着手机，正抓耳挠腮地给复明打电话，强行吵醒了复明。复明声音粗哑地骂他，又问他什么事。

他老实交代，他把顾宝弄生气了。

复明惊叹："牛啊你，小顾脾气这么好，你都能把人弄生气！"

王辉正交代前因后果，就见脾气很好的小顾提着雪糕回来，嘴里吃着一根，手里拿着一根，别别扭扭地递给他，宛如友谊之糕。

果然脾气很好！

王辉接过雪糕，挂掉了复明的电话，跟顾宝道歉。

顾宝坐在王辉对面拧巴了半天，也说对不起，自己刚才不应该那么大声，在图书馆里，很没礼貌。

他认真地同王辉说："哥和娇娇都不是那样的人。我不知道你对他们有什么误会，但是我真的不喜欢别人这么说他们。他们对我来说，都很重要。"

王辉很窘地把正在吃雪糕的嘴合上："不是这样的，小顾同学，我就是随便打个比方。裴廷这么正直，范娇那么爱你，他们怎么可能有什么？我的意思是，就是因为他们两个都很好，所以他们才不会玩在一起，需要避嫌，你懂吧？"

顾宝闷闷地"嗯"了一声，王辉连雪糕都吃不下了，坐到顾宝旁边使劲道歉，虽然声音小，但还是招来了附近人的白眼。

王辉果断收拾书本，不复习了，背上书包带顾宝出了图书馆。他说："走吧，辉哥请你吃饭，当给你赔罪了。"

顾宝舔着雪糕，狮子大开口："新开的一家火锅店很好吃。"

王辉牙疼地摸了摸钱包，最后拍了两下自己的嘴："迟早都得因为这张嘴破产。"但他没说不同意，依然请顾宝去了。

因为顾宝有脚伤不方便，他们还打了个三轮。

复明和谢安听到有火锅吃，迅速赶来。复明脸都没洗干净，头发乱成鸡窝，使劲往锅里放肉。

谢安嫌弃他一路了，都不愿意坐他旁边，把顾宝身旁的王辉踢走，自己挨着顾宝坐下。

王辉瞪眼道："有没有天理，我请客啊！"

谢安理都不理他，顾宝把自己的可乐分了一半给谢安："小安，请你喝可乐。"

谢安不理王辉，反而对顾宝说："谢谢啊。"

气得王辉闷头猛吃。

可能是这一顿吃得太撑，顾宝回去以后就觉得胃部胀痛，吐了一回，泄了四回，差点没把小命丢在洗手间。

他奄奄一息地在床上躺了一会儿，喝了口温水，用软件给自己点了个药物外卖。

顾宝习惯性地打开了微信，想要找裴廷说。

刚找到那熟悉的头像，王辉的话语就在脑海中响起。他该懂事点，不应再去麻烦他哥。

顾宝的手指挪开，盯着那个全黑的头像看了好一会儿才退出微信。

宿舍里复明和谢安又在打游戏。王辉吃完火锅，洗了个澡就去了图书馆。顾宝将下巴埋进了被窝里，委屈一点点蔓延开来。

裴廷现在应该在约会吧，可能和女孩吃饭，聊天的气氛正好。他打电话过去说自己肚子好疼，同人诉苦，裴廷肯定会觉得他不懂事，故意破坏自己约会吧。

顾宝不想自己的形象在裴廷心中变坏。

裴廷本来就不想给他上药了，倘若觉得他故意搅局，会不会讨厌他？

想到这个可能，顾宝觉得肚子更疼了。他在床上缩成一团，想要休息会儿。

宿舍那么吵，顾宝仍逐渐睡了过去，连肚子的疼痛都感受不到了。

再次醒来，顾宝却发现自己已经被搬上一辆出租车，复明一脸严肃地坐在前方叫司机开快点。谢安坐在顾宝旁边，抱着顾宝的脑袋，急得满头大汗。见顾宝醒了，谢安大声地跟复明说："顾宝醒了！"

顾宝只觉得肚子剧痛袭来，连说话的力气都没有了，他紧闭上眼，疼得要死。

复明将他背进医院，医生先给他止痛，然后才做检查，验血，触诊，还有拍片，基本确定是阑尾炎，需要做手术。家属不在，复明代他签字，情况紧急。

止痛后，顾宝多少清醒了一点。他通知父母，告诉辅导员，连范娇都说了，就是没联系裴廷。

进手术室前，顾宝特意提醒复明和谢安："你们不要给我哥打电话，他在约会，别影响到他了。"

谢安目瞪口呆："顾宝，你是不是疼傻了？你要做手术，你哥约会……"

顾宝以稍重的语气打断他："约会重要。我就是割一截肠子，阑尾手术那么小，没必要大惊小怪的。我很快出来了，别跟他说。"

王辉自习的时候为了控制自己，特意把手机关机了，一开机就被谢安的消息吓死——顾宝在宿舍里昏过去了，叫不醒，和复明把人带到了医院。

王辉匆匆赶过来，正好赶上顾宝这番话。

当下他就后悔自己跟顾宝说那些话，同时又觉得顾宝傻，怎么就钻死胡同了。

汤玉美在顾宝进手术室前就赶到了，签了手术同意书后看着病床上的顾宝心疼得直掉眼泪。等顾宝出手术室的过程中，复明一直安慰汤玉美，给人递纸巾。

顾宝的手术做得很快，也没太大感觉，他醒来就发现自己已经躺在病床上了，周围都是人，爸妈、他室友们，个个都围在他病床边，见他醒了，皆松了一口气。

这场面有点搞笑，就是个小手术，又不是得了重病。顾宝有气无力地申明："还活着。"

要不是看在顾宝刚做完手术的分上，汤玉美肯定要抽他了。他看着亲妈的眼神，准确解读。

汤玉美没抽他，只是不断地感谢复明等人："阿姨一定要请你们吃饭，都是你们救了我家宝宝，阿姨都不知道该怎么谢谢你们才好。"

有顾宝父母陪床，复明他们就打算回宿舍。等他们走后，顾宝还特意在微信上提醒他们，谁也不许跟他哥说。

谢安问：都这个点了，你哥应该约会完了吧？

顾宝：夜生活才刚开始，别打扰人家。

复明：行啦，安心在床上躺着养身体，明天买水果过去看你。

王辉：我半年内不要请人吃饭了，都怪我那顿火锅。后面还加了个哭泣表情包。

顾宝忙道：别胡说，根本不关你的事，是我自己雪糕和冰可乐吃多了。再说了，阑尾炎就一个概率问题。要不然怎么你们都没事，就我得切了它？

收了手机，顾宝感觉麻药的效果渐渐过了，感觉在复苏。

本来顾正和汤玉美都要留下来陪床的，但是顾正明天早上要飞去另外一个城市谈很重要的生意。

毕竟他底下有那么多要负责的人，所以即使心里很内疚，他还是要走。

离开前，顾正难受地跟顾宝说："宝宝，爸爸真对不起你。"

顾宝摇头："没事，你去吧，我一点都不痛。"其实很痛，麻药的效果都过了，手术刀口疼得要命，他本来就怕痛。

"爸爸，你去那里要记得带特产给我哦。早点回家休息吧，明天还要坐飞机呢。"顾宝说。

送走顾正后，汤玉美在旁边安置了一张单人床，陪夜。

顾宝看得内疚，一直叫她回去睡，她都不肯。

顾宝没怎么睡着，几乎是睡着一会儿就会被疼醒。身子一动，伤口就被牵扯。

夜很深了，顾宝自黑暗中睁开了眼，心想，不知裴廷在做什么。

应该追女孩成功了吧。裴廷那么帅，又那么好，怎么会有女孩子不喜欢他？

裴廷谈恋爱的话，女生长什么样呢？比杨小姐更漂亮吧，肯定是郎才女貌、天生一对的那种。

裴廷要是恋爱成功了，或许能算他的一份功劳。

要是约会途中裴廷因为他的事情被叫走了，人家女孩一定会不高兴。

所以他不能拿自己的事情去麻烦裴廷。

不知道他这次算不算懂事，他够听话了吗？

这样的话，裴廷是不是就不会觉得他是个麻烦？

还能继续当他的好朋友，不生他的气，跟从前那样，和他好好的。

Chapter

09

你是我哥，不是随便什么人

顾宝需要在医院里住上三天。第二天他的脸肿得厉害，腹部又痒又疼，嘴巴里苦得要命，还只能吃点清汤寡水的病人餐。

上厕所也不太方便，需要推着输液瓶。

汤玉美昨天整晚没睡好，年轻时劳累过度，遗留的老毛病又犯了，正好在医院，就让医生看看。

汤玉美暂时离开病房，顾宝想喝水，发现病房里只有比较烫的开水。

他妈妈虽然年轻的时候吃过苦，但好歹也做大少奶奶这么多年，被他爸宠爱得很，照顾人的能力直线下滑。

顾宝拿上手机，推着输液瓶出了病房，他记得走廊尽头护士台那里有台饮水机，还有饮料机。

他舔了舔嘴巴，很想偷喝点有味道的东西，解解嘴里的苦味，大不了尝了味道就吐出来，不咽下去。

他想喝葡萄汁、柠檬茶、可乐、奶茶……裴廷？！

顾宝看着站在护士台前询问的裴廷，立刻抓着输液杆想回病房。

无奈为时已晚，护士探头看向他的方向，裴廷转头，目光落在他身上，把他从头扫到了脚，然后大步走了过来。

顾宝吓得眼睛一闭，僵在原地——裴廷的气势太可怕了。

裴廷生气吗？他当然生气，简直怒火中烧。他昨日回去的确有约，约见合作公司的经理，谈的是正事。

顾宝一整日没联系他，他觉得正常。出宿舍后他没立刻走，听到砸门的那一下动静才离开。

他知道顾宝生气，也以为这人只是怄气，因此一整日都没联系顾宝。

不承想，这一失联，顾宝竟然直接进了医院，他甚至不知道这个消息。

顾宝的室友有意瞒他，不用想也知道是谁的主意，顾宝竟然没心没肺到这种地步。

不想知道的，天天在他耳边念叨；想知道的，却胆大包天地瞒下来。

只是稍微疏远，给点冷遇，顾宝就能这么倔，连病了都不跟他说。

告诉了所有人，就是瞒着他。

裴廷在来的路上焦躁得差点追尾，在医院外逼着自己抽了半包烟才冷静下来。今日只是阑尾炎手术，明日又会有什么事瞒着他？

还能怎么办？昨日还在眼前活蹦乱跳、面色红润的顾宝，如今憔悴不少，眼窝微陷，宽大的病服罩着身子，仿佛一夜间消瘦了许多。

顾宝心虚得眼睫颤抖，脑袋微缩。

裴廷差点气笑了："你怕什么？我能打你不成？"

顾宝轻轻睁开眼，谨慎地观察裴廷的脸色，确认裴廷确实没有要动手的意思，顾宝才气弱地、迟来地感觉到无尽的委屈。

眨眼间，泪意无声地涌了上来，喉结颤抖着，他低声呢喃："哥，我好疼啊。"

裴廷想把人拎回去，又怕牵扯到伤口，只能面无表情道："下床做什么？"

顾宝觉出裴廷的冷淡态度，委屈从胸口爬上了鼻尖："没有啊，就是想喝水。"

"怎么回事？没人在医院陪你吗？"裴廷眉心一皱，"你室友呢？你父母没来？！"

顾宝说来了的，只是他妈照顾了他一晚上，老毛病犯了，让医生看看，才走没多久。他也刚从床上下来，就是想喝点水。

主要想喝饮料，顾宝没敢跟裴廷说。

裴廷进病房后，外套一脱，袖管一卷，打温水，调整床头角度，把暖水袋装满，裹上一条毛巾，垫在顾宝输液的那只手下。

输液时手会冷，裴廷在医院外面买的热水袋。临时购入，款式老土，却很温暖。

汤玉美都没想到的事情，裴廷想到了，甚至还有一部解闷用的平板电脑。

亏裴廷震怒下还知道做些准备。

顾宝舒舒服服地窝在病床上，后腰垫了好几个枕头。裴廷问他："伤口是不是还疼？叫医生给你开点止疼的？"

点开了平板电脑，顾宝连接上医院的无线网络，带着鼻音说好。

裴廷起身出去找护士交代了几句，回来后坐在病床边，然后抱起手，秋后算账："为什么瞒着我？"

只可惜他先礼后兵这套对顾宝不管用，顾宝就是个蹬鼻子上脸的家伙。

顾宝挨在枕头上："没有瞒着你，你有事，我怕耽误你的事。"

裴廷额心微跳，怒极反笑："也是，我算你什么人，你顾宝有事，何必通知我。"

顾宝没想到等来裴廷这样的话，慌了手脚，平日伶牙俐齿的一个人，在裴廷面前只能笨拙地将"不是这样的，我没有"翻来覆去地说。

裴廷眸色更冷，连笑都扯不出来了。他起身，想出去再抽几根烟冷静一下。

顾宝以为裴廷气得想走，下意识起身追了过去，抓住裴廷的胳膊。

病床旁的水洒了，顾宝手背上的针跑了，缝合好的伤口更是传来一阵钻心的疼。

顾宝惨叫了一声，不知该护床还是该按手，或者瞧一眼他的手术刀口。

裴廷被顾宝闹得无奈，一只手把人按住，一只手拍下床头的紧急呼叫按钮，然后抽了床边数张纸巾，按住顾宝出血的手背。

然而没用，血很快渗透纸巾，在雪白的纸上晕出大团的血渍。

裴廷仿佛自己才是那个刚做完手术的人，头晕目眩，极努力才勉强镇定心神，凶了顾宝一句："别闹了！"

顾宝瞧着裴廷那满头大汗、咬牙切齿的模样，身子在病床上缩成小小一团，哪里敢闹，连话都不敢说。

医生很快过来了，给顾宝的这只手背止血，换了另一边输液，再检查腹部伤口，没有问题，重新上了药，换了纱布。

裴廷一直在旁边沉着脸，叫医生都不敢在这种环境里继续待着，一处理好后就火速撤离。

医生走后，房间里静得让人难以呼吸。裴廷站在病房窗口，望着楼下的绿化带。顾宝躺在床上，眼睛不离裴廷。

过了半天，顾宝主动道："你是我哥，不是随便什么人，我很在乎你。"

裴廷不答，亦不回头。

顾宝："你说给我上药，结果又把药给了王辉，那你要做的事情肯定很重要。你和喜欢的人约会，要是被我打断了……"

裴廷冷冷地打断他："所以你就赌气，连手术这种事情都可以瞒着我？"

赌气？顾宝没有这念头。

也许他潜意识里有，现在被裴廷一问，都开始了自我怀疑。他昨日瞒着裴廷，是真的因为懂事，想要体贴裴廷，还是因为赌气？

顾宝摇了摇头："不是，阑尾炎手术就是个小手术，我本来今天想跟你说的，不是故意要瞒着你。"

"你看，我现在都能下地走了，能有什么事？"顾宝努力解释。

裴廷："行，既然你没什么事，我先走了，我还有重要的事要忙。"在"重要的事"这几个字上，裴廷加重了语气。

顾宝看着裴廷真的要走，抓住了被单，也不叫"哥"了，大声道："裴廷！"

裴廷站住了。

顾宝难过又负气道："你对我一点都不好！"

裴廷重新迈步，就要出病房。

顾宝终于没办法了，哑声道："哥，我错了！"

"我真的很疼，很累，你过来陪陪我。"他盯着裴廷的背影，眼泪都砸在被子上了。

他隐隐有感觉，裴廷出了这个门以后，真的不会再跟他做朋友。

他弄巧成拙，搬起石头砸自己的脚。

纪图离开他，杨扶风也不理他，现在裴廷同样。

或许本来就是他的问题，是他蠢，是他笨，留不住任何一个朋友了。

顾宝垂下头，看着自己手背上的创可贴，泪流不止。

他忍着抽泣，难受，忍得头昏脑涨，几乎要没骨气地缩回被子里，躲在小天地，不去面对外界。

顾宝也这么做了，他不想看裴廷离开的背影，也不想听裴廷关门的声音。

不听不看，他就不会再难受了。

被窝里闷热，顾宝手背扎着针，只能露在被外。手指苍白细瘦，针口处有些许瘀青，皮肤娇嫩得厉害，一如顾宝这人。

关门声清晰响起，顾宝在被中闭紧眼，疼痛感从手术部位开始扩散，闷闷的、沉沉的，如被无尽的阴霾笼住。

鼻子堵住了，眼眶也胀痛，顾宝抽噎着咬住唇，小声哭，直到被子被掀开，空气涌进来，同裴廷的目光撞到一起。

顾宝额上汗津津的，头发湿润地团在白皙的额上。

他的模样看起来并不好看，嘴唇干裂，面容疲倦，蜷缩起来的模样就像一个小孩。

做错事了就知道哭闹、撒娇，让人同他妥协。

顾宝抬手拉住了裴廷，情绪大起大落，又因刚做完手术，疲倦涌了上来："你不许走，留在这里。"

"好。"顾宝现在说什么，裴廷都能答应。

顾宝说："不能生我气。"

"嗯。"裴廷低低应声。

顾宝闭上眼，靠在床上放松着身体。裴廷洗了毛巾，给他擦汗、拭手。

可能是因为裴廷做什么事都能做得很好，所以即使是伺候人这样的活，他也能做得贴心又完美。

顾宝迷迷糊糊地睡过去时，脑子里转着这个念头。

裴廷……果然是个温柔的大哥哥。

一觉醒来，汤玉美已经回到病房里，正在用手机跟人打麻将，看着手机屏幕，指尖敲个不停。

顾宝的视线在病房里转了一圈，没看见裴廷，有点失望。

床头柜上多了一只玻璃瓶，里面插了几朵黄玫瑰。顾宝打了个哈欠，坐起来："妈，我饿了，饭呢？"

汤玉美出了张牌："裴廷去买了。那孩子真够客气的，长得还那么帅，我是越看越喜欢，要是能成我儿子该多好。"

知道裴廷没走，顾宝嘴角上翘。听到汤玉美的话，顾宝就撇嘴："什么啊，你有我这个好儿子还不够吗？"

汤玉美伸手掐他的嘴，把他的嘴掐得跟小鸭子一样，左右晃了晃："多大个人了，还撒娇，小心我抽你。"

亲妈的怜爱光环仅仅维持了一晚，得知顾宝明天就要出院，她甚至不太想继续陪床。

她的腰太疼，想念家中量身定做的大床。

打麻将输了以后，她还要给老公打电话，抱怨医院伙食不好，她都在这里瘦了几斤。

坐在床上的顾宝被父母秀了一脸，满脑袋问号。他还是心疼妈妈的，叫汤玉美回去睡："我自己能下床了，一个人不要紧，明天你过来接我就行。"

汤玉美没同意，母子二人的争论一直持续到了裴廷提着饭回来。

裴廷在门口就听明白他们在吵什么，主动道："汤小姐，我可以陪顾宝，您身体不好，还是回去睡吧。"

他用了"小姐"这个称呼，一下将汤玉美逗乐了，她掩嘴乐道："什么小姐啊，你该叫我阿姨啦，你比我儿子大不了几岁啊。"

裴廷认真道："怎么会，您看起来不比我大几岁。"

汤玉美眉开眼笑，又问了裴廷很多问题，什么有没有女朋友啊，大学毕业几年啦，平时照顾她的蠢儿子累不累啊，真是辛苦云云。

听前面的问题，顾宝都想捂住他妈的嘴，叫她别问了。

没想到裴廷很有耐心，有一句答一句，说没有女朋友，毕业三年了，回答最后一个问题时，他扫了顾宝一眼，从纸袋里取出一碗温热的粥，打开顾宝病床上的小桌子，说不累。

顾宝小口喝粥，汤玉美继续问："喜欢什么样的女孩子？要不要阿姨给你介绍？阿姨认识很多好人家的千金，都长得很漂亮呢。"

"妈！"顾宝想叫他妈别八卦了，就听裴廷说："我有喜欢的人了。"

顾宝手中的勺子一颤，粥水洒了出来。裴廷和汤玉美，谁也没留意到。

汤玉美越问越兴奋："喜欢的人，是还没追到吗？小裴，阿姨相信你，肯定没问题的。现在的小姑娘都喜欢你这种类型。哪像我儿子，成天跟皮猴一样，都没哪个姑娘喜欢他。"

顾宝用纸擦拭桌面，闻言下意识看向裴廷，正好迎上对方的目光。

裴廷说："怎么会？顾宝很好，非常讨人喜欢。"

顾宝垂下眼，把手里的纸巾扔进了垃圾桶。

没几个亲妈不愿意听到别人夸自己儿子的，哪怕嘴上嫌弃，如若别人跟着一块嫌弃，反而心里会不高兴。

裴廷做得正好，叫汤玉美很称心。她热情邀约裴廷时时来他们家做客，她会亲自下厨，给裴廷做一桌的好菜。

汤玉美和裴廷聊了好一会儿，最后还是被裴廷和顾宝联合起来劝回家。

时间差不多她便要走了，离开前反复嘱咐顾宝，不许麻烦裴廷。

他们家的司机抱了一床厚褥上来，扑在那张临时的陪护床上，汤玉美本来想自己用，现在正好给裴廷用了。

汤玉美走后，病房里安静下来。裴廷等顾宝吃完以后，简单收拾了一下，又出门一趟打了个电话，叫五嫂送套换洗衣物过来。

听到地址是医院，五嫂还以为他出了什么事，吓了一跳。

裴廷挂了电话后，没有立刻回房。他在外面消磨了一段时间，摩挲指尖，忍耐烟瘾，等到五嫂将衣物送过来才进了病房。

病房中顾宝都等到睡着了，平板电脑滑在身侧，电影还在放着，这些动静都没惊醒睡梦中的人。

顾宝是被浴室的关门声弄醒的。

他住的是单人病房，条件很好，自带洗浴室。裴廷刚洗过澡，从浴室走出来，瞧见坐起身的顾宝，问道："我吵到你了？"

顾宝摇头："我白天睡多了，晚上可能会睡不着。你明天还要上班吧，要不然就回去吧，在这里也休息不好。"

裴廷没理会他这个提议，径自坐在陪护床上，拿出电脑。

顾宝见人不理自己，便把注意力放在平板电脑上，电影没看几眼，目光就飘到了裴廷身上。

裴廷专注地看着电脑，头也不抬："看什么？"

顾宝被吓了一跳，心想裴廷都没望他，到底是怎么发现他偷看的。

　　在病床上扭了扭身子，顾宝问："你刚刚跟我妈说的……"

　　裴廷的手指不离键盘，一心两用，语气淡定："你是想问我喜欢谁吧？"

　　"嗯。"顾宝用手撑了一下床头，支起身子，做出专注倾听的模样，"是我认识的吗？"

　　应该不认识吧。顾宝忽然发现，其实对于裴廷身边有什么人他的确所知甚少，反而是他自己，一早就将裴廷带入自己生活中，他身边的人都认识裴廷。

　　发觉出了其中的不公平，顾宝又问："我都没见过你那些朋友，你有喜欢的人都不和我说。"

　　裴廷敲键盘的动作一停，合上电脑："你想见我那些朋友？"

　　顾宝点头："只要他们不嫌我幼稚，是个还没毕业的大学生就好。"

　　裴廷不置可否，顾宝又问："你喜欢的人是谁？昨天的约会对象吗？"

　　问话的时候顾宝的手指无意识地抠着枕头，他有点心慌意乱时，手上总要折腾点东西。

　　他屏住呼吸，静静地等待着裴廷的答案。

　　裴廷把电脑推到一边，走到顾宝病床前："你该睡了。"

　　顾宝固执道："我不困，我白天睡很久了。"

　　裴廷："我要睡了，今天很累。"

　　"那你喜欢谁啊？"顾宝追问。

裴廷来到灯的开关键前，伸手抚上，咔嗒一声，屋子里彻底陷入黑暗。

　　寂静的黑夜里，顾宝只能看见病房门口那个模模糊糊的影子。

　　他听见裴廷问："你想知道？"

　　顾宝点头，又想到在黑暗中裴廷看不见，便"嗯"了一声。

　　裴廷："你也认识啊。"

　　顾宝心想，果然如此："杨小姐吗？看来你们后来又见了几回。"

　　"我觉得杨小姐应该对你也有意思，不过你表白的时候，可能要用点心思。"顾宝说。

　　这时他突然发现病床前有人站得极近，是裴廷过来了。

　　裴廷就站在他的床前："不是她。"

　　顾宝茫然地眨眼："我就认识杨小姐，不是她的话……方灵吗？"

　　裴廷否认："也不是她。"

　　顾宝的心一下就悬了起来，急促又惊恐，一下下撞击着他的胸腔。

　　隐隐有个可怕的念头，浮上了他的脑海。

　　他身边来来去去就那么几个女的，裴廷和他一块见过的，就只剩范娇了。

　　怎么会是范娇？看上谁都好，偏偏是他女朋友。

　　顾宝看不清裴廷脸上的表情，不知这人是不是认真的，他说不行。

裴廷问，为什么。

顾宝也问为什么："为什么是她？哪个人都可以，不能是她。"

顾宝伸手碰到裴廷，指腹碰到了裴廷的衣服，他攥住了裴廷的衣袖，祈求道："哥，别这么对我，娇娇真的不行，她已经是我的女朋友了，你是我哥啊。"

王辉一语成谶，他甚至不知道裴廷是什么时候看上范娇的。

难道只是那次在KTV？裴廷一见钟情吗？

世上怎么会有这种事？如果他知道裴廷喜欢，根本就不会和范娇开始。那时哪怕是纪图喜欢范娇，他都不会跟人交往。

现在却不一样了，他和娇娇谈了这么久，已经产生感情。更重要的是，他发现，要是裴廷喜欢的是范娇，他真会选择和范娇分手。

与此同时，裴廷不再会是他的朋友。

他没办法在失去裴廷这个朋友的情况下，继续和范娇恋爱，也没法心无芥蒂地跟惦记自己女友的裴廷来往。

说他在乎自己的感受也好，自私自利也罢，此时此刻，他近乎恳求着裴廷不要喜欢范娇。

裴廷沉默着，始终不答。裴廷的不语叫顾宝心慌，顾宝一声声地喊"哥"，他紧张极了。

裴廷无奈："不是范娇，我不喜欢她。"

如蒙大赦，顾宝浑身的筋骨都松了下来："好啊你，骗我，你知道我真的快吓死了吗？"

最可怕的对象排除了，顾宝双臂揽着裴廷，撒娇似的晃了晃："到底是谁？我不猜了，赶紧告诉我。"

顾宝渐渐适应了黑暗，就发现裴廷已经回到了那张床上。

他毫无睡意，想要继续夜聊："言归正传，你到底喜欢谁？"

裴廷说没有谁，他没喜欢的人。

顾宝抱着枕头："那你骗我妈做什么？"不等裴廷答，顾宝就悟了，"你是怕我妈给你介绍对象吧？我妈这个人的确喜欢瞎操心，长辈都那样。"

裴廷那边没了声，顾宝不确定对方是不是睡着了。想起裴廷有工作，明日还要早起，他不忍心吵裴廷，只能躲在被窝里悄悄玩手机。

顾宝玩手机玩到了三四点，其间裴廷那儿一直没声。白天睡多了，顾宝睡眠很浅，他被裴廷起床的动静弄醒时，迷迷糊糊扒拉着手机看，才早上六点半，天都还没亮。

浴室传来水声，顾宝艰难地爬起来上厕所，他开门的时候裴廷正站着洗漱。

他看到裴廷眼底的红血丝，问："你睡得不好吗？"

裴廷抹去脸上的水："还行。"

顾宝觉得裴廷睡姿挺乖，又安静，男人中少有不打呼噜的，可他一晚上都没听见什么声音，裴廷甚至没怎么换姿势。

他打着哈欠，快速地回到床上，缩起手脚。他才做了手术，身体虚得厉害。天气变冷，早上更是寒意逼人，他刚起床一会儿，被窝就冷透了。

裴廷回到单人床上，背对着顾宝坐下。

顾宝觉得裴廷好像很累。

是因为要早起去上班吗？还是因为在医院没睡好？

裴廷说："宝，你很喜欢范娇吗？"

"嗯。"顾宝咕哝着应声。

裴廷："多喜欢呢？昨天晚上要是我说我喜欢她，你会讨厌我吧。"

顾宝的睡意散了不少："会讨厌你。"他认真起来，"会恨你，一辈子都不见面的那种。"

裴廷哄孩子一样掐了掐顾宝的后颈："没良心。"

顾宝："别假设这种事情，我不喜欢。"

"因为我很喜欢哥，也喜欢娇娇。你们要有什么，我接受不了。"顾宝直率道。

裴廷笑了："嗯。"

顾宝也跟着笑，缠着裴廷说："我对你这么好，你也应该喜欢我。"

裴廷被闹得烦了："嗯。"

顾宝得意道："好啦，知道了，没人会不喜欢我。"说着他就笑了。当初跟裴廷接触时，他就说过这句话，现在想想，真是幼稚得叫人发笑。

Chapter

10

送礼送破产了

时间过得很快，一转眼冬装脱下，换上夏装。

裴廷的生日也紧接着到了，顾宝早想还对方一份大礼。

他本来计划着过段时间出国找范娇，只能作罢。现下他得筹备礼物，攒下一大笔钱，给裴廷准备生日礼物。

尺码他量过数回，款式也早已看好。购物时他带着王辉，两个大学生隔着玻璃展示窗往里看。王辉啧啧赞叹："看起来真的好贵。"

顾宝攥着书包带，肉疼得五官变形："也确实好贵，我这学期别想着买球鞋、换手机了。"

王辉拍拍兄弟："要不换个送？"

顾宝："那怎么行？我还嫌这个不够贵重呢。"

"这还不算贵重？"

他的目光落在顾宝看上的那款男表上，款式不算惊艳，但品牌名气大，价格也很奢侈。

王辉没有哪一刻如此清晰地感觉到，身旁这个平日和他们一起吃食堂、泡网吧、点外卖用红包的室友，是个货真价实的富二代。

顾宝赧然道："这不是想买更好的表，没那么多钱吗？"

王辉："有这么夸张吗？"

顾宝无奈道："我哥平时戴的表都太贵了，我要是买得太差了，降他身价，不好。"

裴氏企业的少东家，戴那样便宜的表，指不定得闹出什么不好传闻，例如裴氏出了财政危机。

顾宝想得比较夸张，然而世事如此。顾正刚做生意那会儿，房子都还没买，就用全部身家买了一辆好车，说是开着那种车去谈生意，别人也更放心把单子签给他。

顾宝懂得不多，但平日耳濡目染，多少也知道点。

再说了，那辆重机车那么贵，要叫他用全部身家来贴。

顾正得知裴廷生日，让儿子去买礼物，刷他的副卡。顾宝没要，顾正便给他转了万把块钱，叫他意思到了就成。

而顾宝看上的东西，万把块钱根本不够，得好几十万。

若是汤玉美知道顾宝有多败家，怕是肉疼得把宝贝儿子吊起来打。

刷卡过后，顾宝这些年攒下的红包和零用钱全没了，甚至未来半学期都要勒紧裤腰带过日子。

专柜人员将包装好的手表送到顾宝手里，王辉摸了摸包装袋，吸了一口金钱的芬芳："不愧是大牌，连包装袋都看起来这么结实。"

顾宝把手表往书包里一塞，在自己后悔前走出了店门。踩在街道上，顾宝开始哭穷："辉哥，我破产了，请我吃个食堂的鸡杂米线呗。"

王辉大方地掏出饭卡："还请你喝可乐，走走走。"

左右顾宝阑尾也割了，风险不大。

裴廷的生日宴照旧做得很大，顾正还带顾宝去定制了新的西装三件套，以示重视。

车上顾正问儿子，最后决定送裴廷什么，顾宝把小盒子藏口袋里，说不告诉他，是个秘密。

宴会大厅里，顾宝甚至看见几个在电视上见过的面孔。裴廷作为主人公，更是处于最中心的交际圈，与他父亲站在一起，跟每个前来的重要宾客应酬。

顾正带着顾宝过去，两位父亲客气攀谈，顾宝冲裴廷眨了眨右眼，笑出了个小酒窝。裴廷忙了一晚上，现在瞧见顾宝，也跟着笑了。

顾宝不敢把主人公带走，不远处杨卿兰挽着风宙国际的老总——她的父亲，往这个方向走来。

裴父客气失陪，带着裴廷迎了上去。

与裴廷和顾宝的相熟不同，裴父与顾正在生意上的联系显然并没有因为两个小辈而紧密。顾正多次试探后，已经放弃了大半。

顾正开头还尝试着走顾宝的路子，想要打动裴廷，后来发现这条路行不通，就由着顾宝去交友。

他儿子什么性格他了解，要真在裴廷那儿受了什么委屈，想必不会和人来往这么久。

顾正就随他去了，多一个裴廷这样的朋友，也不是坏处。

顾宝看了眼裴廷，心想大概今晚都没什么时间能够与人独处，这份礼物他得亲手交给裴廷，要是转交过程中出什么意外，弄丢了，他得心痛得哭出来不可。

顾正见到熟人，便带着顾宝上去应酬。几人说着客套的话，顾宝无聊得直想打哈欠，又拼命忍着，没多久就润了眼眶。

这时有人同顾宝打招呼，这人顾宝还见过，是裴廷的朋友，叫周玖。上次舒二的事情，这个人帮了不少忙，顾宝对他很有印象。

周玖同顾正要人，顾正挥挥手，叫顾宝去多交点朋友。顾宝迟疑地点了下头，跟着周玖走了。

先是前往餐厅，周玖问他饿不饿，他老实点头，周玖便给他点了份吃的，待他吃完了，周玖才笑眯眯地问他："阿廷的生日每年都这么无聊，我们晚点还要给他开个轰趴庆生，你要一起吗？"

顾宝去过别人举办的轰趴，上学期的时候好奇去过，酒难喝，音乐吵，对他来说是一点吸引力都没有。

好玩点的会搞个主题，一般的就只是单纯喝酒。顾宝第一次去的时候，因为醉酒头晕，想要睡觉，拧开卧室其中一扇门，冲撞了别人，尴尬到他再也不想去了。

可是裴廷的朋友都去，他怎么能不去呢？

顾宝便点头。周玖打量着他："你成年了吗？"

顾宝生气道："我都十九了！"

周玖好像也没想到："误会误会，实在是你看起来太年轻了。"

他还是有点良心的，怎么着也不能拐着小朋友过去，更何况今晚还有他给裴廷准备的生日"惊喜"呢。

周玖是奉命过来照顾小朋友的。裴廷担心顾宝在宴会上无聊，又或者遇见什么奇怪的人，便交代周玖照看。

听周玖这么一说，顾宝反而更想去："没事，带我去吧，我不喝酒，给我杯可乐就行了。"

周玖干咳着，摆手说不行。

顾宝忽然想到什么，问："该不会你要给我哥……"

"嘿嘿，当然是个惊喜，我给你哥准备了份大礼。"周玖得意地说。他认为裴廷过于修身养性，年纪轻轻，恋爱都不谈。

顾宝听得嘴巴微张："哥这么帅，真的需要你帮他找吗？他身边应该本来就不缺女人吧？"

周玖被顾宝问得差点接不上话，竟觉得有几分道理。他好面子，只能使劲吹他找来的女人有多优秀。

顾宝还是觉得怪怪的，他哥那是洁身自好。周玖这个人不太行，自甘堕落就算了，还在他哥身上来这套。

出于保护心理，顾宝必须要去。

周玖这个人虽然办事不靠谱，但品位不错。

大别墅里有KTV、台球、桌游和PS4，还有很多酒。说到底，他们这群富家子弟虽然早熟，但都是年轻人，玩得也差不多。

反正这些聚会，总少不了美女和酒。

裴廷身处这个圈子，自然不可能独善其身，只是别人左拥右抱，他通常安静喝酒。他对这些没兴趣，但他的朋友们有，他还能扫兴不成。

周玖给他操办派对，他多少心里有了准备。

今日他很忙，一晚上都没怎么看到顾宝，心里惦记着，也想早点把朋友这边的活动结束，给顾宝打电话。

他没想到，周玖竟敢把顾宝拐过来。

裴廷是被周玖用布料蒙着眼睛带进去的。黑暗中，裴廷怀里被推进了一个柔软的身子，他听见四周的人都在笑。

这时嘴唇传来湿润触感，是有人吻了他。

布料滑落，礼花筒在身旁响起，怀里的女人非常漂亮，甚至算得上有些让人惊艳。

周遭的人都在起哄，祝他生日快乐。他看了周玖一眼，想着一会儿找人算账，明面上还是很淡定的，仿佛对这个意外的吻和怀里的女人都很受用，一点都不生气。

直到他看见了坐在沙发上惊讶地看着他的顾宝。

顾宝真的傻了，他腿上放着自己的西装外套，外套下的双手握着那个丝绒盒子，心想着一会儿要怎么送出去。

紧接着，他就看见裴廷是怎么熟练地、自然地抱着周玖的"礼物"——一个大美人。

裴廷在他面前从来正经严肃，此时嘴角却沾着些许口红，放松地对旁人笑着。

看起来放荡不羁，就似他天生如此。

跟顾宝认识的那个邻家大哥冷淡又温柔的裴廷，完全不一样。

顾宝说不清自己的心思，就觉得很奇怪，跟裴廷像一下子变远了，他甚至不敢认对方，也不敢喊人一声"哥"。

裴廷看见顾宝的那一刻，周玖就过来了，端着一杯香槟，直接对着他灌。他的朋友们都仗着今天是他生日，放开胆闹。

以往都是这样，就是从前没有顾宝在场。裴廷避开香槟，想同周玖说话，周玖却误会了他的意思，把酒杯递给女人，命她喂他。

女人笑着接过酒，送到裴廷嘴边，裴廷避退间还洒出些许，打湿了衬衫。

这时蛋糕被裴廷的大学好友原少平端了出来，大家闹着把灯关了，吹蜡烛。

一波又一波的安排，很快就将裴廷缠得分身乏术。好不容易饮过酒，吹灭蜡烛，一通忙乱下来，就到收礼物的环节。

生日这种场合，寿星公不可能翻脸，更无独处机会。

裴廷绅士地让女人坐在沙发上，并给她递了杯酒，这才捉过离他最近的周玖，走到一边，压低嗓音道："谁让你送这种礼物？还有，你把顾宝带过来做什么？！"

周玖连忙甩锅："是他自己要来，说有礼物得送给你。"

裴廷想到刚才顾宝惊讶地看着他的模样，他心里明白，顾宝约莫是没见过他这一面，有点吃惊。

他让周玖把女人送走，哪儿来的回哪儿去，他可以不计较周玖这次自作主张。

周玖觉出他的认真，只好道："大晚上的我能把她送去哪儿？她这么漂亮的姑娘，自己打车会不会太危险？"

这话说得，好像周玖是个正人君子一样。裴廷冷眼瞧他，看出他心里的小九九，担心美女遇险是假，看上美女是真。

裴廷烦他，把人推开，让他自己解决。

这边顾宝把手表收好，别墅里空调开得足，他把外套放在沙发上，心想着一会儿离开的时候再穿上。

裴廷那里太热闹了，顾宝总也插不上话。

他没有哪一刻这么清楚，裴廷真的有很多朋友，比他想象的还要多，而这些朋友他都不太熟。

刚才裴廷跟人喝酒时，顾宝在旁边小声叫了裴廷的名字，却被人挤开了，装着手表的丝绒盒掉在地上，滚了出去。

顾宝赶紧弓着腰，循着盒子滚动的路线找。

好不容易在沙发的一个死角找到，他狼狈地将盒子挖出来，一抬头就发觉一对情侣在盯着他乐。

太丢人了，顾宝整张脸涨得通红，手里的汗湿透了丝绒盒子，幸好那盒子颜色深，看不出来。不知一会儿盒子到了裴廷手里，裴廷会不会嫌弃。

把盒子握在手中，顾宝的目光寻找着裴廷，却发现刚才还在跟周玖说话的裴廷已经不在了。

顾宝走过去，问唯一认识的人——还站在原处的周玖："哥去哪儿了？"

周玖正想去和美女调笑，却被顾宝拦了下来："裴廷去换衣服了。"说完他忽然看了顾宝一眼，"要不你先回去吧。"

顾宝茫然地"啊"了一声，不明白自己为什么要先回去。

周玖的目光不离美人，对方还冲他抛了个媚眼，他急了："这种地方不是你该待的，而且你哥今晚很忙，他刚才还冲我发火，问我为什么把你带过来。"

周玖理解的是，裴廷觉得这个地方太闹，不适合顾宝。

他也是这么觉得的，尤其是顾宝身上有种特殊气质，看起来很好骗。

虽说现场大多是熟人，少部分是朋友带来的朋友，但要是在酒精的催化下出了什么意外，那就麻烦大了。

周玖知道裴廷重视这个弟弟，所以好心劝人回去。

哪知这番话在顾宝听来，就是这个生日派对裴廷不欢迎他来，是他一厢情愿跟了过来，裴廷还因此生气了。

顾宝也有点气，但总觉得应该有什么误会。他信他哥，不信周玖。

周玖说："对了，你是不是还有礼物要转交？给我吧，我帮你给他。"

顾宝一下将盒子塞裤袋里，生怕周玖惦记他的宝贝："不用了，我自己给。"

周玖还要再劝，顾宝冷着小脸说："放心吧，我会自己看着办的。"

言尽于此，周玖懒得再劝，他侧开身去找美人，把顾宝抛至身后。

音乐很吵，顾宝找了一杯看起来很甜的果汁捧在手里，边走边饮。

他哪里都不熟，仿若一个游离者般格格不入。

顾宝边缘了不到十分钟，就被一个穿着红裙的女人喊住，拉去玩牌。

女人叫钟雪，是裴廷自小认识的一个姐姐。

她这人热情大方，看着顾宝作为一个客人一副手足无措、无人照顾的模样，便好心带着顾宝一起玩。

钟雪问顾宝："你是阿廷的朋友还是别人带来的？"

顾宝打量着钟雪精致的妆容，漂亮的五官，心想怪不得裴廷平日里都不近女色，身边有这样的美女还怎么看得上别人？

不对，还是能近女色的，刚才那个周玖的"礼物"不就成功亲到了裴廷吗？

钟雪看着这小乖乖不说话，继续笑问："怎么不说话？你放心，我不是什么奇怪的大姐姐。"

顾宝忙答："我和哥是因为住一个小区认识的。"

"哥？"钟雪意味深长地重复这个称呼，顾宝尴尬补充："就是裴廷……我是他朋友。"

钟雪揽过顾宝的肩膀，用不冒犯的力道轻轻拍了下："没事，阿廷平日喊我声雪姐，你叫他哥，那就是我弟弟了。我姓钟，钟声的钟，下雪的雪，你呢？"

顾宝跟着做了自我介绍，然后钟雪自来熟地喊他宝宝，带他玩牌。

在这里玩牌输了要罚酒，顾宝刚认了个姐姐，周围人见他面生也起哄，就叫他给钟雪当黑骑士。

顾宝不是很想喝，钟雪看出来了，便护着他："谁说我需要黑骑士？我自己能喝！"说完钟雪就端着酒一饮而尽，豪爽得不行。

在之前的生命中，顾宝还没接触过钟雪这样的女人。

不过牌局过半，顾宝还是喝了几杯。

毕竟一桌的人都在喝，你要一起玩，又不想喝酒，哪有这种好事。拒绝太多次，旁人免不了觉得你玩不起，没意思。

顾宝有眼力见，更何况也不能次次都叫钟雪替他喝。

两人不过今晚才认识，钟雪帮他喝是义气，是照顾，是好心，不是义务。

顾宝喝一杯也是喝，两杯也是饮，没多久就晕晕乎乎，倒在沙发上睡着了。

钟雪赢了一把牌，正笑着，胳膊肘被身旁的朋友推了一下："你的小朋友喝醉了，这里有房间，要不要带过去？"

钟雪瞪了那人一眼："你都说小朋友，我能饥不择食到这种地步？这是阿廷的弟弟，谁都不能打歪主意。"

实际上钟雪不是第一次见顾宝。她有一次在外面撞见过裴廷带着这个叫顾宝的小朋友买东西，两个人之间的气氛非常好，一看顾宝就是裴廷很重视的人。

只是裴廷从未把这个小朋友带来给他们见过，要不就是这人不够重要，要么就是这个人太重要了，裴廷不想让他们这帮子人把他带坏。

钟雪倾向于后者。

他们个个家世好，出了这屋，谁不是天之骄子，都有自己的脾气，做人做事，很随心所欲。

顾宝这样漂亮的孩子，要是真被裴廷带来了，指不定被哪个狐狸叼走，吃得渣都不剩。

比如现在，如若她有什么坏心眼，直接把醉酒的顾宝带走就得了，甚至毫不费力。

钟雪想让裴廷欠她一个人情，她把自己的外套盖在顾宝身上，拿出一根女士烟。

她带来的男模本来听到朋友的话还很紧张，怕钟雪真看上了顾宝，现在立刻放松了不少，识相地掏出打火机给钟雪点烟。

钟雪抽了口烟，目光扫过了这一桌的人，吐着白雾道："这个人，今晚谁都不能碰，知道了吗？"

周围的人互相看了一眼，朋友把牌往桌上一推，重新打散："再来一把，押上我新买的表。"

有人笑骂，说"谁要你的二手表"，气氛很快就重新活跃起来，谁也没应钟雪的那句问话，却都知道不能碰顾宝。

钟雪侧头，靠近男模的耳边："找个没人的安全的房间，把他送去休息，记得反锁。"

男模点头，把瘫在沙发上的顾宝拉了起来。

顾宝迷迷糊糊地靠在男模身上，路都走不稳，嘴里还念叨着"我能继续喝"。

而另一头的裴廷已经被灌红了眼，他提前吃过解酒药，却依然觉得脑子不太清醒。

好不容易脱身，他在其中一个房间找到周玖："顾宝呢？"

周玖心里想着美人，不耐烦地说："走了吧，一个钟头前我就叫他走了。"

裴廷一怔："走去哪儿了？你怎么跟他说的？"

周玖："没怎么跟他说，就说你不高兴我把他带来这儿，他说他自己会看着办的。我估摸着有点生气，应该不会久留，可能早就走了吧。"

裴廷本来喝醉了头就晕，被周玖气得更上头："谁让你这么跟他说的！"

周玖："你不是不高兴我把他带来吗？"

裴廷气得说不出话来，当下转身走掉，要给顾宝打电话。

此时二楼的房间都已经被人占了，只剩下三楼的主卧。男模把顾宝扶进去犹豫了一下，心想这个房间说不定是留给寿星的，让顾宝睡了会不会不太好。

可是看见顾宝已经麻利地上了床，踢掉鞋，卷起被子，他也懒得再换房间。

他带着顾宝过来，醉酒的人根本使不上劲，他搬得浑身酸痛，把顾宝安置好，他便忙着赶回钟雪身边。

临走前男模随手关上了门，到了楼下才想起钟雪的吩咐。

他心里犹豫了一下，又觉得一个男生能出什么事，真有什么，也是顾宝占了便宜，索性不管，径直往钟雪的沙发走去。

裴廷始终联系不上顾宝，他给顾宝打了数个电话，一直没人接听。

顾宝是生气了还是误会了？气自己不叫他来？周玖也是，平日里那么会办事一个人，关键时刻就掉链子。

裴廷躲在阳台不多时，就被寻他的好友发现，重新拉了回去。

裴廷只好在手机上给顾宝发了条微信，问人到家没，到了请给他回个电话，他很担心。

昏暗的房间中，手机一明一暗，在地毯的角落被床单遮住，掩住大部分的光线。

床上的人轻轻地转了个身，发出一声难受的哼唧。

热，就像在盛夏长跑后被裹入厚重的棉被里。

顾宝挣扎着，凭借本能踢开了被子，脱去衣服。

他是被酒后的干渴逼醒的，脑袋昏昏沉沉，有种不知自己身在何处的迷茫。

他从前不是没喝过酒，就是没像今天这样喝得这么多。

他扶着脑袋起身，想下床，不料身子卷着床单，行动不便，从床上滚了下去，磕到了膝盖和额头，疼得眼泪都冒出来了，这会儿是真的清醒了。

记忆从充斥着酒精的大脑中逐渐找回，他在裴廷的生日宴上遇见了一个美女钟雪，替人挡酒喝醉了。

现在他又在哪儿？

顾宝四下摸索着，这时房间门被推开，一个人踉跄着、迈着沉重的步子走了进来。

灯没开，房间里一片昏暗，顾宝只听见身体砸在床上发出了吱呀声响。

顾宝跪在地上，忍着疼，心里也变得紧张。他不知道来人是谁，他完全失去了睡时的记忆，但也能感觉出，这人身上散发着浓厚的酒味。

经历过舒二的事情，顾宝对与陌生人共处一室十分警觉，尤其是现在这样一个环境，身上没有力气。

顾宝勉强让自己镇定下来，让自己别想太多。这可是裴廷的生日，来的都是裴廷的朋友，不至于。

他安慰自己的同时，忍不住想着裴廷在哪儿，一晚上没见到人就算了，裴廷也不管他，弄得他都有点相信周玖的那套说辞，裴廷大概真的不希望他来。

平日裴廷都对他相当照顾，以至于今晚的冷落叫他不太能适应。

心里怨怪不过三秒，他又觉得自己这种情绪来得挺可笑的。裴廷有多忙，他又不是不知道。

派对是他自己要来的，现在怪裴廷做什么？

裴廷凭什么在自己生日宴上还要操心他、保护他？

顾宝摸索着，动作放得极轻，生怕这人发现他的存在。

幸好，这人都不见有醒转的迹象。他轻轻摸上了门把手，突然想起了他的礼物。

那份几乎花掉他全部身家的礼物。

顾宝咬咬牙，原路折返，在地上一寸寸地摸，终于在床的下方找到了手机。他用手机微弱的屏幕光照着地面，想要寻找他的礼物，那只手表。

手表太贵了，即使他成功从这儿离开，手表却被人捡走，那也亏大发了。

幸好手表滚落不远，顾宝成功地找到了。

他用手机打光，却发现上面显示有好几通未接来电，皆来自裴廷。

这时他听见床上的人呢喃一声，醒了。

王辉是在睡梦中被电话惊醒的，一看手机，四点四十四分，很不吉利。他揉揉眼睛，定睛一看，来电显示是顾宝。

臭小子，就知道扰人清梦！王辉不知顾宝大半夜发什么疯，还是接起电话。

顾宝在那头哑声道："辉辉，我在宿舍楼下进不去，能不能下楼帮我开个门？"

宿舍门早就关了。王辉知道今夜顾宝为了给裴廷过生日，特意回了趟家，从家里出发。

按理说顾宝不该大半夜回学校才对。虽说心里觉得奇怪，但王辉还是从床上艰难地爬起，咬牙切齿地想着要敲顾宝一笔竹杠，起码得请食堂的叉烧肥鹅套餐，才对得住他大半夜又接电话又开门。

趿拉着鞋，王辉揣兜弓背往楼下走，深更半夜，只有他的脚步声在响。

王辉叫醒宿管阿姨，还被人好一顿训，说了一箩筐的好话，才让宿管阿姨隔着小窗把钥匙给他。宿管阿姨叫他自己开，开好后记得锁，再原模原样地还回来。

拧开门锁，王辉探出脑袋，没有第一时间找到人，仔细一瞧，才发现楼柱底下蹲着一团。

王辉走过去，看清了顾宝的模样，也瞧出了这人的狼狈——

鞋丢了一只，身上只套着件西装外套，红肿的眼皮，擦破的脸。

王辉没能够立刻出声，愣了好半天才低声道："你……"

顾宝抬头，冲王辉凄惨一笑，他站直身，小声道："回来的路上被人抢劫了，吓死我了。"

王辉没深究，而是顺着话说："有没有哪里受伤？"

250

顾宝愣了愣，缓慢摇头："没。"

王辉伸手要扶顾宝，被顾宝拒绝了。

在裴廷的生日宴，顾宝到底发生了什么事？王辉拿起手机，想着给裴廷发个短信。

平日里总是后知后觉的顾宝，忽地扫了一眼过来，敏锐道："你是不是想联系我……"一声"哥"卡在喉咙里，生硬地转换成连名带姓，"裴廷？"

王辉尴尬道："没呢，我就看眼时间。"

"别联系他。"顾宝的语气冷得像在说一个陌生人。

王辉懂了，打劫是假，打架是真。这对好兄弟翻脸了，顾宝这副模样，大概也与裴廷有关。

不管怎么说，顾宝才是他室友，他还是偏心顾宝的。

虽然从理论上来想，裴廷欺负顾宝的可能性不太大，指不定这孩子脑子哪里转不过弯，不然怎么会在人家生日宴上和裴廷闹成这样？

上楼后，王辉用热水冲了包奶粉，放在桌上凉着，打算等顾宝出来给他喝。

顾宝在洗澡。他说没受伤，脚掌却被尖锐的玻璃划破了，热水冲刷出淡淡的粉色，丝丝缕缕涌进下水口。

他逃离那栋别墅时，徒步走了许久。别墅区很大，得出去了才能打到车。不知是谁把啤酒瓶摔碎在路边，失魂落魄的他踩了正着。

很疼，疼得顾宝重新哭了起来，打到车后，司机还从前方递了盒纸给他。

他遇到这种事，却连一个能打电话诉说的朋友都没有。

纪图不在，杨扶风也不是从前的杨扶风。

最重要的裴廷，却没在他最需要时出现。

顾宝抹去脸上的热水，坐在了马桶盖上。他查看自己脚底的伤处，皮开肉绽，最外面那层已经被热水泡得发白。

他很累，从浴室走出来时，王辉已经裹着被子重新打起了呼噜。他的桌上放着一杯奶，热意未散，还有一张字条，王辉的狗爬字趴在上面，叫他喝，早点睡，明天起来，记得请自己吃食堂的叉烧饭。

这种普通的关心，让顾宝忍不住鼻头一酸。

他在椅子上僵坐到天边露出鱼肚白。

晨起的寒意让人直打哆嗦，仅仅穿着单薄睡衣的顾宝好似无知无觉。

顾宝成功地病倒了，受惊吓，受伤，又受凉。病情来势汹汹，反复发烧引起了肠道炎症。顾宝上吐下泻，几乎在宿舍床上起不来。

自然也无法上课了，他只能请病假，回家睡觉。

顾宝穿着汤玉美逼他披上的外套，坐在自家的小花园里。

大门自动打开，顾正的车驶了进来，却没有立刻开入车库，而是在半途停下，后座下来了一个人，不是顾正。

顾宝闻声望去，那熟悉的轮廓刺痛他的眼。那人是裴廷，足足一个星期未见的裴廷。

裴廷朝顾宝这边走了几步，一个水杯就碎在他足下，阻止了他进一步的靠近。

二人沉默地对视，这场对峙在汤玉美的惊呼中被各自掩盖了起来。

裴廷垂首，顾宝侧眸。

汤玉美不知道地上怎么会有碎掉的玻璃杯，她只觉得这样招待客人很抱歉。

她对这个年轻人观感很好，上次裴廷还帮忙在医院照看了她儿子一整夜。

顾宝在汤玉美的连声催促下，终于不情不愿地走到汤玉美身边。汤玉美见他不出声，还拍他的背，叫他喊人。

顾宝不想喊，他更恨"哥"这个称呼。他咳嗽起来，成功地转移了汤玉美的注意力。

汤玉美对裴廷解释道："不好意思啊，宝宝最近病得挺重的，状态不好，你见谅。"

裴廷点点头，客气道："没事的，阿姨，你先进去吧，我在这儿陪顾宝说会儿话。"

顾宝想讲"没什么好说的"，却碍于汤玉美，到底没把话吐出来。

他和裴廷到底有什么矛盾，他不可能跟汤玉美解释。他差点儿在裴廷生日会遇险的事，更不能说。

庭院中静静的，偶尔能听闻鸟鸣。这是个很不错的环境，适合病人静养，如果不是裴廷突然来了的话，顾宝认为今夜他还是能睡个好觉的。

他已经好几个夜晚睡不着了，心情也很糟糕。

顾宝抬眼，发现裴廷的气色同样糟糕，或者说比他还像个病人。

裴廷迟疑地说："那晚……"

顾宝冷声打断："别说了，我不想听。"

裴廷停了下来，只能毫无意义地说"对不起"。

顾宝根本不想受这声"对不起"，他转身想走，裴廷却拉住了他的胳膊。

这突如其来的触碰，就像一串刺痛又强烈的应激反应，深深扎入了顾宝的大脑皮层。他自我防卫般地甩开了裴廷的手，大声道："别碰我！"

这些时日的怨气和恼恨、难过与心碎，在见到裴廷后，几乎成倍增长起来。

他恨不得裴廷跟他一样难受，或者比他更难受。

如果不是为他，顾宝大可不去参加那场所谓的生日宴，不必被他嫌了之后，还要为他受这样的苦。

在他最需要的时候，裴廷在哪里？他还为裴廷精心准备了礼物，真是可笑。

顾宝硬生生道："因为会很恶心，所以别碰我。"

他看见裴廷震惊的眼神，瞧见裴廷迅速惨白的脸色，颤抖又说不出话的唇。

顾宝清楚地明白，此刻的裴廷绝对比他要疼，比他更难受。

可是他一点都不好，没有喜悦，没有宣泄的快意，无尽的空虚和难受，叫他自我厌恶。

厌恶仅仅是说出这种狠话，都会后悔伤人的自己。

气氛剑拔弩张，却只是顾宝的错觉，现实中裴廷仅仅后退一步，被挥开的手缓慢落至身侧，轻声道："地上有玻璃，别踩到了，会受伤。"

　　就像一拳打在棉花上，倒显得他才是那个坏人。

　　顾宝移开视线："以后别来我家，也不要去学校找我。"

　　他一条又一条的命令，划清界限的意思很明显。

　　裴廷早已做好心理准备，来之前已经构思了许多可能发生的场面，却没想到现实远比想象伤人，痛苦翻倍地落在身上，令他几乎无法维持体面。

　　生日宴的事他已经摸清来龙去脉，但此刻不论他做什么，对顾宝造成的伤害都无法弥补了。他痛恨自己没有照顾好顾宝，却无力改变什么。虽说事情没有糟糕到不可收拾的地步，但顾宝对他的信任，已经清空了。

　　顾宝盯着院子里的盆栽，汤玉美将它们打理得很好。顾宝第一次送裴廷的花，就是从上面采摘的。

　　一股突然的伤心涌了上来，被背叛感充斥的头脑清醒些许。

　　这段时日，他恨过裴廷，但裴廷对他的好，是实实在在的。不管是出于什么目的，不会有比裴廷对他更好的朋友了。

　　顾宝清晰地意识到这一点，可他只要看到裴廷，就无法自制地想到自己最需要他时，他没有出现，而此刻自己的痛苦却都是他带来的。

　　他们的关系再也回不去了。

　　顾宝忍住鼻酸，背过身去："你回去吧。"

　　身后的人久久无言，汤玉美去而复返，带来了钟点工阿姨，清理地上的玻璃碎片。

她感觉到气氛的异样，只以为是小孩子吵架，拉着裴廷就往客厅去，说那里有洗好的水果，还有点心、饮料，问裴廷想要哪样。

裴廷到底留了下来，饭是在顾家吃的。

用的是招待客人的餐厅，长方桌上罗列了多盘美食。顾宝没什么胃口，他生着病，大鱼大肉、油腻的东西都沾不得，摆在他面前的只有味道寡淡的营养餐。

顾宝安安静静，垂眸喝粥。顾正同裴廷聊天。裴廷和时下的年轻人不一样，他想要和人聊得好时，能接上很多话题，也适时抛出话头，叫人自然地接下去。

顾正兴致越来越高，还是汤玉美在桌下踢了人一脚，让他别太过分。人家裴廷是来看顾宝的，他这大叔非要拉着年轻人不放做什么？

人到中年，事业有成的顾正，怕了十几年的妻，惧内已成习惯，爱妻一个眼神就能叫他闭嘴。

用过饭后，汤玉美拉着顾正，说是出门消食，留顾宝下来好好招待裴廷。

顾宝那碗粥从开餐喝到现在，还剩下大半碗。要不是粥煮得太稀，他怕不是要一颗颗米粒捡起来送进嘴里。

没胃口是真，看着裴廷吃不下也是真。顾宝把勺子搁下，发出清脆一声。裴廷沉默地坐在桌对面，刚才应付他爸的口才消失得无影无踪。

裴廷在他面前，拘谨得好像一个罪人。

顾宝觉得自己就算把剩下这碗粥泼在裴廷脸上，这人怕是也不会生气，反而会任由他泄愤。

见裴廷这样，顾宝没觉得有多好受。他叹了口气，裴廷立刻望向他。两人这是第二次对视，在今日相见以后。

顾宝不闪不避，他仔细看裴廷的模样，却是裴廷先避开了视线。这个在他面前从来自信、成熟、体贴的裴廷，如今眉目低垂，神色卑微，不敢同他说对不起，也不知该和他说什么。

那裴廷今天来到底是做什么的，真的只是单纯看望他？

为什么非要来看他？

顾宝疲惫地起身，打算上楼。他不想出声送客，只愿裴廷能够自觉。

裴廷没有那么自觉，他跟在顾宝身后，循着顾宝的脚步一步步上楼。

顾宝以为自己会厌恶，会有更强烈的心理阴影。可是听着裴廷在他身后的脚步声，他竟然发觉，就算到今日这个地步，他潜意识里依然该死地信任对方。

顾宝都想骂自己，却没有喝停裴廷的步伐。直到裴廷跟到了二楼，顾宝停住，没有继续往房间走，而是在二楼的沙发上坐了下来："你到底想干什么？"

裴廷没再迈步接近，他谨慎地维持着与顾宝的距离，在顾宝说恶心之后。

他怕靠得太近，会让顾宝反感。

就像做错事的孩子，无时无刻不留意那人的眼色。自己再难受也没关系，所有本能都只在乎对方的感觉。

裴廷低声道："你有不接受我道歉的权利，但我还是得说对不起。"

"我没将你保护好，你讨厌我，或者什么都可以。"

顾宝单手掩住了脸，突兀地发出一声笑："是吗？"

裴廷再次沉默下来，顾宝放下手，脸却没抬起："裴廷，我不想再见你，我想忘记。"

"而且我没受什么伤，说出去了，旁人都嫌我矫情。"顾宝自嘲道。

裴廷却听不下去顾宝自暴自弃的话语："我知道，是因为我，你才受到伤害。"

顾宝一愣，眼眶猝不及防地红了。他狼狈地将脑袋埋得更深，没有说话。

裴廷过了好半天才平定了情绪："说再多的抱歉也无济于事，提补偿，你也不会想要。"

一滴泪无声地砸在地毯上，顾宝始终没把脸抬起来，甚至庆幸这地方的光线不好。

"顾宝，如果可以，我真希望时光倒流。"裴廷真心地说，"我想陪在你身边，也想做你最好的朋友。"

"但是我搞砸了一切，是吗？"裴廷苦涩道。

一连串的泪湿透了地毯，顾宝沉重地呼吸着，闷闷地应了声："对，你搞砸了。"

裴廷轻声问："那辆车还在俱乐部，你还要吗？"

见顾宝没说话，裴廷便道："还是要吧，我送不了你二十岁的生日礼物了，十九岁的礼物，你留下好不好？"他用上了恳求的语气。

裴廷："你的肠胃已经是第二次出现问题了，平时在学校里，好好注意饮食。"

他絮絮叨叨说了许多话，想到要注意、要提醒的地方，都说出来了。

裴廷怕顾宝觉得自己虚伪，也想尽量言简意赅，但这或许是他和顾宝最后一次谈话了，他忍不住。

他坐在楼梯上，目光不舍地看着顾宝。

顾宝还是心软的，没有赶他走，甚至容忍他说了许多话。

直到最后能交代的都交代完了，两人又陷入漫长的沉默。

裴廷站起身，整理了衣服下摆，把准备了数日的话郑重地说出来："你放心，我不会再来找你了，别紧张。"

顾宝膝盖屈起，脚踩在沙发上，脸埋进双臂间，露出脆弱苍白的颈项。

裴廷最后一次，深而重地望了顾宝一眼，然后走向顾宝，打破了他们之间的安全距离。

顾宝好像感觉到了，没有抬头，只是把脸埋得更深，肩胛骨清晰地耸起。他在短时间里瘦了许多。

顾宝看见裴廷的鞋停顿在他身前，踩在了刚才那块被他眼泪打湿的地毯上。

他听见裴廷说："顾宝，我走了。"

裴廷其实说过挺多次这句话，要去上班的时候，送他回家的时候，吃饭时被公司叫走的时候，在医院陪他，清晨来临的时候。

只是这次，裴廷是真的要走了，再也不会回来，不能出现在他面前，就像他说出的那句承诺一样。

裴廷的手到底没有落在顾宝的头上，他怕顾宝想起什么，更害怕。

他旋身，脚步声越来越远，直到顾宝听不见。

顾宝坐在沙发上久久没动，就像一座落了雪的蜡像，冷而单薄，再也不会有灯光落在他身上，那些关心和无尽的包容，还有待他的好，不会有了。

汤玉美和顾正回来时，大厅里没有人，钟点工阿姨已经离开。汤玉美喊着顾宝的名字，扶着楼梯而上，最后在沙发上找到了顾宝。

她被顾宝吓了一跳，刚想问他怎么在那里不吭声，就见她的儿子把脸从双臂间抬了起来，哭得稀里哗啦。

汤玉美从来没见顾宝这么哭过，哭得就像世界都崩塌了一样。

她听见自己儿子一边抽噎，一边大声地说："妈妈，妈！我难受！"

汤玉美慌了手脚，以为他病重了还是怎么样，赶紧上前抱住了他。

她的儿子，自从八岁懂事了就没这么哭过，到底是怎么了，发生了什么事？！

汤玉美看着他，自己也想哭了："你到底怎么了？告诉妈妈，发生什么事了。我们去医院好不好？"

顾宝抽泣着在母亲的怀里摇头，嘴里喃喃道："我做错了，从头到尾都错了啊？"

"我好难受，怎，怎么办啊？"

汤玉美紧紧抱着儿子，摸着他的脑袋。

顾宝抓紧了母亲的衣服，哭到声音沙哑："为什么要这样啊？我讨厌，讨厌这样，为什么不能和从前一样！"

汤玉美听不懂，却不妨碍她感受到儿子此时的悲伤。

顾宝断断续续地哭着，最后轻轻地靠在汤玉美怀里说："我不那么怕了，也没办法见他了。"

"我失去了很重要的人，他再也不可能回到我身边了。"

一个人如果想避免与另一个人见面，哪怕住在同一个小区，都有可能碰不上。

顾宝周末依然回家，和从前不同，他不会在小区的道上看见那熟悉的车辆。

日子没什么不一样的，又或者有不一样的，顾宝强迫自己去适应了。

他与范娇的事情已经跟家里坦白，意外的是汤玉美并没有想象中那么生气，而是心平气和地问他，谈了有多久，女孩长什么样。

过了明路后，等范娇从国外放假回来，顾宝就把她带给父母看了。

意外的是，顾正竟然认识范娇，范娇的父亲和顾正是在生意场上的朋友，是顾正公司的供应商。

生意相交，儿女恋爱，这是喜上加喜的好事。于是两边父母很快见了面，对方同样满意顾宝。

大三那年，范娇同顾宝视频联系，她跟顾宝说，她想要留在国外念研究生。父母担心他们的感情有变，除非订婚，不然要求她回来。

范娇问顾宝："宝宝，你也来国外跟我一起念研究生好不好？"

手机屏幕里，趴在床上的范娇头发如云般堆在胸前，漂亮又娇俏，同他撒着娇。

顾宝本来也无所谓，他年纪小，读研究生出来也没太晚。

他和父母商量，汤玉美刚开始不同意，可她确实很喜欢范娇。

她说范娇长得漂亮，以后她的孙子肯定生得也好看。

而且范娇家境不错，跟顾家虽然算不上门当户对，但也没有差距太大。

更何况汤玉美还有一个浪漫的想法，她觉得跟初恋结婚很美好，就和她与顾正一样，初次相遇便注定相守一辈子。

加上去国外念研究生叫镀金，现在有钱人的孩子，哪个没留过学。

两家人讨论过后，决定选好日子订婚，然后送儿女一起出国念书。

顾宝本来以为订婚只是两家人一起吃个饭，他把赠送给范娇的首饰交给对方，也就算礼成。

哪知道顾正提前带他去定做衣服，他就知道情况不对。

真正订婚那天的场地很大，顾宝有种错觉，以为自己这是要结婚了。他心里其实挺奇怪的，没什么真实感。

自从恋情被家里知道后，一切的流程都被四个长辈接手过去，几乎没有他们两个当事人插嘴的余地。

范娇有时在微信上会和他说，父母有多逼迫她，老是不尊重她的想法。她只想简简单单地吃个饭，弄那么大干什么。

顾宝与她意见相同，却摸不准女友到底是真这么想，还是只觉得这是甜蜜的烦恼，因此没有对这事发表太多的意见。

订婚那日来了许多人，甚至请了一组摄影团队拍摄当日的情况。顾宝站在父亲身边，麻木地招待客人。

他觉得很累，甚至有点荒唐地想，要是结婚也这样，那得多辛苦啊。

王辉和他的室友都来了，还有杨扶风。

杨扶风在大二的时候意外地同顾宝参与了一个项目，两个人别别扭扭地被迫合作了很长一段时间。

不能说是和好，关系却也稍微回温。无论如何，他们四个人不可能再去那个海边了。

项目结束后，杨扶风与顾宝渐渐淡了联系。

订婚这日，杨扶风会来参加，顾宝是没想到的。

杨扶风穿着合体西装，手上一个礼盒，打量着他。

顾宝不自在地推了下领结："怎么了，很奇怪吗？"

顾正同自己的好友寒暄去了，不在旁边。

杨扶风笑着把礼盒交给他："你今天挺帅，长成男人了。"

他接过礼盒："本来就很男人。"

杨扶风拍了拍他的肩膀，这时范娇过来了，穿着粉色的裙子，化着精致的妆容，比以往任何时候都要漂亮。

顾宝牵过未婚妻的手，真情实感道："好看。"

杨扶风识相告辞，留下这对未婚夫妻说悄悄话。作为订婚宴的主人公，顾宝和范娇都要迎接每位宾客，直到所有客人来了才能入座。

高中的同班同学，顾正生意场的好友，范娇家的亲戚。

客人很多，西装很闷，顾宝出了不少汗。范娇穿的裙子，比较清凉，却因为穿高跟鞋，也挺累的。

迎到后期，汤玉美和顾正还有范娇父母过来接替他们，让他们能下去短暂地休息一下。范娇补妆，顾宝上个厕所。

等休整好出来，跳过媒人流程，直接交换戒指。顾宝站在礼台上，听着巨大的音乐声，看着面前的范娇，余光瞥见一抹熟悉的身影，他惊讶地望过去，整个人为之一振。

数起来，也有近两年未见。

顾宝自己都觉得奇怪，怎么能在余光里发现那个人。

裴廷同裴父一起出席，坐在离礼台很近的地方，他们的目光越过许多人交汇在一起。

顾宝听不清主持人在说什么，直到范娇握住他的手，他才紧张扭头，掏出那枚订婚戒指。

裴廷为什么会过来？

胡思乱想间，顾宝左手的中指被推入了戒指，礼成。

礼花绽，音乐起，顾宝携手范娇下台，坐到父母那席。

流程到最后，宴会的大厅空出一片舞台。

顾宝怀抱着未婚妻，在缓慢的舞乐中浪漫共舞。

范娇面有疲色，看起来好像和他一样没进入状态。范娇偷偷在他耳边说："订婚都这样了，以后还要办结婚宴吗？"

顾宝悄声道："应该要吧。"

范娇："你还是不想考我的学校吗？"

顾宝耐心解释："你学校没有适合我的专业。"

范娇的脸慢慢红了："我还以为我们能同居呢。"她踮起脚，在顾宝耳边道，"他们都说，婚前要去旅游或者同居，才能看得出合不合适。"

顾宝抱着她转了个圈："比之前好了，以前半年见一次，现在可以每周都见面。"

四周有不少男女一起舞着，他们转了几个圈，顾宝看见了裴廷，以及他怀里的杨小姐。

最近他听顾正说过，裴廷和杨卿兰的公司合作得越发紧密了。

随着音乐的升高，舞步变得轻快起来。顾宝不是很有体力，便想先退下，不料撞到了另一对男女。

他正低头道歉，就听见一道女声说："恭喜你啊，顾宝。"

顾宝抬眼，面前这人是杨卿兰。

舞池这样大，怎么就这么巧？

杨卿兰好似不知他们翻脸，甚至拱手让出舞伴："顾宝，你要跟裴廷跳一支吗？我跟你的未婚妻来一场。"

顾宝微怔，就听裴廷出声拒绝："卿兰，别闹了。"

低沉的声音响起，恍如隔世，甚至有一丝陌生感。裴廷客气道："恭喜你，顾先生。"

两年后再次见面，只是一声得体的"顾先生"。

顾宝抬眼，自然没喊"哥"，同样露出官方笑容："嗯，也恭喜你，杨小姐很不错。"

杨卿兰挑眉，伸手挽住了裴廷，歪着脑袋靠在裴廷的肩膀上："我也觉得，很多人都这么说。"

两对男女离了舞池，分道扬镳，各自去往不同的餐桌。

顾宝扶着范娇，范娇回头看了看远处的裴廷，跟顾宝说："他以前是不是跟你很熟？我记得你那时候跟我视频，总是提到他。"

"嗯。"顾宝敷衍地应了声，范娇又说："你们闹翻了吗？"

顾宝没说话，范娇或许觉得好友就这么分开挺可惜，她说："他一直在看着我们。"

之前顾宝一直都是心不在焉的态度，听到范娇这话，反而僵硬了身子。他不敢回头，亦不敢确认。

范娇再次回头，又说："还在看。"

"要不要过去说说话？"范娇道。

顾宝摇了摇头，他攥住了范娇的手："不用了，娇娇。"

"我们……"顾宝没继续说，或者说他说不下去了。

颤抖的眼睫掩盖住了所有的心思，或许即使是顾宝自己，也不知道这一刻自己到底在想什么。

可能是那年盛夏，他刚踢完足球，对裴廷说，"我叫顾宝，顾家之宝"。

千寻
文化

Qianxun-Culture
—图书·影视—

裴宝

下

Peibao

池总渣

著

北京燕山出版社

BEIJING YANSHAN PRESS

YSP

Chapter
11

落水凤凰不如鸡

三年后。

酒吧里来听歌的人不多，看人的不少。舒二斜靠在沙发里，目光炙热而直白地盯着台上的人。

当年的事他脑门上还留了印，连带着脑震荡，还只能咽下这口气。前段时间听闻顾家倒塌，他简直拍手称快。

他如今故意找上顾宝，纯粹只是出于报复心理。

倒也不想弄出人命，只打算叫人吃点苦头。

失魂落魄的顾少爷，家破人亡，到处求助，皆被赶了出去。

舒二掐着时机出现在顾宝面前，装出一副绅士模样，嘴上不断叹息，似同情极了顾家。

顾宝攥着手机坐在街边，疲惫而茫然地望着舒二时，舒二意识到，这个人竟然敢把他给忘了。

他忍住怒意，三言两语解释当年那一遭。

顾宝回忆起来，面带警惕地看着他。他打了个响指，保镖们拥上来，轻而易举地将顾宝带走。

舒二与人约在酒吧，正好带这个小宝贝过去。舒二也不用担心这人不配合，只须笑眯眯地提起顾正，再问汤玉美，顾宝就僵硬了身子，不甘不愿地坐在车里，咬牙道："你到底想做什么？"

保镖递来一根香烟，舒二叼着，快意地吸了一口。还能做什么？痛打落水狗，乘人之危罢了。

他舒二最擅长做这种事，却摆出伪善面孔："顾小弟，我舒二有仇报仇，有恩报恩，当年你在我脑上留下一道疤，你觉得我该怎么还你？"

顾宝抿唇不语。

"但是，今日我不是来找你报仇的，而是以德还怨来着。"舒二靠近了顾宝，"你不是缺钱吗？没钱，你怎么救你妈？没关系，怎么捞你爸？"

他精准地戳中了面前这个顾少爷的软肋，看这人眸中情绪千变万化，最后一点点黯了下来。

顾宝说："你到底想带我去哪儿？这是绑架。"

舒二笑了，伸手揽过顾宝的肩，却被人用力拍开。舒二摸着滚烫的手背，也不恼，他倒是想看这小少爷能倔到什么时候。

与舒二见面的是他的狐朋狗友，两人就是一丘之貉。

两个人在说什么，顾宝听不见，却也猜得到。他很想离开，也害怕，可是舒二威胁他，他妈妈还在医院。

回国后，他去医院找了汤玉美，甚至不敢认那是他妈妈。上一次母亲这么憔悴，还是他回来解除婚约时。

他出国不到一年，就和范娇分手了。

有些感情能远距离维持，却不一定熬得过近距离相处。加上他们有婚约，两人相处起来总有压力，没法跟其他恋人一样随心所欲。

久而久之，范娇提出来他们不合适，婚也订得太仓促。

范娇说，她可以跟父母提。毕竟当初顾宝是为了她才出国，现在她想分开，父母那边的压力她能主动承担。

顾宝到底没让范娇自己承受，他主动跟两家说他们不合适，提分手，说是自己想分开，范娇是个好姑娘，只是他们不合适。

范家很生气，认为他没有担当，欺负范娇。当年他回国处理这件事还挨了范娇父亲的打。

不只是范娇的父亲，连顾正都很生气，也揍了他一顿。

竟然是平时严厉的汤玉美不忍心，抱着自己的儿子求顾正别打下去了。

范娇在国外不知道这些事，她后来知道了，还来找过顾宝，在他面前哭了一会儿，竟然有点想复合。

顾宝顶着瘀青未散的脸，很无奈地说了当初范娇提分手时说的话："娇娇，你知道我们如果分手，就不可能再复合吧。"

与范娇分手后，顾宝就专心读书，没有继续恋爱。

旁人都以为他情伤未愈，他自己都是这么以为的。

他挽留过范娇，可惜范娇心意已决。

他们都还年轻，或许能遇到更好的，又或者不会。

不等顾宝遇到更好的，他家就出事了。他办了休学，退了房子，买了机票回国。

顾正出事突然，家里尽数被查封。汤玉美眼看着顾正被人带走，伤心欲绝，晕了过去。顾宝来到医院，才知道汤玉美竟然被确诊了胃癌。

浑身上下的钱尽数缴了医药费，他打了数个电话给国外的朋友，想要借钱。

顾宝从小到大都没为钱的事情愁过，一朝家破，竟然品遍了世事百态。

他根本不坚强，出了汤玉美的病房，就哭个不停。这些日子他每晚都在偷偷哭，第二日还要顶着一张浮肿的脸去找亲戚借钱，去律师所，再回到医院看汤玉美。

汤玉美没比他好多少，仍然天天哭，捉着他的手叫他去看看爸爸，说丈夫无辜，怎么会出这样的事情。

顾正无不无辜，顾宝已经听律师分析过了。律师也暗示过，其实这种事情还是能救一救，比如花钱通通关系，打点一番，他那儿有路子，就是得花点钱。

这路子到底能不能通，顾宝不知道，但他有没有钱，他知道，他没有。

钱，钱，钱！

顾宝做梦都是钱。

范娇不知从哪里得知了这件事，打了个越洋电话问顾宝的银行卡能不能用，有没有一同被冻结。

顾宝说没有，范娇挂了电话后给顾宝转了十万块钱。

顾宝看着那笔钱，没办法还回去，他急需钱，因此也没娇情。他在微信上编辑了很长一段话给范娇，说这钱他一定会还，不管需要多久。

范娇只回了两个字，"加油"。

当年受过顾正恩惠的叔伯们倒不至于说连门都不让他进，但他想借钱，万把块钱可以，几十万？不好意思，家里最近生意不好，资金不够周转，又或者钱都在妻子手里，根本无法借。

一通太极下来，还留顾宝吃饭。

顾宝哪里吃得下，刚出了张叔叔的住宅，坐在马路边翻着手机里的联系簿，想着还有谁能拜托时，就被舒二抓住了。

这人当年就敢动他，是个有恃无恐的。顾家还没出事时，舒二都不怕，现在顾家出事了，舒二更不在乎了。当街绑人这种事都做了，他真不知道这人还怕什么。

连顾宝妈妈住的医院都打听清楚了，这是有备而来。

顾宝焦虑，害怕，紧张，愤怒，种种情绪绞着他的胃，刺着他的心。

他恨不得将面前的酒瓶砸在舒二头上，还有他那个朋友，一起揍一顿。

可是他不敢。他要是出事了，汤玉美怎么办？她的丈夫进去了，儿子再入拘留所？

舒二倒酒给他，他面无表情，不饮只问："怎么样才能放我走？"

"你随时都可以走啊。"舒二厚颜无耻地说，仿佛示意保镖拦着的不是他一样。

舒二拿过顾宝的手机，加上他的微信，然后转了笔钱过去，再抛回他怀里。

顾宝看了眼屏幕，上面显示转账两千。

舒二再次递酒给他，笑道："我算大方了吧，两千一杯酒，你喝不喝？"

见顾宝不动，舒二冷下脸："好好跟你说，你不听是吧？"

顾宝劈手夺过了舒二手里的酒，一饮而尽。

这酒之前没拆封，他是看着舒二开的。

一杯酒两千，舒二一笔笔钱砸下去，看着顾宝一杯杯接着喝，很快就不胜酒力。

身旁舒二的朋友起哄道："我给你五千，你上去给我唱首歌怎么样？"

顾宝染上醉意的眼望向那人，眼里狠意一闪而过。朋友缩了缩脖子，又觉得自己太孬。有什么好怕的，落水凤凰不如鸡，舒二都能把这顾少爷变成给钱就能喝的"顾少爷"了。

他的要求也不过分吧，不就是让他上台唱个曲吗？

酒吧音响一般，顾宝知道自己有点醉了，走路都不太稳。他从来酒量都不好，在台下时摔了一回，磕破了手肘。

他狼狈爬起，坐在台边，血顺着他的手臂往下滴，手里攥着麦克风。

他随意地唱了首歌，心里计算着警察到底什么时候来。

在被抓来的路上，他已经发短信报警。

舒二就是有天大的本事，还能在警察的面前把他带走吗？

手臂很痛，胃也疼，他声音染上几丝颤抖，却强迫自己冷静。

没事的，顾宝，都这么大个人了，一切都会好起来的。

他努力平缓着呼吸，直到看见对面的长廊，有人大步走了进来。风衣翻飞，面容冷厉，目光睃巡了全场，终于定在他身上。

几分陌生，更多的是熟悉，男人的轮廓在酒吧的光线下，隔着遥远的距离，一点点在他眼前变清晰。

是不可能，又可能的人。

裴廷。

　　这要是一部影视剧，大概此时会放点抒情音乐，再来几个慢镜头。而现实中警察抵达现场，没机会让顾宝摸清这一刻心中滋味，顾宝和舒二以及舒二的帮凶保镖，一起被带走。

　　舒二家的律师很快赶到，顾宝没受伤，又是被带到公开场合，一切都是误会。律师能言善辩，加之顾宝确实没有受什么人身损害，笔录做完，私下和解。

　　顾宝本只想脱身，不想打官司。其间舒二一直瞪他，目光森森，瞧起来并不想就这么算了。

　　他揉了揉被酒精烧得生疼的胃，萎靡不振道："算了。"

　　"谁说算了？"一道声音响起，顾宝身子一颤，有人走过来，站在他身边，隔着不远不近的距离。

　　他听见裴廷同警察说话，也听见对方带着自己的律师跟舒二的律师辩驳。

　　舒二盯在顾宝身上如蛇般的目光，忙不迭地移开了，他似乎没想到，顾家倒了，顾宝身后竟然还有裴廷这大树。

　　裴廷侧眸，看见的是顾宝垂下的后脑勺，在凌乱的发尾下，后颈至肩胛，都因过瘦而显现出嶙峋线条。

　　他的目光只稍微停了一会儿，便无波无澜地移开了。

　　出了警察局，已经很晚。夜风微凉，顾宝只穿着单薄衬衣，衣襟零星沾着酒渍，雪白的底色，越发衬得那些污渍腌臜。

　　如同现在的裴廷与他，站在一起，一个意气风发，一个狼狈不堪。

顾宝搞不懂裴廷为何帮忙。当年他们断交断得并不愉快。这些日子看透人情冷暖的顾宝，只能猜测裴廷也许对自己还有几分怜惜。

顾宝偷偷抬眼看了一下裴廷，对方的侧颜在路灯下英俊又矜贵，岁月将他的脸部线条雕刻得越发出众，完美的天之骄子。

再看自己，顾宝都要被自己的猜测逗笑了。裴廷是疯了吗，当年他们闹得那样不愉快，怕是后悔认识都来不及。

裴廷一声不吭，顾宝目光不离脚尖，终是站定在警察局门口，犹豫开口："裴……先生。"他摸不准该怎么称呼裴廷，所以采用了一个最为合理的叫法。

喊"哥"颇不要脸，有种趁机抱大腿之嫌，直呼名字没有礼貌，"裴先生"很好，适合目前的状况。

顾宝："谢谢你今天的帮忙，官司就不用了。"他知这样拒绝，显得他不识好歹，赶紧补充道，"我身上没有那么多钱陪他们耗着。"

到处借钱的时光没有白费，顾宝现在厚颜许多。要是往常，他可能都不会这么坦承自己的困境，现在能够直白说出，也省下不少麻烦。

裴廷的律师识趣告辞，警察局门口只剩下他们二人。

顾宝等不来回答，忍不住抬眼看向裴廷，却发觉对方并没有瞧自己。

今晚应该就是一场路见不平，出手相助，完全偶遇。

他尴尬抿唇，迟疑道："那我先走了。"

裴廷："你住哪儿？"

顾宝停下脚步，裴廷问："我送你吧。"

坐上裴廷的车时，熟悉感扑面而来。明明车的款式不同，内里也不一样，却就是熟悉。系上安全带，他这才意识到哪里熟悉，是车里的熏香，是眼前的猫咪装饰，还有那一串悬挂在后视镜上的小珠子。

裴廷……还挺念旧。

更让顾宝意外的是，他竟然记得裴廷车子的装饰。上一次坐，分明是五年前了。许多事情都记不清，这种无关紧要的小事，倒在记忆里清清楚楚。

约莫是与裴廷认识的那几年，是他记忆的巅峰时期，高三生日日锻炼大脑，许多没意义的细节都还记得。

车子四平八稳地在马路上开着，大半夜没有塞车，连红灯都没几个。全程无话，安静得仿佛车内的空气已经停止流动。

裴廷问过顾宝住址，便在车内导航输入了酒店地址。听闻名字的时候，裴廷就曾不动声色地蹙眉过。

前半夜下过雨，雨水不多，却足以把破旧巷子中的污渍和难闻气味挥发出来。

裴廷的车停在了一家破旧旅馆前，门口还有酒客搂着一名女子嬉笑打闹。

顾宝解开安全带，跟裴廷致谢，想要开门下车。驾驶者却没有要放人的意思，车锁未打开，顾宝开了几下车门，疑惑地望向裴廷。

裴廷的指尖敲在方向盘上，问他："怎么不借住朋友家？"

顾宝难堪垂睫，大学时的朋友只有王辉留在本市，只是王辉住的是公司宿舍，借钱都只能艰难地凑齐五千块钱，顾宝哪里还敢提出住在王辉家。

杨扶风打过电话给他，问他是否需要帮助，钱也借了几万元，顾宝又怎么敢再去麻烦对方。

这个旅馆虽差，但住一晚上只需要六十。顾宝这些时日一直在找工作，打算找个包吃包住的，先稳定下来再说。

顾宝嚅嗫道："住这里挺好的，没必要住朋友家。"

锁开了，顾宝下车，没有立刻关门，而是再次鞠躬道谢。雪中送炭难，不管他与裴廷多久没联系，对方今日对他的帮助，他都会记在心里，日后再还。

他转身离开，循着旅馆的楼梯往上爬，在三楼找到了自己的房间，把门锁拧开。他倒在那张又黄又潮的被子上，长长地叹了一口气。最后他振作起来，立马坐起，打开笔记本电脑和手机。

要找房子，要找工作，要挣钱。

他不能停下来，不然就会想哭。

一哭起来，那就真的什么事都做不了了。

刚敲两下键盘，就感觉手肘压在桌面的部位生疼，他这才想起他在酒吧摔出的伤来。

脚上的鞋子，是裴廷寻给他的。

摔倒时踢掉了，他当时太疼，也懒得去找，只穿着袜子就爬上了舞台。

警察来时，人群惊慌，裴廷将他的帆布鞋放在他脚边。

他盯着鞋数秒，最后揉了揉脸，起身去浴室清洗伤口。

手肘上沾了灰，衬衣上晕开大片血渍，很显眼，他看着镜子里的自己，眼窝微陷，眼里血丝密布，唇面苍白，酒精挥发过后，将唯一的血色都带走，看着就像个重症病患。

顾宝拧开水龙头洗了个脸，再洗手。

因为麻木，连痛感都变得迟缓了。这大概是今天第二件好事吧，第一件好事是……遇到了裴廷。

万幸，裴廷好像没有恨他。

敲门声响，顾宝吓得一抖。这种时候，还会有谁来找他？难道是前台？

顾宝匆匆抹掉了脸上的水，去开门。

门外的人让他瞳孔微缩。

裴廷面无表情地站在门外，高大的身体倒显得这间旅馆的门太低矮了。

他怎么觉得裴廷好像长高了？还是太久不见，产生了错觉？

顾宝拉开门，好脾气地问："怎么了？"

裴廷看了眼表："给你十分钟，收拾好行李。"

"啊？"顾宝傻了。

裴廷下了命令："快点。"

顾宝觉得裴廷真的很奇怪，更奇怪的是，直接听命的自己。他怎么就这么听裴廷话呢？明明这个人就莫名其妙，还很霸道。

难道是多年以后，裴廷的气场依然能影响他？

顾宝把衣服叠着放进行李箱里，转头看向那个因为挑剔又嫌弃这里的环境，懒得进来，也根本不坐的男人："你……为什么要管我啊？"

裴廷看了眼表，没有解释，只道："还有三分钟。"

"……"顾宝很无语地想，裴廷这是在这五年里去兼职做了教官吗，还是看顾大学生的那种。

顾宝拉着行李，跟着人下楼。走楼梯时，裴廷直接抄过他手里的行李箱，就像押着人质一样，没有给他反悔的机会。

离开旅馆前，顾宝去了前台一次，要回了押金。

从旅馆出来，裴廷已经将行李扔到了后车厢，顾宝安静地钻进了车里，任凭裴廷带他去任何地方。

裴廷开车进了一个小区，不是五年前他住的公寓，而是一间两百平方米左右的复式楼，楼下宽敞明亮，装潢简洁大方，还有一条狗。

狗热情大方，一见到顾宝就往他身上扑，尾巴谄媚地转成了一个圈，就差没摇断。

顾宝仔细观察了眼前的居所，确定了这是裴廷自己居住的地方。

他站在门口，迟疑地没有动。

裴廷脱掉外套，挂在门口的衣架上，转身看了无所适从的顾宝一眼，弯腰取出一双棉白拖鞋，放到了顾宝面前。

顾宝看着那双不是裴廷尺码的鞋，艰难地咽了咽："那……这里就你一个人住吗？"

裴廷已经走到桌前，给自己倒了杯水，饮了一口，闻言望了他一眼："怎么？"

顾宝局促道："我住进来会不会太麻烦你了？"

裴廷放下水杯，不轻不重的一声，神情平静，语气直白：

"我以为你在跟我上车后，就已经考虑过这个问题。"

话里的意思很明显，真怕麻烦，顾宝就不应该上他的车。

顾宝脸色一下白了，裴廷这是觉得他虚伪。

他跟裴廷回家，只是以为对方能够出手相助，邀他共住，应该没有与人同居。看到尺码不同的拖鞋，他才发现他想岔了，裴廷是很有可能和恋人住在一起的。

想想裴廷已经二十五，快二十六了，这样的条件怎么可能还是单身？

裴廷与恋人同居，他暂住在这里又算怎么回事？不识相，还碍眼，硕大无比的一个电灯泡。

他还不如回他的宾馆，虽然条件不好。

他越想越后悔，觉得不该接受裴廷的帮助。他以什么身份去接受呢？裴廷现在也不是他哥了。五年了，他们生疏了整整五年，彼此又非血缘之亲，他凭什么觉得裴廷可以无条件地照顾自己？

不是朋友，不是亲人，尴尬得还不如一个陌生人。

顾宝没有换上拖鞋，他笔直地站在门口，忍着心里那点酸涩，尽量平静道："抱歉，是我想得不够周到，没想到你家有人，太打扰了。行李还是给我吧，我就不进去了。"

他目光坦荡，没有委屈，没有难堪，甚至没有一点口是心非的不甘。

只因他是真的这么想，不是赌气。

裴廷觉得他虚伪，这个念头一开始犹如针扎，刺痛他的心，但他太擅长自我调整和安慰，要不然他家破产这些日子，他早就撑不下去了。

遇到多少难过的事，他都熬得住，现在这点难受算什么，他没关系。

他等了一会儿，裴廷没把行李还他，而是坐在沙发上，疲惫地舒展肢体，仰头吁了口气，这才道："这家没别的人，所以换上鞋，进来。"

等了一会儿，没听见动静，裴廷揉着胀痛的太阳穴，睁眼想看倔在门口的那个人。

他如今很忙，听闻顾家出事，硬是忙里抽空回家找父亲打听，又查探顾宝的消息，听闻顾宝被舒二带走，更是将车开得险些追尾，才赶至那间酒吧。

如今他做出云淡风轻的模样，只因切切实实找到了顾宝，且平平安安地站在他眼前。

裴廷刚想说话，就见顾宝弯腰脱鞋，棉袜踩进那双尺码恰好合适的拖鞋里。顾宝走进裴廷家，拘束得仿佛第一次来做客。

他走到自己的行李箱旁，不等他问，裴廷就闭上眼睛，靠回沙发上，没有要帮忙的意思，只说："二楼右手边第一间客房，对面有浴室。"

客房的布置和楼下风格一致，衣柜里有换洗的床上用品和一些不同风格的男装，尺码不一致，看得出来住这间客卧的人不少，是不同人的衣服。

顾宝没取出衣服往衣柜里放，把自己的行李箱放在客卧的一个角落，尽量不碍事，也好带走。

他不认为能一直留在这里住，只能说是暂住，一旦找到工作和落脚点，他就会立刻搬出去。

拿上睡衣，他进浴室洗澡，在里面把头发吹干。裴廷的影子投在了磨砂门上，敲门："你洗好了吗？"

顾宝赶紧拉开门："好了，抱歉，我是不是用浴室的时间太长了？"

裴廷扫了他一眼："到楼下来。"他乖乖地跟在裴廷身后。

餐厅里，长方桌上热粥香气四溢，旁边有一碟小菜、一个煎蛋，淋了点酱油。

闻着味，顾宝瞬间饿了。他没问这是不是给他的，裴廷都坐在他对面，这食物肯定是给他的。

他落座说了声谢谢后，就开始喝粥。

裴廷在他吃饭的时候简单地问了他几个问题，什么时候回的国，书还没念完，怎么打算，听说汤玉美生病了，现在住在哪家医院，找好了律师没有。

问题一个接一个，没有因为避讳而不问，每个都是顾宝当下面临的困境。

顾宝握紧勺子，温热的粥所带来的暖意让他渐渐放松。他没顾左右而言他，老实地答道："办了休学，我觉得应该没办法继续读了。"

"先找份工作吧，给爸爸请律师要钱，妈妈那里有保险，医药费能报销大部分，不过要请护工或者说住单人病房，不太行。"顾宝搅着碗里的粥，想到汤玉美的模样就鼻头一酸。

他用力眨眼，将眼泪逼回去。

顾宝不想让自己看起来可怜兮兮的，也没打算博人同情。

他抬脸，露出个笑容："等我赚钱了，情况应该会变好一点。幸好之前用功读书了，大学还不错，工作不会太难找吧。"

裴廷抱臂："工作是好找，薪资高的却不多。"

他逐条给顾宝分析利弊："给你父亲请好的律师的话，想要减刑，花销会很大。"

顾宝脸上的笑容浅浅淡去，裴廷却没有因为他的神色变化而停下："刚毕业的大学生，没有任何工作经验，只能从基层做起，好一点的公司，工资能给你开到五千，你能拿它做什么？"

他的气力仿佛消失了，浓重的无力感遍布四肢百骸。裴廷毫不客气地戳破了他的希望，让他看清自身的无力、无用、无助。

顾宝放下勺子，脸上的平静终于维持不下去了："那我能怎么办呢？什么都不去做，就让我爸出不来，看着我妈天天哭吗？"他眼泪涌出眼眶，声音微颤，"我也恨我自己没用，为什么没存下多少钱！为什么什么都做不了！可是我，我得活下去啊……我得面对这个事情。"

顾宝望向裴廷，双眸通红："你知道舒二砸钱让我喝酒，让我唱歌，我是什么感受吗？"

"我竟然不是觉得他该死，而是在想我能不能收下这个钱，这样就能再去找律师，能跟他认真谈我爸的案子，才不会被他助理请出去！"

顾宝狠狠抹了把脸，屏住呼吸，想把那些没骨气的抽噎都咽下去。强忍的后果是，胸骨处涨得生疼，他没忍住咳了起来。

裴廷在他情绪崩溃后就再也没开过口，等他呼吸平缓才说：

"做我的助理，你父亲律师的事，我来解决。"

顾宝身子一僵，一句"不用"已经滚到舌尖，却被他硬生生地咽了下去。

他此时拒绝可以有很多借口，怕麻烦裴廷，也可以说他做助理值不得那么多钱，也是为了尊严，诸多理由。

但这一切的一切，在想起顾正以后都变得不那么重要，他不可能也不会把这份希望往外推。

顾宝的手从餐桌上放了下来，抓住了裤腿上的衣服。

天下没有白吃的晚餐，他自认为不是什么商业奇才，不认为自己做裴廷的助理能够为其创造多少经济价值。

那么他之于裴廷，又有什么用处呢？

顾宝的指甲陷入掌心，他想不明白，又不敢问。

裴廷起身，说餐具放在桌上，明天会有钟点工来收拾，又说给他时间考虑，不用太着急。

说完裴廷往楼梯的方向走，他该洗漱睡觉，明日还要早起上班。

他的提议是认真的。做他助理事务繁忙，没有多少私人时间，工作压力还大。他又是拼命三郎，这些年已经换了数个助理，哪怕月薪过万，年终奖可观。

上一任助理才说过，做他助理压力大到闭经，头发一把把地掉。上上一任说女朋友因为缺少他的陪伴而劈腿，同他分手。

但……给顾宝帮助也是真的。就算这份工作辛苦，也还是有很多人前赴后继地想要得到这个职位。

从某种程度上说，顾宝确实是"空降兵"。

还是那种不管他业务能力如何，裴廷大概都不会辞掉的关系户。

他有意磨炼顾宝，也想让顾宝有在这个社会上生存下去的能力。就算之后顾宝不愿意继续做这份工作，也可以以此作为跳板，去更好的工作单位。

裴廷脱掉西装外套，进入主卧，在浴室冲了个澡，然后拉开了衣柜，想要挑选一件睡袍。

他的指尖在其中一件衬衣上停了下来。

那衬衣熨得齐整，一直挂在他的衣橱里，用防尘袋罩着。尺码对于现在的他已经不太合适，毕竟是五年前的衣服了。

工作后为了保持体力工作，他请了营养师和私教，精准规划锻炼时间，身材比从前更结实，也长高了一点。

替他管服装搭配的小徐会定期往他的衣橱增添当季新款和名表，不让他为出席各种场合的装扮费心。

小徐曾经拿出这件衬衣跟他吐槽："你留着这件过季的衣服做什么？我帮你扔了？"

裴廷只看了一眼，就沉下脸说放下。说完他快步上前，挥开了小徐的手，指尖小心地抹平了那点褶皱，重新把衣服挂了回去。

小徐无语了："你怎么护得跟传家宝一样？现在流行断舍离，没用的东西要及时丢掉，你知不知道？"

断绝、舍弃、脱离，是对事物、对生活的概念。

裴廷觉得，这个词也挺适合用在人身上的。

如果对将过去的种种进行"断舍离"打分，他裴廷应该是永远都不及格的学生。

Chapter

12

没感受过那份温暖就好了

顾宝整夜没怎么睡好，第二日早早就到客厅，端坐在沙发上静等裴廷起床。

　　裴廷生物钟准确，七点半醒了，简单洗漱冲澡，换上睡袍，下楼冲咖啡。

　　他独居惯了，冷不丁在客厅看见一个人还吓了一跳，再仔细瞧顾宝的脸色，苍白，似乎一夜未眠。

　　开启咖啡机，在机器的嗡鸣声中，裴廷话家常般问道："睡得不好？"

　　顾宝从沙发上起身，走到餐厅这边，紧张地望着裴廷。咖啡香弥漫，裴廷放松地靠在半开放的岛台上，不懂顾宝这如临大敌的姿态是为什么。

　　做他助理是可怕的事吗？或许对顾宝来说挺可怕的。多年前两人闹翻的事他还记忆犹新。

　　顾宝的指尖抵住餐桌，不自觉地滑着，终于鼓起勇气，壮士断腕般说："我答应你，但是……"

　　后面那截话停在了裴廷抬手的动作里，那是中止的意思。裴廷似担心他看不明白，补充道："没有但是。"

做助理是学习，也是工作，不能仗着自己是空降而偷懒。

又或者顾宝是想提出顾正方面的条件，那就更没商量余地。如果能帮，裴廷早已出手，自己父亲都说没办法的事情，他更无通天手段。

唯一能做的不过是请来名气极大的律师，盼望能够减上几年刑期，叫人尽早出来。

"不是在跟你商量。"裴廷说。

顾宝收声敛眉，一副受气包的窝囊样。裴廷没再看顾宝，怕自己心软。他端好咖啡，热上三明治，就上楼换西装。

下楼后，裴廷将一张副卡压在桌上："一会儿有人来接你，是我常去的店，做几套衣服，上班要用。"

说完裴廷就拿上手机和电脑出门，就像他说的一样，从行为上贯彻了没有要跟顾宝商量的意思，甚至不容顾宝拒绝。顾宝看着那张卡，颓然地坐在沙发上。他不明白事情为什么发展成这样。这张卡是什么意思？给他钱？为什么要给他钱？

但他真的了解裴廷吗？五年前他就谈不上多了解。五年后，他又怎么能理解已经陌生的裴廷在想什么？

中午十一点左右有人按响门铃。顾宝通过可视对讲机看见对方是个年轻的男人，对方自我介绍："你好，顾先生，裴总让我过来接你。"

顾宝开了门，那年轻人一身潮牌，打扮时尚，冲顾宝笑了笑，目光直白地扫视着顾宝。

怕顾宝觉得不舒服，他还开口解释："我是裴先生的搭配师，刚刚是目测一下你的身材，方便一会儿定制西装。"

顾宝习以为常地"嗯"了一声，这种搭配师之前顾正就有请过。他知道现在一套体面西装是如今的他无法消费得起的，所以裴廷才留下那张副卡。

他想不用都不行，作为裴廷助理，服饰就等于裴廷的脸面，他只能接受裴廷的给予。

年轻人说："顾先生，我叫徐磨，你叫我小徐就行。"

徐磨带着顾宝先去吃了顿饭，餐桌上点的都是顾宝喜欢的口味。只是顾宝现在无心用餐，食不知味，没有察觉这点异样。

坐在顾宝对面的徐磨暗中观察着他，皮肤白，卷发，身材偏瘦，少年感十足。

这个形容跟裴廷吩咐他去买衣服时说的一模一样。

胃口太小了，徐磨看着餐盘里剩下的大部分食物，觉得应该是顾宝食欲不振，不然正常人对着一桌称心的美食，多少也会吃多几口。

手机震动，徐磨掏出来看了一眼，果不其然，是裴总的问话。问吃得如何，情绪怎样。

徐磨如实回答：吃得很少，看起来也不是很高兴。

扣上手机，徐磨双手相扣，垫着下巴，继续好奇地打量顾宝。

对面的顾宝放下餐具，用纸巾擦嘴。用餐礼仪无可挑剔，气质也很好。徐磨见多识广，一看顾宝就知道他出身不错。

徐磨露出八颗牙齿，灿烂微笑："顾先生，怎么不多吃点？是不喜欢这家餐厅吗？"

顾宝愣了愣，随即礼貌道："没有的事，这里很好，让你费心了。"

从餐厅出来再到定制的西装店，顾宝一路都心不在焉，到了地方，裁量尺寸，沉默地配合。

徐磨和老师傅在那里讨论，顾宝就在旁边用茶，细白的手指捧着茶杯，缓慢饮着。

就在这时，裴廷走了进来。正争论的徐磨和裁缝同时收声，惊讶地看着这位大忙人。他竟然有空出现在这里？顾宝也吓得差点碰翻茶杯。

裴廷好似没察觉到自己的到来给这一屋人所带来的反应，他平静地问徐磨："款式定好了吗？"

徐磨说还在商量呢，并把几张图纸给裴廷看了看，用什么布料，做什么款式，还有尺码大小，尽数给裴廷过目。

裴廷就像处理公事一般，决定得很快，指尖点了几下，就确定了大概。

确定好款式后，裴廷直接开始在店里挑选领带和配饰。

徐磨心想，果然是控制狂魔。

顾宝却不这么想。他不明白裴廷为什么会过来，只能局促地跟在人身后，让裴廷像布置娃娃一样，看到一件不错的配饰就将他喊过去。

正好今天顾宝穿了件衬衣出门，他拿着裴廷选的领带打上。

裴廷看着他："太瘦了。"

"本来就不胖。"顾宝回应了一句。

裴廷："以前没这么瘦。"

确实是瘦了，顾宝回国后瘦了起码七斤，有时候他摸自己，都觉得身材单薄，风一吹就倒。

裴廷没有久留，就像他出现得突然一般，离开得也很突然。裴廷走后，徐磨满脸笑容，过来同顾宝说话。徐磨自来熟，问顾宝和裴廷是什么时候认识的。

　　顾宝不是很想说，但架不住徐磨一直问，便简单地交代了两句，说以前只是邻居，也很久没见过面了。

　　徐磨不信，却识趣地没有多问。

　　量体结束后，徐磨将顾宝送回了裴廷家中。裴廷的家是密码锁，密码是"1029"，看起来像是日期，没有什么意义的四个数字，挺好记的。

　　送走徐磨后，顾宝躺在裴廷家的沙发上，长长地叹了口气。他高兴不起来，也无事情解决的松快感。前途渺茫，无后路可退。

　　时间还早，他打算去看一眼汤玉美，顺便把找到好律师的消息告诉她。

　　顾宝到了汤玉美的医院，寻到病房却发现原本汤玉美的床上已经换了人。顾宝慌张地找到了熟悉的护士，才知道汤玉美已经换到了单人病房里，还有人给她请了护工。

　　护士奇怪地问他："不是你安排的吗？"

　　顾宝没有回答，而是找到了那间单人病房。环境果然比原来的好很多，护工正在帮汤玉美削水果。

　　汤玉美的身体还是很虚弱，情绪也不稳定，但气色已经好了许多。

　　她看着儿子，眼眶又是一红。顾宝快步上前，捧住了母亲的手，露出笑容来："妈妈，没事了，我找到能帮爸爸的人，爸爸……他会没事的，你也会没事的，我们一家会重聚的。"

汤玉美在他的安抚下渐渐放松，又睡了过去。她现在需要化疗，很辛苦也难受。顾宝也难受，对于自己无法时时陪在汤玉美身边这件事。

出了病房他拿起手机，发现裴廷给他打过电话，刚刚打的。

顾宝拨回去，电话很快接通，裴廷问他："在哪儿？"

"医院。"顾宝顿了顿，终是感激道，"是你帮我妈换了病房吧。"除了裴廷，他想不出还有谁会这么帮他。

裴廷没有否认，只问他："什么时候回来？"

顾宝说现在。

想到裴廷，顾宝就头疼万分，他是真不知道该如何处理二人的关系，唯一清楚的是，再也回不去从前。

他们断交的时候，这个事实彼此都心知肚明。裴廷对现在的他伸出援手，他很感谢，也猜测着这份帮助下所隐藏的含义。

收留他暂住，助理工作，一张没有上限的副卡，律师，医院，替他母亲换病房的安排。

不是顾宝顾虑得太多，只是这段时间他见过太多翻脸无情的，已经不敢想象这世上还有不计回报的帮助。

那些曾经备受顾家帮助的叔伯都避他如蛇蝎，而一位多年不见又处于尴尬情况的朋友，凭什么这样帮他？

一开始，顾宝家里刚出事那会儿，他还对人性抱有希望。

可后来就不了，他明白自己的天真，清楚社会的残酷，曾经家里人不愿让他看的，皆在短短几日内，尽数品得明明白白。

被推到律师事务所外时，助理轻蔑的眼神。

坐在餐桌上，言笑晏晏的明嘲暗讽。

打不通的电话，无尽的敷衍，接受帮助和转账时一份份叠在心上的压力。

孤立无援，被逼至绝境，不过如此。

没有谁有义务去帮你，唯一能靠的只有自己。

如果裴廷和其他人一样，借他的只有钱，他不至于惶恐如此。人的一辈子这样长，他努力工作赚钱，迟早都能还上欠下的债。

然而裴廷的帮助不止如此，近乎是将压在他身上的那座巨山轻轻松松地推开了。

不能因为这个忙，对方有能力帮，而且帮得很轻松，就认为这不是多大的事。

对顾宝来说，他欠了裴廷天大的人情，已经不知道该怎么还了，他也别无他物。

胡思乱想的结果是顾宝坐过了站，跟着手机地图和地铁指示牌又转乘了几趟，这才回到家中。

距离他跟裴廷电话联系，已经过了一个小时。

输入密码，饭菜的香味涌了出来，一直都没什么胃口的顾宝一下饿得烧心。他很久没这么饿过了，饥饿的同时又有一种奇异的感受涌上他的心。

顾宝站在门口，裴廷单手端了盘菜出来，扫了玄关处的他一眼："下次去医院跟我说一声，我让司机送你过去。"

根据顾宝回程消耗的时间，裴廷基本猜到这人没有打车。

顾宝换好拖鞋，进到餐厅，看着桌上的菜，尴尬搭话："我都不知道你会做饭。"

"前几年学的。"裴廷给自己倒了半杯水，又倒出一杯果汁推到顾宝面前，自然地问道，"现在能喝酒了吗？"

"还行，酒量一般。"顾宝接过那杯果汁，坐了下来。

桌面上的是松露奶油意面和牛排，做得很西式，味道不错。

顾宝顺着话题问："需要帮你挡酒吗？"

一般助理的功能就是解决老板遇到的麻烦，挡酒应该是最基础的操作吧。这么一想，他果然什么都不会，有够让人操心的，大概很多东西都要从头开始学。

"有些时候需要。"裴廷拿起刀叉，"但你不用。"

顾宝切肉的动作一停，裴廷解释道："有第一助理在，而且你喝醉了，对我有什么好处？"

说完他唇边露出一点笑："现在我是老板，你是助理，总不能让我背你回家吧。"

这是他们重逢以来裴廷说过最温和也最打趣的话了，充满了过去的影子和友好，叫顾宝心里的感受更加汹涌。

他仔细品了品，就像在寒冷的地方待久了，被人冷不丁拽入一个过分温暖的房间，身体所产生的强烈不适应感，难受的同时又有一种无法离开的吸引力。

明知道不能久留，却还是想着再留一会儿，只放纵着最后的一点时间。

裴廷笑，顾宝也笑。他们目光平和相触，好似两人都成熟不少，更没因为矛盾而决裂过。五年时光，在彼此的谈话里，仿佛消失得无影无踪。

就像顾宝简单地出了个远门，回来后，等在此处的依然是他的裴哥。

明面的和谐下，是成年人的心知肚明。

不管如何，现在已经住在一起了，总不能还抱着往事尴尬。

顾宝就更不能尴尬了，他有求于人，矮人一截。裴廷不提当年的事，他已谢天谢地。

气氛还不错的谈话里，顾宝简单地交代了自己出国后的生活。范娇的事情，他也没隐瞒，说他们分手了。

裴廷听后，神情没有丝毫波动，只歉然道："抱歉，我不知道。"

"没事，是我没告诉你。"顾宝指尖忍不住扣紧了椅子边缘，一张脸皮又麻又辣。

他为什么没告诉裴廷，是因为他们根本没联系。

每个问话，每次答案，都像在踩雷，一颗颗地在顾宝心中引爆。

顾宝远没有出社会多年的裴廷能装，若无其事地谈这场话已经耗尽他的精力。

所幸饭有吃完的时候，裴廷将香槟饮尽，便告知顾宝上班时间，就是明天。

顾宝惊讶道："太赶了吧？西装起码还要两个星期才能出来。"

"我知道，这两个星期，你先跟着助理熟悉公司环境和流程。"裴廷说，"你该不会真以为，你一上来就能做我助理吧？"

当然要实习，公事不能开玩笑，不可马虎。

顾宝自觉拿起自己的餐盘，要去洗，却被裴廷赶出厨房，说不用他添乱。

其实顾宝在留学的时候做过不少家务，不是当年那个什么都不懂的小少爷了。

现在他挺顺着裴廷的，没有争着表现自己，裴廷说什么，他就听什么。

裴廷推他出厨房时，双手落在他肩膀上，动作大方，仿若彼此还是很好的朋友，没有一点嫌隙。

这时门铃响了。

裴廷在厨房里喊："顾宝，开门。"

这让顾宝冷静了一点，他小跑到对讲机前，点开了视频。

对讲机里站着一个长发红唇的妖媚女人。她手里提着高跟鞋，醉醺醺地喊着裴廷的名字，让他开门。

顾宝一开始没认出这人的脸，开门后他就认出来了，是杨卿兰。

杨卿兰一身酒味，光着脚站在门外，迷蒙的视线落到顾宝身上，先是迷茫，继而聚焦，最后震惊："顾宝，你这么会在这里？"

顾宝就跟被抓到现行般，从头到脚被钉在原地。杨卿兰的目光叫他有种被审判的错觉，他为什么会在这里，好一个问话，真是问到顾宝的良心深处。

现在是晚上九点半，一个女人这个点喝醉了来找男人，说明这是她信任的男人，又或者这是她暧昧的对象，前来过夜，更直白点，他们是男女朋友。

裴廷听到动静，从厨房出来，手上还湿淋淋的。

杨卿兰绕开顾宝，将高跟鞋往角落一甩："裴廷！顾宝怎么在你这儿？"

顾宝下意识想要离开，他也确实这么做了。他转身，看见走路不稳的杨卿兰绊了一跤，摔进了裴廷怀里。

他看清裴廷脸上的神色，顶多有点慌乱，却不意外，眉心虽是皱着的，但也熟络地道："说过多少次了，进来要换拖鞋。"

拖鞋……他脚上这双吗？

看这码数和颜色，还真的分不清是男款还是女款。

顾宝大声解释，也不知道说给谁听："我，我是来找裴廷拿样东西，这就走了。"

说完他脱下脚上的拖鞋，换上帆布鞋，开门走了出去，甚至体贴地给人关上了门，留出空间。

他越走越快，最后跑了起来，夜风灌入他的领口，将刚才那点积蓄下的温暖扫荡一空。

怎么办……裴廷有女朋友，他的住所杨卿兰自由出入。

所以他怎么办？

激烈地奔跑过后，顾宝越走越慢，过快的呼吸却没有因此而平复。他弯腰扶着双膝，大口大口地喘着气。

果然……没感受过那份温暖就好了。

没事瞎跑的下场就是悲剧了。小区占地面积极大，地理环境很好，绿化和基础设施健全，还有别墅区。顾宝脚都跑酸了，还没寻到小区门，再一摸兜，傻眼了，手机和钱包都没带。

一阵冷风吹过，顾宝打了个哆嗦。他最近休息不佳，又没好好吃饭，身体虚得厉害，刚才跑了一通，出汗后吹风的结果就是一连打好几个喷嚏。

他抱着胳膊，茫然四顾。大晚上的，小区里乌漆墨黑的地方太多，他几乎辨别不出方位。

没有手机，没法离开得太远，不能打车，还没有钱，顾宝都快笑出来了，苦笑。

跑得太急，胸口闷闷地胀痛。可是走了许久，胸腔那股闷意没有消散，反而一直徘徊着，甚至有越发严重的趋势。

顾宝捶两下胸口，汤玉美病得如此突然，已经够糟糕了，他可千万别沾上什么心脏病之类的。

走走停停，一抹亮光将顾宝引了过去。那是个儿童公园，有秋千和滑滑梯，一盏灯幽幽亮着。

顾宝早过了害怕这些的年纪，大概是现实远比那些幻想中的可怕事物更残忍，反而没什么好怕的了。

他漫无目的地坐在秋千上，打发时间，脚下轻轻借力，荡了起来。

明天要上班的话，裴廷应该不会留杨卿兰过夜吧。不过都是成年人了，就算过夜也不影响上班，真正有影响的是他的存在吧。

要是这种时候，他还不识趣而留在裴廷的家，他还能继续当裴廷的助理吗？应该拒绝比较好。

可能裴廷真的只是偶遇他被舒二骚扰，念着旧情，顺手帮忙，其实已经不想和他做朋友了。

秋千停了下来，顾宝双手抓着身旁铁链，有些愣。肯定是了，谁会这么长情，一直惦记当年的一点点情谊。而且那时候裴廷也没做错什么。

顾宝咬唇，都过去了，再深厚的感情，都能随着时间的流逝而抹平。

裴廷跟他重逢以后，态度自然平静，更不提当年的事，倒是他在这里想七想八的，人家当事人未必有他想得这么多。

也不能住在裴廷家了，人家有女友了，他怎么能厚颜地留在那里碍事。

要不先在 APP 上租个单间吧，现在软件发达，想找合适的房子应该不难吧。

可惜手机在家，没办法立刻看网上都有什么房子。

又一阵夜风吹过，顾宝打了个哆嗦，从秋千上起身，走到滑滑梯二楼的小屋里，空间只有一点点大，但胜在防风。

顾宝半截身子在外，上半身往里，大半夜的很吓人，一眼望去，胆子小的还会以为是什么命案现场。

他等啊等，竟然心大得睡着了。实在不怪他，他昨晚就没睡好，今天又忙了一天，这才没撑住，露宿街头。

裴廷安置好杨卿兰，方才有空去找顾宝。杨卿兰这女人跟他相识以后，两家有意撮合他们，叫他们时时在各种场合见面。

两人性情相投，即使没办法做恋人，也能成为不错的朋友。

总之就是后悔，要是让裴廷回到数年前，他肯定会诚恳建议那时的自己千万别跟杨卿兰结交，因为这个女人每次失恋了都会喝醉，然后过来同他哭诉。

杨卿兰的朋友不少，但唯一能和她感同身受的，只有裴廷一个。

她把裴廷当作与她同病相怜的苦主，每次都跟裴廷吐露心声。

天知道裴廷一点都不想跟她同病相怜，他也委婉地跟她说过自己很忙。女人靠坐在他家沙发上，抱着酒杯，一边痛饮一边谴责："你有没有良心！没有我，你早就被逼着相亲了好吗，还能逍遥到现在？"

裴廷主观认为即便没有杨卿兰，他也不会相亲，客观上却不能否认，有她存在，确实省了不少麻烦。

只是这反而增添了许多希望他们喜结连理的好事者，次次见了他，便以暧昧的眼神问他同杨卿兰的事。

顾宝跑了后，杨卿兰愣愣地站在原地，吐着酒气问裴廷："我是不是把他吓跑了？"

裴廷扶额道："你说呢？"

"顾宝怎么回来了，还在你家？听说顾氏出事了，他……"杨卿兰似意识到什么，"你要帮他？"

裴廷本来都给人倒好温水了，闻言自己喝了，放下水杯道："我今天没空招待你，你先坐，我给你司机打电话。"

杨卿兰一袭短裙，醉醺醺地倒在沙发上。她抬手，有气无力地挥了挥："知道了，让我躺会儿，一会儿就回去，你去找顾宝吧。"

裴廷取下门口的外套，手一挥砸到了杨卿兰的身上，自己穿了另一件："我是男的，你是女的，能不能矜持点？"

杨卿兰扒拉了几下外套，盖住了大腿："行了，再不走顾宝就要连夜跑路了。"

裴廷本来已经穿上鞋了，闻言动作一停，难得解释道："他不会。"

杨卿兰翻了个身，手撑着脑袋，黑卷发滑落在沙发上，妩媚娇俏："怎么不会？我可是女人，女人的直觉最准了。"

裴廷心头一跳，仍然否认："我只是暂时收留他罢了，他不会跑。"

杨卿兰乐了："所以你心甘情愿被他利用。"

裴廷不赞成她的说法："顾宝没有利用我。"

"那他在想什么呢，住你这儿？"杨卿兰道。

裴廷说："这是因为他现在的状况糟糕，没有办法。"

杨卿兰一愣，她坐起身，惊异地看着裴廷："你总是想着为他好，那你自己呢？"

裴廷不答，转身出门。

屋外的裴廷没有胡乱地找，他去管理处调过监控录像，轻而易举地找到了顾宝所在的方位。

选择一个好的小区益处就在这里，监控遍布，很有安全感。

裴廷找到顾宝的时候，发觉这人竟然已经睡着了，一时也不知道说什么。不知他是没心没肺，还是太累。

他出来时穿了另一件外套，此时脱下来盖在了顾宝身上，自己抽了根烟。

一道微哑的声音响起，裴廷转头看去，顾宝揉着眼睛，抓着外套茫然地看着他，似分不清今夕何夕。顾宝刚睡醒，迷糊得要命。

裴廷上前："我扶你下来。"

裴廷拉着他，让他从那小屋里下来，哪怕姿势再别扭都没松开他。

"顾宝，我们回家。"

Chapter
13

空降总裁助理

周一，办公室里一片忙碌，众人安静且动作敏捷，顾宝险些没跟上第一助理的步伐。

第一助理是个男子，气质很是稳重，戴着眼镜。

男子大早上面对老板交给自己的难题，沉默地同裴廷对视数秒，仿佛确定对方没开玩笑。

裴廷没工夫跟他眼神互动，吩咐完就进了办公室。助理的目光只追老板背影，直到那扇门关个严实，他才收回目光，闭上眼，长长吐了口气。

助理露出得体笑容，跟顾宝作了个自我介绍。他姓吴，名鸣山。

吴鸣山在电脑上打开了顾宝一晚上赶制出来的简历。裴廷说过他不用做，但他依然坚持。

吴鸣山就像一位挑剔的面试官，一眼扫过了顾宝的学历和留学经历，在暂时休学和没有工作经验上短暂停留，然后关上文件，露出官方式假笑，嘴上夸道"很好，很不错"。

最后他简单交代了一下事宜，就打发顾宝去整理文档、复印文件，顺便接接电话，熟悉公司的规模与情况。

吴鸣山很忙，因此他用电话叫进了一个职员，叫人带着顾宝去公司每个部门，记下位置和交接成员。

作为总经理的助理，得处理各部门人员的传递工作，还要协调彼此人事关系。

第一天的工作，以顾宝把总公司逛了一圈，认识了一堆人，勉强记下了姓名和长相，再被资料淹没而结束。

裴廷上午开会，下午出差，全程并没有对顾宝特殊关照，甚至没看顾宝一眼。

下班之后，顾宝还没把吴鸣山交代的资料整理完，不敢轻易离开。他到公司楼下买了一个三明治和一杯奶茶，然后返回工作位继续奋斗。

助理这一职位跟顾宝想象的不太一样，工作量真的很大。因此他也不明白，为什么影视剧里的女助理还有时间跟老板调情，是工作不够忙还是不够累。

他嚼着三明治，翻着公司往日的经典合作案例。这是吴鸣山让他看的，叫他更熟悉公司内容。那些经典案例中没少出现裴廷的姓名，对方的优秀肉眼可见。

真是年少有为，后生可畏。

关键是吴鸣山还挺膜拜与佩服裴廷的，这份情感转移到顾宝身上，他坚信裴廷带来的顾宝肯定也是人才，虽然没有经历，但定有出众之处。

吴鸣山把顾宝夸得满脑袋汗，深知自己辜负吴鸣山的信任。他其实真没什么特别的，就是这个学历放出去，公司里的其他人照样有比他厉害的。

饮一口罐装奶茶，顾宝揉揉酸疼的眼睛，敲打电脑，录入资料。

裴廷不似当年待在分公司基层那样，时时把工作带回家中，他现在更倾向于工作事公司毕。

更何况他现在职位不同，如果什么事都要他这个经理来忙，那公司每个月开销那么大，请这么多人做什么？

因此他更倾向于早睡早起，保持精力。

顾宝跟着裴廷的生物钟，昨日因为太困，洗完澡就睡了，早上起得早，还在裴廷车里睡了一觉。下车时他极有眼力见地看裴廷脸色，怕裴廷嫌自己懒，毕竟裴廷现在是自己名义上的老板。

幸好裴廷没说什么，只问他要不要咖啡，他红着脸摇头。

上电梯时，裴廷有一下没一下地看顾宝。顾宝穿了一身深色服装，还把卷发尽数梳到脑后，企图做出稳重模样。

裴廷不喜欢，觉得那头发看起来太光亮，显得浮夸。

晚上裴廷给顾宝打电话，得知顾宝还在公司，心疼的同时也欣慰。要是顾宝完全不想上进，他还得头疼。

裴廷吩咐司机返回公司接人，车子行驶了数十分钟，中途裴廷叫人停车，在一家餐厅里打包了日式料理。他记得顾宝喜欢吃这个，也不知这么晚了，顾宝吃过饭没。

裴廷行至助理办公室，发现那办公桌上文件堆得高高的，顾宝的小脑袋埋在后头，很有当年高考复习的拼劲。

想到过去，裴廷不禁柔和了神色。他敲了敲桌面，顾宝被吓了一跳，他一心工作，完全没听见有人进来。

抬头看见裴廷，顾宝说："文件还没看完呢。"明明没想着撒娇的，偏偏尾音软得厉害，顾宝都被自己吓到了，恨不得给嘴巴两下。

裴廷仿若没感觉出来，把日式料理往桌上一放："晚饭吃了吗？"

"嗯。"顾宝嘴巴边上还有点沙拉酱。

裴廷说："再吃点。"

寿司做得很精巧，基本一口一个。顾宝不敢在办公桌上吃，怕文件沾到酱料。

裴廷无所谓地推开那些文件，帮他清理出一块用餐的地方，看到其中一份竟然还是有关自己的，尴尬地用其他文件盖住："你看这些无关紧要的做什么？"

顾宝打开了其中一个餐盒，双眼一亮，是他喜欢的三文鱼。他迫不及待地夹了一块放进嘴里，含糊道："吴哥让看的。"

吴鸣山的年纪比他大，喊吴助理略显奇怪，他便唤作哥。

就是这声"哥"把裴廷招惹到了。

顾宝回来这么久还没叫他一声"哥"，吴鸣山这小子占了便宜。

裴廷拉来另一张办公椅，一边把顾宝桌上的文件有条理地放好，一边随口问："第一天上班如何？"

顾宝咽下嘴里的米饭，说："还行，感觉需要记的东西好多，像回到高考前。"

这不，两人就心有灵犀了。裴廷脸上浮现浅淡笑意，顾宝只看了一眼，就移开了目光。

整理好文件，裴廷便要带顾宝回家。顾宝把资料导入U盘，准备带回家用笔记本电脑继续看。

裴廷不是很赞同，甚至在想，助理这个职位两个人是不是太少了，怎么需要负责这样多的东西。

这想法要是叫吴鸣山知道了，定要诉苦一番。

只是裴廷现在有意磨炼顾宝，这种心态要不得，哪怕再想减轻顾宝的负担，也不能去做。

只能看着顾宝上了车后，又一路昏睡到家，下了车蔫蔫的，没什么精神。

这样也有个好处，顾宝累的时候，精神状态就没那么紧绷了。进电梯的时候，他还同裴廷咕哝了一句，公司里的咖啡好难喝，太苦了，所以他点了奶茶。他还说不都说一杯奶茶等于六瓶红牛吗，怎么他这么困。

说完这话，顾宝意识到自己有点话痨，还嫌公司咖啡，不禁望向裴廷。

对方也在看他，揣着兜，微颔首听着。

明明顾宝已经一米八了，怎么裴廷还是比他高这么多，目光由上往下地看着他？

顾宝忍不住问："你现在多高？"

叮，电梯到了，裴廷按下开门键，让顾宝先出去，顺口答："一八八。"上次裁量体型做西装的时候测出来的数据，还算准确。

顾宝"哦"了一声，有点闷。他又望了裴廷一眼，今日看的文件那些合作案例里夹杂着裴廷签约时与对方代表的合照。

裴廷西装革履，光彩斐然，俨然是照片上最吸睛的一个。

按理说照片是单反拍摄的，最易把人拍丑，然而在裴廷的优越基因下，完美展现了出众的五官和气质。

来到门前，裴廷让顾宝输入密码，自己在后面站着。顾宝指尖按上那四位数，开门进去。音乐流畅响起，电子女音机械地说着，欢迎回家。

裴廷喜欢这句话。

顾宝漆黑的发沿下是纤细的颈项，开灯后弯腰换鞋的身子，衬衫勾勒出他纤细的体形。

这五年里裴廷从未想过还有这样一天，顾宝在他家像在自己家一样，自在地活动着。

顾宝回头，发觉裴廷的目光，想了想，笑了一下，一如当年，毫无芥蒂："怎么了？"

裴廷摇头："没事。"

顾宝走了进去，像卸了劲，松掉一身懒骨，倒在了沙发上，抱住枕头。

裴廷问："书房有游戏机，要拿下来给你吗？"

顾宝苦恼地坐起来，下巴压在抱枕上，有点赌气道："不用了，我还有工作呢。"

他努力找回当年同裴廷相处时的模样，扮演十八九岁的自己感觉不太好，他自己都嫌别扭，游戏也许久不打了，可不这样的话，他都不知道该怎么和现在的裴廷相处。

从浴室出来，顾宝浑身上下的疲惫一扫而光。他头发半干，脖子上搭着毛巾，犹豫地望着裴廷卧室的方向。

做足了心理准备，顾宝才慢腾腾地往那个方向走。敲响房门，里面传来一声"进来"，顾宝推门而入。裴廷也刚洗好澡，坐在床上，正擦拭头发，身上是长衣长裤式的睡衣。

他擦着湿润的头发，抬眼望着顾宝："有事吗？"

顾宝鼓足勇气，走到裴廷面前，试探性地问："……你还怪我吗？"

裴廷恍惚了一下，面前的顾宝头发湿润，哪怕当年的婴儿肥已经褪去，露出青年该有的俊秀轮廓，裴廷还是看见了过去的顾宝。

他过了半晌才说："我从没怪过你。"

"我当年的态度很伤人。"顾宝垂下眼眸，他是真的在自我反省。

过去明明有那么多把关系处理好的方法，顾宝却任性地选了最糟糕的那种。

裴廷抬手缓慢地落在顾宝脑袋上，轻轻揉了揉："是我的错，你是因为我而……"

当年不管是他还是顾宝，谁都没想到会以那种方式结束他们的关系。

他把手从顾宝脑袋上挪开，轻声道："你……还能叫我一声哥吗？"

裴廷主动给出橄榄枝，希望修复关系。因为他知道，现在顾宝这样顺从，是由于家逢巨变导致的没安全感。

他也看清顾宝的不安和惶恐，知道顾宝半夜在噩梦中哭泣。

如果说顾宝家没有出事，那么他和顾宝并不会像现在这般，应该只会像成年人一样对过去一笑置之，从此除却必要，不再联络。

　　裴廷想帮顾宝，不管顾宝出了什么事，只要需要他帮忙，他都会出力。

　　他听见了顾宝喊他"哥"，当年清朗的少年音已经不见，较从前低沉些许，却仍然能和记忆中的契合在一起。

　　顾宝看着他的哥，终于没忍住："哥，你为什么要帮我？"

　　他想要说开。这些日子他一个人一直在胡思乱想，从裴廷出现在他面前，再到现在。他不清楚为什么裴廷肯帮他，不明白缘由，裴廷也从不解释，甚至不提条件。

　　因为我们曾经的交情，所以帮你；因为我有能力帮你；因为你以后会还这份恩情，所以帮你。

　　这些话，裴廷都没说过，他只能自己猜。

　　他那时对裴廷那么坏，裴廷怎么可能还愿意帮他？

　　五年的时间很长，足以让一个人变得陌生。带他回家、替他安排的行为都过分强硬，第二日给张副卡又让他误会。他初经磨难，对一切抱有最大恶意的揣测。

　　可那些念头，都在此时此刻望着裴廷的眼睛时尽数打消。

　　他们四目相对，顾宝忽然意识到了一点，裴廷的眼神好像从未变过。

　　这人有多好，他五年前就知道。

　　只是那时横亘在他们之间的事情，对那时的顾宝来说，无法翻篇。他们不可能继续做朋友，也没法再来往。

所以那时再难受，顾宝也忍着没去找裴廷，哪怕他数次无意间逛到了裴堡楼下。看着那曾经亮着灯，他可以自由进出的熟悉的地方，他知道再也不能进去了。

在裴堡外，他还撞见过五嫂。五嫂招呼他进去，说好久没见到他。他根本不敢回应，只是落荒而逃。

裴廷似察觉到顾宝眼中的惊慌和动摇，他从未想吓到眼前这个人，于是他用轻松的语调说："哪有这么多为什么，帮你奇怪吗？"

顾宝不给面子，"嗯"了一声。他随意提起了其中一个叔叔，他自小认识，每次逢年过节，两家都会互相拜访，对方的女儿险些和他定了娃娃亲。

顾正发达后也给了那个叔叔不少帮助，几乎可以说，那个叔叔能有今天的成就离不开顾正的提拔。

两家很亲密，认识好多年。就是这么一个顾宝以为最有可能帮忙，也是第一个去找的叔叔，连他的面都不肯见，叫保安打发走了他。

顾宝无法做到平静，甚至在述说时感到委屈。

以前顾宝还能用人情冷暖安慰自己，现在被裴廷望着，寒了许久的心，被那句理所当然的"帮你奇怪吗"给泡化了。

他脸上终是流露出了难过与不解，不再故作坚强和冷静。

他问裴廷："为什么呢？曾经我以为，他是除了爸爸以外对我最好的叔叔。就算这件事情他没办法帮忙，跟我说他的苦衷，我也不是不能理解，可是他连我的面都不愿见，就像我是个灾星一样。"

顾宝顿了顿，自嘲地笑："可能我真的是吧，要不然爸爸妈妈怎么会同时出事。"

裴廷皱眉道："顾宝，你不是。"

他说得笃定，这个答案却让顾宝心窝都疼了。

顾宝闻言，愣了愣，然后猝不及防地落泪了。

就像一个在外受了委屈被人欺负的孩子，藏了许久的难过，终于遇到了一个在乎自己的人，于是不再故作坚强，他在裴廷面前哭了出来。

"哥……我爸爸，还能有希望出来吗？妈妈还生病了……呜……我，我好怕啊！要是我没照顾好妈妈，爸爸会不会怪我？呜……呜，我好没用，他们要是生了个更有用的儿子就好了。"

顾宝号啕大哭，身子颤抖，抽抽噎噎，不要面子，也不管丢不丢人，抬手胡乱地擦眼泪。裴廷的掌心扣着他的后脑勺，安慰般地抚摸着。

他哭得满脸通红，几近缺氧，仿佛要将身体里的所有水分给消耗干净。

顾宝生来家境优渥，日子顺遂，幼时他想要的东西都能马上得到，从未感受过如今的无能为力。

他曾以为他不爱哭，他很坚强，如今才知道只是日子不够苦，未到伤心处。

裴廷没有安慰他，没有让他别哭。直到他嗓子哑了，也哭累了，裴廷这才让他在床上躺平，自己起身洗毛巾倒温水，加点蜂蜜，润喉咙。

裴廷帮助顾宝饮了几口水，温声道："睡吧，明天醒来，我带你去一个地方。"

顾宝眼睛疼得睁不开，只能抽泣着说："明……明天要上班。"

裴廷笑了："我是老板，你是助理，我来决定你什么时候上班。"

顾宝勉强睁开红肿的眼皮："哥，我会在公司加油工作，努力再努力一点，做个对你来说有用的人。"

裴廷的心软得一塌糊涂，已经保持不住自己想要磨炼顾宝的初心，哄孩子般说："不那么努力也没关系。"

Chapter
14

助理不就是这么用的

半夜下起雨，气温骤降。顾宝于睡梦中惊醒，睁开眼时，梦里一切皆淡去，留下灰色的印子。

　　顾宝从被窝里出来，先去浴室，看着镜子里肿成猪头的自己，蹲在了地上，双手捂住了脸。

　　嗒嗒嗒，是小狗的肉垫踩在地板上上楼的声音。它摇着尾巴扑到了顾宝身上，柔软的舌头舔着顾宝的手指。

　　白日里会有专门的人过来照顾小狗，遛它，给它洗澡和美容，晚上它才会被送回裴廷家中，吃喝都很精细，养得油光水滑、膘肥体壮。

　　狗是一条串狗，白色的皮毛上一尖黄，眼睛又圆又大，咧开嘴来是一张天生的笑脸。

　　顾宝摸着狗，小声和狗说话。这时不远处传来房门被用力拉开的声音，还有人跑动的声音。

　　似乎发觉这边的浴室亮着灯，那动静小了点。不一会儿，裴廷就到了浴室前，他看着顾宝搂着一条狗，顾宝和狗也同时望着他。

　　不合时宜地裴廷笑出了声，本来就觉得像，现在一人一狗凑在一起，眼睛看起来更像了。

顾宝顺了顺狗脑袋，问裴廷："这狗叫什么名字？"

裴廷："比萨。"

顾宝："……"饿了。

先不吐槽狗的名字，顾宝没忘了裴廷刚才的动静，他问："怎么不多睡一会儿，天还没亮呢，是我吵醒你了？"

裴廷："不是，我本来就该起来了。"

顾宝哑然。裴廷说完之后回卧室换了身衣服，直接去了一楼的健身房。顾宝自己前往客卧，裹着一身寒意缩进被窝里，打算补眠。

被子里还没暖起来，顾宝拿手机看时间，刚六点多钟。

这么早起来健身？难道这就是成功人士的自制力？

脑海里的念头渐渐被困意打败，思维逐渐散开，忽地，一个想法吹跑了所有疲倦，顾宝睁开双眼，刚才……裴廷该不会以为他连夜跑路了吧，那么惊慌？

翻来覆去，顾宝都没琢磨出答案，只能起身洗漱，下楼吃早餐。

裴廷昨晚说今天要带他去个地方，也不知道是哪儿。

顾宝抵达一楼时，裴廷正好从健身房出来，大汗淋漓，浑身冒着热气。比萨跟在他腿边摇尾，不过数十秒，狗看到顾宝就叛变，快活地来到顾宝身旁讨要摸摸。

裴廷瞧着不满，喊了几声，狗子不但不理，反而亲亲热热地被顾宝抱在怀里，尾巴摇出一阵风来。

比萨是小型狗，体型跟成年猫差不多，抱着也不重。顾宝就像搂小孩一样抱着狗，话家常般问："早上吃什么？"

裴廷随手抹了把汗："生煎包怎么样？"

顾宝说好。

裴廷绕过顾宝，留下一句去洗个澡，便大步撤离。

顾宝带着比萨来到沙发上，点着狗的鼻子。跟一条狗说心事没有意义，顾宝躺在沙发上，胸口趴着一只狗，脸颊下巴被舔出一道道湿痕。不知过了多久，身上放肆的比萨被主人毫不客气地拎起。

比萨还不知自己讨嫌，用头拱裴廷的小腿，快活得不像一只成熟稳重的中年狗。

顾宝的目光落在裴廷身上，发觉裴廷已经换上一套西装，自己身上还是松垮的白棉T恤，他忙起身："出去吃吗？"他以为就叫个外卖。

裴廷颔首，顾宝一骨碌地从沙发上爬起来，想要跑上二楼。

裴廷伸手拦住他，提醒道："别跑，地板昨天才打过蜡，很滑。"

顾宝扶着裴廷的手臂站稳了，胡乱点了两下头，然后踱步上楼。换好衣服，顾宝到楼下与裴廷会合。他换的是正装，想着一会儿可能还要上班，哪有上班第二天就旷工的道理。

车上顾宝问裴廷到底是去什么地方，不能晚点再去吗，比如说下班后。

裴廷扶着方向盘，目视前方，说不能，时间早已定好了，就是今天十点半。

吃早餐的店面不大，胜在干净，环境也不错，点这家外卖的人很多，外卖骑手来了一趟又一趟。

老板娘与裴廷相熟，给他留有位置。顾宝竖着菜单偷摸问裴廷："这家店也能预定位置？"

裴廷奇怪地看向顾宝："不能。"

"那老板娘为什么给你留？"顾宝问，心想该不会是因为裴廷长得帅吧。

裴廷好似看出顾宝在想什么，解释道："我名下的基金会救助过老板娘的女儿。"

原来如此，顾宝为自己的肤浅感到羞愧。

顾宝刚想问问是什么基金会，话到嘴边又苦涩地咽了回去。问清楚了有什么用？他现在的状况还能做慈善不成？

裴廷对他才是做慈善，是救助。

老板娘端着热乎乎的生煎包上来，还有两杯浓香的豆奶。

裴廷用餐的时候不喜欢说话，但老板娘是第一次见顾宝，便多问了几句。顾宝说自己是裴廷的朋友，老板娘夸他一表人才，长得好看，末了还送了几根油条给他。

没谁不喜欢听好话，顾宝脸上难得露出点笑容，等回过神，就发现裴廷在桌子对面看他。

裴廷想，一会儿要送的礼物应该很合顾宝心意。

裴廷不能手段通天将顾正捞出来，但让父子俩见上一面还是能做到的。

车子停在拘留所外时，顾宝就已经睁大了眼睛，震惊地望着裴廷。天下起了细雨，裴廷从车后座拿起一个纸袋，里面有一条围巾，然后裹在顾宝脖子上。

浅色的围巾挡住了顾宝消瘦的下巴，显得气色好了几分。

裴廷说："这样看起来胖点儿，你爸爸也不用太担心。"

顾宝的眼圈一下红了，裴廷说："不要哭。"刚说完他就蹙眉，觉得自己语气太硬。

顾宝眨了眨眼，听话地不哭了。

他急切地开门下车，雨细细密密，冷意都被那条围巾挡在外面。

裴廷喊住顾宝，把伞撑开，走过去遮住了对方。一如从前，雨伞顺着执伞人的心意，大幅度倾斜在了顾宝身上，而一心想着要见顾正的顾宝完全没有察觉。

抵达会面地点时，顾宝由旁人带进会面室。顾宝回头，看着收伞的裴廷。裴廷冲他点点头，目光鼓励又温柔。

顾宝进去会面的时间很短，也不知道父子俩说了什么话。

裴廷候在外面，雨伞点地，雨水一滴滴淌在地上，很快就蓄出小摊水渍。

不知过了多久，顾宝被人领了出来，眼睛又哭肿了。裴廷心里一抽，在想带顾宝来到底是对是错，紧接着顾宝就大步朝他跑来。

裴廷蒙了一瞬，听见顾宝说谢谢，伴随着抽泣的哭腔，顾宝低声道："谢谢你，哥。能够重新遇见你，真的……太好了！"

顾正瘦了许多，头发也白了不少，穿着拘留服。顾宝第一时间就扑了上去，隔着玻璃窗，潸然泪下。

好似没想到能见到儿子，顾正情绪也很激动，拿着电话问顾宝怎么来的，妈妈现在怎么样了。

顾宝不敢说汤玉美生病了，只拿好话讲。他说遇到了很多好心人帮忙，已经请好了厉害的律师，会让爸爸早点出来。

自己是个什么情况，没有比顾正还要清楚的。

顾正憔悴地望着顾宝："宝，跟妈妈好好过日子，爸爸这个事你帮不了。"

顾宝握着电话筒的手轻轻颤抖着，执拗道："帮得了。爸爸，我等你出来，不管多少年都等，妈妈也是。"

他咧出个难看的笑容来："我和妈还要再吃你做的鱼，我一定把饭吃完，陪你看电视、散步，再也不急着走了。"

话音刚落，顾正的表情也变了，泪流满面。

对话的时间不多，不一会儿就有人进来提醒顾正回去。顾宝按着玻璃窗，恨不得突破这层阻碍，拥住亲人。

而现实里，他只能眼睁睁地看着顾正的最后一片衣角消失在拐角处。

顾宝的额头贴在玻璃上，一双眼通红，眼泪都快流干了，耳朵里轰隆隆的，脑子里尽是顾正灰败的脸。

出了会面室，顾宝恍恍惚惚，整颗心仿佛被线捆着吊在空中，心如刀绞，不过如此。

直到被裴廷扶着，就似从深渊里被捞了出来，踏到实处，有了短暂的喘息空间。

他双腿虚软，被裴廷扶进车里。路上雨下得很大，顾宝被推进车中时，才发现裴廷身子湿透。

勉强振作精神，顾宝带着鼻音与哭腔道："你有换的衣服吗？都湿了。"

裴廷说没事，又从储物箱取出湿巾，递到他手里："擦擦。"

顾宝把纸巾推回裴廷手里："你擦吧。"

裴廷也没勉强，将湿巾一丢，启动车子，掉头回家。车速很快，顾宝靠着玻璃窗，看着窗外的雨景，心里想着顾正在里面能否吃饱穿暖。

不知过了多久，车窗外环境熟悉，他又回到了裴廷的家。

裴廷的一身深色衬衣半湿半干，他就这么穿着湿衣服，会生病的。

顾宝手指动了动。裴廷按下电梯键，回头问："冷吗？"

"你冷吗？"顾宝摇头道。

叮，电梯到了。裴廷拉着顾宝输入密码，进屋。比萨听到动静跑过来，仰头对着进来的两人摇尾巴。

裴廷带着顾宝来浴室，拧开热水，取下毛巾盖在顾宝脑袋上，然后双手扶着毛巾，将顾宝的头发揉得乱蓬蓬的。

他用脚踢上门，把比萨挡到浴室门外。

浴室门关了，小小的空间里氤氲的水蒸气升高了周遭的温度。

镜子很快蒙上了一层水雾，顾宝闻到了裴廷身上雨的冷意："要不你先洗吧？"

裴廷没答，替他擦拭头发的手停了下来，看着他哭红的眼睛，低声道："哭了太多次了。"

从昨晚到现在。

裴廷叹了口气："洗了澡早点休息吧。"

被留在浴室里的顾宝扶着身旁的洗手台，在朦胧的镜子里看清了自己红肿的眼睛。

顾宝想，他太累了。

他脱掉湿衣服，浸入热水中，一池热水冲走了他的疲惫和难受。

顾宝一边掬水泼在脸上，一边在想现在重要的是，一要跟顾正的律师见面商讨案子的详情，二要见汤玉美，告诉她自己见到爸爸了。

顾宝胡乱地冲完澡，才发现刚刚自己被裴廷匆匆推进来，根本没拿换洗衣服。

顾宝拿浴巾围住了自己，悄悄拉开门，将脑袋探了出去。走廊上没人也没狗，他松了口气，光着脚跑到自己的房间。

拉开房间门，顾宝吓了一大跳，险些滑倒在房门口。

裴廷竟然在他房间，已经换好了一身家居服，正拿着手机打电话，手里还拿着一份文件，背对着顾宝。

听到动静，他漫不经心地回头，对上顾宝愕然的眼神。

裴廷挑眉，继续打电话，快速地交代完事情后便挂了电话。

他把手里的文件放在顾宝桌上："都是男人，怕什么。"

这句话听起来有点耳熟，正是当年顾宝对裴廷说过最多的话。顾宝抓着门把手，有些不好意思地挠挠头。

裴廷看了一眼顾宝放在角落的行李箱："把里面的衣服拿出来吧，衣柜里都是我让人给你买的，你可以穿。不合身的取出来，我让人去换。"

顾宝本来还在门口磨蹭，听到衣柜里的衣服都是自己的，有点呆。

"不介意的话，就换上吧。"裴廷一边说一边往门口走，离开了顾宝的房间。

顾宝拉开衣柜，那些曾经他以为都属于别人的衣服，原来都是他的。不同的布料与颜色，他一件件拿出来，若有所思。

顾宝从卧室出来，来到一楼。屋外的雨有越下越大的趋势，天黑沉沉的，雷声阵阵，压得人心里发慌。

嘀的一声，落地窗的窗帘自动合起，是裴廷坐在沙发上用遥控器操作的。

男人修长的腿随意摆着，上面摆着一台办公笔记本电脑，裴廷专注地盯着屏幕，耳朵里塞着一枚蓝牙耳机，像是在线上开会。

顾宝不在公司，总共就上了一天班，也不知道该帮裴廷做些什么。他想了想，走进厨房寻找食材。

不知是不是因为顾宝住进来了，冰箱里多了许多裴廷不吃的东西，比如巧克力和奶茶、可乐与雪碧，一听听的，紧紧挨着裴廷的啤酒。

顾宝不熟悉厨房，翻翻找找，意外地寻出一个牛奶锅。他把可乐倒入锅里，把生姜去皮洗净、切丝。

他的动作不紧不慢，带着一丝熟练，然后自身后传来问询，是会议暂时中断休息的裴廷。

如今见了裴廷，不知为什么，顾宝总容易变得紧张。刀落在砧板上，发出令人胆战心惊的一声响，裴廷沉下脸问："伤到了吗？"

顾宝回头看了看自己的手，没伤到，就是那块姜丝切得粗了些。其实一眼就能看见他在做什么，但裴廷还是要问："在煮什么？"

他顺着裴廷的意，回答道："给你煮姜丝可乐，怕你感冒。"

裴廷嘴角勾起，很满意的样子，他随口问："什么时候学的？"

顾宝继续切姜丝："留学的时候。"

可能留学的日子就似裴廷口中说的那样，是他离开裴廷的时间，裴廷没什么兴趣，换了个话题："看见我放在你房间的文件了吗？"

姜丝切好了，顾宝沥干水分，加进热得冒泡的可乐里，厨房里飘满了姜丝可乐的味道。顾宝最讨厌姜了，可他还是为裴廷煮了姜丝可乐。

顾宝："看到了，已经签好名了。"那份文件是律师代理合同，顾宝仔细看了一遍，看到律师费用时心惊了一下，那是个很大的数目。

然而这仅仅是明面上的，如果要达到想要的效果，私下花钱走门路的费用肯定更多。

汤勺搅拌着可乐，顾宝低声说："也不知以我现在的工资，什么时候才还得起。"他依然想着要还。

裴廷没接这句话，接过顾宝手里的汤勺："出去吧。"

顾宝犹豫道："还没煮好。"

"你不是最讨厌姜的味道吗？"裴廷随口说。

猝不及防地顾宝的心就被震了一下，第一次明确又切实地感受到，原来被哥照顾是这样子的，细腻入微。

仔细想想，五年前裴廷就很厉害，在顾宝心中就无所不能，五年后也一样。

坐在餐椅上，顾宝用手机点开了吴鸣山的微信，问公司里忙不忙。他和裴廷在工作日都没上班，因为他的私事，他挺内疚。但如果一早知道是去看顾正，他无论如何也是要去的。

吴鸣山回得很快，简洁明了：还行。

裴廷端着两碗姜丝可乐出来，顾宝嫌弃道："我不喝。"

"不行。"裴廷否决了他，"你也淋了不少雨。"

顾宝只能捏着鼻子往下灌，喝完以后就看向裴廷，发现裴廷正一勺一勺地喝，动作很慢。

他扫了一眼裴廷身后的电脑，问："你不是还在开会吗？"

"中场休息半小时。"裴廷说。

等裴廷喝完姜汤后，顾宝跟在裴廷身后抢着要洗碗。他总想帮裴廷做些什么，不然会不安。

裴廷没让顾宝帮忙，而是把碗筷放进洗碗机，再洗手："没事。"顾宝还要再说，裴廷忽然转身，重申道，"没事。"

顾宝："……"

好像从某个时刻开始，裴廷变了。不是说他这个人性格变了，而是从前那种收敛的气势与想法，都逐渐表现出来，包括从前就有的控制欲。现在顾宝是他的助理，更是指东不能往西。

顾宝在公司里逐渐上手。其实做助理也没有太难，熟悉流程以后，那些慌乱就少了许多。顾宝本来就不是笨的人，加之他还有优势，就是跟老板住在一起，平日里沟通起来，自然方便太多。

很快吴鸣山就感受到，自己第一助理的地位即将被空降兵顾宝抢走了。

理所当然地，顾宝来到公司这么久，裴廷出差，第一次带上了顾宝。

吴鸣山整理资料的时候还目带怨念地看着顾宝，顾宝顶着他的目光，硬着头皮听从他的叮嘱。

吴鸣山说："再这么下去，我这位置都要让给你了。"

这话可不敢当，顾宝捏着资料，平静反驳："放心，我不会一直在这里当助理的。"

听了顾宝这话，吴鸣山的心一松，同时又有点不舒服："怎么，你看不上这份工作？"

顾宝忙道："怎么会？只是我觉得以后我应该会做点别的事情。"

在这家公司他学习到了很多，可是想要真正变得强大，能让汤玉美依靠，让顾正出来以后过上好日子，只当助理还不够。

他毕竟是顾正的孩子，如果有可能，他想自己创业。

电话铃声响起，两个助理分头开始工作，谁也没有继续之前的话题。

顾宝订好了出差所用的机票和酒店，包括接送车辆。他坐在车上，用平板电脑跟裴廷确认行程。等裴廷删改了其中两项后，他才坐回去打电话，把前期工作落实到位。

等他挂了电话，裴廷说："还有什么不懂的吗？"

顾宝摇头，说没有。

之前顾宝在公事上有不懂的地方都会请教裴廷，裴廷会特别耐心地教他，把不懂的地方一一解释清楚。

顾宝把客卧的行李箱打开了，把衣服挂进衣柜，就像一个开始，渐渐地，裴廷家中开始出现他的痕迹，从牙刷餐具到浴袍拖鞋。他终于慢慢适应，开始尝试把这里当作港湾，一个可以让自己感觉到踏实的地方。

裴廷还嫌不够，经常会给顾宝添加东西，有次甚至给顾宝买了一块名贵的手表，价位并不是顾宝现在的工资消费得起的。

其实五年前的裴廷也能让人感受到他的性格很强势。顾宝刚跟他相识那会儿，就明显是裴廷占据主导位置。

那时裴廷是成年人，见多识广，为人优秀。顾宝还是个高中生，对裴廷有种盲目的崇拜。他被裴廷管教，哪怕有时都觉得裴廷过分，那会儿也不过是吵吵闹闹，最终都会被裴廷安抚下来。

比如这块表，顾宝从前就没有这种消费需求。他读大一就敢眼也不眨地给裴廷买几十万块钱的手表，说明其实他对贵的东西，或者说对金钱没有概念。

但是现在不一样了，裴廷每个月都会扣掉助理工资的一半再发给他，让他消费，但他都是用来还钱，每个月都会还。这份压力让他迅速地形成了准确的金钱观。

不当家不知柴米贵，顾宝拿到这份礼物其实挺有负担的。

但裴廷好似看不见他面上的为难，拿出手表戴在他手腕上，笑着说好看。

327

顾宝也只能戴上了，然而他这人粗枝大叶，只开头两天比较小心，后来就完全忘记了自己手上相当于"戴着一辆车"。

第一次发现手表的表盘有些花时，顾宝吸了一口气，疼得跟自己身上被刮了一刀一样。裴廷听到他的吸气声，就问他怎么了。他指着自己的表，心痛万分："花了。"

裴廷要仔细观察才能发现上面的划痕，安慰道："没事，表就是用来戴的，人没受伤就行。"

顾宝还是肉疼，他捂着那表盘，五官都皱起来了。

裴廷看他的反应觉得十分有趣，存心想逗他一下，便故意道："要不给你换个新的？"

顾宝赶紧摇头，裴廷笑出声，顾宝这才反应过来裴廷是逗他的，他气道："这是你送我的礼物，我珍惜点还不好啊！"

裴廷说"好好好"，顾宝觉得他敷衍，扭身继续捂着表心疼。

他听见裴廷一直笑，忍不住道："你到底笑什么啊？"

裴廷撑在沙发上，修长的手指掩着嘴唇："你现在就像第一次骑雅马哈摔了，那时我只担心你摔伤没有，你却只担心车。"

雅马哈是裴廷送给顾宝十九岁的生日礼物，裴廷带着顾宝骑过，结果第一次去场地顾宝就摔了。裴廷差点儿再也不让顾宝骑，后来两人翻脸，顾宝另外找了个练习场练习。

那台雅马哈在顾家被查封后，一起留在了那里。

出差的地方是C市，公司打算在这边开一家连锁酒店，裴廷是过来与分公司的负责人会面的。

航程两个半小时，裴廷在飞机上睡了一觉，落地时直接前往酒店。顾宝订了两间房，裴廷拿到卡，不知为何看起来有点不高兴。裴廷随意安排了些事给顾宝，这才拖着行李箱刷卡进门。顾宝本来还想问裴廷要不要订个餐，吃完再好好休息，见房门已经被裴廷关上了，只好回自己房间。

顾宝放行李，洗澡，换衣服。

顾宝拿出手机给裴廷发微信，先来个表情包，等了数分钟，没回应，又发了句话问他饿不饿，还是没回应。

好像回到了二人初识，那时裴廷也经常不回他消息。

顾宝头疼地倒在床上，觉得这是在自讨苦吃。独自一人时，没人看见他的幼稚，他把枕头压在手机上，微恼道："不理就不理！"

顾宝把笔记本电脑拿出来，忙明天会面的事情。等文件弄得差不多了，他开始搭配明日的西装，领带和袖扣这些都是裴廷出门前帮他配好的。

顾宝时常想去看顾正，在这点上，裴廷会尽量满足他，半个月能见上一面，说点其他的话，每次裴廷都会在门口等他。

还有他去看汤玉美，裴廷也曾跟他一同去探望。

病房里，裴廷坐在病床边给汤玉美削水果，和她有条理地分析顾正的事。

裴廷的总结能力比顾宝优秀多了，也因为陈述得比较客观，汤玉美听了以后情绪好了许多，他甚至会陪着汤玉美去散步。

阳光落满了医院的公园，草木郁郁葱葱，裴廷高大的身子搀着瘦弱的汤玉美，看起来，比他顾宝还要像汤玉美的儿子。

顾宝趴在病房的窗口望着底下的那两人，心里又酸又饱胀，不知什么感受。

　　顾宝整理好明天的服饰，蹲在地上又开始想裴廷到底是为什么生气了。不管现实中如何，烦心事如何多，裴廷给他带来的影响都是巨大的。

　　就像现在，裴廷不过是有点不高兴，都让他此刻无论做什么心里都惴惴不安。

　　他们和好这么久，裴廷还是像从前那样，没有太纵着他，适当严厉，偶尔惯纵。

　　他叫好了外卖，准备等外卖来了就送过去给裴廷。

　　酒店的门铃响，顾宝以为外卖到了，赶紧过去开门，却发现门外的不是外卖员，是裴廷。

　　裴廷穿着一身休闲西装，是要出门的打扮。

　　顾宝愣了愣："不是明天吗？"

　　"是明天，我今晚有个私人约，见个朋友。"

　　顾宝已经换好睡衣了，头发也洗好吹干，一些前发搭在额头，看起来不像个严谨的助理。

　　他抓了把睡衣上的毛球："你等一下，我马上就去换衣服。"

　　裴廷赶紧道："不用了，我过来是让你自己吃饭，不必等我。"

　　顾宝脚上的酒店棉鞋都踢开了，生生定在原地，茫然地回头看裴廷："啊？不用我陪你过去吗？"

　　裴廷："嗯，见的是朋友，我自己过去就行了。"

　　顾宝："喝酒吗？我帮你开车？"

　　裴廷笑了："你是不是忘了我们现在是在外地，不用开车。"

　　顾宝站在原地，这时真正的外卖员到了。裴廷站在门口，就问他是不是他点的外卖。

裴廷看见明显是两人份的外卖，还没说话，一旁就有细白的手伸过来把外卖提走了，顾宝对外卖员说："辛苦了。"

他提着那袋外卖进去，放在了酒店的桌上。裴廷反应过来，道："你点了我的？"

顾宝没有立刻拆袋子，而是转身拿了工作用的平板电脑点了几下："嗯，今晚不要喝太多酒，过了十一点我会给你打电话，手机记得别关机。还有，你去的地方留个位置给我，如果你一直不接电话，我就过去找你。"

他就像一个尽职的助理，给老板确定了所有的细节，只要求在不影响公事的前提下，能让老板的私生活过得顺心。

如果从工作上看，顾宝的行为应该是满分的，贴心得让裴廷不知该说什么好。

裴廷只留下一个地址，是某个私人会所。顾宝拿到地址后还体贴地问裴廷，车叫好了没，需要他帮忙吗。

裴廷说不用，有人来接他。

顾宝说好，然后等裴廷进了电梯以后就关上了房门。

顾宝一个人在酒店里孤单地吃饭，房间里太安静了，他支起平板电脑，点开综艺下饭。

不知为什么，可能是综艺没拍好，顾宝始终没能将精神集中在综艺上。

两个人的饭菜有点多，顾宝吃了很久，接近四十分钟。在飞机上他不想吃，饿了很久，现在又吃这么多，因无法消化这么快，胃部传来控诉般的痉挛。

顾宝疼得受不住，烧了点热水喝，然后在床上躺了一会儿，见依然没有缓和的迹象，就穿上外套下楼买药。

顾宝用手机看时间，距离裴廷离开不到一个小时，晚上八点，离十一点还有三个小时。

他把手机揣兜里，抱起胳膊看这座夜晚的城市。这个点夜生活才刚开始，酒店位于市中心，有许多可供购物的地方。

顾宝按照地图找到了附近的药店。其实他完全可以叫外卖送货上门，可他就是不想。因为心里有种强烈的想要出门散心的欲望。

在药店里接了热水吃药，药店的女收银员看他脸色不好，还提供了一张椅子给他。他说了谢谢后，坐下来休息，静静等药发挥作用。

坐的地方恰好有面镜子，顾宝侧眸望去，看见自己略显憔悴、苍白的脸。

五官和从前比没有太大的变化，眼神却不再像个小孩子了。

顾宝的视线避开了那面镜子，待了好一会儿药才发挥作用，又或者是心理因素，他觉得没那么难捱了，便起身离开了药店。

街上繁华，人很多，食物的味道从一家家店中飘了出来，形成幅幅诱人的招牌。

顾宝被人撞了一下。那是一对情侣，是男生撞到了他，女生却和男生一起道歉。他摇了摇头，说没事。情侣短暂地在意外中分开了一下，很快又亲热地搂在一块，任谁都能看出他们正在热恋。

顾宝站在原地，茫然地望着那对情侣，就连他自己都不知道在看什么。

　　然后他买了一串冰糖草莓，在街上散漫地逛，边走边吃，就像短暂地从鱼缸游入大海的鱼，有一股放松、缓慢、悠闲的感觉。

　　他在外面逛了大概有半个小时，可能是因为胃不舒服，体力也变得很差，他累了。他再次回到酒店，然后在酒店大厅坐了下来。

　　距离十一点还有两个小时。

　　裴廷一直没给他打电话，是喝醉了，还是正在回来的路上？

　　顾宝拿出微信，本打算给裴廷发信息，却发现两人的对话框里，最后一条是他之前发给裴廷的，问他吃不吃饭。

　　裴廷没有回他。

　　顾宝把手机收了起来，身体放松地靠在沙发上，闭上了眼睛。

　　既然没到十一点，裴廷就不需要他。

　　顾宝等到睡着了。他是被冻醒的，醒后第一时间就是摸手机。他竟然在这公共场合睡着，也幸好酒店治安不错，手机没丢。

　　时间竟然已经是十二点了，手机上显示有一通未接来电，是裴廷打来的。

　　明明睡之前才九点钟。顾宝赶紧掏出了手机，给裴廷打了个电话。

　　裴廷接得很快，语气也很平静，听不出有醉了的痕迹。顾宝说："你好了吗，需不需要我去接你？"

"不需要。"裴廷答得利落，顾宝甚至听到了电话那头有水的声音。

　　顾宝缓了很久，一句生硬的问话："你在做什么？"

　　裴廷的声音带着回音，就像在一个密闭空间，类似于浴室。

　　果然，裴廷回答："在洗澡。"

　　难道打扰到裴廷的好事了？

　　下一秒，顾宝就冲动地把电话挂了，在反应过来以前，他已经看着黑掉的屏幕很久了。

　　而裴廷没有拨回来。

　　顾宝从沙发上站起，浑身上下的骨关节都散发着酸痛，就像疼痛从胃部走到了四肢，存心叫他不好受。

　　顾宝看着电梯里的广告牌，久久没眨眼。广告牌的配色糟糕，灯刺在眼睛里很酸。顾宝决定一会儿在 APP 上评分的时候，建议酒店换一个有品位点的广告牌。

　　回到房间，顾宝把药甩在桌子上，换上睡衣，躺到了被子里。他像一具尸体一样趴了三分钟，又猛地爬起来，拿出手机拨通了裴廷的电话。

　　裴廷再次接得迅速，顾宝不待他说话，便道："您如果在那家私人会所休息，考虑到交通拥堵的情况，建议您早半个小时起床，不然开会也许会迟到。当然，如果您愿意，办完事情后回酒店也可以。"

　　酒店就定在分公司附近，开车不到十分钟，非常便利。

　　而他的老板却这么不负责任，夜宿外面的私人会所，叫他的工作多了许多麻烦。

顾宝又想起什么："况且您的西装还在酒店，明天您是打算穿出门时穿的那套衣服去见分公司负责人吗？"

裴廷静了一会儿，忽然道："你现在去我房间把西装拿上。"

顾宝差点想说凭什么，又意识到自己的身份，一股后悔涌了上来，他没资格用这种态度对裴廷。

顾宝的语气低落下来："嗯，送到那个私人会所是吗？哪一套？"

裴廷说"你看着办"，之后就把电话挂了。

顾宝快快地从床上爬起来，取上备用的房卡，走到裴廷房间门口刷卡进门。

房间里没有开灯，顾宝摸索着将卡往插卡的地方插，却没能一次性插进去。

他奇怪地往那处摸，却发现卡槽里有另一张卡。他的脑子还没反应过来时，灯就被人打开了。

顾宝下意识闭眼，再缓慢睁开。裴廷靠在桌边，手里握着一杯水，冲顾宝笑了笑："来了？"

他见顾宝站在门口没有动，下巴往床上一点："过来帮我选套西装？"

顾宝迟疑地走到床前，两套西装早已搭配好，甚至包括配饰这种细节。

裴廷把水杯放下："你放心，明天从这里出发，应该不会迟到。"

顾宝觉得自己被耍了，可是自己先误会了，连珠炮似的冲裴廷说了那么多的，也是他。

真是没有比这个还要尴尬的事情了。

裴廷站在顾宝身后："你说，选哪套好？"

顾宝局促地往前走了几步，胡乱选了一套，这才说："你什么时候回来的，怎么都不跟我说？"

裴廷把西装收拾好，放松地坐在床上，随意说了个时间，顾宝想了一下，发现那时他还在外面闲逛，怪不得他在酒店大堂没能等到裴廷。

"回来怎么没给我打电话？"顾宝说，很快他就意识到自己语气不对劲，跟抱怨似的，总之很不妥。

裴廷仿佛也没听出来似的："给你打了。"

九点多的时候裴廷打了一通，那时顾宝正好在睡觉，没接到。天知道他为什么睡得那么沉。

很快，顾宝就反应过来不对："你说你在洗澡，为什么不跟我说明白是在酒店的浴室？"

"还有，你叫我过来拿西装，为什么故意不开灯！"顾宝控诉道，觉得自己完全被骗了。裴廷是不是故意整他？他以前怎么没看出来，他哥这么恶趣味！

顾宝憋得上气不接下气，最后甩下一句："我回房了。"

他还以为裴廷真把他孤零零扔在这儿，去和别人逍遥快活。这样的哥，不要也罢。

顾宝走出门，听见门后传来裴廷不压抑的笑声。顾宝心里气闷，但更多的是松了一口气。

这下，裴廷应该不生气了吧。

顾宝和裴廷吃过早餐，前往开会的办公楼。

一上午很忙，开完会又考察现场，才到正式开始招待的环节。

到了餐厅，负责人还给裴廷上酒。公事应酬，难免要喝几杯。

裴廷拒绝后，负责人还想再劝，顾宝礼貌地说着社交语言，用酒杯替过了裴廷，豪气地一饮而尽。

分公司的负责人是个中年男人，知道裴廷是太子爷，没打算多为难，顾宝给他台阶下，他就顺势跟顾宝劝起了酒。

平日里顾宝不会喝那么多，他和吴鸣山学了很多酒桌上来往的小招数，今天却没怎么用上。大概是他喝得豪爽，负责人很高兴。

裴廷在旁边没怎么出声，只是静静地看顾宝。顾宝不回应，只专心跟负责人客套，和酒桌上其他人来往，将气氛炒得很火热。

助理不就是这么用的？裴廷平时帮他那么多，他好歹也要发挥一下自己真正的价值吧。

在顾宝的努力下，裴廷一晚上几乎没喝什么酒，他自己倒是去厕所催吐了好几回。

饭局结束以后，负责人暗示性地问裴廷要不要去会所，那里有很多好玩的娱乐项目。

刚从厕所回来的顾宝听到这话就停住了脚步，他很在意，酒精甚至放大了他这种在意。

在顾宝心里，裴廷绝不是这种人。可一想起当初在裴廷的生日宴上，裴廷被怀中美人亲吻，也照单全收……顾宝一想到那些，心情不自觉低落，似乎又不确定裴廷究竟是什么样的了。

要是这种时候有面镜子放在顾宝面前，他会发现他的脸色有多么糟糕，可惜没有。这时顾宝被人撞了一下，他本来就站不太稳，一下跌坐在地，打碎了一个玻璃杯。

这个意外让现场的人都惊呼起来，顾宝撑在地上，忍着疼，露出笑脸，仰头说了几句玩笑话，成功地过了这件事。

负责人还笑道："小顾，你这酒量还要再练练啊。"话音刚落，他就觉得有一道异常冰冷的目光落在他身上，将他吓得一僵，玩笑也不敢开了。他望向目光的来源，是裴廷。

裴廷没看他，而是起身去扶顾宝："陈经理，今天就到这里吧，我先回去了。"

陈经理尴尬道："那会所？"

裴廷："不用了。"

说完他便把顾宝撑着扶起，离开了包厢。

顾宝双腿软得跟虾一样，步子很虚浮。他被裴廷扶着时没有出声，一直到车里，才强打精神道："我没事，你要是想跟陈经理去玩的话就去吧。"

裴廷坐在驾驶座上，没有出声。

顾宝继续道："真的，我就是刚才有点没劲，现在好很多了。"

裴廷侧脸对着顾宝，下巴的线条明显地绷紧了，他语气低沉道："顾宝，别惹我生气。"

气氛瞬息变得很糟糕，或者说从未好起来过，这种隐藏在平静湖面下的暗涌，终于在此时此刻，在这密闭车厢里，爆发了出来。

顾宝不想在车里待下去了，他开门下车，狠狠摔上车门。

他知道自己这个模样很难看，但酒精把他的冷静冲走了，如今除了本能地宣泄，他不想有任何的理智。

身后传来开车门的声音，还有裴廷的话语，哪怕顾宝并不想听，却依然顺着风送到了他耳边："顾宝，过来。"

傻子才过去！顾宝又不是傻子，可他还是没骨气地停了脚步。他眼睛更红了，心里涌出了无尽的难过。

他后悔让裴廷帮他了。如果裴廷不帮他，他也不至于在裴廷面前矮上一截，哪怕现在被回忆冲刷，那些痛苦和不快又一股脑地冲上脑海。他难过得快死掉，却因为裴廷的一句话，生生止住脚步。

自尊心早就已经碎得没有了，就算这样，还是会委屈。

裴廷如果只是普通地伸出援手，顾宝就不会有期待。

他能接受别人对他很坏，更糟糕的事情不是没有过，却没办法适应别人对他很好以后再变坏。

就是因为裴廷无微不至的照顾将他从绝境里带了出来，又温柔地对他，给了他无尽的希望，如今的落差才叫他窒息。他总是害怕回想，过往种种，究竟是不是他的误会。

顾宝站在原地，没有转身，仿佛这样就能维持住最后一点体面。

顾宝刚刚喝醉了，觉得热，所以外套脱在了车上，现在只穿着单薄的衬衫，夜风贴着布料的纹理，渗入他的毛孔，叫他感觉到一股无法忍受的冰冷。

然后他就被一件大衣裹住了，裴廷把自己的外套给他披上了。裴廷体温很高，外套还带着残留的温度，熨着他的背心，驱散了所有寒意。

　　顾宝都觉得自己矫情，刚刚相遇那会儿，各种糟糕的情况都想过，现在却连半点猜疑都无法忍耐。

　　口不对心，大概就是说的他这种人。

　　裴廷看了他一会儿，问他："你是不是后悔了？"

　　顾宝一开始并不明白裴廷在说什么，很快他就反应过来裴廷在说什么。

　　裴廷在问，接受他的帮助，和他重归于好，是不是让顾宝后悔了。

　　但顾宝没来得及回答，就被裴廷拉上了车，然后裴廷把车开回了酒店。

　　可能是车里的温度很高，顾宝的体温恢复得很快，酒精在大脑里挥发，并没有太影响他思考。

　　他昏昏沉沉，连什么时候睡过去都不知道。喝完酒以后，要是短暂地睡一觉，只会更醉。

　　顾宝被裴廷摇醒后，还困得把脸往胳膊里缩，他的动作有些滑稽，让心情一直不太好的裴廷微微笑起来，但也没笑多久。

　　顾宝再次惊醒，是他感觉到自己被扶出了车厢。他下意识挣扎着说："不用，我自己走。"

　　裴廷却很固执地没松手，又往停车场的地下电梯走了几步。

　　裴廷说："以后不许喝这么多酒。"

　　裴廷对顾宝总有很多这样不行，那样不许，喜欢用命令的口吻。

顾宝也习惯了他这个样子，即便心里已经接受了，嘴上还是要反驳："我是你助理，鸣山哥不在，难道不应该我来替你挡酒吗？"

"不需要。"裴廷说，他看了顾宝一眼，"陈经理不敢逼我喝，你没必要出头。"

这话说得好像顾宝多管闲事一样。

叮，电梯到了。顾宝走了进去，觉得短时间内不想理会裴廷了。

裴廷却没意识到自己被嫌弃，还跟在顾宝身后，来到他的房间前，等着他刷卡进去。

顾宝站在门口，进也不是，退也不是。他为难地回头，因为裴廷太高了，所以他只能微微仰起下巴，掀眼睑望向裴廷："你不回自己房间吗？"

嘀，顾宝的房卡不知道什么时候被裴廷偷走了。门开了，顾宝被推了进去，还险些被地毯绊倒。裴廷扶住了他，让他站稳后把房卡插上。裴廷自在得仿佛是在自己的房间一样，直接走了进去。

被留在门口的顾宝都不知道什么时候房卡被人偷走了。

这种本事，不做特工可惜了。

他傻站着，裴廷却走了出来，拿出一张房卡，递给他："去我房间把我睡衣拿过来。"

顾宝只好拿着房卡去裴廷卧室，从行李箱里翻出了睡衣。

他刚想站起来，却发现裴廷的箱子里有个丝绒盒子，那盒子有点老旧，看起来像手表盒，还有点眼熟。

谁送的东西，竟然连出差都带着？

顾宝伸手拿起了那丝绒盒，一边心里唾弃自己乱翻他人东西，侵犯隐私，一边又忍不住，心里好像有个声音催促他打开。

他也打开了，那是一块保养得很好的手表，处处透出主人的精心呵护。银色的表面，是数年前奢侈品的流行款，价格不菲，曾经掏空顾宝的腰包。

顾宝愣愣地看着那手表，忽然深刻地意识到了，裴廷那句"我从来没有怪过你"的分量。

不仅仅是轻飘飘的五年后，"我从没有怪过你"。

是不生一丝怨怼，被他单方面冷落绝交，还把当初的情谊放在心里，一直持续了五年。

裴廷竟然将他的东西留到了现在，连出差都随身带着。那是一份并未被正式赠送的礼物，是一份被捡来的礼物，是他们决裂那次，被他抛弃的礼物。

顾宝将丝绒盒轻轻放回原处，回到了房间里。

裴廷还在洗澡，出来后发现顾宝坐在床上发呆。他坐到床上，打开手机处理邮件。顾宝也乖乖的，在一边安静等他工作，眉心却蹙着，依然在想事。

顾宝转头看他，目光很奇异，就似发现了一个珍稀物品。

裴廷忍不住问："在想什么？"

顾宝垂下眼睫，有些难为情，却又很认真地说："我在想，我们这次真的和好吧，就像以前那样。"

Chapter
15

拒绝都显得不识好歹

他们和好了，所以就像从前那样，关系又恢复原来的模样。

　　外地出差只有三天，第四天就要搭乘飞机回去。今日裴廷只需要再考察一个地方，这次出差就算圆满成功。

　　依然是陈经理招待的他们，这次没有饭局，而是早早就让人送他们回到了酒店。

　　裴廷没有跟顾宝一起回房间，而是对顾宝说："我今晚有约，要出门。"

　　顾宝想到了上一次裴廷也是去见朋友，顺口问："什么朋友啊，我能去吗？"

　　裴廷定定地看了顾宝一会儿，顾宝拧眉道："不能去就算了。"

　　"能去。"裴廷笑道，"不过今晚你不许喝酒。"

　　顾宝如愿地见到了裴廷口中的朋友，是个女生，她看起来比坐在车里时感觉的要高，也要瘦，身材极好，好似模特，浑身高定。

　　面对裴廷带过来的顾宝，她也非常有礼。

　　那是一个小型聚会，在场的每个人都很体面。

女生是裴廷的大学同学，叫易云，和裴廷有许多话题可聊，两人谈话间，有种让人难以插嘴的默契。

而四周的人看着易云和裴廷，好似每个都觉得他们很配。

也有人好奇顾宝的身份，因为顾宝是裴廷带来的，裴廷又在整个聚会的过程中对顾宝多加照顾，几乎全程陪在他身边。

谈话内容有很多，从金融到艺术，从时事到政策，很多消息都可以在这种聚会里听到一二，在场的人几乎是一个圈子里的。

顾宝很快就发现，裴廷为什么会连续两晚都来赴宴了，因为他能在这里得到许多对公事上有用的帮助。这几乎是变相的调研会，人们互相交换消息，获得资讯。不仅仅是想要私下见个面，而且是具有一定目的性的。

顾宝想到自己之前对裴廷人品的质疑，觉得自己实在误会太多。他跟在裴廷身边增加了不少见闻，越听越觉得易云真是个奇女子。

如果说裴廷需要一个对他事业上有极大助力的妻子，易云或许是个不错的选择。

大概是顾宝看易云的目光太明显了，易云转过头，冲他得体一笑。

但她很快就去招呼别的客人了，没有留在这里。

裴廷垂眸看着顾宝，还没忘记自己这不让人省心的弟弟，仅仅是因为班花对他表白就答应了，甚至最后还订婚。

裴廷问他："易云漂亮吗？"

"你觉得呢？"顾宝把问题抛回给裴廷。

裴廷一愣："按照正常的审美，她很漂亮。"他说得很客观，就似他对易云没有任何的想法。

　　说完，裴廷又补充道："当然，她漂不漂亮跟我没关系。"

　　顾宝抿唇："骗人。"

　　裴廷收回手，好奇地打量顾宝："你说什么？"

　　顾宝却不肯说了，裴廷逗他："快说，不然就在这里把你灌醉，不带你回去了。"

　　闻言，顾宝身体一抖，瞪了裴廷一记没什么力度与威慑性的眼刀："你怎么越来越不讲理了！"

　　裴廷挑眉，露出一副"你不说我就这么办"的神情。

　　顾宝投降了："刚刚上厕所的时候，我听到有人说，你们当年是校园有名的 CP。"

　　裴廷听到他说出理由，皱了下眉："这并不能证明什么。"

　　顾宝只能继续补充证据："你们聊天的时候，她记得很多你的事情，而你需要她提醒才能想起来，她喜欢你……"顾宝缓了缓，重申道，"她喜欢你，她看你的眼神和看其他人是不一样的。"

　　最重要的是，易云应该察觉到了裴廷的冷淡，刚才离开的时候，她的目光有点黯然，但很快就被那精致的妆容藏到了面具背后。

　　裴廷不置可否，顾宝觉得裴廷好像不信："真的！"

　　顾宝解释了一通，感觉裴廷的情绪好像不太高，甚至比刚才都低。

　　这股低潮一直持续到了聚会结束，二人回到了分公司提供的车子里。

顾宝主动地提出疑问："你不高兴，为什么？"

这次由裴廷来开车，他没喝多少酒。顾宝发现，好像不需要裴廷喝酒的场合，他几乎是滴酒不沾。

裴廷指腹敲着方向盘，敷衍道："没有。"

顾宝却没有因此而住嘴："你要跟我说你为什么不高兴，我才能知道。不然我只能猜，猜又猜不到。"

裴廷说："刚才不是猜得挺好的吗？"这是承认他和易云的确有过一段，"有过"这个词不算准确，有可能只是单恋。

回到酒店，他们在走廊上走向两个方向，各回房间。

顾宝洗过澡后，拿出手机发微信：睡了吗？

裴廷那里很快就显示输入中：顾宝，过来。

顾宝觉得和裴廷说开以后，就发现裴廷性格里像小孩的一面，一点都不酷了。这么想着，顾宝轻快地下床，自己脸上也带着笑。

他溜到了裴廷的房门前，敲了三下门。裴廷把门开了，与此同时，还有一股甜甜的味道飘来。

裴廷叫了C市有名的糖水，顾宝喜欢吃甜，因此他叫顾宝过来吃。

等顾宝吃完甜品以后，坐在床上看文件的裴廷说："你可以回去了，记得刷牙。"

顾宝坐在沙发上，看了裴廷数十秒，直到裴廷抬起头问他："你还有事？"

"没有。"顾宝有点咬牙切齿，觉得裴廷是变酷了，也变讨厌了。

顾宝正准备回去，裴廷再次出声："等一下。"顾宝站定了，还以为裴廷要自己过去，有话要说。不等裴廷说，他就自觉地打算走过去。

裴廷却起身从一旁的架子上拿了一件外套走向顾宝。裴廷伸手，让顾宝站直，伸出手乖乖穿好，这才满意地把人送到门口："回去吧。"

这次出差，两个人的关系几乎在默认的情况下变得和从前相差无几。

就连顾宝自己都想不到，一次出差，他竟然真的跟裴廷解开了心结。

下飞机是下午三点多钟，顾宝和裴廷先回了公司一趟。刚进大厅，顾宝就听到有人在说他的名字。

顺着声音望去，就看见前台那里站着一个皮肤微黑、穿着花衬衫的男人，固执地跟前台小姐说："我真的认识顾宝，我是他高中同学，你把他电话号码给我好不好？住址也行。小姐姐，我真不是坏人。"

"照片？照片在家里呢，我暂时拿不出来。要不你让顾助理下来？他见到我就知道我是谁了！"

裴廷皱眉过去，问前台："怎么回事？"

前台小姐看见裴廷，松了口气："裴总，这位先生说他……"

花衬衫男人一看见裴廷，声调都高了几个度："裴廷？！你怎么在这里？顾宝呢？"

男人回头，终于对上了身后的顾宝。男人是丹凤眼，如今眼睛瞪得圆圆的，看着顾宝，甚至一副有点不敢认的模样。

很快，他就跑到了顾宝面前，狠狠地将顾宝搂住了："顾宝！我终于找到你了！"

男人是纪图，消失了好几年，顾宝曾经最好的朋友，纪图。

前台小姐一脸惊吓的神色，顾宝比她的情况还糟糕，脸黑且惊吓，他还有好大的脾气要发。

顾宝用力推开了纪图，硬声道："别叫我。"

纪图尴尬又可怜地望着他："啊，是不是我黑太多了，你不记得我长什么样了？"

顾宝冷冷道："记得，纪图嘛，纪先生，真是好久不见。"

纪图理亏，声音小小的，还去拉顾宝的衣角："别生气，我真的很辛苦才找到你。杨扶风不肯把你的联系方式给我，我花了好大的工夫才偷到的，打你电话你又不接，我……"

顾宝再也硬不下心肠，他也很想纪图。虽然纪图是个浑蛋，但他想纪图了，这个从小到大都在他身边，和他一起成长的浑蛋！

公司大厅里人来人往，他们的动静引人注目。顾宝推开纪图的手，不管对方脸上的黯然，走到裴廷身前，迟疑开口："我……"

裴廷似乎看出他要说什么，主动道："没事，你去吧。你们许久没见，确实需要好好聊聊。"

顾宝感激地笑了笑，把手里的文件递给裴廷。左右回公司是交接，还有吴鸣山在，他的作用不大，因此他提前下班。

来到纪图面前，看纪图耷拉着脑袋，顾宝说："你还要在这儿站多久？跟我走。"

纪图双眼一亮，像条小尾巴一样跟在顾宝身后。

顾宝把人拉到咖啡厅，一副公事公办、说完就走的模样。

他现在西装革履，冷起脸来倒能藏住不少情绪，瞧着和从前不一样了。

纪图坐立难安，捏着咖啡杯，就像等待审判的罪人。他小心翼翼地看了顾宝一眼，最后把口袋里捏得温热的卡推到了顾宝面前。

那是一张银行卡，纪图说："我听说了你家的事，帮不了你什么，一点小钱，不介意就收下吧。"

顾宝鼻尖泛酸，他别开视线："不用，我们的交情不到这种地步。"

纪图听了好像有点生气，又很难过，可他是最没资格生气的人了。毕竟当年是他一声不吭断了联系，是他丢下了顾宝。

他明白顾宝的心情，但生气归生气，钱不能不收："你爸妈那里，不都得花钱啊？你再生我的气，也不能赌气啊。"

他好声好气地哄着顾宝，顾宝眼圈越来越红，终于没忍住，愤怒地看向他："我们认识多少年了！就算你讨厌见到我，你好歹也给我留个你去哪儿的消息！你知不知道我多担心你！"

纪图被他的话砸得浑身都疼，双手用力地握在一起。他努力呼气再吸气，最后扯出了一个难看的笑容："顾宝，我没念大学。"

顾宝本来还很生气，对纪图的不告而别，然而听到这话，关心终究占据上风："你怎么会……不是出国留学了吗？你……"他看到纪图的肤色，迟疑道，"你到底去哪儿了？"

纪图报了个地名，是他母亲家乡，一座临海的小镇。

原来当年纪图家里出了事，他爸卷了公司的钱和女人跑了。别说出国了，光是公司的债就让纪图和被留下来的母亲愁得要命。

母亲把房子和值钱的东西都变卖了，又和亲戚们借了很多钱，才将窟窿填上。被逼无奈，她带纪图回到了乡下的娘家。

纪图跟着外公一起经营家里的水产店。乡下靠海，那里很多人都是以打鱼为生。纪图比较争气，这些年做了海产生意，还开了餐厅，还上了亲戚们的债，甚至有盈余。

他这次回来，除了是重回故地，也是想在这里开家分店。

他始终想要回到这里，他母亲也是。

纪图对那些艰难的过去轻描淡写，还搓了搓自己的皮肤："你看，都是出海晒出来的，是不是很爷们？"

顾宝没想到纪图家出了这么大的事："你为什么不说，一声不吭就失联，你以为你这么做很帅吗！"他要气死了，这比他原本以为的，纪图是因为当年三人感情不和而失联，还要令他生气。

因为纪图过得不好，在他正常地上大学，在他和旁人订婚，在他留学的时候，他最好的朋友过的是人生最窘迫的日子。

纪图咧嘴笑了笑，亮出一口白牙："没办法啊，那时候那些到我爸公司催债的人太可怕了，要是我找你帮忙，他们找上你怎么办？"

"都过去了，你看我现在不是好好的吗？"纪图眼睛有点湿润，"而且我也没多难过，我有我妈、我外公外婆，每天都忙着做事，日子挺充实的。再说了，没读大学就没读吧，现在我赚得也挺多的。"

纪图起身坐到了顾宝那边，把卡硬塞给他："好了，这钱也是借给你，我知道你有多困难。"

顾宝不要："我现在没事了。"

纪图："怎么没事！你不是还欠杨扶风的钱吗！"

原来纪图是一个月前回来这里的，他第一时间去了顾宝家。当他发现顾家被查封的时候，整个人都蒙了。

以前的联系方式都被他删除了，更别提找到顾宝。他先是回到高中，查到了顾宝考去的大学。

在大学里，他被杨扶风逮住了。杨扶风留校任职，当了老师。

纪图没想到能遇见杨扶风，他根本不想见到这个人，以前的气还没消呢。当年家里出了事，他就更没心情和杨扶风冰释前嫌了。这一耽搁，这么多年都过去了。

可他实在很忧心顾宝，在十分不情愿的情况下，他问了杨扶风顾宝的近况。杨扶风说顾宝家里怎么回事，他就很想找到顾宝。

他这次来本市的时间本来就不多，找完顾宝，给一笔钱，还要回乡下。

杨扶风知道他要走，故意拖着他，磨磨叽叽，烦得要死。

要不是因为顾宝的消息在杨扶风手里，纪图早就把人打一顿了。

纪图不是很愿意提到杨扶风,他把卡塞给顾宝:"收下吧。"

顾宝问:"你来这里是要开分店吧?开店资金流动量很大,你这时候借钱给我干什么?"

纪图:"店可以随时开,你这事可不能拖。阿姨以前对我多好啊,她现在住院,我不能照顾她,你也要上班挣钱,这钱可以拿来给她请个护工。"

顾宝看着手里的卡,只觉得沉甸甸的,这是一份迟来了许多年的友谊。

最终他还是没有收下这张卡,对纪图说:"扶风他说得也不算错,我都能还他钱了,说明我现在的状况没你想的那么糟糕。"

杨扶风在收到他的转账之后,第一时间打了电话,问他是怎么一回事。

虽然他们这些年关系淡了许多,但基本的关心还是有的。

顾宝说有人在帮他,律师也找好了,母亲搬进单人病房,他还找到了工作。

杨扶风担心他被骗,问他到底在哪儿工作,他只能交代自己正在做裴廷的助理,杨扶风就没有继续追问下去。

纪图没多想:"对啊,我看到裴廷的时候还吓了一跳,想说他怎么在这儿,原来是他在帮你。"

知道顾宝真的不需要钱,纪图只能收回卡:"我想去看看阿姨。"

顾宝拍了拍纪图的背:"当然可以,我妈看见你了,肯定很开心。"

去医院的路上，顾宝问纪图："你以后是在这里定下来，还是回去？"

"看好铺面的话，我还是想回这里。我打算开店，你要不要入股？"纪图说。

时隔多年，再次见面就谈钱，怎么听都有股骗人的味道，纪图赶紧道："啊，算了算了，我就随口一说，你现在赚的钱都得花在刀刃上。我的意思是，以后你想做点别的生意，我这里随时欢迎你。"

顾宝没有立刻接话，这个话题却像种子一样落到他心上。

他一直都想要做生意，却毫无头绪，纪图这边如果感觉不错的话，也未尝不可。

果然如顾宝想的那样，汤玉美记得纪图，问他怎么晒得这么黑，又提起了过去的许多事。

上次汤玉美见过裴廷之后，裴廷又让律师和汤玉美见了一面。

本来顾宝想要瞒着，裴廷却说："你母亲没有你想的那么脆弱。"

果然，未知才是最可怕的，会不住地想象最糟糕的情况，倒不如跟汤玉美说清楚情况，让她自己调整心态。

顾宝经常来看妈妈，只觉得汤玉美气色渐渐好了，有了希望，才更努力治疗，为了活下去。

从医院回来，顾宝一身疲惫地回到裴廷的家。裴廷已经在家了，他坐在沙发上，比萨躺在他脚边。

顾宝脱了鞋，穿着袜子就走过去，无力地瘫到沙发上。

他看起来蔫蔫的，裴廷问："怎么，谈得不好吗？"

顾宝摇了摇头："很好……就是好累。"

刚出差回来，再见故人，情绪大起大伏，又在医院待了这么久，实在是太累了。

裴廷问："不开心吗？"

顾宝："开心，图图回来了，还惦记着我，当然开心。"

他就像个孩子一样，一五一十地说着今日的事情，包括纪图家里的事，还说汤玉美化疗以后，头发掉了，他想要编个帽子给他妈妈。

裴廷一直静静地听着，没有随意打断，只在适当的时候回应几句。

听到纪图给他钱，裴廷说："他自己都要用钱，还想着帮助你，确实对你很真心。"

顾宝也很感动，"嗯"了一声，比萨跳到他的膝盖上，撒娇似的舔他的指尖。

裴廷说："你说他要开餐厅，铺面这方面，我可以帮帮他。"

顾宝愣了愣，看向裴廷："不用了吧，多麻烦啊。"

裴廷提着比萨的后颈，把它带下去："为什么是麻烦？你的事对我来说，都不是麻烦。"

顾宝还是觉得不对："就算帮纪图找铺面，这件事也该是我来做，叫你帮忙算什么啊？"

裴廷一顿："我不能帮你吗？"

顾宝赶紧道："没有，我不是这个意思。"

裴廷轻声道："我帮他是随手的事，你不用太有负担。"

顾宝当然明白这个道理，他只是觉得这样下去不行，却不知道该如何跟裴廷说，这些恩惠无形中给了他很多的压力。

令他拒绝，都显得如此不识好歹。

顾宝正在和纪图一起看店铺，裴廷说了要帮，给的地段都非常好，基本只有内部才能拿到这么好的铺位，价格也很好。

纪图都不敢置信，问顾宝到底怎么回事，顾宝与有荣焉般道："我回家的时候跟他提了一嘴，哥就说他可以帮忙。"

纪图赞叹道："你和裴廷的关系真好，这么些年，有裴廷这个好友陪着你，我也就放心了。"

中午裴廷过来找顾宝，顺便请纪图吃饭。用餐期间，裴廷自在地替顾宝倒茶、切肉，方方面面都十分照顾。

纪图真心为顾宝开心："你哥对你可真好！"

顾宝正埋头吃肉，裴廷将手里的餐巾叠了叠，递给顾宝，提醒他擦擦嘴角的油渍。听纪图这么说，裴廷心里有些感慨，但还是笑道："是啊。"

他把手放在桌上，看向顾宝。

顾宝嘴里咬着肉，腮帮子圆鼓鼓的，像只小仓鼠，这一下就勾起裴廷许多回忆。自从顾家剧变，顾宝就肉眼可见地被迫成熟起来，鲜少有这样生动活泼的一面。

让他多和纪图接触是对的，裴廷想。

回到公司，迎接顾宝的却是一纸调遣文件，他被调到了子公司的公关部。

裴廷看到那文件，就青着脸去了人事部一趟。顾宝则对这个调遣文件觉得莫名其妙，吴鸣山凑过来跟他说："我帮你打听过了，这文件是直接从大老板那里下来的，裴总找人事部也没有用。"

　　公司的大老板，除了裴廷的父亲还有谁。

　　果然，吴鸣山说得没错，裴廷怒气冲冲地去，然后铩羽而归。

　　顾宝看他的脸色就明白了，起身开始收拾自己的东西，整理出一个小小的箱子。

　　裴廷扫了他一眼，转身就进了办公室。他把东西都整理好后，叹了口气，进去哄人。

　　坐在办公桌后的裴廷听到他进门的动静，也不管他，任他走到自己面前。

　　裴廷冷眼望他："你不是都收好东西了，怎么还不去？"

　　这事又不是他的错，裴廷这是发的哪门子邪火！

　　顾宝无奈道："文件上说了，后天才去报到。"

　　裴廷冷声道："是吗？我看你没有半点舍不得。"

　　顾宝眨了眨眼："那你把这个调遣令改了。"

　　这话显然戳到裴廷的痛处，他要是有办法，现在就不至于生气了。

　　顾宝试探性地说："要不我辞职吧？"

　　裴廷面露挣扎，好似对他的提议很动心，却又被理智所阻止，到底还是说："算了，在公关部能学到的东西不少，你过去也好。"

　　说完以后，裴廷就沉着脸，继续办公。顾宝坐在办公室的地毯上，笑眯眯道："不是气我马上就要走了吗，现在又不多看我几眼？"

裴廷没那么好哄，顾宝收拾东西的模样明显在人心里留了个差评。

顾宝有想到，把他调去分公司，肯定有什么不好的事情等着。实际上等着他的却是所有新人都会面临的境地，就是从打杂开始，等到上手了，才能和部门的其他人一样处理公事。

来到分公司后，顾宝就很忙，每日早出晚归，公司里的杂活一大堆。周末难得放假，他还要去医院看妈。即使跟裴廷同住一个屋檐下，也没多少时间能聚在一起。

周末顾宝照旧去找汤玉美，裴廷前日就出差去了，今天都还没到家。

其实裴廷是被父亲叫回了老宅。他抵达的时候，五嫂接过他的外套，小心地说先生心情不是很好。

自从逐步接手家业，裴廷就想过以后他不一定能够让父亲事事顺心。

扶梯上楼，父亲站在书桌前写毛笔字，头也不抬，单刀直入道："你最近把顾家那小子带回家，还送到公司？"

裴廷在几步之遥的地方站定："一场朋友，能帮就帮。"

裴父停笔望他："你做什么一直往北京那边打探，想帮顾正？"

"没有，父亲都做不到的事，我哪有什么办法。"裴廷恭敬道。

"嗯。"裴父颔首，眉目间看不出太多情绪，只继续写字，

"你和卿兰都处了这么些年，昨日我和你杨叔讨论过了，下个月有个好日子，先订婚吧。"

裴廷一愣："是否太仓促了？"

"仓促？"裴父停了笔，书房里的气氛瞬间变压抑。

他背着手，从书桌后绕到裴廷身前："往后的路该怎么走，你最好想清楚。"

裴廷皱眉："我不明白父亲什么意思。"

裴父把笔顿在砚上："你那些乱七八糟的朋友，趁早给我打发走。"

裴父沉下脸，风雨欲来："别说顾家现在的事圈内所有人唯恐避之不及，你却如此拎不清，拿公司的名声开玩笑，联姻的事不宜再拖，别给我得罪杨家。"

…………

顾宝抱着花来到了病房里，却见到了一位意外的客人。

客人穿着浅色裙子，坐在汤玉美床前，正和她说话。

她听到开门的动静，回头看他，冲他一笑："顾宝，我回来了。"

顾宝抱着花，傻在了病房门口。汤玉美面露感慨，催促顾宝："傻儿子，还不过来，娇娇一大早就来了，等你很久了。"

汤玉美遗憾地看着差点成为她儿媳妇的范娇，亲热道："你饿不饿？我叫宝宝带你去吃饭吧，你陪我够久了。"

范娇忙道："没关系，我就是来看看阿姨，本来都打算回去了。"

顾宝走到病床旁，把花处理了一下，插进花瓶里，他问：

"什么时候回的国，怎么都不说一声？"

范娇："才回来没多久，想阿姨了，所以过来看看。"

顾宝和范娇来往时没多少分手情侣的尴尬，这落在汤玉美眼中直接变成了二人要破镜重圆。

她赶紧让顾宝带人去吃饭，好让出空间，叫二人独处。

看汤玉美这样起劲，顾宝便把范娇带出去了，出了病房就说："剩下的五万，我很快就能还你了。"

范娇嗔道："什么啊，你以为我特意过来讨债的啊？"

顾宝："没有，我不是这个意思。"

范娇笑了："去吃饭吧，我的确饿了。"

两人前往医院附近的餐厅，环境一般，还是露天的，顶上只有一个遮阳篷。顾宝来这家医院惯了，基本吃遍了附近的饭店，从味道来说，这家最好。

顾宝洗好了餐具，推给范娇，他从来都很绅士。范娇望着他这番举动，感觉到非常怀念："在外国的时候就很担心你，你还好吧？"

顾宝平静道："还不错。你呢，怎么回来了，不是明年才毕业吗？"

话音刚落，范娇目光就有点闪烁。和范娇交往过一段时间，顾宝怎么会不知道这是范娇心里有事的表现。

他问："怎么了？发生什么事了？"

范娇纠结地捏紧了裙子，犹豫了许久，正打算开口，一阵铃声阻止了她。

顾宝看了眼手机，接通了电话，语调欢快："喂，你到家了吗？"

裴廷的声音在电话那头有点奇怪："嗯，你去哪儿了？"

顾宝："还能去哪儿，我来看我妈了。"

裴廷："一个人吗？"

顾宝看向了对面的范娇，没有立刻答话。

饭店不远处，一辆黑色的轿车静静泊着，裴廷拿着手机看着那两人，他刚好经过。他听见顾宝含笑的声音对他说："不是，两个人。"

裴廷正要接话，紧接着，他听见顾宝说："我和我妈一起呢，当然是两个人。"

这通电话很短，许是出差过于疲惫，裴廷没说什么便挂了电话。

顾宝握着手机，不知远处的轿车缓缓驶离。

午饭简单解决，二人回到病房。

因为汤玉美过分热情，撮合他与范娇的目的太明显，两人不尴尬都变尴尬了。

等范娇走后，顾宝同汤玉美说："妈妈，我和娇娇不可能，你别想了。"

汤玉美固执道："她心里有你，妈妈看得出来。"

顾宝苦笑："我们家这种情况，你就别想这么多了。我现在只希望爸爸能早点出来，跟我们团聚。"

汤玉美被儿子弄清了现实，面色黯淡地躺在了床上。

顾宝知道汤玉美心情不好，只能说："我明天再来看你。"

汤玉美忽然想起什么："宝宝，妈妈什么时候才能出院？我住你那里好不好？单人病房一天得花多少钱，还是出去住比较好吧。"

顾宝说："我还没找好房子呢，等我找好了，就接你出去。"

汤玉美点点头，依依不舍地目送顾宝离开。

顾宝回到家里，已经是晚上七点左右，一楼没有开灯。顾宝喊了几声裴廷，都没人应。

他来到二楼，终于在主卧找到了裴廷。裴廷沉默地坐在靠窗的单人沙发上，没开灯，也不知道在那儿坐了多久。

顾宝问："你怎么不开灯啊？"

裴廷没理他，他看见裴廷手里握着一杯酒，装得很满，看起来没喝几口。

他很少见裴廷喝酒，至少在家里很少见。他靠近裴廷，小声问："怎么了？是不是出差遇到什么事了？

裴廷终于把目光从窗外移到他身上，灯光分明是温暖的浅黄色，错落在裴廷脸上，却交织出一种寂寥的色泽。

他对着顾宝说："没事。"

那双眼却不是这么说，他审视着顾宝，压抑着许多负面情绪，有种平静的疯狂。

顾宝呼吸都放轻了，他踩在柔软的地毯上，靠近了裴廷："到底怎么了，能和我说吗？"

裴廷饮了口酒，再次道："没事。"

顾宝只好伸手接过裴廷的酒杯，裴廷没用什么力，杯子就被他夺走了。

放下酒杯，顾宝手扶着沙发两侧，凑近裴廷嗅了嗅："为什么不开心？"酒味不重，显然没喝很多。

裴廷垂眸，有些想不通顾宝为什么撒谎，担心自己阻止他和范娇复合？或者只是单纯地不想让自己知道？但无论是因为什么，裴廷在顾宝撒谎的那一刻，深刻认识到他们之间五年的隔阂，顾宝再也不是当初那个全身心都依赖自己的孩子。

顾宝长大了，可以自主处理感情问题，不需要他瞎操心。

这样想着，裴廷重复了一遍："没事。"

顾宝虽然不信，但从裴廷嘴里问不出来什么，只能作罢。他给裴廷调了一杯解酒的蜂蜜水，便回房休息。

半夜，窗外乌云密布，汹涌的云带着狂风暴雨而来。

楼上邻居出门旅游，忘了锁上窗户。

玻璃窗本来紧闭着，此时被猛烈的风狠狠撞开，发出一声悲鸣。

雨水一开始就迅猛地落下，肆无忌惮地拍打玻璃，很快，雨势又变大了，动静也越发吓人，密密麻麻的雨水伴随着狂风砸下，仿佛没有停止的倾向。

雨整整下了一夜，直到第二日，楼上的窗子已经彻底合不上了，窗沿滴滴答答地往下淌着雨水。

顾宝早上醒来感觉昏昏沉沉，他昨晚睡得不大好，睁开眼时，呼吸都是烫的，大约昨夜下暴雨，一晚上的寒风把顾宝吹病了。

家庭医生过来输了液。裴廷有事要忙，加上对顾宝撒谎心存芥蒂，他暂时不想多和顾宝接触，于是喊来徐磨照顾顾宝。

顾宝顶着一张烧红的脸恹恹地靠在枕头上，无力地问徐磨："裴廷呢？"

徐磨给顾宝倒了杯温水，用小勺子送到他嘴边："裴总有事出门了，应该很快回来，你先吃个药。"

顾宝乖乖点头，不哭也不闹，甚至不对裴廷的去向发出质疑。他吃过药，在药效下再次陷入沉睡。

等到顾宝醒过来时，屋外已经是黑夜了。顾宝身体依然虚弱，徐磨依然留在屋里。

徐磨现在都后悔跟主雇裴廷发展出一段友好的关系了。

这下好了，明明正职是个帮人打扮的，现在倒成了保姆，还要担惊受怕万一哪里照顾不好，老板要秋后算账。

顾宝很贴心，对徐磨说："徐哥，我感觉好多了，你都照顾我一天了，回去好好休息吧。"

徐磨迟疑道："你自己真的可以吗？"

顾宝点头。

徐磨便起身："裴总应该很快回来，你再睡一会儿，等一睁眼就能见到他了。"

顾宝无力地点点头，神情却很淡，看起来好像根本不关心裴廷的去向，也不在乎。

徐磨心里有点犯嘀咕，他出了房子，给裴廷发了条微信，表示这事开多少工资他都不想管，建议裴总找专业人士，比如护工。

屋里顾宝靠坐在床头，打开了手机，已经晚上九点了，到底是什么样的事情，能让裴廷至今都不出现在他面前？

身上发了汗，一片黏腻，顾宝努力从床上挪下来，扶着家具，步履蹒跚走到浴室。

费尽力气，好不容易走进浴室，忽然一阵头晕眼花，等意识再回来，他已经摔在了浴室的瓷砖地上，手臂和膝盖感觉破了皮，疼得他身体颤抖着缩了起来。

在地上缓了很久，顾宝再次爬了起来。他轻轻吹了下伤处，学着汤玉美小时候经常对他做的那样。他小声说："没事，都是成年人了，委屈什么。"

他麻烦裴廷的事已经够多了，现下只是生病而已，裴廷工作忙，他这个时候不能再给人家添麻烦。

徐磨从电梯里出来，正好撞见站在楼下用烟污染空气的裴廷。空气中浓郁的烟味，可不是一两根能耗出来的。

他发觉裴廷浅色的风衣上有层薄薄的潮意，而最近的一场小雨则是在半个小时前。

徐磨皱眉："我给你发了微信，你看了吗？"

裴廷从口袋里掏出手机，已经没电黑屏了。他问徐磨："他还好吗？"

徐磨翻了个白眼："你说呢？"

裴廷掐灭手里的烟："你怎么下来了？"

徐磨："小朋友说不需要我照顾，他自己能行。"

裴廷愠怒道："胡闹！"说完匆匆越过徐磨，往楼上奔去。

徐磨耸了耸肩，没精力关心这两人到底闹什么矛盾，只想回家睡觉。

浴室里的顾宝擦掉了象征着失败和窝囊的眼泪，他正扶着洗手台准备站起来，就有匆匆的脚步声传来。顾宝赶紧擦了把脸，回头道："徐哥，你怎么……"尾音消失在嘴里，门外是裴廷。

裴廷头发微乱，呼吸急促，看他坐在地上，上前伸手要把他从地上扶起来。

如果说刚才是失望和委屈，那么在见到裴廷的那一刻，顾宝就变得生气又恼怒。

裴廷的手刚碰上顾宝的肩膀，就被他挥开了。拍打声很响，惊住了彼此。

顾宝不知自己手劲这么大，裴廷则是看着自己的手沉默一阵，还是强硬地扶起顾宝。

顾宝没力气挣扎，他还发着烧。直到被裴廷扶到床沿，他才硬声道："我要洗澡。"

"会着凉。"裴廷伸手要碰顾宝的额头，被顾宝躲开了，顾宝偏着脸，不想接受裴廷的关心。

裴廷没管顾宝的情绪，再次伸手，确认顾宝的体温和汗湿的情况。而顾宝挣扎得累了，闭上眼自暴自弃地任由他检查。他感觉裴廷走开了，才稍微睁开双眼。这算什么，打一棒子给一甜枣吗？

顾宝甚至不知道裴廷怎么了。

他听到脚步声往这边靠近，赶紧闭上眼。他感受到裴廷在一旁放了什么东西，于是他睁开眼，看见裴廷手里拿着药，旁边放的是一杯白水，冒着温热的水汽。

裴廷没说话，把药放在桌上，让顾宝自己吃。

顾宝是生气，但也不想虐待自己，于是拿起那杯温度适宜的水，乖乖把药吃了。裴廷偶尔进来看望他，给他测量体温。

药的作用加上身体不适，顾宝又昏睡过去。

他是突然间惊醒的，黑暗中，他隐隐听见了另外一个人的呼吸声。借着窗外暗淡的光线，他看见裴廷趴在他床边睡着了。他不明白裴廷为什么会在这里，难道是因为乱发脾气而后悔，所以守着他？

此刻，他看到床边睡着的裴廷，整夜守着他的裴廷，心又渐渐软了。

顾宝重新躺下，看着裴廷趴着沉睡的侧脸，无声说："我原谅你了。"

与此同时，顾正那里却传来好消息。律师隐晦地说，如果顺利的话，也许真的能够争取到缓刑。

这个消息实在是太好，以至于顾宝能够忽略自己和裴廷这段时间的僵硬关系。

裴廷每日早出晚归，加之他们又不在一个公司，顾宝看见比萨的时间都比裴廷多。

他知道他们之间出了问题，他决定主动发出求和信号。

顾宝在裴廷到家之前做了一桌的菜，点了几根气氛蜡烛，给吴鸣山打了几通电话，确认了裴廷到家的时间。

他问吴鸣山裴廷是不是最近都很忙，吴鸣山回道："没有啊，这几天公司没大事。"

顾宝怔了怔："没有，开个玩笑，我还想说你们没了我会不会忙到脚不沾地，没想到你们倒是准时下班啊。"他委婉地试探着。

吴鸣山："没事做为什么不下班，是不是裴总嫌我们太闲了？"

顾宝又聊了几句，之后就挂了电话。

没事要忙，裴廷为什么天天晚归？顾宝握着手机，决定不想那么多。他给裴廷打了个电话，裴廷好像很吃惊。

顾宝说："你什么时候回家？"

裴廷："怎么了？出什么事了？"

顾宝："没有，律师说我爸爸的案子可能会进行得很顺利，我想谢谢你。"

裴廷的声音淡了下来："嗯，知道了。"

顾宝："你吃了没有？我做了饭。"

裴廷："没，我一会儿就到家。"

顾宝："好。"

挂了电话以后，顾宝犹豫了一下，还是上楼换了件衣服。身上这件煮饭的时候沾了油烟，他不知道今天会不会是关系破冰的机会，但要是裴廷闻到他身上有味道就不好了。

衣服都换了，顾宝又顺便打理了下头发。最后他看了一眼镜子里的自己，总觉得好像不够精神。

楼下传来开门声，顾宝和比萨一起跑下楼迎接这个家的主人。

裴廷脱下身上的外套，弯腰摸了摸比萨，才抬眼看向顾宝。他的视线落在顾宝明显搭配过的衣衫和精心打理过的头发上，微微停顿。

顾宝站在楼梯上，主动朝裴廷笑了笑。他朝裴廷走了几步，一股没来由的想念涌上心头。见不到的时候还不觉得，再见面时，他发现他真的好久没看到裴廷了。

裴廷也笑了："我听律师说了……"

话还没说完，他就听见顾宝低声说："那天我冲你发脾气了，对不起。我不是故意的，我当时不舒服，所以有点生气。"

裴廷摇头："是我有错在先，你没必要道歉。"

顾宝正要说话，裴廷走到餐桌前："你亲手做的？"

顾宝赶紧走过去，把自己最得意的几道菜推到靠近裴廷的位置。他想，他们这应该是和好了吧。

一切又回到了正轨，顾宝能经常在家里看见裴廷了。汤玉美在医院打了几通电话给他，他次次都以为汤玉美有什么事，结果只是因为范娇过来看她，所以叫他过去。

顾宝心里对这件事很不舒服，还不能跟难得高兴的汤玉美说些什么。

汤玉美老是暗示他，说范娇经常过来看她，肯定还喜欢他，要不然过来做什么。

顾宝很无奈，心里难免有点怀疑。

在第四次被迫和范娇会面后，顾宝把范娇拉到了楼下公园，皱眉道："我很感谢你来看我妈妈，但是我以为我们当初已经说清楚了。我很感谢你的帮助，只是我们已经没可能了。"

范娇脸色红了又白，看起来有几分可怜。顾宝觉得自己话说得太重，正想说些缓和的话，就见范娇落泪了。

顾宝慌了手脚。这是他处了几年的前女友，或许是对他旧情难忘才如此，她还在他最困难的时候提供帮助，即使想理清关系，他也没必要用这种方式。

范娇一直哭，顾宝拿出纸巾正想替范娇擦泪，哪知范娇竟然直接扑到了他怀里。

顾宝僵住了，范娇抽抽搭搭道："顾宝，我闯了大祸，怎么办？我利用了伯母。我知道她很喜欢我，只是我每次来医院其实都有别的事，只是我好害怕，一直没敢去面对。"

顾宝本来还想推开范娇，闻言只能拍拍她的肩膀。不管如何，怀里这个是和他同度了几年，有过许多美好回忆的女孩，是他的初恋。

他柔声道："别哭了，你有什么事跟我说，我们一起解决。"

范娇露出了哭得微肿的脸，颤声说："我可能……怀孕了。"

轰隆一声，天降巨雷，顾宝都被吓蒙了。范娇抽抽搭搭道："第一次来看伯母，我就想在这家医院检查一下，但是我怕死了，每次都不敢进去。"

"我也不敢让家里知道，所以我都是说来看你妈的。我怎么办啊，顾宝！你帮帮我吧，求你了！"范娇抓着顾宝，一边哭一边说话，这些时日的害怕与提心吊胆，终于有了宣泄口。

顾宝握住范娇的肩膀，吸了口气："等等，你好好说，怀孕是怎么回事？你要我帮你什么？"

范娇捏着顾宝的衣角，垂眸道："我想你陪我去检查一下，如果真的怀了，我，我要动手术，你能不能……作为朋友陪着我？"

说完，又是一连串眼泪下来，范娇抽噎道："要是我手术过程中发生什么意外，你替我通知我爸妈，说我爱他们。"范娇犹如想象到那个画面一样，哭得更起劲了。

顾宝用手给人抹泪："别哭了！孩子的爸爸呢？"

范娇垂眸，低声道："分手了。我家里根本不可能同意我嫁到国外。"

顾宝懂了，可是这种事情，他觉得还是不要隐瞒家里比较好："你应该和你妈妈坦白，我觉得阿姨再生气也不会伤害你，你到底是她女儿。"

范娇不断摇头："不行，我妈还好，我爸要是知道了，肯定受不了，他还有心脏病啊！万一他被我气出个好歹，我就不活了！你不肯帮我……是吗？"

曾经顾宝也孤立无援，范娇毫不犹豫地帮了他，这回范娇需要他帮助，他却百般迟疑，万分犹豫。

他只有最后一个问题："为什么找我？"

范娇擦掉了泪："因为我相信，你会替我保密。"

顾宝的确是最好的人选了，不仅家道中落，还是她前男友，哪怕顾宝说漏了嘴，也不会有人相信。

要是这件事情是范娇身边的好友泄露出去的，那才叫名声扫地。

范娇知道顾宝拒绝不了自己，她实在没办法，而且她相信顾宝的人品。

她垂眸，恳求道："你不用担心被别人知道，我找了一家很私密的医院，你只要陪我去一趟就好。"

"你放心，只要你帮了我这个忙，钱就不用……"

顾宝打断了她："钱是钱，帮忙是帮忙，我会陪你去，钱也会还。"

范娇局促道："对不起，你别生气，我不是有意的。"

顾宝安抚地拍了拍她肩膀："我没生气，而且现在还不确定你到底有没有怀孕不是吗？"

范娇难堪地笑了笑："我用验孕棒测过了，是有了。"

顾宝安慰道："验孕棒也有可能出差错，还是检查一下吧。"

范娇："那……"

顾宝："不能在这家医院，我妈跟护士都认识，要是叫我妈知道了，你瞒都瞒不住。"

范娇心有余悸，庆幸自己几次来看汤玉美，没有冲动去检查。

于是两人定好了去检查的日期，在下周末。

与范娇告别后，顾宝觉得范娇真是把一个大难题抛给了他，转念一想，又觉得范娇可怜。未婚先孕和流产，这对哪个女孩来说都很可怕。

范娇既然想保密，顾宝自然不会对别人说，包括裴廷。

晚上，裴廷来医院接他，他主动道："下周跟你请个假。"

裴廷盯着他："嗯？"

顾宝："就是下周末，我要去见王辉。王辉你记得吧，大学的时候跟我一个宿舍的。"

裴廷："好。"

顾宝好奇地看他："你不多问几句吗？"

裴廷平静道："有什么好问的？"

这倒是显得顾宝心虚，搬起石头砸自己的脚，和王辉见面很正常，他做什么要多嘴。

顾宝转移话题："看你关不关心我而已。"

裴廷意味深长道："我以为你不喜欢被问太多。"

顾宝觉得这个话题进行不下去了，赶紧道："好饿，我们去哪儿吃饭。"

偶尔两人会选择去外面吃饭，很少自己做，要么就是五嫂过来做一桌药膳。

裴廷说了一家餐厅的名字。裴廷订的日式餐厅很有名，他一早让吴鸣山预约好了。

没想到用餐的时候，他们竟然遇见了杨卿兰和方灵。二人餐变四人餐，他们一同去了私密性较好的包厢。

用餐的气氛很和谐，顾宝吃着寿司，暗中打量裴廷和杨卿兰。

用餐过后，杨卿兰起身道："裴廷，我去抽一根，你去不去？"

裴廷刚起身，顾宝就跟着起来："我也去。"他只是不怎么抽，不是不能抽。

杨卿兰诧异地看了顾宝一眼，有点为难。裴廷拍了拍顾宝的肩："不许抽。"

裴廷一句话将顾宝定在原地，他抿唇坐回原位，不是很高兴。裴廷也没管他，和杨卿兰出了包厢。

方灵整个饭局都没怎么说话，情绪看起来不太高。

包厢里只剩他们两人，一时间没人说话。方灵用筷子戳了下盘里的刺身，突然问道："他们俩是不是很般配？"

顾宝说："不觉得。"

方灵没想到得来这个答案，诧异地抬眼看了下顾宝。方灵说："你不会比我还晚知道，他们俩有可能订婚吧？"又补充了一句，"是他们家里想要。卿兰跟我说她不喜欢裴廷，裴廷也不喜欢她。"

顾宝："你确定吗？"

包厢外，吸烟室内，杨卿兰掸着烟灰："你要我帮你做的事，我帮了。你不知道我为了求我爸，闹了多久，他以为顾宝是我养的小白脸。还叫我出轨别出得太明显，免得被你知道。"

裴廷"嗯"了一声，明显不想说太多。

杨卿兰说："你不会后悔了吧？说好了我爸帮忙捞出顾正，你就和我订婚的。"

裴廷抽了口烟，眯着眼道："放心，答应你的事情，我当然会做到。"

杨卿兰松了口气，她说："你记得跟顾宝解释我和你订婚的事。"

裴廷扯了扯嘴角，意味不明："我为什么要跟他解释？"

杨卿兰不知裴廷怎么又变得这么敏感了："你们不是好朋友吗？你要是订婚了，他怎么也得搬出去吧？你提前告诉他，免得日后尴尬。"

回程的路上，两个人在后排座椅分两边坐着不说话，车里唯一的声音是司机忍不住打开的电台的声音。

沉默持续到了家楼下，顾宝下车，候在一旁，他想找一个没有外人的时机跟裴廷谈。裴廷好像在想事情，有点魂不守舍，没发现顾宝落在身后，没跟上自己。

　　"你把我忘在后面了！"顾宝忍不住喊住裴廷，大步走到对方身边，"方灵还说你们有可能订婚，果然不是真的吧？"

　　他希望裴廷给他一个否定的答案，不料裴廷停下脚步，望着他，没有说话。

　　这是默认的意思。

　　这让顾宝僵硬了神色，顾宝说："如果你要订婚，我还是从你家搬出去比较好吧。"

　　裴廷舒缓了神色："放心，没人要订婚。"

　　顾宝腿都软了："你吓死我了！"惊吓过后，他夸张地说，"要是你真的订婚了，我就不能像现在一样，总是麻烦你了。"

　　虽然这么说来，有些耽误裴廷的婚姻大事，但方灵不是也说了吗，裴廷和杨卿兰并不真心喜欢对方。顾宝觉得自己现在是在阻止裴廷误入歧途。耽误别人或者耽误自己，都不是什么好事。参考他和范娇就知道。何况裴廷也不过比他大一岁多，现在谈及婚事，也为时尚早。

　　当天晚上，顾宝霸占了裴廷的书房。他用书房的台式电脑办公，因为电脑连接着打印机，做文件什么的都十分方便。

　　裴廷去洗漱，顾宝留在书房工作。这时手机收到了一条微信，是范娇发来的，提醒顾宝下周医院预约时间，并在医院旁的咖啡厅碰面。

　　顾宝回了"好"以后，想了想，还是打开了浏览器，搜索了产检关键词。他第一次陪人做这种事，根本不知道流程，干脆查一查，也放心点，免得出什么差错。

页面跳出来很多内容，也有许多别的链接，例如产后护理，怀孕初期需要注意的事情，孕期不能吃什么，孕妇必须知道的十点。

顾宝渐渐就忘记了本意，挨个好奇点进去，被塞了满脑袋的孕期知识，深感女人怀孕不易。

这时裴廷开门进来了，顾宝赶紧关掉了浏览器，点开了工作页面。

裴廷问他："去洗澡吗？"

顾宝摇了摇头："我得先把这个文件弄好。你要用电脑吗？"

裴廷说："没事，你用吧。"说完他抱着笔记本电脑在沙发上坐下。

两个人各忙各的，等顾宝忙完了自己的活，伸懒腰时看到了戴着眼镜专注办公的裴廷。

顾宝觉得这画面好玩，于是感慨道："想到了以前我在你家的时候，你在书桌后面，我在角落里写作业。现在反过来，我在书桌这边，你在角落。"

裴廷被他勾起了回忆："怎么，霸占了我的书桌很得意？"

顾宝绕过书桌走了过去，笑着说要去洗漱睡了，留下裴廷一个人在书房继续办公。

裴廷打开了电脑，准备处理文件，还要查些资料，点开浏览器时，那些曾经在浏览器里被打开的窗口，一瞬间全部跳了出来。

那些孕期相关、产后护理、女人怀孕的窗口占据了满满一排标签页。

裴廷一个个点开，浏览，关闭。

他面无表情地看着屏幕，心情复杂。

也许父亲说得对，现在顾宝已经和前女友复合，何必他来照顾。

前女友怀孕，下一步便是组建家庭，他能为顾宝做的最后一件事，便是救出顾宝的父亲。

他要订婚，顾宝要结婚。

分道扬镳，他照顾不了顾宝一辈子。他们终究都有自己的路要走。

Chapter
16

我讨厌他

"你和杨扶风和好了吗？"在咖啡厅里，顾宝刚把一口草莓蛋糕吃掉，问对面的纪图。

纪图看好了店面没有立刻回去，反而在原来他住的那个小区租了一间房子，说是要留下来弄店铺装修。

听到顾宝的问话，本来还在喝咖啡的纪图呛住了，嘴里的咖啡糟蹋了顾宝盘子里的蛋糕。

顾宝嫌弃道："我还没吃完！"

纪图用纸巾擦嘴："你突然提他干什么？"

顾宝沉思了一会儿，他身边知道闹翻的朋友，除了他和裴廷，就只有纪图与杨扶风。

纪图揉了揉额头，回避了这个问题。

顾宝有些犹豫："裴廷最近的态度很奇怪，就是会突然变冷淡，我的意思是，有时候聊得好好的，明明也没说些什么，最后总是惹得他不太高兴。"

纪图挥挥手："你哥现在是不搭理你？"

"也不是不搭理我。"顾宝把草莓蛋糕戳得稀碎，"就是没那么熟悉。"

纪图："我觉得你也别瞎想，你哥事业有成，平时忙工作的时间都不够，可能是有什么烦心事不好跟你说吧。"

顾宝迟疑道："有时候我搞不懂他在想什么。"

"比如？"纪图随口问。

顾宝摇摇头："算了，没事。"

顾宝没有继续把话题进行下去，他叫纪图出来的目的也不仅如此。

他想要加入纪图的生意，只是他现在暂时没有多少资金，所以他打算出人力："如果你的餐厅开起来，我可以辞职过去帮你吗？"

纪图眼睛亮了："当然可以。说实话，我其实还要经常回乡下管那两家店，这里有你看着，我也放心。但是顾宝，你不想入股吗？"

顾宝尴尬地笑道："我手头上没那么多钱啊。"

纪图："你跟你哥借呗。"

"不行！"顾宝第一时间否决。

他这态度反而让纪图觉得奇怪："怎么了？其实借点也没什么啊，又不是不还了。再说了，你现在不也在他手下做事？"

顾宝还是摇头："不入股也可以，我只是对餐饮业有兴趣，等存够钱，以后我能自己开一家。"

纪图："你哥家里直接是搞酒店的，你想吸收经验，其实没必要来我这小破餐馆。我之前以为你身边没人，有裴廷这么个大靠山，干吗不用？"

顾宝就是因为这个才烦，还跟纪图说不清楚，显得他不识好歹。

纪图又问："你现在不是在裴廷手下做事吗？你打算辞职来我这儿的事跟他说了没？"

顾宝吸了口奶昔，脸上露出几分纠结。

纪图："你千万跟他沟通好了再过来啊。"

两人又简单聊了一会儿，顾宝就回家了。不是说留在公司里上班不好，只是朝九晚五地上班，来钱肯定没有做生意快。

他更加不想拿裴廷的钱。裴廷帮他已经够多了，该帮的、不该帮的都帮了，实在让他有压力。

提上在咖啡厅里打包的甜点，顾宝坐着公交车转去总公司。最近裴廷经常下班很晚，反而是他公司工作清闲。主要是他在部门待了很久，始终没有接到比较重要的活，仿佛是一个只领工资的废人。

这些他不打算跟裴廷抱怨，没被上司信任是他能力不够。以裴廷的性格，要是得知这事，肯定不会坐视不理，一定会叫人帮忙出这个头。这实在丢人，顾宝丢不起这个脸。

距离公司还有一条街的时候，顾宝就看到裴廷从公司出来，身边有一个女人，是杨卿兰。两个人边走边说，都没看到顾宝，很快他们就上了车。

顾宝眼睁睁地看着车子疾驰而去，手里的咖啡凉透了，也等不到人来喝。

那天晚上裴廷回来得很晚，顾宝靠在床头，一直没睡。听到裴廷回来的动静，他坐起身，安静地等了很久。

裴廷一直在外面轻轻走动，顾宝忍不住，翻身下床，猛地拉开门，然后在裴廷面前站定。

裴廷看着他："冒冒失失的，做什么？"

顾宝有点委屈："我故意没给你留灯，你不知道吗？"

"知道。"裴廷拍拍他的肩。

顾宝又问："你不想问我为什么吗？"

裴廷哄孩子一样："为什么？"

顾宝打了一记直球："因为你今天和杨卿兰走了。"

裴廷若有所思道："你去公司找我了？"

顾宝控诉："你说加班是不是都在骗我，其实是跟别人出去了！"

裴廷否认道："今天刚好和她有事要见面。"

顾宝："好吧。你最近为什么冷淡我？"

裴廷语气不高不低，仿佛没觉出顾宝话语里的委屈："什么时候冷淡了？"

顾宝气愤道："你以为你装得很好吗？最近你话都不跟我说一句！"

裴廷说有吗，没有。然后他把顾宝送回房间，说了晚安，强行结束了这个话题。

第二日，顾宝在八卦杂志上看到了有关裴廷和杨卿兰的绯闻，说得跟真的一样，讲裴氏少东家与风宙国际的千金好事将近，二人在酒店共度两小时。

觉得这新闻很没营养的同时，顾宝又在想，原来狗仔竟然会关注裴廷和杨卿兰。顾宝把杂志翻了个面，连同这件事一起掀了过去。

周末很快到了，顾宝在咖啡厅里与范娇见面。范娇戴着口罩，穿了一身浅色的裙子，还有平底鞋，脸色看起来很不好，像是许久没有好好睡过觉。

　　顾宝有点担忧地问："你没事吧？"

　　范娇摇了摇头，给了他一个勉强的笑容。她从包里掏出装饰性的眼镜框和帽子给他，让他乔装一下，以防遇到熟人。

　　周末人不少，范娇失魂落魄，全程都埋着头不说话，陪同的顾宝在见到医生后，只好硬着头皮道："来检查怀孕的，验孕棒是阳性，她想再确认一下。"

　　医生便开了尿检、血检加Ｂ超，让两个年轻人自己去走流程。

　　在医院耗了许久，拿好了所有结果，基本能确定范娇怀孕了，Ｂ超结果显示胎儿有八周大。

　　拿到检查结果后，医生扫了一眼两个年轻人："是怀孕了。恭喜你们，当爸爸妈妈了。"

　　顾宝尴尬摆手："不是不是，我不是她男朋友。"

　　医生："……"

　　范娇盯着那张Ｂ超检查单上的黑白图片，怔怔地出神。顾宝低头看了看范娇，主动对医生说："我们今天是来……"话还没说完，范娇忽然抬起手，抓住了顾宝的指头。

　　范娇对医生摇摇头："谢谢你医生，我们先回去了。"

　　说完她拉着顾宝出了诊疗室。

　　范娇在逃离医院后才算喘过气来，她害怕极了，心脏都缩成一团。在做Ｂ超的时候，看见那胚胎的模样，她没有哪一刻那么真实地感受到身体里有一个孩子。

那是她和心爱之人的结晶，活生生的，快要成人的，属于她的孩子。

范娇痴痴地看着那张 B 超检查单，对顾宝说："谢谢你陪我来。"

顾宝："没事，只是这孩子你怎么打算？"

范娇抬起苍白的脸，疲惫又努力地笑了笑："我想生下来……我会跟我爸妈坦白，也会告诉孩子的爸爸。如果有可能，我还是想生下来。"

天气变幻莫测，和范娇分别时还是晴天，如今乌云密布。顾宝连走带跑，还是在回家之前被淋成落汤鸡。

输入密码，推门而入，恰好天边一声惊雷，照亮世间。屋里灯开着，裴廷在开放式料理台后调酒。

顾宝一边擦着脸上的水一边走过去，看着裴廷的动作："你怎么又喝酒了？"

裴廷问："你去哪儿了？"

顾宝差点没反应过来，幸好他想起自己找的理由："不是跟你说了，去找王辉吃饭了吗？"

裴廷："在哪儿吃？"

顾宝不喜欢被这么追问，太过咄咄逼人，因此他皱眉道："我也没问你和杨卿兰在酒店待的那两个小时在做什么。我只是和兄弟一起去吃个饭，需要解释？"

看似理直气壮，实际很是心虚，顾宝说的是假话，在他看来，这是逼不得已的谎言。

告诉裴廷范娇怀孕的消息，不是不可以，范娇都说了要跟家里坦白。

但裴廷要是问他为什么要帮这个忙，范娇肚子里的孩子跟他有没有关系，分手以后怎么还这么来往，跟前女友见面为什么要骗自己……

这些问题想想都让人觉得头疼，还会导致他在裴廷那里信用破产。

其实顾宝已经后悔了，他应该在第一次遇见范娇的时候就跟裴廷坦白。

然而骗都骗了，现在只能骗下去，一个谎话总是要用一百个谎话来圆。

裴廷听了顾宝的话，没再继续问，而是饮了口酒。他把酒杯搁在桌上，没有理会顾宝，也没有回应顾宝的质问。

顾宝上楼换了套衣服，思考了许久，还是想主动认错。或许裴廷不过随口问问，他反应过激了。

他回到楼下，坐到裴廷身旁的椅子上："过几天就是我生日了，你非要这种时候跟我闹脾气吗？"

裴廷侧眸："闹？"

顾宝坦荡回视："你这不是无理取闹吗？我刚刚说的也是气话。"

裴廷的手机响了，他拿出来看了一眼后便推开顾宝。顾宝差点从椅子上摔下来，心里也产生了一丝疑虑：是谁的电话这么重要？

顾宝看着走到阳台上反手关上落地窗的裴廷，风吹起了裴廷的额发，天边暗沉的乌云让他的面色看起来和天气一样糟糕。

　　电话里说的事情应该非常严重，他看见裴廷一瞬间握紧了拳，额角青筋都冒了起来，模样愤怒到极致。

　　顾宝听不见裴廷在说什么，只看见裴廷的嘴唇快速张合着，然后挂了电话。

　　难道是公司出了事情？

　　落地窗被打开了，风涌进了房子里，连带着裴廷周身的怒意。顾宝从椅子上站起来："怎么了？谁的电话？"

　　如果说刚才裴廷是怒不可遏，那么现在则是一种虚伪的平静，让人一眼就能拆穿的虚假。

　　裴廷盯着顾宝："公司出了点事。"

　　不知怎么的，顾宝觉得右眼皮跳得厉害，他心里有点不安："是不是出了很严重的事情？资金出了问题，还是重要项目不好了？"

　　裴廷怪异地笑了一下："项目是出了点问题。"

　　又是父亲的电话，父亲的耐心越来越少了，竟然对他用上了威胁这一招。

　　他厌恶被人威胁，这容易让他产生逆反心理。

　　第二日下班后，裴廷也第一时间过来接顾宝，并带顾宝到附近商场吃饭。顾宝在车上的时候，把自己创业的想法跟裴廷说了。

　　"纪图你还记得吧，上次他来找我，想要开餐厅，我觉得这个生意可以做。"顾宝先抛出话题。

见裴廷听得不是很认真，顾宝皱眉道："你有没有在听我讲话？"

裴廷："嗯，餐饮业是不错，怎么了，你想投资？"

顾宝摇头："没有，我想从分公司辞职，去帮纪图。"

裴廷重复顾宝的话："从分公司辞职，去帮纪图？"

顾宝斟酌着用词："在公司上班当然很好，可是这不是我想要的生活。"

裴廷问："你想要什么样的生活？"

顾宝说："我想要赚多点钱，我爸我妈我都要照顾好，只上班的话，钱不够。"

裴廷不说话了，顾宝挪了挪，凑到裴廷身边，小心道："律师也说了，我爸能申请取保候审，说不定很快就出来了，到时候我们一家人都得住一起，我可能需要从你家搬走。"

裴廷摩挲着指尖，再次重复顾宝的话："搬走？"

顾宝："我又不是马上就搬走了，你别黑着脸啊。"

后来，裴廷的情绪就没好过，一直不怎么说话。

顾宝被裴廷的低气压闹得小心翼翼，又从中觉出一股憋屈。

不就是辞职去创业，裴廷有必要这么生气吗？他也有自己的缘由，裴廷就不能体谅体谅他？

路过一家高奢品店时，裴廷突然站住了。顾宝顺着裴廷的目光望去，发现裴廷看着的是当年他给裴廷买手表的那个品牌。

顾宝正愁着没破冰的契机呢，于是赶紧带着裴廷进去，想要让人想起点他的好。他对裴廷说："进去逛逛吧。"

哪知道这个品牌除了进门处的柜台有点饰品，其他地方都摆着衣服和鞋、墨镜与帽子，再往里面走一点，是个装潢有别于其他地方的区域。那里摆满了童装、玩具和一双双小巧可爱的婴儿鞋。

顾宝甚至看到了一辆画风极其不符，标满了品牌 logo 的定制婴儿车。

现在的有钱人都这么会玩了吗，婴儿车也搞高奢定制？

顾宝实在好奇，走过去看了一眼价格，被一长串数字刺痛了眼。一辆婴儿车十多万，这个价格合理吗？

顾宝正为奢侈品牌出的各种稀奇古怪的东西惊叹时，裴廷站在他旁边，用一种奇怪的腔调问："你看这个做什么？"

顾宝："随便看一下。"说完转向一旁，随手拿起了一个婴儿用的玩具，再次看了眼价格，心想他不应该去做餐饮业，现在婴儿的钱好像更好赚。

他听见裴廷说："你喜欢？"

顾宝没反应过来："喜欢什么？"等反应过来，他随口道："还行，小孩很可爱啊。"

范娇的孩子应该是混血吧，他要不要买一件这家店的东西送给她孩子？

"顾宝，你想要孩子吗？"

顾宝愣了愣，看着手里的玩具。他想要孩子吗？以前他就想过。他还想过他孩子和裴廷孩子结娃娃亲，想过两家人一起爬山，孩子们亲热地在一起，他们结为亲家，一辈子不分开。

顾宝放下玩具："以前想过，我妈也经常说想抱孙子。"

裴廷手里握着一个婴儿用的玩具，不知在想什么，下一秒，那东西意外碎在了裴廷手里。鲜血一滴滴地落在地上，在洁净的地板上晕开了。

顾宝吓了一跳，赶紧跑了过去。

顾宝看着那刺目的血，脸色煞白，仿佛那碎片是破在他手上一般。他急声道："你快松手！不疼吗！"

他们的动静引来了店员，裴廷呆呆地松了手，拿出一方手帕压住手掌止血，再掏出钱包，取出银行卡递给店员："抱歉，商品和清洁费一起赔偿。"

店员还怕裴廷就产品质量找他们麻烦，既然顾客愿意赔钱，又不惹事，这就最好了。

从高奢店出来，顾宝眉头就没松过："还是高定呢，价格这么贵，质量这么差，给孩子玩的时候碎了怎么办！"

说完他心疼地看裴廷的手："我们去医院吧，万一伤到神经就不好了。"

裴廷不答话，顾宝抬眼迎上裴廷的眼神，那样陌生又冷酷。裴廷从没这样看过他，顾宝被裴廷的目光刺得结巴起来："到底怎……怎么了？你这些日子好奇怪，发生什么事了？你跟我说啊！"

裴廷说："我再问你一次，你昨天和王辉去哪儿了？"

顾宝的心提得高高的，他叹了口气，镇定道："叁口煮！我和王辉去了火锅店。"

"你不会因为这个生气到现在吧？"顾宝盯着裴廷的手，"我们去医院行不行？"

裴廷扫了他一眼，就像厌烦他了一般，大步往前走。

顾宝愣在原地，脸也黑了："裴廷！"

他声音有点大，在公共场合，很不礼貌，但他控制不住，他受不了裴廷这么对他，也不知道他们之间到底出了什么问题。

顾宝几步追上裴廷，抓住了这人的手臂："你到底为什么这样对我？"

"不高兴就冷脸，话也不说明白，还是说我又哪儿不合你意？那真是不好意思，我一直都是这样，早定性了，改不了！"顾宝压着声音，说得又快又急。

裴廷的目光先是落在顾宝捉着他的手上，再缓慢上移："我知道你改不了，我就不该指望着你去改。"

顾宝气急，这人还真是因为看他不顺眼。

顾宝一点点站直身子，脸色苍白："你早该知道我是个什么样的人。"

裴廷只留给他一个沉默的侧颜，他们一同上了车，回家，谁也没跟谁说话。

第二日，裴廷拉着行李出差。顾宝在客卧里听到裴廷关门的动静，闭上眼，又睁开。他几乎整夜没睡，一双眼熬得泛红。

换上西装，顾宝去分公司辞职。他本没打算这么快辞，但和裴廷闹成这样，想来他辞职也没关系，裴廷不会在乎。

只是顾正怎么办？

辞职并不太难，人事部甚至没有留他，半个小时后，他就抱着一小箱自己的东西上了车，前往律师事务所。

裴廷给他找的律师姓木，他想去试探一下木律师的态度，看看顾正的事情是否有变。

木律师对他的意外拜访有点吃惊，听过他的委婉询问后，木律师笑了："顾先生你放心，取保候审的申请我已经提交上去了，相信结果很快就能下来，你不用担心。"

"有人在帮顾先生呢。"木律师说了暗示意味十足的话语。

顾宝心想，看来裴廷还算念旧情，就算跟他翻脸了，也没撤回对他的帮助，这让他松了口气。

顾宝从律师事务所出来，迎面竟然撞上了方灵。

方灵穿着得体的正装，抱着文件吃惊地看着他。他没想到方灵看起来柔弱，本职却是律师。

看见顾宝，方灵走过来："你怎么过来了？"

顾宝不是很想提自家的事情，笑了笑："我才要问你，原来你在这里上班？方律师，不错呀。"

方灵腼腆道："还是助理呢，我也希望早点转正。"

顾宝问："我在这儿和你聊天，会不会影响你工作？"

方灵看了眼手表："没事，马上就午休了，你等我一会儿，我请你吃午饭。"

不等顾宝拒绝，方灵就小跑到办公室里，没一会儿就出来了，对他说："走吧，楼下有家餐厅的咖喱蛋包饭不错，我请你吃。"

虽然一起吃午饭是方灵主动提出的，但真正到了餐厅，方灵便是一副欲言又止的模样。

顾宝也没什么胃口，他一夜未睡，现在胃里难受得紧，想到裴廷，心头更堵，无尽的酸涩从喉间涌出。

方灵主动道："你还记得上次我和你说的，他们有可能订婚吗？"

顾宝睫毛一颤："裴廷说没有这回事，他们不会订婚。"

方灵"嗯"了一声，没再继续说话。

顾宝却没那么确信了。之前他有多相信裴廷的话，现在就有多忐忑。他忍不住问："怎么了，你是听到什么消息了吗？"

方灵："卿兰说她要订婚了。"

顾宝的心沉了下去，这个消息让顾宝的胃更疼了。

原来裴廷真的有事瞒着自己，还是这样的大事。但他不是说过，不喜欢杨小姐吗？他这样做不对。

顾宝心想，到底要怎么样才能让哥正视自己，不要冲动。

顾宝自己犯过的错，不希望哥也犯。

从餐厅出来，打车回家，顾宝在后座上愁眉不展，引得司机问他："先生，你是不是哪儿不舒服？要不要送你去医院？"

顾宝摇头："没事，我很快就好了。"

回到家中，顾宝拖出行李箱。他刚住进这里的时候，甚至不愿意把自己的行李拿出来，只为方便走。

顾宝收拾了一点东西，就收不下去了。他吃了点止疼药，爬上床睡了一觉。第二天醒来，他拿出手机，裴廷没有给他来电话。

现在是早上九点，他二十五岁了。

手机里有很多祝福信息，唯独没有裴廷的。

顾宝点开了纪图的微信，纪图昨晚十二点就给他发来祝福。

顾宝问纪图在哪儿，纪图发了个蛋糕表情包："今天要怎么庆生啊？"

"想喝酒。"顾宝加了一句，"想喝很多很多。"

顾宝没能喝成酒。他被纪图从裴廷家中接走了，先去吃了饭，纪图还带他去挑了一身衣服，做了个头发。

他兴致不是很高，又不忍心让纪图失望，看纪图卡刷得过分痛快，还提醒道："纪老板，你悠着点，你是要开店的人！"

纪图无所谓地耸肩道："没事，不心疼，反正……"剩下的话纪图咽了下去，"哎呀，你别管了。"

顾宝也就不管了，被纪图打扮得光鲜亮丽后，又去海边吃了顿饭。下午纪图带他去玩了趟赛车。他之前对这个赛车场感兴趣，一直没能来。

赛车很痛快，仿佛把心口的郁气都冲开了。

晚上，纪图还把他带到了一个大包厢里，杨扶风、王辉，连复明和谢安都来了。

一屋子的人都是顾宝的好朋友，却唯独少了裴廷。

顾宝很感谢纪图，纪图甚至为了他连杨扶风都请来了，之前明明都不愿意提到杨扶风。

许久没见复明和谢安，顾宝心情难得好了点。他看着一桌子的小吃和啤酒，抱怨道："生日蛋糕呢？"

周围一圈人都在互相给眼色，王辉说："哎呀，蛋糕这么重要的道具当然是最后出场了。放心，你会满意的，给你订了个超级豪华的蛋糕！"

顾宝点了点头，能唱歌能赛车，还有这么多朋友陪他，这个二十五岁的生日过得也算值。但他心里隐隐约约的苦闷始终没有消下去，甚至随着时间的流逝越发扩大。

他打开一瓶酒，一口气灌了一半。纪图去拉他的手："哎哎！蛋糕都还没来，你就先醉了，不行啊，好歹也等到晚上吧！"

顾宝没停下："你就让我喝吧。"

纪图欲言又止，到底没继续阻止他。

顾宝喝了酒后，又去唱歌，唱唱跳跳，好似发了疯，没多久又去跟复明他们闹，哈哈大笑，仿佛心情很好，甚至有点嗨过头。

顾宝越喝越多，到后来走路都飘了，身体也像浮在空中。

纪图看情况不对，赶紧出去打了个电话，再回来时，发现顾宝整个不省人事。

他问杨扶风："你没看着他吗！他现在醉了怎么行！"

杨扶风没想到纪图会主动跟自己说话，脸色一亮："我包里备了解酒药，可以给他。"

纪图松了口气："赶紧拿出来，喂给他，裴廷马上就到了。"

本来眼睛都快闭上的顾宝，却仿若被"裴廷"两个字戳中了开关，他一下睁开眼，坐了起来，直愣愣地望向纪图："裴廷？"

纪图笑道："对啊，你最好的朋友……"

顾宝猛地起身，大笑："什么最好的朋友！图图！你在说什么傻话！"

纪图声音卡在喉咙里，眼睛都睁大了。

身后的门被人推开，顾宝晃悠着身体，醉得稀里糊涂。他感觉到王辉扯了下他的手，却全然不管，只觉得胸口那堆积许久的怨气汹涌而上，急需宣泄："我不想见到裴廷！我讨厌他！我讨厌他！！"

Chapter

17

哥，我有糖，很多很多的糖

气氛像死了一般沉寂，顾宝大口喘着气，终于睁开了眼，眼前的众人，神色各异，无一例外地，都望向了他身后。

　　顾宝浑身一冷，血液仿佛都凝固了一瞬，动作僵硬地一点点转身，那个他从早上开始就希望能出现在眼前、现在却绝对不想对方在的人，映入眼帘。

　　裴廷提着一个蛋糕，沉默地站在门口。

　　顾宝嘴巴张了又合，无尽的恐慌涌上来。如果可以，他甚至想要掐死刚刚开口的自己。

　　裴廷迎着满室静寂，缓慢走了进来，把蛋糕放在桌上，他说："生日快乐，顾宝。"

　　说完以后，裴廷转身出了包厢，把门关上了。

　　顾宝愣愣地站在原地。纪图快被这人气死了，他上前掐顾宝："你是不是疯了，说的什么屁话！今天一整天都是裴廷让我安排的，他一下飞机就赶过来了！"

　　要不然纪图才不会多管闲事，哪知道兄弟能蠢成这样，说了那些话，简直覆水难收。

　　顾宝白着一张脸，害怕地望向纪图："怎,怎么办,怎么办！"

纪图头疼得要命，杨扶风起身把解酒药递给顾宝："吃了，去追。"

顾宝胡乱把药塞进嘴里，生吞干咽，迈着虚软的步伐往外跑。走廊怎么这样长，顾宝跑得快喘不过气来，他视线胡乱搜索，甚至等不及坐电梯，扶着楼梯栏杆往下跑，险些摔倒。

"裴廷！"抵达一楼，正好看见准备上车的裴廷，顾宝快步跑到了裴廷面前，抓着这人的袖子，身体直抖，语无伦次地道歉，"对不起，对不起，我不是，没有你想的那样，我……"

和顾宝情绪激烈的样子相比，裴廷冷淡得像个局外人一样，好似刚才被当众说讨厌的人并不是他一样。

看着裴廷冷淡的反应，顾宝都快呼吸不过来了。他双手紧紧抓住了裴廷的衣角，急得眼泪都在眼眶里打转："真的不是……我错了，不是那样的，我是因为……"

他捂着因为过于紧张和害怕而抽痛的胃，虚弱地弯下腰："裴廷，别生我气。"

顾宝抽泣道："我，我说的都是气话，你不理我，去出差……方灵，方灵说你们要订婚了，生日你，你还没在。我错了，我没有讨厌你，我就是太气了，我真的喝多了，对不起对不起对不起！"

他泪眼婆娑地望着裴廷，却没看到对方有一丝动容。

"你可以不用上车。"裴廷说。

顾宝艰难地摇头："不要，我要上车，我们回家好不好？"

顾宝说完爬上车，乖乖系上安全带。

他太阳穴胀得厉害，浑身酒气，刚刚又因为害怕出了一身冷汗，现在在车里，冻得直哆嗦。

裴廷自从上车后就看着手机，也不理他。他屏着呼吸，战战兢兢，此刻已经全然忘了，今早他还考虑过离开裴廷，独自发展。

可现在，顾宝想也不敢想，只盼着裴廷能原谅他。

顾宝那些话有多伤人，他知道。明明不是真心话，他为什么会说那样的话！再生气也不能那样！他以后再也不喝酒了。

他睁开眼，看向裴廷的侧脸，试图从裴廷脸上找出一丝情绪，可是没有，裴廷甚至没有生气。

为什么？分明是该很生气的事情。

顾宝吁了口气，给纪图他们发消息，说他和裴廷先回去了，让他们好好玩。

纪图问：哄好了吗？

顾宝：不知道，哥感觉很奇怪。

纪图：怎么说？

顾宝：他好像……都不生我气。他是不是讨厌我了？

纪图：你别瞎想，讨厌你的话，费今天这个心思做什么？

顾宝收起手机，望向裴廷。

不知车行驶了多久，顾宝睡了过去，一觉醒来，身旁都没人了，前面也没司机。

顾宝赶紧下车，腿在睡的时候压麻了。他扶着膝盖，一瘸一拐地左顾右盼。可是没人，裴廷没有等他。

顾宝怔住了，迟疑了许久，等腿没那么麻后，小跑回家。

他输入密码，一阵刺耳的警报声响起，显示密码错误。

顾宝心头一颤，他连续输了几遍，门却从里面被拉开了。

顾宝仰头勉强笑道："哥，我好像记错密码了，不是1029吗？"

裴廷面无表情道："你没记错，我改了密码。"

顾宝"哦"了一声。他等了等，裴廷始终没有让开的意思，比萨在裴廷的腿后，好像觉出了事情不对，一双湿漉漉的狗眼看着他，没像往常一样扑过来。

他扶着门："哥，新的秘密是多少？"

裴廷终于侧开身子，顾宝赶紧挤了进去，弯腰换鞋，裴廷的声音从头上轻轻地落了下来："你不用知道。"

顾宝动作一僵，缓慢直起身："为什么……我不用知道？"

裴廷带着比萨回到厨房："因为你不会再用上。"

顾宝在原地站了许久，他觉得荒唐，过了好半天才艰难道："你就因为我的气话，就要把我赶走？"

裴廷倒了一杯水，好似听到一句好笑的话，他笑了笑："不是赶走。"

"那你是什么意思？"顾宝不明白，他甚至不知道裴廷想干什么。

裴廷把水杯放在桌上："从今天起，你就搬出去吧。"

顾宝觉得裴廷说的话，分开来都能听懂，组合起来，却让他不知道该怎么去理解。

"什么？"顾宝迟钝道，"……我不搬。"

裴廷远远地看着顾宝，脸上的神色却很陌生。顾宝朝裴廷走了几步："哥……"

"你在我这儿住得也够久了，说实话不是很方便。"裴廷用一种随意的语调说着话，顾宝却听得出来，裴廷是认真的。

裴廷："当然，你爸爸的事情，我也不会再管。"

顾宝心头狠狠一颤，勉强地扯着嘴角："哥，你别说气话。我知道你现在很生气，我……"

裴廷："我没生气。"他打断了顾宝，"我只是告诉你，你该离开了。"

"你可以选择再住一段时间，等找到房子了再搬出去，也可以选择现在就走。"裴廷一个字一个字地说着，成功地使顾宝的脸色渐渐灰败了下去。

他目光苛刻地看着顾宝，就像看着一个一无是处的人。

顾宝轻轻眨眼，眼泪打湿了他的衣领。

顾宝安静地落泪，他一步步走到了裴廷面前，双眼通红，希望看到裴廷有一丝动容。

他抓着裴廷的手指，喃喃低语："哥，收回那些话好不好？"

裴廷始终沉默，顾宝抓着裴廷的手："我知道你生气，但是我们不能这样，你别生气，我求你了。"

手被抽了出去，裴廷不理会他，更不心疼他："我说了，你可以不愿意。"

"哥，是我醉了吧？"顾宝恍惚地望着裴廷，见裴廷没答话，他哑声道，"你到底为什么要这样？"

顾宝并没有当即离开。

这些日子顾宝想了许多，一遍遍想要理清思绪，找到裴廷这么做的理由。

他第一个想到的是，因为裴廷要订婚。

毕竟他曾经说过，只要裴廷订婚，他一定会离开。

顾宝在家浏览了不知道多少关于风宙集团和裴氏企业好事将近的新闻。

无风不起浪，何况裴廷没有要掩盖的意思，他时常与杨卿兰出入在人前，毫不避讳地包下餐厅与人共进晚餐，甚至在今天，他与杨卿兰进入本市知名的珠宝店，头条标题极其明显，说他为杨卿兰挑选他们的订婚戒指。

事情变得很令人焦灼，顾宝大抵能明白杨卿兰为什么会和裴廷订婚，左右不过是商业联姻，强强联手，这种事情不少见。

搬出裴廷家并不是什么非常难以接受的事情，而他非留在这里是因为，他担心就这样出了这个门，裴廷可能再也不会理他了。

顾宝在房间里翻来覆去睡不着，他的门又轻轻被人拧开。

他心情不好，身体也变差，胃疼了几次以后，直接发烧。

顾宝闷着没有去医院，他不知道密码，出去了就再也回不来了，只能死皮赖脸地留在这里。

他强忍着难受，半夜的时候房门被人推开了。

顾宝猛地睁开眼，裴廷却没感觉到吃惊，而是摸他额头。

许久的静默过后，裴廷收回了手，把药放在了桌边："记得看说明书。"说完他给顾宝盖上被子。

一切自然得仿佛他们之间没有产生隔阂，但顾宝又十分清楚，他们之间早已经什么都变了。

裴廷嫌他碍眼，此刻迫不及待要赶走他，那又何必要关心他？

他紧紧闭上眼，装睡。

裴廷没有走，而是坐了下来。裴廷开了床头的灯，光线并不明亮，落在裴廷的脸上，让他看起来不那么难过，甚至没多少温度。

一切只是淡淡的，裴廷说："顾宝，我刚才看着你，在想一件事情。"

顾宝不想搭话，却没控制住，他睁开眼："什么？"

"我在想，我不再是你哥以后，你在我眼中会是个什么样子。"

顾宝瞬息抓紧了被子，几乎要被这句话逼出眼泪来，他说一百句狠话都不如裴廷说一句。

他疼得身体都在颤抖了，挣扎了许久，才能逼着自己发出点声音："不是哥就不是吧，我不在乎。"

裴廷一直没看顾宝，只是注视着他的手，纤细白皙，他们第一次见面时，裴廷在上面留下了自己的名字。

裴廷低声问："你不是说我永远都是你哥，为什么会不在乎？"

顾宝梗着脖子道："你都这么对我了，你还承认是我哥吗？"

裴廷沉默了一阵，然后轻声问："不是了吗？"

"嗯。"话语就像碎在喉间的刀，一个音节都让顾宝痛苦不已，充满违心。

裴廷关上了床头的灯，还是没走，身影隐在黑暗中，依旧充满了存在感。

裴廷叹了口气，如同自言自语，又如对顾宝说："不当就不当吧。"

顾宝几乎要喘不过气来，裴廷说："有时候我觉得，你离开的日子很快就到了。"

"但每一天醒过来，睁眼的那一刻都觉得是不是今天，还是明天。"裴廷说，"顾宝，你走吧。"

一阵急促的呼吸声中，顾宝睁开了眼睛，这是个不太好的梦，那点残余的恐慌在梦境与现实的交接处，久久停留。

他睡眠质量很差，时醒时睡，起床往窗口看，天边刚露出一点紫灰色的光。

今天是他这一个月来第一次要出门的日子，他要去看汤玉美。

他和汤玉美说了要搬出去的事情。这个月里，他与汤玉美打过几通电话，为自己没有去医院的事情，找借口忽悠了过去。

自从裴廷跟他说了那番话后，他们两个就再无交流。

顾宝没有像之前那样破罐破摔，阴阳怪气，裴廷也没有要跟他说话的意思。

两个人冷了下来，就似一对共住在屋檐下毫不相干的室友。

顾宝揉了揉刺痛的眼角，打开了窗子。灰蓝的天空让人心情压抑、沉闷。

他没有收拾行李，说不清他可以离开这件事，让他觉得轻松还是难过。如果说昨晚理不清思绪，那么今天这种心情，就充分地表明了他绝对称不上有多快活。

顾宝打开衣柜，看着那一排的衣服，没有选裴廷布置的，而是取出自己原有的穿上。

顾宝下楼开冰箱，决定主动做一顿早饭。虽然不知道他们这样算不算好聚好散，但顾宝不想在自己和裴廷分开时什么都没有做。

说来也可笑，曾经他给裴廷煮了一碗生姜可乐，裴廷喝得珍惜无比，他说不用这样，他以后可以再煮其他的给裴廷吃。

可事实上，他后来就再没下过厨，裴廷到底也只喝了那一碗姜丝可乐。

水烧开，面下锅，顾宝简单地下了两碗面条，给裴廷多准备了一个蛋和几片火腿。那清汤寡水般的面并不丰盛，就好像他能给裴廷的东西，总是这么少得可怜。

楼梯传来脚步声，裴廷一边打着领带一边下楼，看见顾宝在厨房时还怔了怔。直到顾宝把面端出来，裴廷才说："你今天可以先不用走。"

顾宝端着面愣在那里，傻傻地"啊"了声。裴廷拉开椅子坐下："我带你去见阿姨，等看完她以后，我再带你回来。"

两碗面放在桌上，裴廷把那碗明显丰盛些的留给顾宝，自己快速地把另一碗吃了下去。

顾宝不知道该说什么，只能说此时的心情，失望是没有的，而且松了口气。

但他肯定不会让裴廷看出来自己这种窝囊的心态。他故作镇定，看着碗里特意给裴廷煎的荷包蛋，犹豫了好久要不要夹给裴廷。

哪知他这个行为倒给裴廷错误信息，裴廷看了他几眼："连面都吃不下了？"

"……"不至于，顾宝发现裴廷也蛮会脑补的。

裴廷："吃不下也吃点吧。"说完裴廷起身，把已经只剩汤水的碗端走，放到洗碗池中。

顾宝那枚荷包蛋到底没有送出去。

前往医院的车上，顾宝全程靠着窗看窗外的景色。

实际上他大半时间在看窗玻璃上映出的裴廷的身影。

胡思乱想间，医院到了。裴廷带了花和果篮来探望汤玉美。汤玉美气色不错，看起来都不像病人了。

汤玉美对裴廷很有好感，顾宝作为儿子，在旁边都没有什么发挥余地。他只能默默坐在旁边，给汤玉美剥橘子，总共才剥了两个，一个给汤玉美，一个递给裴廷。

裴廷诧异地瞧了他一眼，他拧眉，刚想把橘子收回来，裴廷就把橘子接了过去，吃了一瓣。

汤玉美靠在病床头，老话重提："小裴啊，你都二十六七了吧，找女朋友没？"

闻言，顾宝脸色紧张起来，裴廷挺自然地答道："不着急。"

汤玉美叹了口气："我们宝宝，要不是因为这些事，宝宝和娇……"

"妈！"顾宝大声打断了汤玉美，在酿成大错之前，他赶紧道，"行了，你别操心这些，我才二十五，裴哥都不急，我急什么？"

裴廷没有接这个话，汤玉美不想惹得难得来一趟的儿子闹别扭，只好另换了个话题，没再提这件事。

太阳不错，顾宝便同汤玉美到楼下散步。裴廷没有一起下去，而是留在病房里。

顾宝和汤玉美逛了一圈，回来后病房里已经没人了。

顾宝愣了愣，汤玉美说："小裴那么忙，可能有事先回去了。"

他勉强点了点头，扶汤玉美上床后，这才从病房出来。

一出病房，他就匆匆跑到了护士柜台那里，问人有没有看到过裴廷。

裴廷高大英俊，护士小姐们都很有印象。她们说顾宝陪着汤玉美下楼没多久，那位先生就走了。

走了？顾宝听得心慌，不是说今天只是来带他看妈妈的吗，怎么突然就走了？他没有裴廷家的密码，要怎么回去？

顾宝在医院里转了几圈，又想着裴廷是不是去食堂了，还特意去了趟食堂。等找了一圈，他才确定，裴廷没留在医院里，裴廷走了。

裴廷骗他，不是说了今天只是带他来看汤玉美吗，怎么能……丢下他呢？

顾宝茫然无措地站在医院走廊上，就像一个走丢的孩子，害怕慌张，气急交加，肠子都搅作一团，有种失重的难受感。

这时，裴廷回来了，手里提着一个纸袋，看见站在走廊上，一脸要哭出来的表情的顾宝："怎么了？发生什么事了？"

顾宝一见裴廷，心就定了，他别扭转头："没有，什么事都没有。"

裴廷是去了一家不送外卖的药膳店，专门领一早就在店里定好的药膳。

他这么有心，汤玉美连连感慨，还说："小裴啊，要是阿姨有女儿，肯定让她嫁给你。"

回程的路上，顾宝没有像早上那样贴门坐，而是坐在一个离裴廷不远不近的位置。中途他还睡着了，迷糊间他感觉自己无意识地靠在了裴廷的肩膀上。

其实那一刻他就清醒了些，下一秒，裴廷的动作却让他愣住了。

裴廷把车里的抱枕放在了顾宝那边的车门边，然后把顾宝轻轻从自己肩膀上扶起，推到那柔软的抱枕上。

柔软的抱枕，比男人结实的肩膀不知道好睡多少，可偏偏顾宝再也没有睡着，而是硬挺着全程装睡。

直到车子停下，顾宝才做出初醒的模样伸了个懒腰，自动随在裴廷身后回家。

一路上，顾宝颇为不安，直到晚上，顾宝犹豫再三，这才走到了裴廷的房门口，主动敲门。

裴廷说了声进来，顾宝推门而入，沉默地站在裴廷面前。

裴廷从电脑后抬头，摘下了眼镜，揉了揉鼻梁骨，温声道："怎么了？"

顾宝垂眸："今天谢谢你。"

裴廷："不客气。"

顾宝没说话，也没走。

裴廷说："还有什么事吗？"

顾宝很慢地摇了摇头，然后转身出了房门。

忽然之间，那晚的话又浮现在顾宝的脑海里。

裴廷说，让他离开的时间很快到了，每天醒来都觉得是那天。

他就变成了一个真正的路人，原来裴廷说的是真的，不是口是心非，不是一时气话，更不是故意刺激顾宝，要气他。

而是……单纯地，裴廷不想再对他好了。

一个人愿意对另一个人好的时候，全凭他愿意。他不愿意了，随时都可以抽身离开。但留下的曾经被宠成宝的那个，却难以释怀。

那种感觉就像身处深海，氧气越来越少，而你只能眼睁睁看着，什么也做不了。

这是一场缓期死刑，你却不知道哪一天是真正的刑期。

顾宝明白，那一天快到了。

他清晰地感受着裴廷把对他的好都收回去，却什么都做不了。他只能神经质地不断刷新网络，把上面每一篇关于裴廷的消息都看了一遍，也不敢去问就在旁边房间的当事人。

顾宝被困住了，他数次想要冲到裴廷房间，抓住裴廷质问到底为什么这么对他，每一次都在门口刹住，挫败离去。

他日渐消瘦的样子同样让裴廷心情不是很好，在他又一次只吃几口就放下筷子后，裴廷皱眉道："坐下，把饭吃完。"

"我吃饱了。"说完顾宝从餐桌边离开，来到沙发这边坐下，打开电视机。

裴廷深吸一口气："顾宝，过来，别让我生气。"

顾宝膝盖屈着，脸颊挨在上面，他歪着脑袋看裴廷，用认真求答的语气问："你为什么要生气？"

"我吃得下，吃不下，瘦了胖了，对你来说有区别吗？"顾宝甚至笑了。

裴廷面无表情道："把饭吃完。"

顾宝没得到想要的答案，无趣地转回头，抱着膝盖继续看电视。

裴廷站起身，椅子在地上摩擦出难听的声音，顾宝身体一颤，却在裴廷走到自己身前时，仰起头："让我吃饭可以，但是我有个条件。"

顾宝等了很久，他以为裴廷会问"什么条件"，但裴廷只是用一种错综复杂的目光打量他，然后转身离开了。

当晚五嫂就过来了，难得见到别的人，顾宝脸上多少出现了点笑容。

五嫂从前同他很熟，对他很亲切，看见他还心疼地说："瘦了好多啊。"

顾宝皱鼻子笑了笑："瘦了更有男人味。"

厨房里，五嫂一边揉着面粉，一边跟他闲聊："小少爷好久没回老宅吃饭了，他从前最爱我这手小汤圆。"

顾宝好奇地问："醪糟小汤圆？"

五嫂："对啊，他不喜欢吃甜的，但很喜欢这个。"

顾宝："也教教我好不好？我还没做过这种呢。"

五嫂眉开眼笑："当然可以，你去套个围裙，再洗个手就行。"

当裴廷下来的时候，厨房里一阵欢声笑语。裴廷望过去，却见顾宝消失许久的梨涡重新浮现在脸上，上面沾着点面粉，他笑着问："真的吗？就因为没考好？"

五嫂说："可不是吗，哭了好久，还是被小汤圆哄好的。"

顾宝再次笑出声，裴廷在原地站了许久，这才走过去敲了敲岛台。

两个背对着裴廷的人回头，五嫂还笑着，顾宝脸上的笑容却消失了，仿佛他是个不速之客，破坏了顾宝难得的快乐。

裴廷说："五嫂，我要出门，不用做我的饭。"

五嫂"啊"了一声，皱眉道："可是宝……"顾宝扯了扯五嫂的裙子："没事，我们两个吃也可以。"

裴廷看见了他的小动作，没说什么，径直走到玄关，穿上外套出门。

等裴廷走后，五嫂才说："咱们忙了大半天，白忙活了。"

顾宝扫了眼岛台上一颗颗可爱的小汤圆："没事，等他晚上回来吃也可以。"

最后醪糟小汤圆剩了一大碗，被顾宝用保鲜膜贴好了，放进冰箱里，他在冰箱上留了个便利贴。

他希望裴廷能看见，能尝一尝这碗小汤圆。

但他又不那么希望裴廷知道这是他做的，所以只写上一句：冰箱里有五嫂留给你的夜宵。

然而那个晚上裴廷很晚才回来，之后五嫂每日都会来，做好饭陪了顾宝吃完后才会离开。

五嫂替代了裴廷的位置，裴廷再没留下来陪顾宝吃过饭，要么不回家，要么很晚才回来。

那碗醪糟小汤圆一直放到不能吃了，才被五嫂从冰箱里拿出来："顾宝，这都坏了啊，倒了吧。"

顾宝怔了怔，打开保鲜膜，确实坏了，即使特意冷藏，也无法阻止它逐渐变坏。顾宝亲手倒了那碗小汤圆，洗干净碗。

洗了碗后，顾宝感觉到胃部一阵反酸水，他难受地捂住那处，跟五嫂说："五嫂，我上楼睡会儿，晚饭可以不用煮我的。"

五嫂惊讶道："这怎么行？我就是过来给你煮饭的，你都不吃，那谁来吃啊？"

哪怕早就猜到了，顾宝此时还是有点难受："裴廷才是这个家的主人，他是你的小少爷，你做的饭可以留给他吃。"

五嫂尴尬道："但是……"

顾宝打断她："但是他现在都不回来吃饭了是吗？"

他扯了扯嘴角，苦笑道："何必呢……"

如果这个家因为有他，裴廷有家回不得，那他走就是了。

顾宝按着胃上楼，吃下止痛药后，准备睡一觉，胃部的钝痛逐渐被止疼药缓解。

顾宝知道这是情绪引起的胃病，从他家破产后就患上了，在那以后，只要情绪十分糟糕，这个病就会跳出来折磨他。

昏昏沉沉不知道多久，等再次睁眼，眼前却是一片白茫茫的天花板，他来到了医院。

裴廷坐在旁边，脸色很差。

顾宝虚弱地问："我怎么了？"

裴廷："胃出血引起的严重贫血。"

顾宝缓慢地眨了下眼睛："哦。"

裴廷好像忍无可忍："你不舒服为什么不跟五嫂说，或者打个电话！你知不知道，如果没有及时发现，会是什么后果吗！"

顾宝平静地躺在床上，毫无生气，仿佛听着无关紧要的事情。看着他这个样子，裴廷再也说不出话来。

医生说，这种情况大多是因为过于劳累，或者情绪紧张。

顾宝这些时日，除了在家待着，根本没有劳累的机会。

那是因为什么？很明显，就是因为在这个家待着。

五嫂带着药膳来了。她在饮食养生方面很有一手，可是这些时日给顾宝做饭，非但没把人养胖，还让顾宝因胃病入院，实在让她感到挫败。

更何况，昨晚她都没发现顾宝的不对劲，直到裴廷回来，她说顾宝没有吃饭，在楼上睡觉。

本来见小少爷沉下脸色，五嫂还担心裴廷说些不好听的话，于是跟在人身后，句句解释："顾宝应该只是累了，你也别跟他急。"

裴廷上楼后开灯，看见顾宝窝在被子里面，脸上毫无血色，叫了他几声，他没有应答。

裴廷上前把没有丝毫回应的顾宝背起，感觉到顾宝的手软绵绵地自他身上滑落，这才神色大变。

五嫂从来没见小少爷这么慌过。

她把病床上的小餐桌打开，药膳打开放好，顾宝虚弱地对她说："对不起，早知道就听你的话，把饭吃了。"

五嫂心疼地说："还疼不疼？你可吓死我们了。"

顾宝笑了笑，不是很在乎的模样，没心没肺极了："不疼，不是什么太大的事，老毛病了。"

"年轻人不能这么糟蹋自己的身体，老了就会后悔了。"五嫂絮絮叨叨，用公筷给顾宝夹了几筷子菜。

顾宝安静地吃饭，全程没对裴廷为什么不出现在病房里提出什么疑问。五嫂走后，顾宝还躺下来看了会儿电视，这才闭眼休息。

裴廷是深夜过来的，分明早就过了探病时间。顾宝睁开眼，空气中氤氲着浅淡的酒味。

他睁开眼，裴廷离他有些近，手撑在床旁，仔细看他。他也在看裴廷，穿着正式的西装，模样英俊，只领口解开几颗扣子，看起来是从重要场合过来的。

不知是不是与杨卿兰一起，两家人吃的饭。

应该是了，顾宝订过婚，也熟悉流程。

裴廷见他醒了，正想起身远离。

顾宝伸手抓住了裴廷的袖子："你到底为什么要这么对我？"

裴廷嘴唇微动，正想说话，手机却震动起来。裴廷拿出手机一看，是杨卿兰的来电，顾宝也看见了。

下意识地，他抓住了裴廷的衣服，哑声道："不许走！别接！"

裴廷握着手机，手机的声音一下比一下急促，顾宝颤着声道："哥！"

最终裴廷还是推开了顾宝的手，起身离开了病房。顾宝无力地倒在了病床上，双手捂住脸颊，许久过后，猛地坐起身，带上五嫂给他拿过来的手机。

顾宝打开病房门，不远处的裴廷正背对着他打电话，他看了那背影一眼，转身往另一个方向走。

他脚步不快，胃部还隐隐作痛。

他才走到医院楼下花园，就感觉手机疯狂震动起来，是裴廷的来电。他按了拒接，加快步伐，在医院门口拦了一辆出租车。

刚关上车门，车窗就被裴廷重重捶了一下，吓得司机骂了句脏话。顾宝也没想到裴廷来得这么快。

隔着车窗，他听见裴廷怒吼："顾宝！出来！"

顾宝强迫自己转过头，对司机说："开车。"

话音刚落，门锁就被司机打开了，裴廷开门，把顾宝拖了下去。司机根本不想接这单，怕惹上麻烦。

裴廷强硬地捉住顾宝，怒道："你去哪儿？拖着这样的身体，还想去哪儿？！"

顾宝挣扎着，用力甩开裴廷："和你没关系！放开我！"

裴廷眼睛渐渐红了："你别任性！"

"我任性？！你以为我不知道你为什么非要我搬走？不就是你要结婚了吗！你这个有异性没人性的浑蛋！"顾宝声音都喊哑了，他破罐破摔，把自己所有的不满都喊出来。

裴廷死死掐着他的手腕："你不是根本不把我当哥吗？我和别的女人订婚，又和你有什么关系！"

"是啊，你不再是我哥了！给我滚开！"顾宝气得几乎要喘不过气，"你说得对，你和谁结婚都和我没关系！我就是为了我爸才忍你这么久，怎么样裴先生，你满意了吗？"

裴廷一直看着顾宝，顾宝也不甘示弱地瞪着他，他们沉默了很久，直到彼此激烈的呼吸声渐渐平复。

顾宝的手被松开了，裴廷步步后退，哑声道："满意，太满意了。"

月亮被云罩住了，坏掉的街灯没有丝毫光线。

言语化作刀，伤人一千，自损八百。

"顾宝。"他听见了裴廷喊他的名字，充满怠倦，裴廷大概自己也没想到，他说出这句话时，竟然什么情绪都没有，"算了。"

顾宝想大笑，想骂裴廷，他想用最狠的话，表达出自己的洒脱和自在，想在当下挽回一丝尊严和面子。

可他说不出来，他什么话都说不出来，不管是违心的还是要面子的话，都没有说出口的力气。

在听到"算了"的那一刻，风好像停了，世界寂静得只剩下他一个人。

裴廷转身，步入黑暗的街角。

就像很多年前，裴廷离开他。

那时候，他还抱着汤玉美，他还有个家让他躲着哭。

可这一刻，他什么都没有，只能无力地往前迈了几步，一声低哑又微弱的"不要"吐了出来，散在了空气中。

顾宝抹着泪，胃部再次剧烈疼痛起来，他捂着胃，一步步蹒跚地追着裴廷，裴廷却早已走到了街的尽头，拦下一辆出租车。

车子离开了，而顾宝没有追上。

他跟着车的方向徒劳地走着，不知道走了多久，直到胃痛已经到了无法忍耐的地步，按着肚子，缓缓地蹲了下来："不要……"

"哥，不要……丢下我。"

他捂住了脸，眼泪不断地涌了出来。他的身子缩成小小一团，自言自语般地说对方不再会听见的话。

这一天终于到来了，顾宝却没想过会这么快。

他拿出手机给裴廷打电话，可是打不通，每一次都被拒接。明天裴廷就要订婚了，裴廷的未来不会再有他。

顾宝没想到，这一次，裴廷是真的不管他了。

裴廷的做法堪称决绝，电话不接，微信拉黑，顾宝不过迟了一会儿，就被彻底抛下。

他固执地不断给裴廷打电话，直到手机没电，才勉强找回理智，先回医院。

在医院借来充电宝，顾宝吃下止痛药，换上常服，办好了出院手续，打车回到裴廷那个家。

他按了无数遍门铃，门下也无灯光，顾宝摸不清裴廷是真的不在还是故意装不在。他敲门喊话，直到隔壁邻居不堪其扰，电话投诉，保安上来问话。

顾宝窘迫极了，小声急促地道歉："我原来就住在这里，不是故意扰民。"

保安怀疑地看着他："这不是密码锁吗，你不知道密码？"

顾宝："前阵子改了，所以不知道。"

保安："那你给你朋友打电话。"

顾宝难堪道："他不接我电话。"

保安越发疑惑，看顾宝的眼神很不友善。他掏出手机，问顾宝要了裴廷的电话号码，拨通。

那边很快接起，顾宝伸手想抢保安的手机，却被保安粗暴推开："你干什么！"

顾宝狼狈道："你让我和他说句话吧！"

保安威胁般地瞪视顾宝："你老实点！"

保安握着手机，警惕地注视着顾宝，三言两语交代了目前的状况。电话那头的人说了什么，顾宝没听见，他只渴望地看着保安的手机，希望保安和裴廷聊完，再把手机给他。

然而期望落空，保安"嗯嗯"两声，之后便利落地挂了电话，对顾宝说："你别按门铃了，他不在家，一会儿就回来，你在这儿等着。"

得知裴廷还会回来，顾宝松了口气。送走保安后，顾宝站在原处，始终没明白他和裴廷怎么就走到这一步了。

吵架时图痛快，等脑子冷静下来，无尽的后悔便涌了上来。

他想缓和与裴廷的关系，但他不知道裴廷在想什么，又怎么去缓和？

等待的时间是那样漫长，电梯每次的动静，都让顾宝的心被提起，期盼又害怕地望向那处。

期盼裴廷的出现，害怕裴廷的冷漠，而这些情绪都在他看清电梯里步出的那人相貌后，尽数沉了下去，不断地坠落，失望透顶。

周玖笑眯眯地和他打了个招呼，脸上并没有大半夜被裴廷使唤过来的恼意："好久不见了，顾宝。"

顾宝蹲了很久，突然站起，只觉腿上一麻。忍着难受的感觉，他看向周玖身后的电梯，没人，只出来了周玖一个。

周玖伸手输入密码，却有意识地挡着顾宝，没让他看见。

直到把门打开后，周玖这才回头："裴廷让我过来帮你收拾东西，或者你想在这儿睡一觉也行，明天再走？"

顾宝站在原地没动："裴廷呢？"

周玖脸上的笑意散了："他不是已经跟你绝交了吗？"

周玖是裴廷的朋友，出于礼貌，不会对顾宝恶言相向，可这不代表他对顾宝能一直有耐心。

顾宝听到他的话，脸上浮现被刺痛的神色，却依然问："我有话想和他说。"

周玖："不好意思，我想他应该没有话要对你说。"

"既然已经决裂了，就不要纠缠了，给彼此留点体面不好吗？"周玖冷淡道。

顾宝深深吸了口气："这是我和他的事情，跟你没有关系。"

周玖耸耸肩，打算越过顾宝离开，手腕却被顾宝握住了，力道不算大，周玖却没用力甩开。

毕竟他来之前，裴廷还跟他说，顾宝现在身体不好，开了门就走，别说太多。

419

只是周玖心里有气，忍不住讽刺了两句，现在看顾宝一副摇摇欲坠、病恹恹的样子，也没办法把人推开："你抓着我干什么？"

　　顾宝白着脸道："裴廷明天在哪儿订婚？"

　　周玖脸色有点奇怪，似吃惊又欲言又止，最后说的却是："和你没关系吧。"

　　顾宝硬撑着一口气："不说，等我查到地方，我就大闹订婚现场了。"

　　听到这里，周玖火气一下就涌了上来，用力甩开顾宝的手。

　　顾宝身体摇晃两下，手背打在了门上，发出一道骨节碰撞在硬物上的声音，听起来很疼。

　　周玖抱起手，上下扫视着顾宝："做人总得有些良心，不能这么厚颜无耻吧？"

　　顾宝忍着疼，这是裴廷的朋友，是他能见到裴廷的唯一机会，哪怕现在被人出言讽刺，他也只能按捺下来："你在胡说些什么？"

　　周玖冷声道："还装呢？你是不是觉得你瞒得很好啊？"

　　顾宝茫然地看着周玖，好似根本听不懂周玖在说什么。这模样，要不是周玖知道相关内情，他都该信了呢。

　　周玖嘲讽道："快别装了，你和你前女友那点破事，你以为裴廷不知道啊？"

　　顾宝愣了很久，终于明白过来，他眼睛一点点睁大："范娇……"

　　周玖气不过："是啊，范娇！你很行啊，搞大前女友的肚子，还打算带着人去打胎，简直是下作了！裴廷这么正派的人，怎么会和你厮混在一起！"

"不是这样的！"顾宝急声道，"不是你们想的那样的！我和范娇……"

他话还没说完，周玖就不耐烦地举起一只手："打住，别拉着我解释，我不想听。说到底与我无关，你聪明点就好聚好散吧。"

说完他转身要走，却被顾宝抓住了胳膊，顾宝急声道："我要见裴廷，你让他接我电话，我根本没有……"

话还没说完，顾宝就被耐心尽失的周玖用力推开。

周玖最烦人纠缠，顾宝一而再，再而三地抓着他，已经够犯他忌讳。

他力气大，顾宝的身体撞上门，门顺势关上，顾宝余光瞧见，竟然伸手去挡，一声钝响下，他看着都牙疼："你有病啊，你拿手挡什么？苦情戏吗！我和你说，你跟我演这套没用！"

顾宝忍着剧痛，扶着那险些关上的门，颤着声道："我没密码，关上就进不去了。"

周玖哑然，半天不知道该说什么。

顾宝不复刚才的气势，几乎是低声下气地说："算我求你了，你让裴廷见我一面吧。我和范娇真不是你们想的那个样子，都是误会，我能够解释。"

周玖后退几步，头都大了："你死心吧，裴廷不会回来。"

顾宝执拗道："那我就在这里等他。"

周玖脸色难看地甩下一句："随便你！真是疯子！"说完

他便急急地进了电梯，根本不想在此处多留。

顾宝看着周玖离开，浑身力气一下就散了，几乎是眼前一黑。他趔趄后退，一屁股摔在了玄关处，手掌热辣肿胀，却不是最痛的地方。

裴廷知道他撒谎了，知道他见范娇的事，知道范娇怀孕，就像一根终于梳理开的线，一切异样都有迹可循，他想起了整件事的开端，他与范娇重逢那次裴廷的那通电话。

在婴儿用品店的异样，裴廷知道他在骗自己，甚至一开始就知道了，知道他陪着范娇去孕检，甚至以为他和范娇有了孩子。

他也终于明白了，裴廷到底对他有多灰心，后来又听到了他在包厢说的那些胡话。

所以裴廷对他失望极了。

这些日子，裴廷到底是什么样的心情啊！顾宝后悔得要疯了。

顾宝颤抖着用手机再次拨通了裴廷的号码，那个无法接通的电话，他哑声道："对不起，我错……错了，哥！我错了！"

他们之间多年来建立的信任，终于在这一刻，土崩瓦解。可顾宝仍不解，这只不过是误会，他有办法解释清楚，范娇会愿意为他证明，为什么裴廷不给他机会解释。

他没想过，也猜不到，裴廷面临的境地，无论是来自裴父的压力，还是整个家族的声誉，最重要的是，顾正的命运也掌握在他裴廷的一纸婚约之中。

无论从何种角度，裴廷无法不把已经选定的这条路继续下去。

顾宝虽然对此浑然不知，但总有种预感，他了解的裴廷不是现在这样的。裴廷一定有什么苦衷。如果他哥真有什么苦衷，那么这场婚礼……

他必须要阻止。

顾宝是被开门的声音惊醒的，他从床上坐起，身体本能地前倾。

随着他的动作，身上的衣服滑落，是裴廷的外套。

他昨夜在裴廷的房间里随意披了件衣服等待，也不知什么时候睡去，又或者说昏过去了。

顾宝的状态并不好，烧得厉害。

门口的人是五嫂，五嫂来到他面前，忧心地摸他的额头："你还在发烧，不应该这么早出院。"

顾宝摇了摇头："没事。"他看了眼时间，"五嫂，你怎么这么早就过来了？"

五嫂叹了口气："少爷叫我过来的。"她看着顾宝浮现希冀的眼，不忍地把话说了下去，"过来帮你收拾东西。"

顾宝的眼睛像两盏灯，不是干脆地关上，而是像灯丝烧焦了般，一点点黯了下去。

五嫂："行李箱我给你拿过来了。"

顾宝忽然伸手抓住了五嫂的手，恳求道："五嫂，哥今天是不是要订婚了？你能不能告诉我他在哪儿订婚？"

五嫂被他这个行为吓了一跳，又听他提到订婚："唉，这件事一时半会儿也说不清楚，我其实也不清楚怎么回事。"

顾宝："你只用给我个地址就行。你是不是担心我闹事？我不会的，我就只是想跟哥说几句话！"

五嫂："不是我不想给地址，是这个订婚已经被取消了。"

"什么？"顾宝愕然道，"什么时候取消的？"

五嫂："本来请帖都发出去了，取消得很急，我们也不知道怎么回事。"

顾宝急声道："那哥现在在哪儿？"

五嫂："我不知道啊。少爷没回老宅，也不在这里，他都是电话联系我，叫我过来帮你搬家。"

顾宝失望地垂下手，沉默了一阵，然后说："我不走。"

既然裴廷的婚礼取消了，他就不再是碍事的那个人，他不走。

五嫂没想到顾宝竟然这么难劝："顾宝，还是走吧，你想住这里也不行啊。"

"怎么不行？你告诉哥，我就住这儿，他一天不回来，我就一天在这儿等着。"顾宝执拗道。

五嫂："你怎么就不懂呢？少爷不会再回来这个屋子了，我今天不只过来帮你搬家，还要把少爷的东西都收拾出去。这房子要卖出去了，你留在这里也没有意义啊。"

顾宝眼前一黑，裴廷竟然打算连房子都卖了，做得这么绝，干干净净斩断了所有顾宝有可能联系他的机会。

他不明白事情怎么就这样了，更恨最开始撒谎隐瞒的自己。

五嫂见他始终没动，到底没勉强他，而是退了出去，帮裴廷收拾东西。

顾宝想闹吗？他想，他恨不得赖在这里，逼得这房子卖不出去，逼裴廷现身见他。他有很多问题想问，很多事想说清楚。

可是他知道这样做没有用，还很丑陋，撒泼不成熟，哭闹得太荒唐。

顾宝在房间里难受了许久，终于还是振作起来，从房间走出。设身处地去为裴廷想，说让他搬走的时候肯定已经下定决心，现在不想见他，很正常。

裴廷不可能躲他一辈子，总有见面的机会不是吗？

顾宝安慰着自己，却还是在收拾行李的时候忍不住鼻酸。这不是他想象中离开裴廷家的模样，不过短短时间里，什么都变了。

他东西不多，很快就装好了一个行李箱。他去帮五嫂忙，却见五嫂拿着一把钥匙，打开走廊尽头的那扇门。

那门裴廷从来没开过，说是储物间，平日都是反锁着的。

今天那扇门被五嫂打开了，开灯后，他看见五嫂脸上露出明显被吓到的表情。

一股直觉让顾宝快步走了过去。映入眼帘的是屋内熟悉的陈设与照片，数量不多，只有五张。

顾宝却一眼认出了这些照片的拍摄时间，从读大学到出国，他的发型变了几次，有卷发，有直发，其间还有染色。

一张雪景照，是他在国外留学时，第一次见到雪，戴着毛茸茸的帽子和手套，抓着雪和其他人玩。

拍的人小心翼翼，看起来像是远远拍摄，打印出来放大，所以失真，顾宝的脸都有几分模糊。

顾宝愣愣地站在门口，五嫂无奈地说："都让你别过来了。"

他小声地说："哥让你收拾这个屋子是吗……"

顾宝心头涌上些许热意，他期盼地望向五嫂："哥是不是让你把这屋子里的东西收拾回去，别让我知道！"

肯定是了！不然五嫂为什么不让他过来？是裴廷这么吩咐的吗？

他越想越激动，却在看到五嫂脸上的表情时浑身一冷。

五嫂移开了视线，好似不知道该怎么跟他说。

顾宝艰难地问："不，不是吗？"

五嫂摇了摇头："都叫你别过来了。少爷让我把这个屋子里的东西……都处理掉。"五嫂还是实话实说，虽然不忍，但少爷的态度已经这样明显，就算觉得顾宝可怜，她也还是得让顾宝认清事实。

一阵死寂后，顾宝仿佛傻住了，更没法理解五嫂的话。他怔怔地看着五嫂，那双眼就像一片碎掉的湖，让人看一眼都觉得心酸。

他局促地转过头，走进那个房间，没让五嫂看见他哭。

顾宝伸手把相框取了下来，背对着五嫂："他不要了是吗？"

这话五嫂没有回答，他们都知道裴廷的处理是什么意思。

顾宝轻轻地在房间里移动着，每个动作都很小心，他珍惜着这些东西和背后曾经的情谊，明明知道已经于事无补，没有意义。

他找到了一封他在时光胶囊活动中埋在地下的信。

信被数次打开，充满了摩挲的痕迹。

顾宝的信没有什么实际内容，只是对未来的自己满怀着希望。

原来分离的几年里，裴廷都有偷偷去看过他，只是他不知道。

他现在知道了，好像又太晚，因为这些东西，裴廷都不要了。

顾宝一件件收拾，五嫂做了个纸箱，拿到这个房间给他装，对他说："你要是想带走的话，就拿走吧，少爷那里，我去说。"

顾宝点了点头，他现在没有什么力气说话，光是移动身体都感觉到汹涌的疲惫。

整个房间里的东西，收拾出来也就一个箱子，顾宝抱着那个箱子，拉上行李。他没让五嫂为难，主动走出这个房子。

门在他身后被关上了，顾宝回头看着这扇灰色的门。

他一步步走向电梯，突然就明白了"1029"的含义。

其实很好猜，他为什么一直都没猜到？

10 月 29 日，五年前裴廷说不会再来找他，他们彻底决裂的日子。

都被顾宝搞砸了，他根本不知道自己消耗的是什么。

所以裴廷已经朝前走了，他不要这间屋子，划开了过去，离开了顾宝。

顾宝到了楼下，却有种不知该前往何处的孤独感。

而这一切，都是他活该。

顾宝走到了那个游乐场，有几个小孩在玩木马，顾宝拖着行李箱走向那个滑滑梯。

他第一次来的时候，心大地在上面睡着了。是裴廷找到了他，对他说"我们回家"。

顾宝上了楼梯，坐在那个小屋子里。小孩们渐渐被家长喊了回去，太阳由正午到黄昏。

顾宝没等来会接他回家的人。

也许，那人永远都不会来了。

杨卿兰从公司走出来时，戴着硕大墨镜，身旁跟着助理与保镖。原因无他，最近狗仔太多，个个都想从她身上挖点取消订婚的内幕。

她刚出大门，有个人从远处跑至身前，她还没看清这人长相，保镖就动手了。

虽然保镖有分寸，但那人还是被推了出去，跟跄几步，摔在地上。

杨卿兰推开墨镜，红肿的眼睛看向地上的人："顾宝？！"

保镖没想到来人是雇主认识的人，尴尬道歉，并把顾宝扶了起来。顾宝没打算计较，他看向杨卿兰："能和你谈一谈吗？"

司机把车子开了过来，杨卿兰开门上车："当然可以，我们换个地方吧。"

车子开到了一个安静的会所，杨卿兰是这地方的常客，这里保密性不错，可以防止偷拍。

顾宝跟在杨卿兰身后，没想到自己误打误撞走对了，竟然真被自己找到了杨卿兰。

进了包厢，杨卿兰坐下后，先给自己倒了杯酒，一口饮尽，才对顾宝说："你来找我是因为订婚的事吧。"

顾宝说："不全是。"

杨卿兰对顾宝没什么好隐瞒的："我和裴廷一开始就是假订婚，因为我想要掌管家里的公司，这是我爸爸给我开出的条件。我有喜欢的人，跟裴廷不可能有什么。"

"取消这个婚约，是我们两个一起决定的。"杨卿兰又喝了口酒，"我心爱的人没办法接受，跟我分手了。而裴廷早就提出要取消婚约，但我那时候没有同意。"

她说着，对顾宝笑了笑："感觉裴廷应该没跟你说。你知道裴廷为什么答应跟我订婚吗？"

顾宝摇了摇头，杨卿兰心想果然，她无奈道："因为他要我想办法把你爸捞出来。"

话音刚落，杨卿兰就看见顾宝一副不敢置信的模样，她乐了："顾宝，你以为你爸爸的事有这么好摆平吗？得出不少力呢。"

不等顾宝说话，杨卿兰又补充道："不过你不用忙着谢我，因为我要取消婚约，我爸已经不打算帮忙了。"

杨卿兰有些醉了，她用玻璃冰了冰自己的脸颊："帮我跟裴廷说声抱歉。"

信息量过大，让顾宝几乎承载不住。他更没想到，这场订婚的背后竟然还有他的原因，甚至……难道他才是那个主要的因素？

裴廷是为他订婚的，这是多么荒唐，又让人不得不信的事实。杨卿兰没必要骗他。为什么……裴廷从未跟他说过这些事？

裴廷到底在想什么啊？！

　或许是他脸上的表情过于惊异，杨卿兰以为他不信："你是不是在想，裴廷要捞你爸爸，为什么要找我帮忙？"

　"因为他父亲不想蹚这趟浑水，裴廷又能做什么，他还这么年轻，他爸也没从位子上退下去，只能求到我这儿了。"杨卿兰注视着顾宝，"有没有对他感到失望，他没你想象中的那么强大？"

　顾宝过了好久才出声："他不接我电话，我联系不上他，所以才来找的你。"

　杨卿兰带着薄醉的眼睁大了，下意识道："怎么可能？"

　"裴廷怎么会这么对你？"杨卿兰完全不能相信。

　顾宝双手紧紧握拳，闭上眼："我和前女友见面的时候，被他撞见了，还骗他说没有。他甚至几次给我坦白的机会，我每一次都以为他不可能知道。"

　杨卿兰倒吸了一口冷气："宝宝，虽然这是你的自由，但也没有必要骗他吧？"

　顾宝急声道："但我没想到他会知道。何况我和范娇的事也不像他想的那样……"

　"但失去信任，也许就是一瞬间的事。"顾宝还未说完，杨卿兰就抬手阻止，"那就长话短说。不过是见面，裴廷怎么可能就因为这个跟你决裂？"

　顾宝黯然地垂下眼睫："范娇怀孕了。"

　杨卿兰呛到了，咳了半天才道："你……你是什么渣男？！"

　顾宝苦笑道："是吧，就连你也觉得那孩子是我的，我也不知道怎么样才能说清这事。我想见裴廷，想把他带到范娇面前，当面把这件事说清楚。不然，不管我怎么解释这孩子不是我的，他也只会觉得我在狡辩。"

杨卿兰揉着额头："不是，你前女友怀孕了，是……一般来说，先入为主，可能会怀疑这孩子是你的，但裴廷脑洞那么大吗，一下就能把孩子跟你扯上关系？"

顾宝："我陪她去做的孕检……这事裴廷应该知道了。"

杨卿兰服了："你为什么非得陪前女友去做孕检？"

顾宝难堪道："我和范娇是朋友！她怀孕是一件需要瞒住的事，她又不敢找别的人陪她，所以才找到我。范娇在我最困难的时候帮过我，我没法不管她。"

杨卿兰："那你为什么骗裴廷？被欺骗是最让人不能接受的，任何人都不会希望自己被重视的人欺骗。这种事情本来就该说清楚。"

顾宝已经很后悔了，他难过道："我本来不想让他知道这些，我觉得我和范娇根本就没什么，我不想他再为我这些事操心，我只是……"

杨卿兰一针见血道："怕麻烦，自以为能解决好一切，能瞒就瞒，还觉得做得挺完美的是吧？！"

顾宝不说话了，杨卿兰揉了揉太阳穴："行了，我给裴廷打个电话。"

杨卿兰拿起手机，顶着顾宝期盼的眼神，拨通了号码。电话没多久就被接通了，这让顾宝多少有些黯然。这些时间里，他换了数个号码打给裴廷，电话永远都是无法接通的。

他羡慕杨卿兰，起码现在裴廷还愿意接她的电话。

杨卿兰开口就道："裴廷，顾宝在我这儿。"

顾宝一惊，他真怕裴廷立刻就把电话挂掉。

裴廷没有挂电话，还跟杨卿兰说了什么。

杨卿兰模样有点怪，看向顾宝："裴廷让我跟你说，你爸爸的事不用担心，他处理好了，原来是怎么样，现在还是怎么样。"

顾宝没有任何一刻觉得自己如此无用，也深深地感受到了裴廷心中有多不相信他，甚至觉得他所做的一切，都是因为顾正。

顾宝低声道："我能跟他说说话吗？"

杨卿兰："顾宝想和你通话。"

等了一会儿，她对顾宝摇了摇头，顾宝低声说："你能帮我解释一下吗？"他实在没办法了。

杨卿兰能和裴廷通话，又能听他解释，他想要杨卿兰转达一下事情的真相。如果裴廷还不信，他可以拜托范娇过来解释。

杨卿兰"哦"了一声，然后对电话那头的人说："对了裴廷，范娇的事你误会顾宝了，他刚才跟我解释了，孩子不是他的。"

顾宝吊了许多天的心，终于能稍微松下那么点。他无比期盼地望着杨卿兰，恨不得透过手机抓住裴廷。

杨卿兰听了一会儿，眉心皱了起来："你……"她目光移向顾宝，眼中带了些许同情。

顾宝舌尖一麻，不可名状的恐惧重新席卷了他的身心，他失控了，伸手夺过了杨卿兰的手机，按在自己的耳边："哥，我是顾宝，我要见你。"

电话那边的人沉默着，没有挂断，同样没有答话。

顾宝的声音带上哭腔："我都知道了，范娇的事情，骗你是我的不对，是我脑子不清醒，但这一切不是你想的那样，范娇的孩子不是我的！"

"那天在医院，我是太生气了，口不择言，那些话都是假的，你别当真好不好！你……"

顾宝说不下去了，心口的酸涩让他的声音颤得不成样子："你可以打我，可以骂我……但是，你不要不理我，好不好……"

裴廷还是没说话，顾宝几乎要以为电话已经挂断了。他抹着泪看向手机屏幕，显示还在通话中，他又急忙把手机按回耳边，生怕裴廷会挂断。

顾宝："我可以让范娇解释，她的孩子是在国外怀上的。你知道我们分手很久了，她上次跟我说她要跟家里坦白，要告诉孩子的爸爸她怀孕了，这些我都能证明，我没有骗你。"

"哥……再给我一次机会好不好……"顾宝近乎哀求着，忍着哭腔道。

"顾宝。"裴廷终于说话了，声音同样很哑。

隔着手机，没能听出多少情绪。

顾宝听见裴廷说："这和我没有关系。"

顾宝不明白，这只是一个误会，都能解释清楚的不是吗？他骗了裴廷，是他不对。可是裴廷从来没问过他，难道一切不都是阴错阳差的误会吗？

裴廷的声音很清晰，分明是顾宝极怀念的声音，却在此刻，让他如此抗拒。

"顾宝，我已经不再是你哥了。"

在周玖提到范娇以后，顾宝心里不是没有过侥幸。他终于明白了裴廷这段时间为什么会不对劲，也找到了两个人之间的问题所在。

他以为的问题不是什么太大的问题，他并没有犯原则性的错误。

如今他们两个只需要解决矛盾，就能够重新和好。

这是顾宝原本所想，甚至是他坚持了这么些天的原因。

他心里当然害怕过裴廷的决绝，又总觉得裴廷不会这样。

卖掉房子，拉黑他电话号码，不要那个房间，可以是一时冲动，可以是太过伤心。

在一切解释清楚之前，他可以承受裴廷的生气和冷待。

可他从没想过，在解释清楚以后，裴廷会还他这么一个答案，说不再是他哥了。

顾宝握着手机，脑袋里轰隆隆地响着，本能让他继续说话："难道我的所作所为，就那么不值得被原谅吗？"

"我有错在先，我骗了你，让你对我失望，让你难过了这么长一段时间，我向你道歉，我跟你认错。所以要我怎么做，你才能原谅我？到底要我怎么反省？！"顾宝情绪逐渐失控。

杨卿兰看着顾宝脸上的表情，感觉到不对，她伸手按住顾宝的肩膀，想拿回手机，怕他们又吵起来。

顾宝闪避着，死死把手机按在耳边："裴廷！说话！"顾

434

宝声音极高，"我知道了，现在我在你眼中已经变成了你不想要的样子，你觉得讨厌了对不对？！"

"你是不是在报复我？因为我在包厢里说的那些气话？所以你要让我也尝尝这种滋味！"

杨卿兰已经彻底冷下脸了，她按着激动的顾宝："别说了，顾宝！你冷静点！"

"你不是我，你凭什么叫我冷静！"顾宝声嘶力竭，"从头到尾，你选择，我接受，你让我走，我就得走！我到底是你在乎的人吗？你真在乎我吗！"

"你从刚开始就在帮我，哪怕现在绝交了，你还在帮我，别人都觉得你真好，你真棒，你到现在了还在照顾我这个所谓的朋友！"

"我该谢谢你啊！"顾宝潸然泪下，"我要怎么才能还你这份大恩情。"

裴廷终于说话了："不用。"

顾宝哭哭笑笑："是吗？就只有我一个人卑鄙，绝交了都不放过你。"

"我找你，给你打电话，你是不是觉得我是怕你不帮我忙了？"顾宝知道裴廷不会答。

他们走到这个地步，他才是最大的犯错者。

现在说什么，都是狡辩，都是推卸责任。

旁人只会觉得他不知好歹，他自己都觉得。

可是顾宝心里就真的没有委屈吗？他有，他都快委屈得承受不住了。

"裴廷，我知道我任性骄纵，对你撒过谎，总说难听的话。可是我在乎你这件事，没有骗你。"顾宝握着手机，"我在乎，不是谎言。"

　　"你说你知道我在乎你，你自己……又为什么不信？"

　　顾宝声音越来越低，杨卿兰见状夺回了手机，拿到耳边："行了，小朋友都哭得不像话了，你也别闹了，过来一趟把人接走吧。"

　　裴廷不知说了什么，杨卿兰提高声音道："我为什么要……我不，你自己的朋友，自己负责。"

　　顾宝一直低着头，双手捂着脸，看不清神色。

　　杨卿兰握着手机，与电话那头的人争论，半晌后，终于生气地挂了电话，尴尬地望向了顾宝。

　　顾宝放下手，站起身："今天真的很谢谢你，如果以后你有需要我帮忙的地方，力所能及的，我一定会帮。"

　　杨卿兰说好，又说："你现在住哪儿？我送你回去。"

　　顾宝摇了摇头，走出包厢。

　　他的脚步虚软，每步都仿佛陷入地毯，拉扯不出来，就似踩入了大片的沼泽。

　　身体很难受，心理同样生了重病。

　　刚才那些话，裴廷可能根本不想听。谁愿意听一个绝交的朋友喋喋不休地抱怨。

　　顾宝会哄人，哄人说的好听的话，往往不带有真心。

　　真心呈给对方的背后，是敞开的胸腔，是随意都能践踏重创软肋。

只需要那人不信，也不语，只是冷淡地看着他挥舞着自己的心。

没有比这更深刻的受伤，这就是失去的滋味。

顾宝回了出租屋。纪图帮忙给他找到了房子，汤玉美已经搬了进来，布置了很多小玩意儿，也学了不少补身体的汤，只等顾正出来。

这个家不像从前的大，东西也很旧，却是顾宝能给予的一切。

顾宝回到家，汤玉美刚好从厨房里出来，跟他说："宝宝，妈妈煮了鸽子汤，你最近脸色不太好，要不要喝几口？"

她话音刚落，就见自己儿子眼圈红了，没有哭，看起来比当年坚强了些，好像一夜间长大了不少。

顾宝低着头说："对不起妈妈。"

汤玉美擦着手，走过来抱顾宝："怎么啦？我的宝贝，是不是发生什么事了，受委屈了吗？"

顾宝把脸埋在了汤玉美肩头："没有。"

汤玉美："能和妈妈说说看吗？"

顾宝沉默了好久才说："我失去了一个很好的朋友。"

汤玉美拍着他的背，没有说话。

汤玉美："宝宝很在意这个朋友吗？"

顾宝的眼泪湿了汤玉美的肩膀，他轻轻地点头："在意……很在意。"

伤心难过，失望颓废，这些都是顾宝没有时间和资格拥有的东西。他必须要快速振作起来，作为家庭的主心骨，他得挣钱。

纪图的餐厅地址已经选好，着手进行装修，顾宝就投身在了餐厅的事情中。

他跟着装修工人一起干活，不会的就学，能把进度加快就加快。

他需要忙碌起来，让大脑不再陷入伤春悲秋的情绪。

失去是很难过，更难过的却是活着。

顾宝从未放弃要让自己变得强大起来，这不是一句空有言语，没有行动的决心。

他和装修工人一起吃饭，身体也在工作的过程中结实了不少。他在微博上关注了不少八卦号，工人们休息抽烟的时候，他往往在旁边上网。

工人看他的样子，忍不住闲聊："顾老板是不是在谈恋爱，一天到晚都这么忙？"

另一个工人说："那肯定啊，顾老板天天在厨房折腾，自己吃的都是盒饭，还另外做了一盒送出去。"

工人说："送给谁啊？你们见过吗？漂不漂亮？"

那人道："不知道，每天都有做，每天都回去送吧。那天我看了眼，做得可丰盛了。"

工人："肯定是女朋友吧，真舍得费心。像我媳妇儿，从乡下过来，顿顿都给我做红烧肉，就怕我饿着。现在的年轻人，花样真多。"

提到媳妇，一群男人又嘿嘿笑了起来，都想老婆孩子了。

这边的顾宝骑上了小电驴，把饭盒放在篮子里，摇摇晃晃地就出发了。

到了公司楼下，顾宝拿出手机，拨通了一个电话。没多久，就有个西装男走了下来，一脸别扭："顾宝，跟你认识简直是我人生最大的错误。"

顾宝靦着脸道："鸣山，我都包了你午饭，你就把我当作一个免费送外卖的不行吗？"

吴鸣山无奈道："顾宝，你别送了，老板又不吃，你何必呢？"

顾宝脸上黯了黯："他吃不吃和我做不做，没有关系。我可以选择做，他当然可以选择不吃。"

吴鸣山叹道："你这是什么歪理？你自己不难受吗？"

顾宝笑道："当然难受，我的心又不是石头做的。"

吴鸣山："那你为什么……"

顾宝："时间不早了，我先回去了。里面有汤，我特意用一次性饭盒装的，你别让他知道是我给的，要不然不喝，我白熬那么久了。最近你们不是经常熬夜吗，记得让他喝。"

说完他骑上电驴，和吴鸣山挥了挥手，逃也似的走了。

吴鸣山提着特意装成外卖的饭盒，来到楼上，敲开办公室的门，再将食物放在办公桌前。

裴廷的目光从电脑移至饭盒，再到吴鸣山的脸上。吴鸣山耸了耸肩："按你说的那样告诉他了，但是他看起来好像没有要放弃的意思。"

说完，吴鸣山便走了出去，顺手关上了办公室的门。

其实事实并不像他所说的那样，裴廷每次都对这些辛苦做好的食物无动于衷，相反，裴廷都会吃，甚至便当盒都没有丢，洗净后，整齐地放在办公室的一角。

只是裴廷希望顾宝不要再来。

吴鸣山不清楚两人之间是怎么回事，一个是他老板，一个是前同事，他当然是听老板的。

然而每次顺带着吃了顾宝的饭菜时，他总是会有点心虚。

下午，吴鸣山和裴廷出去和其他公司的人见面。路上有点堵，司机换了几条路，在一条小街上，裴廷却出声喊停。

附近并没有太多可停车的地方，司机也很为难。

吴鸣山刚开始还不明所以，后来看见了顾宝。

顾宝和一群装修工人在一起干活，穿着短袖，手臂和脖子被太阳晒得很红，看起来有点疼。

吴鸣山犹豫着要不要提醒裴廷，他们和对方约的时间快到了，裴廷就自己闭上眼，说走吧。

司机松了口气，他们的车子越过了那个还在装修的店面，往前方行驶而去。

接下来的行程里，吴鸣山感觉到了裴廷心情并不好。

他们认识多年，裴廷的心情好坏，吴鸣山还是能轻而易举地感知到的。

饭局过后，吴鸣山就要下班了。

办公室里进来了一个明艳女子，吴鸣山扫了一眼，瞬间闻到了修罗场的味道。虽然对于老板丰富的感情生活，有时候吴鸣山作为助理也觉得神奇。

吴鸣山磨磨蹭蹭，到底还是没吃到瓜就下班了。

杨卿兰把身上的外套丢在办公室的沙发上，出口便是："为什么不接我电话？"

裴廷没理她，继续看文件签字。

杨卿兰一巴掌拍到了文件上："行了，公司不会因为你少签一个字就倒闭的。我不就是帮你和顾宝通了次话吗，你需要连电话都不接吗？"

裴廷停下笔："你过来做什么？"

杨卿兰："喝酒去。"

"不喝。"裴廷懒得理她。

杨卿兰才没那么好打发，只见她嘿嘿一笑："我就知道你会这么说，酒和杯子我都带来了，你不喝也陪我唠两句。"

杨卿兰掏出酒和杯，给裴廷也倒了一杯。

裴廷眉心皱紧了，很嫌弃的样子："喝可以，别发酒疯。"

杨卿兰已经一杯下去了，她随意地抹了下嘴，虽然化了精致的妆容，但依然能看出眼睛红肿的痕迹。

每次杨卿兰都会来找裴廷诉说失恋的痛苦，这次却反常地什么都没说，倒引得裴廷扫了她几眼。

杨卿兰在沙发上翻了个身，下巴贴着手背："你是不是怪我顾正那事没帮上忙？"

"没有。"裴廷冷淡道。

杨卿兰："谁让这婚也没订成，你也不能全怪我。老头子知道我是和你契约联姻，差点就心脏病发作进医院了。"

"那天顾宝真的看起来很崩溃，我觉得他是真的在乎你。既然都是误会，为什么不能和好呢？"杨卿兰问。

这回裴廷没法无动于衷，他慢慢停下了动作，摘了眼镜，好像想笑，但没能成功："你说呢？"

忽然她恍然大悟："你是不是想让他吃点教训？谁叫他以前那么对你。"

裴廷沉声道："我没那么无聊。"

杨卿兰这下真的好奇了："那你到底为什么？"

裴廷没有直答，而是另外提了个问题："你觉得顾正和我，顾宝会选哪个？"

杨卿兰拧眉："你这问题也太土了吧？"

很快她就意识到这个问题更深层次的缘由："裴叔叔用这个来要挟你？"

"不能说要挟。"裴廷顿了顿，"只是交换条件，他帮忙。"

杨卿兰一下从沙发上坐起来："你就不能找点别的办法吗？"

裴廷也拿起酒杯，一饮而尽："那时候我是真的想算了，想着干脆最后为他做一件事。"

"没想那么多。"裴廷把杯子放在桌上，看向杨卿兰，"你说，他有可能选我吗？"

这让杨卿兰也无法答了，他们都知道，顾宝不会。

裴廷苦笑道："所以倒不如我做这个坏人。"

"让顾宝回到过去的生活，大概也是对我和他最好的安排。"裴廷说。

杨卿兰翻了个白眼："你知道你在说些什么鬼话吗？"

"你爸用顾正的事要挟你，你不会阳奉阴违吗？你口头上答应，私下再跟顾宝继续来往啊！"杨卿兰振振有词。

裴廷瞥了她一眼："你以为我父亲是个好糊弄的傻子？"

想到裴父以及裴父那洞察人心、运筹帷幄的本事，杨卿兰认输般趴了回去："也是。"

"万一顾正的事有个差错，顾宝肯定大受打击。"杨卿兰叹了口气，"好难啊，你还不如跟我订婚算了。"

杨卿兰不打算安慰裴廷，她觉得裴廷比她想得要明白。

而且裴廷不需要安慰，看他现在还能正常生活，就知道这人条理清晰，知道自己该做什么、不该做什么。

裴廷垂眸："其实现在他只是觉得对不起我而已。"

杨卿兰一时无言，不知道该说什么，她换了个说法："那你呢，你不担心他了吗？"

裴廷还是没说话。

杨卿兰看明白了："你还是担心他吧。"

她隔着杯子，看着裴廷被酒液扭曲的身影："不然你直接把选择题抛给顾宝，让他决定就好了。"

"因为你知道，顾宝不会选你。"

裴廷安静了许久，终于摇头道："这种事不用你强调，我也知道。"

杨卿兰都觉得憋屈："你上辈子是做了什么错事，这辈子要这么还债？"

裴廷却否认："我不认为这是还债。

"虽然过程并不美好，但得到的东西早已经比我想象中的多。

"更何况友情这种事又不能具象化，我给他多少，他就必须还我多少。

"但是，顾宝他说……他在乎我。"

杨卿兰说："你不信吗？"

裴廷："我很想不信。"他终于浮现出一丝情绪，就像冷静的表面裂开缝隙，他再也藏不住这些难过，低声道，"太迟了。"

今天装修的时候出了点意外，有款材料没有了，顾宝开着车去买回来，往返花了不少时间，已经错过午饭时间。

他把材料放下，马不停蹄进了厨房，打算快速做个比较简易的咖喱蛋包饭。

心急火燎的情况下，他的手背被油烫出了几个泡。

顾宝疼得咧嘴，没太在意。做饭这种活，本来就很容易被烫伤，顾宝皮肤娇贵，每次都红得吓人。

不过顾宝不管它，或者随便涂点药，很快就好了。顾宝发现，活得越糙就越经得住痛，以前觉得特别受不了的毛病，现在反而都还过得去。

把饭做好，顾宝一擦汗就骑上电驴，跟工人们说了声拜拜，就直奔裴廷公司。

到了楼下，他给吴鸣山打电话，对方没接。他又不敢贸贸然上去，怕裴廷觉得他烦。

虽然就算裴廷觉得他烦，他可能还是会继续送。

天气热，顾宝来的路上被热出一身汗，不用想也知道形象不佳。顾宝心里安慰自己，反正这个鬼样子只有吴鸣山看见，又不是裴廷。

心里这个念头刚闪过，大堂尽头的电梯门就徐徐打开，裴廷带着人从里面走了出来。

顾宝的第一反应就是抱着便当盒背过身蹲下，把自己藏在了沙发背后。自医院一别以后，他终于……又见到裴廷。

有惊慌，又心酸。

顾宝蹲在地上，光可鉴人的瓷砖地面清晰地倒映出了顾宝的模样——皮肤因为过度晒伤而脱皮，头发凌乱，身上的衣服也由于装修沾了零星油漆。

心渐渐沉了下去，顾宝本来就不敢和裴廷打招呼，现在连站起身让裴廷看见自己的勇气都没有了。

然而心里的躁动无法压抑，他鼓起勇气站起身，回头看却见裴廷已经出了大堂，进了轿车。

顾宝着急了，他把装着便当的背包挎在身上，骑上电驴追着裴廷的轿车跑。

可是两个轮子的怎么可能跑得过四个轮子的，就在顾宝就快跟丢裴廷的车子时，那车缓缓停下，然后驶入一旁的露天停车场。

他赶紧刹车，同时把头盔的风挡打下来。他想把电驴开进去，停车场的保安就把他一拦，斜视他："送外卖的吗？这里非机动车不能进。"

顾宝只能掉头停到了另一处，然后快步走到餐厅前，再次于餐厅入口被拦下。

接待员客客气气道："先生，请问你有预约吗？"

顾宝说没有，接待员用平静的语调道："现在没有位置，暂时不能进去哦。"

"什么时候才有位置？"顾宝问。

接待员看了眼手上的平板电脑："不好意思，今天的预约都满了。"

顾宝："我其实是来找人的。"

接待员不露声色地扫了顾宝全身一眼，最后在他染了油漆的牛仔裤上着重停了一下，仿佛在确定这到底是艺术加工还是现实加工。

很快,她便笑着给出了回答:"你可以致电他出来接你吗？"

裴廷一早把他电话号码拉黑了，根本无人会来接他。

顾宝勉强地笑了下，就在他局促得不知该如何是好时，身后传来一道惊讶的女声："你是顾宝吗？"

顾宝回头，身后的人走上前来，对接待员说："预约了C6的包厢，预约人姓裴。"

接待员点了几下平板电脑，然后恭敬地对面前这位穿着高定的女士说："里面请。"

顾宝看着这个女人，她是裴廷去C市出差时和裴廷见面的大学同学，易云。

易云没有立刻进去，而是转头温和地看着顾宝："你是和裴廷一起来的吗？"

顾宝不知道该怎么答，易云就笑道："他怎么也不跟我说一声，我们一起进去吧。"

不管怎么说，目的也算达到了。可顾宝迟疑了，裴廷来这儿的目的是和易云见面，他这么出现在裴廷面前，裴廷会怎么想？

就在他犹豫时，易云疑惑地回头："不走吗？"

顾宝一咬牙，反正易云进去以后说不定会跟裴廷说在门口遇见他了，是现在掉头就走，还是近距离跟裴廷接触说上几句话，显然是后者对他来说诱惑力更大，于是他匆匆跟着易云走了进去。

餐厅的装潢很高档，看起来保密性也很好，怪不得没有预约不能入内。

到了包厢，吴鸣山站在包厢外，在等易云。

他看到易云身后的顾宝时，一双眼都睁大了，满脸写着"你怎么在这儿"。

顾宝抿唇垂眸，避开了吴鸣山的视线。

易云冲吴鸣山打了个招呼，在吴鸣山一脸惊恐的表情中推开了包厢门。

门后的裴廷以一个闲适的姿态在等候，西装外套解开，手臂放松地搭在身旁的椅背上。

易云一边走一边妩媚地将头发挽至耳边："裴廷，你怎么把顾宝带过来了也不跟我说一声。"

顾宝在易云的身后僵住了身体，有点不敢抬眼看裴廷的脸色。

他没看到裴廷的脸，却听见裴廷冷淡的声音："我没有邀请他过来。"

易云"啊"了一声，大概也不知道这是怎么回事："是我弄错了，我看他在门口，还以为……"

说完，易云转头和顾宝道歉："不好意思啊。"

这声道歉让顾宝脸上火辣，关易云什么事，明明是他厚颜无耻跟进来的，反而要易云给他这个台阶下。

这样漂亮，有礼貌，又善解人意的女生，裴廷大学的时候不喜欢，那么现在……会喜欢吗？他们有那么多的共同话题。

顾宝虽然还是垂眸，嘴上却说："能相遇也是场缘分，刚好和我有约的人不来，能不能和你们共进午餐？"他上前拉开椅子，坐了下来，眼睛却望着易云，"我会不会打扰你们？"

吴鸣山在旁边已经是一副被雷劈焦了的样子，生无可恋地望着裴廷。

裴廷眉心皱了皱，易云尴尬地笑了下："当然不会打扰。"

这顿饭吃得很诡异，幸好易云是活跃气氛的老手了，不时抛出话题和裴廷谈话，转而又询问顾宝，让顾宝不似桌上的边缘人物。

她仿佛没察觉裴廷和顾宝全程无交流，又或者说并不会点破这件事。

顾宝卷着盘中的意面，尝了一口。真好吃，比他的蛋包饭美味多了。

他每日送给裴廷的食物，食材简单，味道还行，那么廉价，比不上高档餐厅的意面。他忽然有点庆幸裴廷没吃了，因为他给的东西并没有那么好。

易云突然问顾宝："顾宝，你现在还在裴哥公司上班吗？"

裴哥？以前只有他会这么叫裴廷，易云什么时候也这么叫了？

虽然知道自己现在吃味不讲道理，这些心思也很小肚鸡肠，可顾宝忍不住。

他眼睛盯着盘子，摇头道："我在跟朋友创业。"

易云一听，来了兴趣："创业？具体是做什么方面的呢？"

顾宝小声道："餐厅。"

说完他自然地从包里拿出了那个饭盒，看着易云说："你要试一试我们店里的东西吗？"

易云没想到顾宝能从包里说掏就掏出一个饭盒，诧异一瞬，继而点头道："当然可以。"

顾宝打开饭盒，蛋包饭上他出门前特意用番茄酱画了个笑脸，在包里待了这么久，跌跌撞撞，笑脸早已没了，歪歪扭扭，更像哭。

顾宝扶着饭盒，终于望向了裴廷，进入这个包厢以后，第一次对上了裴廷的眼睛。

那双眼睛和他想象中的不一样。他曾经以为裴廷再和他见面，眼里肯定会有波澜，会生气，会不喜，或者是更可怕的厌恶。

然而现在，那双眼里什么都没有，只是平静地望着他，仿佛他的影子在里面和其他人没有什么不同。裴廷已经能够很平静、客观地看待顾宝，哪怕顾宝奇怪地出现在这里，又失礼地闯入了这场饭局。

比厌恶更可怕的，原来是无动于衷。

顾宝端着饭盒的手轻轻颤抖着，但他还是努力扯出了一个笑容，讨好般地、小心翼翼地把饭盒朝裴廷的方向送了送："哥，你要吃吗？"

裴廷没说话，顾宝的手就僵在了空气中。

易云也没接茬，时间犹如静止，整个画面都尴尬起来。吴鸣山轻咳一声，伸手把顾宝的饭盒接了过来，放在了那些精美的餐具旁边。

没有对比，不知惨烈，在那些摆盘完美的食物旁，蛋包饭实在是太丑了，丑得让人没有胃口，不用想也知道，裴廷不会吃。

是易云先动的叉子，她尝了一口，然后柔声道："很不错呢。"

顾宝也吃了一口，鸡蛋凉了，番茄太酸，里面的米饭因为冷而有点腻。

虽然易云很捧场，但顾宝还是把饭盒盖上了："这个冷了，还是吃其他的吧。"

说完顾宝把饭盒收回来，粗暴地塞回了自己的袋子里。

在吴鸣山的职业生涯里，他见过的奇怪饭局不少，但是这么尴尬的，还是第一次见到。

顾宝把饭盒塞进包里，之后便像没了精神一般，脸也始终低垂着。

易云同样没有跟他搭话，不知是不是看出他心情不好，所以让他静静。

中途裴廷起身去洗手间，顾宝就把汤匙放下了，目光追着裴廷的背影，直到包厢的门被关上。

他脸上浮现肉眼可见的犹豫和纠结，在去与不去之间，他迟疑了很久，接着轻声留下一句"我也去下洗手间"就起身出了包厢，没管房间里剩下两个人脸上是什么表情了。

反正他今天已经足够丢人了，何况他一开始的目的就很清楚，就是见裴廷，和裴廷说说话。

他疾步走到了洗手间，生怕晚一步裴廷就走了。

好在没有，他抵达洗手间时，裴廷正洗手。

裴廷从镜子里抬眼，看见身后跟着进来的顾宝，没有露出惊讶的神色。

裴廷用纸巾擦拭着手上的水珠，既没主动开口也不理会顾宝。顾宝却疾步上前，这让裴廷本能地后退几步，却见顾宝刹在几步之外，小声说："哥，别拉黑我，接我电话吧。"

他盯着地面，没勇气看裴廷。刚才只看了裴廷一眼，他已经足够伤心。

裴廷说："顾宝，还需要我告诉你多少次，我们不要再来往了。"

顾宝的心被重重捶了一下，疼得他眼皮瞬间红了。他慢慢抬眼，带了点倔强道："我知道，但是我没有同意。"

裴廷移开目光："你这是要死缠烂打吗？"

顾宝忍着难受："如果我说是呢？"

裴廷的侧脸看起来很冷漠，顾宝直直地看着，企图找出一丝动容的迹象，他说："这一次我不会再让你觉得辛苦，不骗你，我会对你好……"

"够了！"裴廷打断了顾宝的话，他始终没看顾宝，满脸为难，"你不用跟我说这些。"

顾宝的话都堵在了喉咙口，他徒劳地张了张嘴唇。迟来的真心，除了感动自己，没有任何意义。

如果说非要找个形容，那就是他在裴廷这里已经过期了。

顾宝很少有挽回朋友的经验，就连从前面对杨扶风和纪图，也都是裴廷在当中帮他牵线。此刻他完全不知道该怎么做，只是想把曾经答应裴廷的事情一一做好，实现诺言。

他没想过，这些裴廷不想要，甚至他直面对方不想要时，他该怎么办。

下意识地，顾宝选择了逃避。

他后退几步，转身离开了这个洗手间，即使今天是他期盼已久的能和裴廷见面说话的日子。

因为再留下去，他也许会从裴廷嘴里听到更多无情的话，而这些一定会捣毁他这段时间以来做的心理建设与凝聚起来的勇气。

他听见裴廷在身后喊他，可他没有停留，快步跑回了包厢里，拿起自己的包，对桌边两个人说："不好意思，我临时有点事，先走了。"

说完，他匆匆离开了包厢，出了这家餐厅。

顾宝回到了自己的小电驴旁，却发现它被人撞倒在地，后视镜都摔掉了一个。肇事车辆早已逃之夭夭，留下这个残局叫顾宝面对。

心情不好的时候，任何倒霉的事情都会让人想哭。

顾宝强忍着，他并不想博同情，而是希望自己以好的精神面貌去面对裴廷，像个有担当的人，挽回自己的友情。

然而事与愿违，他总是那么地狼狈又难看。

顾宝扶起了自己的小摩托，苦闷地想，修理又要花多少钱。

和纪图一起开这家餐厅，还在装修，没有营业就没有进账，他还拒绝了纪图想要给他开工资的好意。早上给餐厅帮忙，晚上他还会去兼职做家教。

　　他好歹出过国，口语不错，虽然没有拿到毕业证书。

　　即使有兼职，依然艰难，每一分钱都得掰成两半来用。

　　没有穷过，是不会真正感受到那种滋味的。

　　穷的时候，底线会不断降低，生活质量渐渐变差。

　　裴廷说得不算错，没有人帮忙，光靠顾宝自己是撑不住的。普通上班才挣几个钱，顾宝即使不吃不喝也没法挣到一家人的开支。

　　顾宝从前是不太在意自己的形象，现在则是根本没精力去在意。

　　他不是不知道自己和裴廷的差距逐渐拉大，裴廷跟他已经不在同一个阶层。这和当年的他们不一样，那时他还是一个无忧无虑的小公子，不为衣食烦忧，不愁未来生活。

　　他可以一出手就是价值好几十万元的手表，可以请裴廷去高档餐厅吃饭，身穿名牌，不会被人拦在餐厅门外。

　　把后视镜放进了座椅下的储物箱里，顾宝戴上头盔，把饭盒从袋子里取出，打开，将里面的食物倒进了垃圾桶里。

　　没人想吃的东西，大概只有垃圾桶才是它的归宿。

　　顾宝骑上小摩托，发动过后，感觉机器的嗡鸣声和平时没有太大的区别，应该还能骑。

　　这时裴廷的轿车停在顾宝身边，顾宝期待地望着窗口，直到车窗降下，露出易云的脸。

女人忧心地看着他掉了一边后视镜的车子："顾宝，你车没问题吗？"

顾宝没有说话，头盔挡住了他的脸，看不清他的表情。

易云说："要不你上车吧，你要去哪儿，我们送你？"

顾宝都要讨厌易云了，哪怕他知道易云只是好心，他不喜欢易云说"我们"这个词。

"我们"是指易云和裴廷，而外人，只有车外的顾宝。

"不用啦，我开的餐厅离这里很近的，我可以自己回去。"顾宝说。

易云扶着窗口，回头看了裴廷一眼："裴哥，送顾宝一程吧。"

顾宝心头更酸了，他不想让自己沦落到这种境地，需要易云去恳求裴廷，送一送他。

他不想让自己这么窝囊。

于是顾宝不等裴廷回答，就转动把手，车子朝前驶去。只开出一小段路，不知车身哪个部位出了问题，顾宝连人带车摔在地上，这时正好有辆汽车疾驶而来，差一点就把顾宝卷入车底之下。

幸好汽车及时刹住，不然后果不堪设想。

顾宝被吓蒙了，汽车司机也吓了一大跳，立刻从车上下来，大声道："你怎么回事，是不是碰瓷啊，为钱你不要命啦！"

顾宝牛仔裤下的膝盖火辣辣的，不用想也知道破皮了。

他手肘大面积擦伤，沾上了不少砂石，他还没来得及说话，就听到一道重重的摔门声，然后是一阵脚步声快速地由远及近。

司机不知道看到了什么，竟然瑟缩着退后了一步，看着顾宝身后道："你们是不是一伙的？是他自己摔在我车前的，可不是我撞的，我有行车记录仪，你们别想讹我！"

顾宝终于反应过来，他拍了拍手上的灰，仰头说："没想讹你，是我先摔的。对不起，吓到你了吧。"

"顾宝。"他听到了裴廷压抑的声音，"你有没有哪里不舒服？"

顾宝没有回头，坐在地上缓了会儿，然后对司机说："我没事，大哥你有事的话，就先去忙吧。"

这时高跟鞋的声音也匆匆来到顾宝身前，易云一脸惊吓："顾宝，你吓死我们了！"

吴鸣山伸手扶顾宝起来，问他骨头有没有什么事，他摇头。他看向裴廷，却看见一张毫无血色的脸，裴廷比他还像那个差点被撞的人。

裴廷留意到顾宝的目光，竟然第一时间别过头，咬紧了牙关，俨然一副无法忍受的模样，仿佛看顾宝一眼都是折磨，甚至有些怒火。

顾宝失落地垂下眼睑："我真的没事。车子好像坏了，我得送车去修。"

"现在的重点是车吗！"

顾宝听到一声暴喝，这竟然是裴廷发出来的声音。

易云脸上的表情僵住了，吴鸣山看天看地，就是不看两个当事人。

顾宝推开吴鸣山扶住自己的手，身上到处都在疼，他却用很平静的语气说："嗯，是车，因为我真的没事。"

不是苦肉计，也不是自虐，顾宝只是觉得小小的擦伤，没必要大惊小怪。比起这个，都快散架的摩托车才是重点。他们店还要靠这个买菜呢，结果被他开出来，又被撞又是摔的，简直都要报废了。

裴廷听到顾宝的回答，好像更生气了，浑身上下，怒意勃发。

吴鸣山咳了一声："要不还是去趟医院吧？"

顾宝本来想说不用，但看见裴廷铁青的脸色，顿了顿，还是道："那就去吧，麻烦你们了。"

裴廷重重地看了他一眼，转身回到车上。吴鸣山对沮丧的顾宝道："走吧，我们送你过去。"

医院里，医生简单地检查了一下顾宝的伤口，又问摔跤的时候有没有碰到脑袋，顾宝说没有，医生便下了结论："就是普通擦伤，一会儿让护士给你消下毒，晚上洗澡的时候不要碰水。"

顾宝说谢谢，正准备起身，就听裴廷问："不需要做其他检查吗？万一有内伤呢？"

医生挺随和道："实在担心的话，可以做核磁共振，不过挺贵的，没必要。"

裴廷眉心拧起，看起来很不满意医生的话语。

顾宝感觉不对："我也觉得没大事，辛苦了医生。"

说完他出去，拿出手机看了眼时间，餐厅那边已经开工了，他已经迟了半个小时，还有那辆摩托车，依然停在原地呢，他得送去修理厂，看还能不能用。

虽然来一趟医院很浪费时间，可是能跟裴廷相处多一会儿，甚至能感受到对方的在意，也很值了。

顾宝转头望向裴廷和另外两人，客气道："辛苦你们陪我来这一趟了，我没什么大事，下次请你们吃饭。"

他说的也是客套话，今日这顿饭还是他不要脸蹭来的，也不知道有没有下次。

顾宝转头望向易云和吴鸣山，拜托道："能让我和哥单独待一会儿吗？"

吴鸣山点头，易云则是看向裴廷，发觉裴廷目光一直落在顾宝脸上，没有理会他们，这才黯然离去。

等二人一走，裴廷道："你想说什么？"

顾宝的头始终低垂着："明明你还在意我，为什么就是不愿意和我和好呢？"

裴廷不答反道："以后别再给我送饭了。"

顾宝用力拽了下裴廷的衣角，像闹脾气的小孩一样："不要。"

裴廷拍开了顾宝的手，力道有点重，顾宝故意叫了声，做出很娇气的样子："你碰到我伤口了。"

他紧盯着裴廷的脸，看见对方迅速看向他的手，确认到底有没有碰到伤口，等发现他是在撒谎的时候，脸色越发沉。

顾宝不想笑的，可是他就是很开心："哥，你在乎我。"

裴廷看着顾宝洋溢着快乐、放松的脸："顾宝，看见我在意你，是不是很得意？"

他的质问让顾宝的笑容一下消失了，就像碰到火苗般，上一秒是温暖，下一秒就是滚烫的疼，疼得让人长记性。

顾宝慌乱地摇头："没有得意，我只是……"

"只是觉得我还在乎你，那又怎么样，你欺骗我的时候就应该想到这个后果。"裴廷不留情道。

顾宝脸上的血色尽褪："对不起。"

听到他的道歉，裴廷没有露出满意的神色，而是冷淡道："我没有跟你开玩笑，你不要再送饭了，没有意义。"

顾宝低着头："有没有意义，不是你一个人说了算。"

不等裴廷说出更多打击自己的话，顾宝大声说："既然你不理会我的意见，那我也不用听你的吧！"

"你以前是我朋友，是我哥，所以我要听你的话，现在我不想听了，你又能把我怎么样！"顾宝的语调很松弛，说着无赖的话，好似放松的样子。

可他低下去的脸，却是紧紧绷着的，如过紧的弦，随时都要断掉。

裴廷看不见顾宝的脸，只留意到他胳膊上的擦伤还没处理，叹了口气："去找护士吧。"

"不要。"顾宝任性道。

裴廷沉着脸："我不明白为什么你就不能接受，何况最后相处的时间里，我们也是在彼此折磨。"

顾宝身体颤抖起来，拳头紧紧握起，裴廷却没有停下："现在有回到正轨的机会。"

"顾宝，就算不是朋友，如果你需要我帮助，还是能来找我。"裴廷决定退一步。

话音刚落，就见顾宝恨恨地抬起一双通红的眼："谁要你帮忙！"

他看见裴廷露出错愕的神情，继续道："我在乎你！我在乎你！"他声音越来越大，引得周围的人都看了过来。

裴廷简直招架不住，匆忙伸手捂住了顾宝的嘴。

他压着声音道："顾宝，你都二十五了，不是十五！"

顾宝张嘴咬住了裴廷的手，很用力，裴廷感受到那股剧痛，没甩开顾宝。顾宝眼皮红透了，但没哭。

他松开了牙齿，虽然咬得很用力，但没把裴廷咬出血。

他握住了裴廷的手腕："你看啊，我刚刚很生气，恨不得咬死你。但我一想到你对我的好，又有点舍不得了。"

"哥，我承认一开始对你，我总想着去偿还什么。可是你有没有想过，你在我心里非常重要？"顾宝低头吹了下裴廷的手，那处被自己咬伤的地方。

裴廷嘴唇动了动，好像想说什么，又强硬地忍了下去。

顾宝看着裴廷被自己惊住的表情，笑了笑："要不你揍我吧，不想我缠着你，就叫我滚开，粗暴地对待我，把我打到怕为止。"

裴廷终于回神，用力抽回自己的手："胡说八道！"

"我认真的，哥，你揍我吧，我这个人最怕疼了。说不定你揍我，我就不来缠着你了。"顾宝贴近裴廷，像要证明自己能有多黏人。

裴廷果然不堪其扰，转身疾步走开，不愿再与顾宝对话。

顾宝被留在原地，看着裴廷的背影，心头涌满了无力感。

他在裴廷面前百般试探，万般姿态，软的硬的都试过了，实在不知道该怎么做才能和裴廷回到当初。

顾宝只知道，如果什么都不做，不用等以后，他现在就会后悔。

他找到护士上药，出来后，只有吴鸣山在等他。他看着吴鸣山身后，寻找着裴廷。吴鸣山说："裴总已经带着易小姐离开了。"

顾宝压抑着自己的失望："你也回去吧，应该还有很多事要忙吧。"

吴鸣山："我陪你去修车。"

顾宝有点惊讶："不用了，我自己可以。"

吴鸣山无奈道："你才当着我们的面连人带车差点卷到车底下，你可以什么啊，还是老实点吧。"

"有这么夸张吗？"顾宝作为当事人，其实全程都是蒙的，当然不知道他刚才的事故在外人眼里到底有多惊心动魄。

吴鸣山："是啊，你坐着没看见，裴……"他突然收声了，没继续说。

顾宝却追着问："哥怎么了？"

吴鸣山心想，还能怎么了，看到顾宝发生意外，下车的时候差点摔在地上。

虽然他不知道这两人是什么情况，不过不管什么情况，也知道这两个人是经常闹别扭，没那么容易就能断掉的。

顾宝跟吴鸣山往外走，还试探性地问："易小姐和哥是不是在约会啊？"

吴鸣山翻了个白眼："如果他们真是约会呢，你今天到底怎么想的，竟然还真的留下来吃饭？"

顾宝苦笑了一下："还能想什么啊，就想着无论如何也不能放弃和哥再说几句话的机会。"

吴鸣山被顾宝的话酸得牙都倒了，起了一身鸡皮疙瘩。顾宝还不认为自己说了多过火的话，笑眯眯、亲亲热热地喊吴鸣山："山儿。"

这回真的是满身鸡皮疙瘩都抖落地上了，吴鸣山僵着脸道："我拒绝。"

顾宝差点被他这句话给噎死："我都还没说是什么事呢，你就拒绝？"

顾宝没好气道："哥不让我给他送饭，我最近学了冲咖啡，我给他冲咖啡好不好？反正饭他不吃也浪费了。"

吴鸣山没说好或者不好，而且他的意见对顾宝来说也不重要，顾宝就是知会他一声。顾宝拍拍他的肩膀："放心兄弟，不会少你的份，我给你带小蛋糕。"

要说吴鸣山一副精英酷男的长相，平生最爱就是甜品，顾宝把他的命脉掐得很准。

至于海鲜餐厅为啥搞甜品，这主意还是顾宝说的，他觉得外间可以有个甜品阁，女孩子都喜欢这个，吃完大餐再来一份甜品。

不都说了吗，女孩有两个胃，一个装饭，一个装蛋糕。

要是甜品做得好，还可以搞搞副业，开个分店，再把店里的装潢弄弄，把档次提上去。

于是除了餐厅的活、家教的活，顾宝还报了班去学冲咖啡和做甜品。

下午纪图难得过来，跟顾宝聊了聊，听到他满满当当的行程，心疼道："你都快忙成陀螺了，到时候请人就是了，何必自己辛苦去学？"

顾宝蹲在地上刷油漆："自己都会一点的话，就不容易被人糊弄。而且忙不过来的时候，我也能上啊。"

何况学东西这种事，是真真切切地攥在手里，成为自己的一项技能，这让顾宝有安全感。

纪图跟着他一起涂墙："你不累吗？自己要注意点身体啊。"

顾宝笑了笑："我年轻，别的没有，就是精力无限。"

纪图："对了，摩托怎么摔坏了？你没事吧？"他拉着顾宝上上下下地看，发觉那几处擦伤，担忧道，"去过医院没？"

"去过了。"顾宝想了下，说，"哥送我去的。"

他和裴廷之间的事他一个人没法想明白，更不能憋住，于是常常求助纪图。

纪图的意思是，挽回友谊还能有什么道理，当然是厚颜无耻，死缠烂打。

顾宝把这八个字当作方针，不过没敢时时让自己出现在裴廷面前，而是先送起了便当。

纪图一听，欣然道："可以啊，进度不错，他送你去医院，说明心疼你。"

顾宝回想起裴廷的态度，觉得心疼不多，惊吓不少。

再想到医院的事，顾宝嘴巴就撇起来了。在幼时玩伴面前，顾宝从不掩饰自己："他今天跟他的大学同学吃饭，是个大美女，还喜欢他。"

纪图"啧"了一声："老裴这人不厚道啊，明知道人家姑娘喜欢他……"

顾宝听纪图说裴廷不好，又不乐意了："哥不是那种人，他应该是有事才要见易云。"

纪图说："易云，那女的名字吗？"

"嗯。"顾宝点了点头，迟疑道，"要是他真的想跟易云在一起……"

纪图帮他拣重点："现在你哥和谁在一起不重要，重要的是他还理不理你。"

顾宝嘴巴噘得更厉害了，叫纪图忍不住掐了一把："别装鸭子了，你现在先搞清楚你哥住哪儿。"

"为什么？"顾宝没懂。

纪图："当然是蹲守啊。"

顾宝还是没明白这其中有什么关联："不好吧，总觉得这样很像变态。"

纪图戳他脑袋："你以为你现在死缠烂打的行为不变态吗？裴廷完全可以报警的好吗！"

顾宝目瞪口呆，显然他没想到自己现在的所作所为很变态："是吗？"

纪图安慰他："哎呀，特殊时期特殊方式嘛，你不想和你哥完蛋，只能当个变态了。"

虽然嘴巴上说纪图的法子不靠谱，但顾宝未必没有往心里去。现在对裴廷，他是昏着百出，就是不知道哪着有用。

纪图再次问了一遍他和裴廷相处时候的事，叫他把对话都复述了一遍。

"他让你需要帮助的时候，就去找他？"纪图抓住了重点。

听到这里，顾宝就气道："他始终觉得我有求于他，我再困难也不去找他了。"

"你蠢不蠢！"纪图说他，"这不是光明正大的理由吗，找啊！"

顾宝眨眨眼："啊？"

纪图恨铁不成钢："你说你有事要帮忙啊，去找他啊！这不是可以见面，可以缠着他的好机会吗？"

顾宝眼睛都亮了："对啊，我怎么没想到！"

顾宝送了几天咖啡，都是吴鸣山过来拿，裴廷还是连面都见不到。

顾宝自己也忙，根本没法去跟踪裴廷，吴鸣山就更加不可能把地址告诉他了。

虽然地址不能说，但是吴鸣山还是卖了个好给他，跟他说最近公司有个大单子，裴总天天忙到十点才下班。

顾宝听了有点心疼，选了一天炖了鸡汤，装在保温瓶里，等兼职的补课结束后，就匆匆往裴廷的公司赶。

他也没到楼上，而是在公司的大堂候着。

这些日子连轴转，顾宝每天都睡不够六小时，虽然年轻，但底子也被耗得有点厉害。

坐在公司楼下，安安静静等着的时候，他就靠在沙发上睡了过去。

也不知道睡了多久，顾宝是忽然间惊醒的，类似一种心灵感应，他一睁眼，就看见站在他面前的裴廷。

顾宝刚醒来，还有点迷糊，揉着眼皮，露出个笑容，乖巧地喊了声"哥"，然后手一伸就要去拉裴廷。

可面对他装疯卖傻，裴廷并不买账，甚至用力把他一推。

顾宝猝不及防，整个人在沙发上歪了下去，保温瓶从怀里滑开，撞在地上，在空荡而寂静的大堂里发出一声巨响。

而顾宝自己，则是肩膀撞在了沙发的木质扶手上，恰好磕到之前伤到的地方。

顾宝疼得脸色一白，肢体都有点僵，慢慢地才坐直了身体："对不起，我睡蒙了，不是故意的。"

裴廷用一种复杂的眼神注视着他，没说话。

顾宝弯腰捡起地上的保温瓶："我给你熬了点汤，对身体好的，你拿回去喝吧。"

裴廷没看顾宝手里的保温杯："你来这里做什么？"

顾宝努力笑了笑："给你送汤，收下吧。"他声音微哑，带点恳求，"哥，喝一口吧。"

裴廷抬手捏了下眉心，好似一副无法忍耐的模样，压抑道："我说过，别再来找我，不然你会后悔。"

顾宝把保温杯收回怀里，没有说话。裴廷大步往外走，顾宝却小跑跟上，甚至坐到了副驾驶座上。

裴廷没想到顾宝这么坚持："下去。"

顾宝把安全带都扣上了："我不。"

裴廷怒了："顾宝！"

顾宝倔着一张脸："你吼什么吼！我就不下！"

裴廷对着顾宝，真是打也打不得，骂也骂不了，就是个活祖宗。他差点就想把顾正的事情说开了，告诉顾宝这么做没有任何意义。

但是他看着顾宝，那些话始终说不出来。顾宝这些日子做的努力，他不是没看见，这仿佛就是一个死循环。

他既不能让风声传到父亲耳边，又不能成功逼走顾宝。顾宝越努力，顾正的事情，裴廷就越说不出口。

说到底，还是一句话，不甘心。

顾宝拧开了保温杯盖，自顾自地倒了一杯，递到裴廷面前："你不是睡不好吗，这个助眠的。"

裴廷沉着脸，没领情："谁告诉你我睡不好，吴鸣山？"

"你别污蔑山哥。"顾宝赶紧救一把自己的内线，"你黑眼圈这么重，我又不瞎。"

顾宝又加重砝码："你喝了，我就下车，起码三天不来骚扰你，怎么样？"

裴廷："……"

顾宝的手悬在空中，就等着裴廷接。可等裴廷真的接过去，顾宝心里又一酸。比起见他，裴廷更愿意喝下这碗自己并不想喝的鸡汤。

等裴廷喝完后，顾宝露出个笑脸，又给裴廷倒了一杯。裴廷沉着脸，一杯接一杯，很快整壶鸡汤就没了。

顾宝收回盖子往瓶口一拧，笑眯眯道："我刚才是骗你的，就算你喝了，我也还是要每天都来找你。"

说完以后，他解开安全带，下了车，不等裴廷说话就跑走了。

餐厅开业很顺利，顾宝又在网上经营了一番，引来不少人。

味道好，服务佳，还有帅哥可以看，这让餐厅有了不少回头客。当然，他和纪图靠脸小火一把，这是他们都没想到的。

纪图将事业重心放在了这边，把自己老妈接过来后，还买回了原本的房子。

光鲜亮丽地回到原来的城市，纪图感慨万千。

当年他走得狼狈，没想到还有回来的一天。

乔迁时，杨扶风来了。顾宝不清楚这对好友现在的关系如何，纪图没怎么提。顾宝本来以为他俩没事了，没想到看起来不像。

纪图一天到晚在餐厅忙，纪妈妈不愿意让儿子工作天天闻油烟，回到家还要做饭，因此乔迁宴是纪妈妈下厨，杨扶风主动打下手。

顾宝刚想去帮忙，就被纪图拉到楼下买啤酒。

顾宝忍不住问："你和杨哥到底怎么回事？"

"别说你们现在还为了我闹别扭？"顾宝赶紧撇清自己。

纪图好笑道："我们能为你闹什么别扭，都一把年纪了。"

顾宝："你才几岁，怎么就一把年纪了？"

纪图说："别提我了，你和老裴怎么样了？"

"我们还不是老样子。我什么都跟你说，你怎么什么都不跟我说啊？"顾宝有点不高兴，觉得纪图不与他交心，倒是他一头热。

纪图为难地抓了抓他的头发，叹了口气："有什么好说的，没时间和他扯。"

顾宝反驳："怎么就没时间扯了？我现在忙到脚打后脑勺，照样和我哥扯。"

纪图确实很敬佩顾宝的精力："你不累吗？"

顾宝："累啊，这不是革命尚未成功，同志还须努力吗？"

纪图稀奇地瞧着顾宝："有时候我真佩服你，以前没看出来你是个不撞南墙不回头的性格。"

顾宝蹙眉："怎么就南墙了！哥不是南墙。"

纪图耸肩："我是你朋友，肯定偏心眼。

"我觉得你过得挺辛苦，有时候想劝你算了，可我又想着，我不是你，我不能给你太过主观的意见。

"顾宝，如果裴廷真的不愿意回头，就算了吧。咱伤心归伤心，迟早还是要往前看的。"纪图搂着顾宝的肩膀，紧紧地，怕人不想听，也怕人恼他。

纪图将心比心："我这次回来，杨扶风就想找我和好。他说他想跟我好好道歉。为什么我接受了他的道歉，却不肯跟他和好？"

顾宝其实已经不想听了，他现在最不需要的就是给他泼冷水了。

纪图却死死抓住他："因为时过境迁，一切都变了，我们现在的陌生，我也早就习惯了。现在我面对着他，心里感觉不到亲近，也不会被他牵动半点情绪。"

"不管我们曾经有多要好，现在那些年少时候的别扭和在意，都没有了。"纪图捏着顾宝肩膀的手有点抖，"很多以前的事，我现在甚至都已经记不清了。"

纪图："有些事错过了就是错过了，找不回来了，就算勉强把碎掉的镜子拼起来，也不是原来的那块。"

他用手指点了点自己的胸膛："因为缺了一块，怎么拼，都回不到当年了。"

那天晚上，顾宝喝了很多酒，他不喜欢喝酒，这次没忍住。

他本来不打算喝那么醉，他今天还没找裴廷呢，可他喝醉了。杨扶风把他送到了家，前脚刚走，他后脚就出来了，醉醺醺地上了出租车，报了个地点。

裴廷才洗好澡就接到了电话，是之前公寓的保安打给他的。

保安说门前有个醉汉，一直在输密码想进去，邻居听到声音了，赶紧给保安打电话，保安上来一看——好家伙，又是你！

裴廷听得头疼，那套房子他本来想卖，也托人交给中介。后来有人真的想买，他反而不愿意卖了，这事就搁置了下来。

换上外套，裴廷匆匆出门，于半个小时后看到了蹲在门口的醉鬼一只。

顾宝穿着卫衣，蹲在那里的模样看起来很小，跟他高中时没什么区别。

保安站在旁边，脸黑得像教导主任。顾宝还醉醺醺地说："叔叔，你别生气，我不是故意扰民的，对不起。你吃蛋糕吗？我蛋糕做得不错，下次给你带一份好不好……啊，对了，还有邻居。"

"叔叔，你有哥吗？我有哦，嘿嘿嘿。"

"叔叔，你惹谁生过气吗？我哥就生气了，还把我赶出家门，连密码都改了。"

说完顾宝就五官一皱，仿佛下一秒就要嗷嗷哭出来，保安大叔如临大敌，凶他："你别哭啊，再哭带你去派出所！"

顾宝就憋回去了，还打了个酒嗝："是吗？我爸就在派出所，你带我去见他吧。"

保安大叔也不知怎么的，竟然跟他对话："你爸在派出所做什么？"

顾宝仰着脑袋："他被关着呢。"

保安："……"

裴廷赶紧走过去，连声道歉，还给保安塞了包烟："对不起，大晚上的辛苦你了。"

保安扫了扫顾宝，又横了一眼裴廷："有什么事不能好好解决，都闹两回了吧！"

这大叔还是上次顾宝没能进去，过来处理的那位。

保安拿着烟嘟嘟囔囔地走了，裴廷刚松了口气，就感觉腿上一重，顾宝抱着他的腿说："哥，我们回家好不好？"

裴廷不想和他多说，伸手就把人抓起来："还能走吗？"

顾宝噘着嘴，摸了摸自己两条腿，不是很肯定道："我可以。"

裴廷伸手把人一拎，就往电梯走，等把人安置到车上，问地址，但顾宝怎么也醒不过来，说话都不流畅了。

刚才跟保安不是问答得挺流畅的吗，该不会是在装醉吧？

裴廷怀疑，又拍了拍顾宝的脸，终于把人拍醒了，顾宝一睁眼，就带着哭腔道："脸好疼，你打我！"

裴廷："……"

实在没办法，裴廷用顾宝的指纹打开了手机，给他的朋友都打了电话，可惜大半夜的，没一个人接。

裴廷只能把人接回自己家。他刚把人拖进屋，比萨就凑了上来，闻到了熟悉的味道，尾巴再次转成风扇。

裴廷心想，都过去这么久了，比萨还记得顾宝呢。

顾宝却在这时忽然睁开了眼，盯着裴廷不说话。

裴廷冷下脸："醒了？醒了就回去，别耍酒疯。"

顾宝还是不说话，眼睛直直的，不像清醒的模样。裴廷不愿被他这么看着，起身就走。

裴廷走到厨房，打算装杯热水，再给顾宝灌解酒药。

这时外面就传来一阵很大的动静，裴廷赶紧走出去一看，发现顾宝人已经翻在地上，那动静是他脑袋磕在了茶几上，他正捂着脑袋叫呢。

裴廷走过去，没有扶他，而是就这么看着："醒了吗？"

顾宝坐起来，揉了揉额头，小声说醒了。

裴廷想，这是不装了吧。刚才在车上时，顾宝一直侧着脸，他往窗子上看，发现顾宝偷偷睁开一只眼，见他脑袋转过来，赶紧闭上。

那时候裴廷就知道，顾宝在装醉呢。

裴廷忽然觉得很累，心累："醒了就回去吧，以后别这么做了。那房子我准备卖，你这样会影响下一个住客。"

"我不想下次去派出所保释你。"裴廷说得挺无情的。

顾宝揉着额头的手渐渐停了，他放下手："你记得杨扶风和纪图吗？我高中时玩得好的那两个，你带我们去了海边，还租了别墅。"

　　裴廷没说话，顾宝继续说："他们两个当年闹翻了，图图跟我说，破掉的镜子是补不回来的，因为缺了一块。"

　　"他跟我说，如果你真的不愿意回头，我怎么挽留都没有用。"顾宝抬起头，像寻求答案一样望着裴廷，"是这样吗？"

　　裴廷没有表情的脸，看起来无懈可击。

　　顾宝的额头磕到的地方已经红了，那团红渐渐晕开："哥，我有糖。"

　　"你心里缺的那块，我用糖给你补起来好不好？我有很多很多的糖。"

Chapter
18

密码还是"1029"

听顾宝说完这番话，裴廷再次转身走了，顾宝就跟泄了浑身的劲，一下瘫在了沙发上。他不是装醉，是真的有点醉。

刚才他起身的时候，头晕目眩，这才翻了下来磕到脑袋。

裴廷现在不在乎他了，还赶他走，不理他，冷言冷语，而他的真心话裴廷根本不想听。

或许纪图说得对，对一个不愿意回头的人来说，所有的挽回都是骚扰。

现在看着这样的他，裴廷心里除了烦，不会有别的情绪。

他碰了碰额头，真的疼，疼到他都不知道该怎么办了。

面朝刺目灯光，顾宝缓缓吸气吐气，平静情绪。他想他一会儿就走了，不会给裴廷造成麻烦的。他不识相挺久了，裴廷也忍了他很久。

能放弃吗？顾宝在心里问自己，不用多久，他就得到答案了。

还不能，至少现在不能。

他这一辈子从未在什么事情上执拗过，曾经他想要的东西都太轻易得到，现在求不来了，才知道没有什么是应该不应该的。

尝到了求不得的苦，人就一下子长大了。

顾宝手背搭在眼皮上缓了缓，这才起身慢慢往门口走。

这时轻微的脚步声传来，顾宝转脸，发现裴廷拿着一个冰袋，指尖滴水，默默地望着他。

见顾宝看来，裴廷手垂到身侧："你起来……"接着他的视线落在顾宝面朝的方向，"准备走了？"

顾宝目光直勾勾地盯着那冰袋，好像那不是冰袋，是顾宝起死回生的希望，是裴廷的心软和在乎。

他立刻缩脚往后退，为自己找了个牵强的理由："没有要走，我找厕所呢，喝多了。"说完他又赶紧往裴廷那里贴，"一直握着冰袋不冷吗？我来拿。"

顾宝伸手，裴廷避开："坐好。"

下一瞬，顾宝就像小学生一样拖开旁边的椅子，端端正正地坐下了，双手还老实地放在膝盖上，仰着脸等裴廷的冰袋。

捏着冰袋的感觉肯定不好受，顾宝都看见裴廷的手指渐渐变红，顾宝想去接，但次次都被裴廷躲开了。

裴廷脸色不算好看，目光专注地落在顾宝的伤处，反复按压，力道轻柔。

有时候顾宝都觉得自己挺卑鄙的，捏准了裴廷不够狠心。

在顾宝胡思乱想间，裴廷说："敷好了就回家吧。"

顾宝没说好或者不好，只是不回答。忽然，他想起什么似的，问："哥，我送你的手表呢？"

裴廷停下了冰敷的动作，紧接着，顾宝得到了一个答案，裴廷说："扔了。"

顾宝的手瞬间从高处滑落，仓皇搭在了膝盖上，他睫毛颤抖着，不像刚才那样放肆地打量裴廷。

他一直垂着眼，直到冰敷终于结束，裴廷回到厨房洗手，他安安静静地坐在椅子上，再没说什么话。

裴廷出来对他说："不是要去厕所吗？走廊左手边第一间。"

裴廷这个家是平层，没有之前的豪华，装潢简单冷淡，不像之前那个家的风格。

顾宝才醒神一样，匆匆走进了洗手间，反手关上门。他粗暴地洗了把脸，其间指尖戳到了伤处，疼得他咬紧了牙关，再仔细打量，感觉明天需要戴个帽子，不然遮不住。

顾宝从洗手间出来，轻手轻脚地往外走，客厅里已经没有人了，走廊尽头的书房里还有亮光。

他循着光走，一步步踏入裴廷的领地。他每个动作都很小心，反复地试探着裴廷的底线。

裴廷自电脑后望着他："需要我帮你打车吗？"

顾宝没回答，他缓慢地尝试着往裴廷身边走。随着他的接近，裴廷的表情越发严肃。

就在顾宝即将走到裴廷近前时，裴廷冷声道："顾宝，我的忍耐是有限度的。"

顾宝就像听不懂中文般，他就地坐下，脸颊靠近了裴廷的膝盖，像小动物似的仰起头："手表扔了就扔了吧，我重新给你买。"

"哥，我现在能自己赚钱了，不过赚得不多，可能不能像

476

之前那样给你买很贵的。我买给你的，依然是我能付出的所有。"

裴廷的声音哑了，像在生冷的铁上揉了一把沙："我想一个人静静，你走吧。"

顾宝使尽浑身解数，却像一拳打在棉花上，没有一点儿声响。他拿上手机，慢吞吞蹭到门边，似乎还想再说什么，但看看裴廷的背影不带一丝停顿地离开了他身处的房间，他心一沉，只能道："好。"

这一声回应，无人听到。

顾宝带上门，不记得自己是怎样回的家。

第二日，顾宝来到了餐厅，纪图一见到他就被吓了一跳。

顾宝解释道："我昨晚脑袋不小心撞到了。"

纪图抱着手："我看也像。"

顾宝假装听不懂他的嘲讽，继续嘚瑟："我昨天去了哥的家！"

他似乎已经忘了最后自己悻悻而归的事。

纪图恍然大悟，然后同情地望着他："你是被老裴揍了吧？老裴太过分了，怎么能让你伤到脸呢！"

这天没法聊了，顾宝甩下纪图，去后厨帮忙，忙得热火朝天。然后，他又去员工换衣室换上好看的衣服，去甜品阁那里充当门面。

现在虽然很忙，但很充实，每分钱都赚得踏实，也有奔头。这让顾宝相信，一切都会变得好起来，包括裴廷。

今天的客人都是老客，看他在柜台后盈盈笑着，满面春风，不由得问他有什么好事。有人问，他就会答，他恨不得昭告天下，又矜持地露齿笑着："我哥好像会原谅我了。"

要是裴廷愿意来这家店看他，他会给裴廷做最好吃的蛋糕，把全世界的甜都给裴廷。

纪图走过来掐他的腰："你差不多行了。看你这副模样，你哥松口了？"

顾宝撇嘴："没有。"

但是哥分明心疼他了，还给他处理伤口。虽说最后看起来有些犹豫，但起码这是一个很好的开始。

顾宝洗好手，将提前弄好的蛋糕坯取出，开始裱花。

顾宝把蛋糕做好了，还在上面搞了一堆花样，纪图被恶心出去了。

顾宝不理他，切下一块，小心装盒，打算晚上送去给裴廷。餐厅下班很晚，不过甜品阁的收摊时间是晚上八点。

他给吴鸣山发信息，问裴廷什么时候下班，他要过去。

吴鸣山回得很快：你要过来吗？老板今天心情很不好啊，你注意点。

顾宝收到这条消息，一整天的快乐都被这盆冷水泼没了，冷静下来。

他握着手机，开始忐忑。裴廷为什么不开心？

顾宝提着蛋糕，打算去坐地铁。因为上次摩托车被他摔了，纪图让他别开了，太危险，叫他打车。

打车多贵啊，不如坐地铁。

地铁站有点远，顾宝准备扫辆共享单车骑去地铁站。这时一个意想不到的人出现在他面前，他们很久没见过了，对方的模样看起来没什么变化，五官与裴廷很像，却让他的心不安地怦怦跳着。

裴父笑眯眯地站在车前，锐利的目光扫过顾宝身后的店，而后再次落到顾宝身上："小顾啊，这间店是你的吗？"

顾宝提着蛋糕的手握紧了，鼓起勇气道："和朋友一起开的。裴叔叔，好久不见。"

裴父和善道："我们确实很久没见了，小顾有空陪我吃顿饭吗？"

顾宝努力让自己的表情自然点："当然可以。"

裴廷和他父亲几乎是一个模子里刻出来的，裴父身材高大，保养良好，五官立体，带着风霜，几乎能看出裴廷四十岁以后，大概就是裴父这个模样。

顾宝坐在车里，安安静静，模样乖巧。

裴父随意地同他搭话，又关心了一下顾正，语气里为顾正感到可惜。

的确可惜，做生意的哪个没点把柄，偏生顾正碍了人的眼，被杀鸡儆猴。

顾宝静静听着，偶尔回话，也很得体。

顾正毕竟发家得早，虽然以前纵着顾宝，可顾宝依然是作为小少爷长大的，该懂的礼仪，该怎么回话，都应对得很好。

好不容易到了餐厅，裴父带着顾宝下车，于餐厅前和另一个人会合。

易云看见顾宝时，双眸间闪过些许惊讶，很快便掩盖下去，走到裴父面前，礼貌道："叔叔，近来可好？"

裴父对易云露出与面对顾宝时完全不同的笑容，起码在顾宝看来，裴父现在的笑容真心很多，目光里喜爱十足。

裴父倒没有见到易云后就冷落顾宝，反而为他们两个做介绍。得知他们竟然认识后，裴父还笑道："世界真小，没想到你们竟然认识，不错不错。"

三人一同进了餐厅，顾宝再不明白这顿鸿门宴的意义在哪里，他就别叫顾宝了，叫顾傻。

顾宝尽量降低自己的存在感，但架不住裴父一直哄他说话，好似真把他当作一个心爱的小辈，今晚这顿饭也是家常饭。

酒水刚送上来时，裴廷急匆匆地走进餐厅。他模样看起来很匆忙，气喘吁吁，看见裴父这一桌，脸色肉眼可见地变僵。

顾宝低着头，没敢去看裴廷。

裴廷走到桌前，没有说话。裴父依然是笑吟吟的，眼神却沉着，与裴廷对视。

易云不安地动了动身子，看向顾宝。顾宝已经恨不得直接消失在桌上，心想刚才应该不来的，找个借口说自己肚子痛，溜之大吉，裴父还能抓他过来不成。

裴廷喊了声顾宝，顾宝一开始还没反应过来，裴廷就说："走吧。"

顾宝只能慢慢站起身，对裴父和易云点了点头，以微弱的声音道："抱歉，我先回去了。"

说完他拿着蛋糕盒匆匆离开了餐厅。

他在街上走了很久，等终于停下来，已经不知道自己走到了哪里，周围都是陌生建筑，于是他坐在了街边的长椅上，打开了蛋糕盒。

曾经以为他能把全世界的甜给裴廷，但他忘了，给予和接受是一起的。他想给的东西，裴廷不一定能接受。

顾宝一口口吃着蛋糕，直到把整块蛋糕吃完，他也没什么感觉。就像所有的味道都失去了，不管是甜是苦，是酸是涩。

他一直枯坐着，直到街上的行人越来越少，风也渐渐冷了起来。他拿出手机，已经没电了。

顾宝吸了吸鼻子，走进便利店，借了好心的店员的手机给纪图打了个电话。因为开餐厅，顾宝记熟了纪图的号码，无助的时候第一时间是找到纪图。

纪图来得很快，他赶到便利店时还对顾宝说："你怎么回事，不带钱又不知道留意手机的电量，要是没我，你是不是要露宿街头！"

他的碎碎念在看到顾宝苍白的脸色后停了下来，他迟疑道："你没事吧？"

顾宝摇了摇头："图图，我今晚去你那里睡好吗？我这个样子回去会吓到我妈。"

纪图搂过他的肩膀："好，睡我那儿。"

纪图和妈妈一起住，妈妈已经睡下了，被他们的动静惊醒，看见顾宝的模样还惊讶道："宝宝脸色怎么差成这样，是不是感冒了？阿姨给你热点汤喝吧？"

纪图问顾宝："喝汤吗？"

顾宝摇头："阿姨，我没事，就是有点累，休息一会儿就好。"

洗过澡，顾宝躺进纪图的被窝里。没多久，纪图也躺了进来。他们头挨头，脚碰脚，一如当年。

纪图轻声说："发生什么事了？"

见顾宝没回答，纪图说："不想说没关系，想喝酒我们一起喝，我在呢。"

顾宝闭上眼："没有……我只是在想……"

想什么？纪图还没问出口，就听顾宝小声道："我只是好累啊。"

"图图，我本来不觉得累，可是我今晚……真的好累啊。"

纪图搂过顾宝，手轻轻在他背上拍着："累了咱们就歇会儿，天塌不下来，都会好的。"

顾宝没跟纪图说餐厅的事。

这几个月他非常努力地去挽回裴廷，想尽办法讨好对方。当年他没做什么，裴廷就和他很好，现在他费尽心思却得不到裴廷的任何回应。

顾宝不傻，不会听不明白裴父有多满意易云，裴父和易云聊天，话题不离裴廷和易云的往事。

一起建立社团，共同组织项目，毕业晚会上的一舞，就业后的数次相聚。

顾宝听在耳里，心里却始终拥有底气。

虽然他很清楚，现在他和裴廷的家世已经相去甚远，甚至自己父亲的事一再给裴廷添麻烦。但他不认为，这些能够成为裴叔叔现在诟病自己的理由，他更不认为，裴廷心里会真的觉得他和顾正是累赘。

只是裴叔叔应该是搞错了，裴廷根本不喜欢易云，裴父这样的撮合没有意义。

将他们三人凑在一起，顾宝也绝不可能帮他去劝裴廷接受这一切。

顾宝放肆地想着，甚至庆幸，还好他果断离开了那家餐厅。

出了门，顾宝回首望去，透明的餐厅玻璃清晰映出里面的人影。

裴廷拉开椅子坐了下来，易云拿起裴廷的外套在手上折了几下，搭在身旁的椅子上，裴父满意地拍着裴廷的肩，好一幅美满画面。

顾宝冷不防被刺痛了眼，犹如失败者一样落寞离场。他又想错了吗？事到如今，他已经没有底气去说自己对裴廷到底有几分了解。

从多年前裴廷在生日宴上接受周玖安排的美人，到与杨卿兰的联姻，再到现在的易云。

裴廷无一不是做了那个最让顾宝意外的举动。

在纪图家中，顾宝昏沉睡去，睡得不好，接连做了噩梦，数次惊醒。纪图拉开了灯，困得直打哈欠，问："要不要吃点褪黑素？"

顾宝睁开布满血丝的眼，他眼皮浮肿，太阳穴处隐隐作痛："不用了。"

纪图困倦道："到底发生什么事了？"

顾宝伸手去捞手机，充电后已经自动开机了。他没有裴廷的联系方式，自然也不会收到来自裴廷的消息。

有未接来电，不过是陌生号码，顾宝不想理会。

他脸颊靠着枕头，问纪图："你说，哥会结婚吗？"

纪图叹了口气："宝宝，虽然我很想跟你说不会，可是……大家都会结婚吧。"

顾宝不说话，纪图明白了："老裴有女朋友了？"

顾宝摇了摇头："他爸爸约了我还有易云吃饭，易云就是上次跟你说的，裴廷的大学同学。"

纪图听完就吐槽了一句："这顿饭什么意思？"

"不知道。"顾宝说。

纪图："特意约你们在一块，是想叫你识趣点，别再影响裴廷的生活？"

顾宝这会儿静了很久，静到纪图都猜到结局不太好，这才是顾宝今晚状态糟糕的原因。

"他让我走。"就像撕开还未愈合的伤口，顾宝被迫再次回忆。

纪图什么都明白了，哄孩子般低声说："顾宝，这与你无关。"

顾宝的泪一下涌出来了，是啊，与他无关。

裴廷拉黑他，他能够通过吴鸣山联系。裴廷不收便当，他会找理由说他做饭难吃。

裴廷冷漠对他，他可以想着他曾经做错过事。裴廷扔掉那只手表，他能安慰自己再买新的。

直到今晚，梦醒时分。

是不是真的要算了？难道分道扬镳才是最好的选择？

顾宝从来没有一刻像现在这样意识到自己现在的身份，在裴叔叔眼中，他已经不配成为裴廷的朋友。

手机震动起来，顾宝去看屏幕，还是那个陌生号码，一连打了两次，应该有什么要事。

纪图拧眉："谁啊，三更半夜打电话？"

然后他们对视一眼，福至心灵，纪图连声道："赶紧接！"

顾宝忙不迭地拿起手机，接通电话后顾宝听到了自己最渴望的声音。

"顾宝。"裴廷的声音有点哑，"你在哪儿？"

顾宝握着手机，脚已经落在床边，踩上拖鞋。他自来熟地去纪图衣柜里翻外套，纪图也跳下床，给他找了件棒球服，还帮他穿上，罩在睡衣外头。

"我在图图家，××小区9栋2012。"顾宝利落地报了地址。

裴廷："我们见一面吧。"

"好！在哪儿见？你来找我还是我去找你？"顾宝说。

纪图见他刚才还要死不活，现在满血复活，有点恨铁不成钢，在旁边疯狂比画手势，让他别这么好说话。

可惜顾宝只顾着听电话，根本没有理纪图。等通话结束，纪图气急道："你真的没救了，你忘了你刚才多伤心了吗？"

顾宝攥着手机，如同每个无药可救的人，没底气道："可是，我哥来找我了。"

纪图唉声叹气："他过来接你？"

顾宝点头。纪图就跟顾宝一起等，直到裴廷的电话来了，他也穿上外套，陪着顾宝一起到了楼下。

在靠近车前，顾宝拉住了纪图："我自己过去就行。"

纪图瞪了他一眼："做什么？怕我骂他？"

顾宝心虚道："没，这不是很晚了嘛，你明天要上班啊，赶紧回去睡觉吧。"

纪图狠戳他额头，想了想，还是警告他："你自己都不知道心疼自己，你哥又怎么会心疼你？"

顾宝胡乱点头，他小跑到了车边，拉门上车。车里有浓重的烟味，即使开窗通风，也能闻到残余的味道。

裴廷声音沙哑不只因为疲惫，还因为抽烟过度。

顾宝眼巴巴地望着裴廷，然后他就看见裴廷再次抽出一支烟点燃，放进嘴里。

裴廷目视前方，车里的灯亮着，他的所有苦恼与愁闷都被顾宝看得一清二楚。

顾宝试探性地开口："哥，我……"

裴廷抢先打断了他的话："顾宝，你爸爸的那个案子，现在是我爸在帮忙。"

他狠狠抽了口烟，侧眸注视顾宝，没错过顾宝的神情每一次的变化。他继续说："和杨卿兰的订婚作废后，我去找了我爸，我想你应该猜到他的条件是什么了。"

顾宝仿佛失了声，他的睫毛缓慢眨着，裴廷知道他明白了。

裴叔叔要求的不只是裴廷与易云的婚事，更重要的是，他必须远离顾宝，远离这个一切都与自己宝贝儿子不匹配，还会带来无尽麻烦的顾宝。

裴廷想要帮他，可以，只能是这最后一次。同时，与易云的婚事也不能再拖。

"爸爸那里，"顾宝艰难地找回了自己的声音，"律师我可以自己请，我有钱。"

裴廷焦躁地抓了把头发："没你想的这么简单，有很多门路需要走通，只有律师的话，你爸根本不可能缓刑。"

顾宝再次沉默下来，车里的烟味越来越浓，再长的香烟也有燃尽的时候，再久的沉寂始终会被打破。

裴廷掐灭了香烟，狠烈地烫熄在指腹间，生疼："顾宝，太迟了。"

这句话他说了三遍，而顾宝终于听明白了这句话的意思。

这不是他努力就能解决的事情。

就像一场报复，报复这段友谊开始得不够纯粹，所以连结束都不能由心选择。

顾宝双手握着安全带，声音僵硬地道："如果……如果不走那些门道，我爸会怎么样？"

裴廷默了默，好似没想到顾宝会问出这样的话。顾宝问完后，自虐般地咬着自己的唇，恨不得撕下血肉来。

裴廷："五年，或者更长。"

顾宝咬破了嘴唇，血渗了出来，他好像陷入一个无法醒过来的噩梦，不管他怎么努力都逃不出来。

朦朦胧胧间，他的下巴被人捏疼了，也听见了裴廷的声音。

裴廷在说冷静，呼吸。顾宝茫然地看着裴廷的脸，一点点找回了呼吸的节奏，这才发现自己刚才因为闭气，胸腔都被闷得生疼。

裴廷用指腹擦拭掉他下巴的血，目光不再冷淡，找回了本该有的温度，却又那么难过，悲伤地望着他。

"顾宝，你走吧。"

顾宝泪湿眼眶："哥，我想对你好，好到你觉得遇上我是件好事，不是坏事。

"我都想好了，我明明都想好了……"

只是日落有尽时，他们没有明天。

顾宝问："我能不能和叔叔谈谈？"

裴廷拍着顾宝的背："你和他见面没有任何好处。"

顾宝缓了缓，又问："除了不能见面，还有没有其他的条件？"

裴廷摸着他的脑袋，沉声道："不会，除了不能见面，没别的条件。"

"哥，别这样，说不定还有别的方法，我去……我去找爸爸以前的兄弟帮忙。"说完顾宝抬手抹掉了眼泪，"叔叔能做到的事，肯定也有其他人能做到！"

裴廷有点吃惊，正想说什么，顾宝就匆匆推开裴廷下了车。他还没尝试所有的路，怎么就知道只有一条路可走！

顾宝背对着裴廷，哑着声道："哥，我已经是成年人了，这是我该自己解决的事情。"

"叔叔今天可以要挟你，明天可以用这个要求你做更多的事情。你不要这样……你不欠我的。"

裴廷的声音从身后追了上来："顾宝，别胡思乱想，我爸能对我做什么！"

顾宝却站定了，没回头："哥，你就让我试试看！"

说完他怕自己后悔，大步朝前走，拦下一辆出租车，匆忙上车。

顾宝回到家中，汤玉美被他开关门的动静惊醒了。妈妈的头发掉了许多，她从前最爱美了，现在稀疏的头发让她平日都戴着帽子，连镜子都很少照了。

顾宝憔悴的脸让她吓了一跳，她忙不迭地上前："你这孩子，去哪儿了，我晚上一直打你电话，一直关机。"

顾宝说："妈妈，爸爸的事情可能没这么顺利，你的身体却不能拖，先做手术吧，好不好？"

汤玉美一愣，没有立刻说话。往常顾宝问起汤玉美的身体情况，汤玉美只挑好的说，然而医生早就告诉过顾宝，汤玉美的情况需要动手术。

只是手术有风险，加上顾正还在牢里，汤玉美怕自己现在选择手术，可能再也看不见顾正了。

顾宝从前一直觉得，爸爸会很快出来，等爸爸出来，到时候再让爸爸劝妈妈就好。事情没到穷途末路，还有办法。

现在不行了，顾宝知道他没答应裴廷这件事情，是因为他想努力一把。虽然也许到最后，他还是只能选择这一条路。

可是人这辈子，如果事事都靠别人，那就真的永远长不大。他还是那个没有担当的孩子，连守护自己最重要的东西的资格都没有。

顾宝深吸一口气，握住了汤玉美的手："妈，爸爸进去之前有没有跟你交代过什么？比如说留了什么东西给你？"

汤玉美茫茫然，努力回忆，最后也只告诉顾宝："没有啊宝宝，你爸爸生意上发生的事，他从来没告诉过我。"

顾宝叹了口气，揉了揉额头，决定还是自己想想下一步该怎么做。汤玉美却慌了神："怎么了，律师不是说你爸爸可以早点出来吗？"

顾宝安抚般地搂住了汤玉美："别慌，有我呢。爸爸那边有律师，你的身体却不能拖，而且医生不是说了吗，手术的成功率很高，没你想的那么严重。"

"我相信爸爸如果在这里，也会劝你做手术的。"顾宝安慰汤玉美，"这几个月我一直忙餐厅的事，不能经常陪你去医院，复查是不是在周末？我陪你去吧。"

汤玉美握紧了顾宝的手："可以……是可以，但是宝宝，你能不能让我去见你爸爸一面？"

她眼眶含泪："我想见见他。"

顾宝搂住了她："放心，这事……我来想办法。"

第二日，顾宝睁着几乎没怎么合上过的眼睛，才把眼睛从电脑前拔出。他反复把律师整理的案宗看了，律师跟他说过，他爸爸这案子可大可小，只是看上面肯不肯抬一手。

不只有杨卿兰能帮忙，裴父也能做文章，难道就没有其他人能帮忙吗？

顾宝觉得他爸爸这么精明的人，应该不会什么都没察觉，肯定留下了后路，只是他和妈妈都没发现。

之前他去看爸爸，现场都有监控，爸爸就算有心想给他透点招，也没办法。

顾宝给纪图打了电话，跟他说对不起，今天要请假。

纪图担心道："一会儿收工了，我去看看你？"

顾宝："别闹了，我今天要回一趟之前那个家。"

纪图："你之前的那个家能回去？"

顾宝："偷偷回去。"

纪图："……顾宝，这种事情，你怎么能不叫上我呢？我就是姓纪的！"

虽然顾宝不明白，偷偷回到被查封的家和纪图姓纪有什么关系，可他知道纪图是担心他，所以才会过来。

纪图开了自己的车，还装酷般穿了黑衣黑裤，戴了墨镜，看着顾宝一身牛仔裤和衬衫，惊讶道："你不是说要偷摸点吗？"

顾宝上车后无语道："大白天的，你穿得这么黑才招摇吧。"

路上顾宝把裴廷和裴父的交易说了，所以裴廷才不愿意跟他和好。纪图惊讶道："那你答应了吗？"

"还没。"顾宝说。

纪图差点踩了刹车："你为什么不答应啊？你家都这种情况了！"

顾宝微恼道："我知道，我就是想先试试看，万一能成，这不是又能救我爸，又能留下我哥吗？！"

纪图握着方向盘："也是，成年人不做选择，咱们都要。而且说句难听的，就算裴廷他爸答应了这事，也可以完全不给你落实了，那你到时不就两头都落空了。"

纪图："所以你打算怎么办？"

顾宝："我爸不可能什么后路都没留吧，先回家看看，不成的话，再走走别的路子。"

纪图："什么路子？"

顾宝："跟我爸有生意来往的那么多人，这些年靠我爸发家致富的还少吗？出事了，个个都装路人，我就不信他们屁股就干净了。"

纪图："行啊，这个思路不错。"

顾宝无奈道："我也不想这么做，但是那些叔叔伯伯，我就算给他们跪下了，他们也只会跟我打太极，不如去吓吓他们，说不定他们真愿意伸手帮一把。"

这趟还真的给顾宝找到了一样东西，藏在他屋里，没被搜走。他房间里有个小暗格，是在他小时候顾正自己亲手打出来的，说是老一辈说的，得在里面压个雕像。

时隔多年，顾宝翻遍家里，思来想去，觉得能藏东西的也就只有那里了。他让纪图搭把手，把衣柜挪开，打开了暗格，里面真有一个雕像。

顾宝拿着雕像，无尽失望。纪图在旁边说："摔了它。"

顾宝吃了一惊："什么？"

纪图："电影里都这么演的，奇怪的地方放奇怪的东西，奇怪的东西里肯定有东西。"

纪图绕口令般说了一堆，接过雕像晃了晃，他们都听到清脆的响声。

于是雕像碎在地上，飞出了一个 U 盘。

顾宝重重地抱住了纪图："你真是个天才！"

安全起见，顾宝是在网吧里看的这个 U 盘里的内容 。纪图已经自觉回了餐厅，没跟他一起看这个顾正藏起来的秘密。

　　U 盘里装的是账本，记录了很多很多资金流水，其中有些标红了，看起来是有意义的，还有很多顾宝眼熟的名字，都是那些和顾家走得近的叔伯。

　　顾宝看不明白这个账本，也不清楚这个东西到底有什么用处。不过他知道，爸爸费心思把它藏起来，肯定有他的道理。

　　他想，他必须去见一次爸爸了。

　　从网吧出来，顾宝接到了一个来自裴父的电话，约他饮茶。裴父说："昨晚我们都还没好好聊一聊，小顾有空跟我聊聊吗？"

　　顾宝求之不得。

　　顾宝很快赶到了裴父所在的茶楼，这次只有裴父一个人，他正慢条斯理地冲茶。顾宝过去后，裴父给顾宝斟了一杯，推到他面前："小顾，叔叔就不跟你拐弯抹角了，我那不成器的儿子将来是要接管家业的，我不能让他继续胡闹。"

　　顾宝咽下嘴里的茶水："胡闹？"

　　裴父的眸色沉了沉，他扬起语调："阿廷他没跟你说吗？他为你爸爸的事情来求过我。你可能不知道吧，不然不敢是这种态度。"

　　顾宝垂眸不语，裴父看着他这小心翼翼的模样，又缓和了声音："不是叔叔要威胁你，只是阿廷他也老大不小了，他不听我的话，太有主见，但我不能由着他，我也是为他好……"裴父慢条斯理地接了句，"也是为你好。"

　　"你不是订婚过吗，应该知道对我们这样的家庭来说，这意味着什么。"裴父道，"我既说服不了他，就只能从他在意的东西下手。"

裴廷在意的东西……顾宝心里冷笑，原来在裴叔叔眼里，自己只不过是裴廷随便从外面捡来的"东西"，就像领养的一只猫或是一条狗。

原本没什么大不了，但如果能够借此让裴廷顺从他的心意，顾宝就变得尤为有用。

对面的男生年纪轻轻，显然怯了，也不安了，一双手握得紧紧的，裴父知道自己胜券在握，不想多说时，顾宝开口了："叔叔，我一直很敬重您，也知道您是裴廷的爸爸。哥很好，真的很好，我想他成为今天这样，您作为父亲一定没少付出。"顾宝顿了顿，终于抬起通红的眼，"可……哥的选择，不是胡闹。"

裴父沉默了一会儿，大概没想到顾宝会说这种话，半晌后他摇头道："天真，愚蠢。"

面对这样的顾宝，裴父无话可说。让两个人分道扬镳本就是他的目的，现在目的达到，再看顾宝这个样子，想来也翻不出天去，倒是他的约见多此一举。

顾宝对裴父简单粗暴的点评，没去反驳。所有事都没定下来，他不敢轻举妄动。

裴父起身离开，没有跟顾宝多谈。顾宝还是懂事地把裴父送到了茶馆外，目送人上了车后，才拿出手机给裴廷打了电话。

他想见一面爸爸，还是要拜托裴廷。裴廷接了他的电话，他的话还没问出口，裴廷就问："你在哪儿？"

顾宝忽然觉得有点好笑，感觉裴廷的语气就跟被夺了幼崽的雄狮般，非常敏感。他说："刚刚你爸爸见了我一面，放心，我们聊得挺好的。"

整个过程不到十分钟，裴父也没说什么过分的话，综合以上，确实聊得很好。

裴廷仿佛不信，要来见他。他就说餐厅见吧，裴廷还没来过他们的餐厅，他想让裴廷来。

顾宝回了趟餐厅，在甜品阁忙了一会儿。客人很多，人来人往，渐渐顾宝就忙得转不动了。

给女客人上甜品的时候，顾宝还会被拉着调笑几句。顾宝嘴甜，把人哄得很快活，感觉蛋糕都能多吃几块。

顾宝一开始还不知道裴廷来了，是他看见女客人纷纷往一个方向看，连跟他搭话的都回头了，他顺着望去，才看见站在餐厅门口的裴廷。

裴廷不知看了他多久，眉毛皱着，脸色看起来不是很愉快。他却不怕裴廷，小跑上前，直接把人往后厨带。

他跟助手交代了几句，叫人帮忙看着柜台，然后就关上了门。

顾宝："你终于来了，这段时间，我总想着你来我的店，然后就把我做得最好的蛋糕给你吃。"

裴廷叹了口气，稍微推开了顾宝："顾宝，我要跟你说正事。"

顾宝转身从小冰箱里拿出一个粉色的蛋糕，叉了一块："你生日是不是快到了，你的生日蛋糕，我给你做吧。"

裴廷看着递到面前的蛋糕，无可奈何，吃进嘴里。顾宝紧紧盯着裴廷："好吃吗？"

裴廷点点头，重新提起昨晚的事："顾宝，我想过了，现在重点是你爸爸的事……"

顾宝收回手里的叉子，对裴廷敷衍般的点评有点难受，但他也知道正事要紧。他放下手里的蛋糕，从口袋里掏出 U 盘。

"这是我回家的时候翻出来的。之前我没想到我爸的事情这么难办，我还以为只要请好律师就可以了。所以你不应该连这么大的事都瞒着我，把事情说出来，我们一起面对，一起解决啊，你怎么知道我就一点办法都没有呢？"

说到这里，顾宝又有点生气："你总是自己做决定，怀疑我为范娇的事骗你以后，就憋着不说。是，我是骗了你，但你应该问啊，应该和我吵啊！你要和杨卿兰订婚的事情，你也瞒着我，还骗我，我需要你这样为我牺牲吗？！"

裴廷拿着 U 盘，本来还想问这是什么，听到顾宝这一大段话，不由得抿住唇。

裴廷还没说话，顾宝就气势汹汹地质问："你到底为什么不信我？！"

裴廷视线晃动着，他避开目光。

刚才还气势汹汹的顾宝，一下就蔫了下来："所以说……还是我的错，我不应该骗你。"

裴廷摇了摇头："算了，过去的事别再提了。"

"怎么就算了？不能算了。"顾宝倔强道。

"顾宝，先看看这个 U 盘吧。"裴廷环顾四周，"这里有笔记本电脑吗？"

裴廷转过身，出了小厨房，寻找笔记本电脑，顾宝愣愣地看着裴廷的背影。

　　昨晚这个念头是忽然钻进顾宝的脑海里的。就连他都能在知道裴廷和他决裂，是裴父的条件以后，想着去抗争，去找别的门路走，为什么裴廷没有？为什么裴廷就这么接受了这个条件，对他冷处理，无视他？

　　会不会是因为……裴廷其实自己也有和他决裂的意思，所以才顺其自然，以这个条件做借口？即使裴廷心里不是这么想的，可谁又知道他的潜意识里，是不是就想要和他不再来往？

　　顾宝不敢深想这个答案，他很害怕，就算没有裴爸爸的要挟，裴廷也一样会和他绝交，不会想要跟他和好。

　　这个猜测让顾宝愣住了。

　　他看着旁边被尝了一口的蛋糕，怅然若失。

　　顾宝出了餐厅，已经找不到裴廷的人影了。纪图过来，跟他说："你哥在二楼的办公室。"

　　见顾宝表情有点失落，纪图拧眉："干什么，你不是成天叨叨着想你哥来这里，现在他真来了，你还这副表情做什么？"

　　顾宝却没理他，而是往二楼跑。

　　裴廷已经坐在电脑后头，看着那些数据，见顾宝过来，还说："这个账单很奇怪，我觉得应该是有用的，不过具体怎么用，还是得跟你父亲见一面。"

　　顾宝愣愣地说："嗯，我也是这么想的，这个线索肯定有用，但是得见了我爸才能知道该怎么用。"

　　裴廷："好，我可以帮忙安排。"

事情远比想象中的顺利，见到顾正后，顾宝委婉地提起了那个雕像，顾正的目光果然亮了起来，可他没有多说，只是和顾宝说："宝宝，这件事情等我被保释出去以后，我会自己解决。"

　　"你不要再插手了，这本来就是爸爸自己的事情。"顾正叹了口气，他目光温和地看着顾宝，"宝宝已经够厉害了，能来看爸爸，还帮了爸爸这么多忙。"

　　顾宝扶着玻璃："爸爸，有件事我得跟你说。妈妈要做手术，她生病了。"

　　他终于和顾正坦白，汤玉美之前一直让他瞒着。他低下头："一会儿妈妈也会来看你，你好好劝劝她，让她尽早手术。"

　　顾正神情恍惚："什么病？严重吗？你妈妈她为什么不做手术？是不是很危险！什么时候的事！你们怎么能瞒着我！怎么敢瞒着我！"他身体前倾，越说越激动，急得要命，手铐的响动却惊醒了他，让他明白了自己现在到底处在什么样的境地。

　　顾宝看见爸爸忽然抬起手捂住了脸，露出一双怆然的眼睛。哪怕自己身陷囹圄，顾正都是冷静的，可这一刻，他失控了。

　　顾宝吸了口气，然后说："爸爸，你别着急，发现得早，也能及时治疗。"

　　顾正依然是一副惊慌的模样："我要见她，快让我见她！"

　　顾宝赶紧起身："我现在就出去，换她进来。"

　　汤玉美早就在外面候着了，她今天打扮得很漂亮，化了淡妆，戴了假发。顾宝小声道："妈妈，爸爸知道了，他很激动，你一会儿好好和他说，别着急。"

汤玉美点点头，目光却不离进去的方向，一颗心早已飞走。

顾宝在外面等了有十分钟，本来见面也不能多久，汤玉美走了出来，妆花了，腿软了，哭个不停。

她哭得站不稳，被顾宝半扶半抱着走了出去。她缓了许久，才对顾宝说："宝宝，妈妈动手术。"

汤玉美的手术安排得很快，纪图知道这件事后，放了顾宝一个长假，让他去守着亲妈。

顾宝在医院里忙着陪护，也不回去，拿上换洗衣服，晚上就在汤玉美的病床旁边支一张小床。

送汤玉美进手术室的那天，天气不算很好，窗外铺天盖地的大雨，仿佛要吞没整个世界。顾宝孤零零地站在长长的走廊上，恍惚间听见不知哪个病房传来的哭喊声。

他害怕得直抖，拿出手机，想联系旁人。他一个人实在太害怕了，也太冷。

目光落在裴廷的名字上，顾宝又迟疑下来。他和裴廷有一段时间没联系了，很奇怪，明明像是都说开了，又像什么都没解决。

裴廷帮忙让他见到顾正后，曾给他打过一个电话。他们的通话时间不超过三分钟，最后的半分钟还是漫长的静默，就似无话可说。

最后是裴廷说："我这边还有事要忙，挂了，你有事的话，给我电话。"

顾宝说好。

他不知道他们之间到底是怎么回事，又或者说，其实他是明白的，只是不愿意去同裴廷确认。

明明所有的阻碍就快要没有了，他爸爸的事、杨卿兰的事、范娇的事，可无形间却有新的壁垒出现在他们之间，叫他不知道该如何解决。

他可以执着地挽留，可以想尽办法让自己变得更好，可以厚颜无耻，不要脸面，可是他不知道，面对裴廷客客气气的态度，他该怎么办。

裴廷对他冷酷，反而说明还在意他。裴廷对他和对其他人都一样的时候，他又该怎么应对？

顾宝不愿再想下去，他按下了裴廷的电话号码，没多久，电话接通了，顾宝轻声道："哥，我妈妈在手术，你过来陪陪我好不好？"

裴廷没有立刻出声，顾宝听见了电话那头有很多人的声音，听起来像是在一个繁忙的会议上，他还听见吴鸣山在请示裴廷的意见。

这充分说明了顾宝的电话有多么不合时宜。

顾宝握紧了手机："没空就算了，你先忙吧。"

"阿姨进去多久了？我这边过去需要半个小时。"裴廷说。

顾宝："刚进去。"

裴廷说好，然后挂了电话。

四十多分钟后，裴廷带着一把伞和湿透的外衣来到廊前，看见没有坐着反而蹲在角落的顾宝。

顾宝猛地站起来，却险些摔跤。他蹲久了，腿也麻得厉害。裴廷快步上前接住他，他闻到了裴廷身上的味道，被雨水冲淡的烟味和香水味。

裴廷说："怎么不坐着等？应该还要很久。"

顾宝点头："医生说顺利的话，也要五六个小时。"

裴廷带他到椅子上坐下："放心，陈医生是业内有名的医生，我相信阿姨不会有事的。"

手术的时间很漫长，他们谁也没有说话，也没心情提到其他话题。

偶尔顾宝会问裴廷过来，公司那边要不要紧，裴廷都会说没关系，不要紧。

度秒如年，直到外面的暴雨停了，乌云也移开，露出一角昏黄的太阳。

医生终于从手术室出来，跟顾宝说手术很成功。顾宝当下腿都软了，哭着和医生说谢谢，心头的大石终于落了下来。

起码最可怕的事情，已经在一件件解决了。就像这天气一样，迟早乌云会散去，迟早……他的家会像从前那样，美满地聚在一起。

汤玉美一出手术室，就被送进ICU，顾宝不能进去，只能在外面看着。裴廷看了眼时间，顾宝留意到他这个动作，垂下红肿的眼皮，努力地笑了笑："你回去忙吧，我现在没事了。其实没必要叫你过来的，反而耽误你正事了。"

裴廷听了这话，皱了皱眉："不耽误，先去吃饭吧。"

顾宝想说自己不饿，又留意到裴廷的神情，心想裴廷也许饿了，于是说："好，医院旁边有好几家饭店，味道都不错。"

二人出了医院，走到街边，顾宝看到那个曾经和范娇一起吃饭的路边饭店，忍不住望向裴廷。见裴廷面上没露出丝毫不愉快，顾宝主动道："当时我在医院碰见范娇，然后就跟她来这里吃饭了，那是我们第一次见面。"

裴廷眼神淡淡的："我知道。"

顾宝："你那时候是不是出差回来，过来医院接我啊？"

裴廷没否认，却不太愿意继续谈下去了。裴廷这副消极的态度让顾宝也没了谈兴。

他们来到一家顾宝曾经吃过觉得不错的小炒店。饭菜上得很快，或许是心情的原因，顾宝又觉得没那么好吃了，只吃了几口就把筷子放下了。

裴廷倒是吃得不紧不慢，等一顿饭结束，顾宝都没等来裴廷那句"把饭吃完"。

他咬紧了牙关，把碗推到裴廷面前："你有没有什么想对我说的？"

裴廷似不明白地望着他："怎么了？"

顾宝说："哥，我们谈谈吧。"

"下次吧，我一会儿还要回公司。"裴廷道。

顾宝："就现在，谈谈吧！"

裴廷没想到顾宝这么执着："我觉得现在不是个合适的时机。"

"为什么不合适？你就跟我谈一谈，我们把话都说开，别再这么别别扭扭下去了，好不好？"顾宝快速道。

裴廷放下筷子，犹豫了一会儿，还是道："阿姨才做完手术，你爸爸的事情还不明朗，我觉得……"

顾宝："我们之间的事，和我爸妈有什么关系！"

裴廷默然，顾宝嗓音抖了起来："还是说，你现在是在可怜我，所以不想跟我谈，因为这个谈话的结果不是我想要的……是吗？"

裴廷平静道："顾宝，我没有可怜你。"

顾宝死死地盯着裴廷："那你说实话！"他双手放在桌下，紧紧握在一起，"你是不是……已经不想做我哥了？"

"为什么？我们没有误会了，也没有威胁了，我们可以回到当初……"

"回不去了。"裴廷打断了顾宝。

顾宝身子一震，他突然就后悔了，裴廷说得对，这确实不是个合适的谈话时机，他不应该这么着急。

他站起声："我去结账，我有点担心我妈，你回公司吧，晚点我再联系你。"

裴廷忽然说："我觉得比起之前，我们现在这样……或许更合适。"

顾宝僵直地站在原地，缓缓回身："你什么意思？"

裴廷语气温柔，哄劝般道："我们两个关系太好的时候，总是会彼此伤害，你瞒我瞒。可是我们像现在这样，不常联系，但你需要我时，我其实也会帮你。这样就根本不会发生那种情况。"

裴廷："所以顾宝，这样更好。"

"你说什么玩意儿？"纪图差点把客人点的酒开了痛饮。

作为老板，他直接把手里的托盘塞给一旁的服务生，让人送到六号桌，然后靠着甜品阁的吧台，抑扬顿挫道，"他在说什么屁话？"

旁边的客人惊讶地看了纪图一眼。

顾宝面无表情地切出一块粉色的蛋糕，放到碟子里："谁知道呢，不是他疯了，大概就是我疯了吧。"

这不是疑问句，是陈述句，语气平直，没有起伏，充分体现了顾宝表面冷静，实则快要火山喷发。

纪图扯着嘴角道："都认识这么多年了，还现在这样，不常联系？路边的狗都要笑了。"

顾宝把蛋糕递给客人，面对客人一脸吃到瓜的表情，顾宝附赠了一个招牌微笑："那边第一张桌子的光线特别好，拍照很好看哦。"

客人面对他的笑容，不好意思地配合端着蛋糕走了，没再留下继续吃瓜。

纪图气得挠头："我真是看错他了！所以你之后怎么跟他说的，有没有骂他？"

顾宝把手晾到了纪图面前："我给了他一拳。"

纪图吸了口凉气："顾宝，认识你这么久，没想到你竟然有暴力倾向啊！"

顾宝也没想到，他听到裴廷的话，竟然愤怒至此，甚至动了手。

当时裴廷被他打蒙了，捂着脸差点翻在地上，周围的客人都惊讶不已，而他冷冷地看着裴廷，丢下一句："谁要和你像现在这样！"然后转身就走。

因为他觉得裴廷说的都是废话，甚至将这几个月压在心里的难受瞬间引爆，化悲痛为怒火，觉得自己一腔真心付诸东流。

纪图："那现在怎么办？"

顾宝："什么怎么办？"

纪图："你和裴廷？"

顾宝转身取了瓶酒出来，倒了两杯，将自己那杯一饮而尽："不知道，我现在不想见他。"

纪图："行了行了，晚上哥哥带你去酒吧飞。"

顾宝皱眉："算了吧。"

纪图："去放松下心情也是好的嘛。对了，阿姨的身体怎么样了？晚点我去看她？"

提到妈妈，顾宝缓和了神色。自从那天在餐厅里和裴廷闹翻后，顾宝就泡在了医院里，其间裴廷来过几次，顾宝都视而不见。

顾宝后来把裴廷提过来的水果都拎了出去，对裴廷说："裴先生，我们俩现在其实没什么关系，您贵人事忙，实在没必要过来。"

裴廷被他堵得无话可说，叹气道："顾宝，你别这样。"

顾宝松了手，沉重的果篮落在地上，发出一声闷响："别喊得这么亲热，这种关心我承受不起。"

裴廷的嘴角瘀青未散，顾宝没想到自己下手会那么重。但他不后悔，甚至看到那点瘀青，还有几分痛快。

顾宝转身进了病房，拉上门，把裴廷关在门外。汤玉美躺在床上，已经醒了，不知听了多久。

他故作无事地走过去，柔声地问："妈，你醒了，有没什么地方不舒服？"

汤玉美艰难地摇了摇头，眼角却滑下一串泪。顾宝知道，他妈是听见了，在心疼他。他妈都知道心疼他，罪魁祸首却还是不懂，他到底为什么这么生气。

汤玉美住了两个星期的院，出院后，他就请了个护工在家里帮汤玉美忙。他很想留下来照顾妈妈，但他还要上班挣钱。

回到餐厅，顾宝迅速让自己忙碌起来，把裴廷这个人直接清出脑海。

然而清理得并不成功。顾宝不喜欢抽烟，最近却迷上了抽烟的滋味，一根接一根地抽下去，好像心口那股闷气都能暂时消失了。

晚上，顾宝被纪图强拉到了酒吧。顾宝本来想早点回去，纪图却跟顾宝说，他让他妈过去看汤玉美了，两个妈妈有说不完的话，顾宝也应该出来放松了。

顾宝依然不情愿，纪图却严肃道："宝，你知道你今天抽了多少根烟吗？你从来都没这么大的瘾。"

这让顾宝无法反驳。两包是他今天的量，这让他每根头发丝都浸满了烟味。

纪图说："再这么抽下去，你怕是肺癌先死，或者让我也死于二手烟。"

顾宝只好顺着纪图的意，虽然他只是需要短暂地转移一下注意力，才会没那么痛苦。

酒吧的音乐很吵，让顾宝糟糕的心情雪上加霜。酒是个好东西，可以让沉重的身体飘起来，每一步都像踩在云端，心情由低落到高涨，甚至让顾宝短暂地拥有了快乐。

不知什么时候有个人坐在了他身边，酒吧昏暗的灯光、喧嚣的环境，给这个陌生人添加了几分神秘感。来人凑到他耳边，和他说话。

他说是顾宝朋友把他喊过来的，顾宝顺着男人手指的方向看见纪图举着酒杯冲这边笑着，就知道这是纪图干的好事。

虽然顾宝没有什么心情，可他也没有立刻把人赶走，尤其是那个人凑近问："顾宝？哪个顾，哪个宝？"

好听的声音在顾宝的耳边回荡着，顾宝有一瞬间的恍惚，却不是因为这个陌生人的气息拂在他耳边，而是因为这个声音、这句话，都那么熟悉，仿佛曾经有人在他耳边这样说过。

男人同顾宝介绍自己，他说他叫宴禹，还在顾宝的手里落下了他名字的笔画。

顾宝觉得掌心很痒，又觉得宴禹的行为该死的熟悉，每一个都是裴廷做过的。

即使如此，顾宝也没办法迁怒一个陌生人。

何况宴禹一直陪着他饮酒，大大方方，哪怕他情绪不高，也对他照顾有加。

中途顾宝的手机响过几次，顾宝都挂断了。宴禹看见了，便说："这里太吵了，我知道一个安静的地方，你可以去那里接电话。"

顾宝犹豫了一下，还是起身跟着宴禹走了。宴禹带他到了酒吧后巷，的确安静许多，隐约能听到一点音乐声。

顾宝接通了电话："什么事？"

裴廷："阿姨已经出院了吗？"

顾宝："嗯。"

裴廷感觉到顾宝没有谈话的意思，便说："顾宝，我们见一面吧。"

顾宝靠在墙壁上，他看见对面的宴禹拿出烟来，边抽边等他。发觉他的目光，宴禹还孩子气般冲他眨了眨眼。

不知哪里来的冲动，顾宝说："不用了，我突然想明白了。"

裴廷的呼吸一下重了："顾宝，你什么意思？"

顾宝握紧手机："字面意思。"

裴廷："顾宝，你别气我。"

顾宝："你这话挺好笑的，我气你什么？不是你说的，我们俩以后互不相干吗？既然如此，你干吗要因为这些话生气？"

裴廷隐忍道："顾宝，你现在在哪儿？"

顾宝不答话，反而朝宴禹靠近："哥，我也想抽，借个火呗？"

宴禹若有所思地望着他，没有立刻回话。

说完顾宝就挂掉了电话，然后看向宴禹，嘴唇动了动，想解释点什么。

宴禹却说："顾宝，你要是想借我气气你朋友，只要你朋友不跟我动手，我都行。"

顾宝勉强笑了笑，摇头道："不用了，我得回去了。"

宴禹掐了烟："我送你？"

顾宝再次摇头："我自己可以走，谢谢。"说完他从小巷进入酒吧，挤到了纪图所在的方位。

纪图在和一个女人喝酒调笑，感觉气氛正好。顾宝走过去后，纪图还有点惊讶，目光往他身后一扫，显然是在找宴禹。

"人呢？"纪图问。顾宝忍着吵闹的音乐，把话递到纪图耳边："我先回去了！"

纪图从椅子上滑下来，手臂揽住了顾宝的肩膀，然后不容反驳道："一起走。"话语间，他理都没理刚才还聊得正好的女人。

出了酒吧，纪图一直看着顾宝的脸。顾宝有点累了，问："怎么了？"

纪图有点后悔道："不该拉你来的，你看起来心情好像更差了。"

顾宝："我只是没心情，还有点担心我妈，所以想回去，你没必要陪我出来。"

纪图揽紧了顾宝："没事，反正也没意思。"说完他拦下一辆出租车，跟顾宝一块上了车，"我妈应该还在你家呢，正好一块找妈。"

顾宝疲惫地闭上眼，说好。纪图没再跟他搭话，车厢里很安静，他不知不觉地睡了过去，直到纪图将他摇醒，说到了。

小区有点黑，顾宝酒劲上来了，下车的时候身体有点晃。纪图扶着他，把手机递到车里扫码付款。

这时有脚步快速靠近，纪图手里一空，臂弯里的顾宝就被人抢了过去。

纪图差点吓得手机都掉了，惊讶转头，正好看见裴廷铁青的脸。裴廷的目光落在纪图脸上，花了几秒才看清纪图的模样，神情稍微松弛了些："原来是你。"

纪图想翻白眼，想说"你以为是谁"，就听清脆的巴掌声，原来是顾宝一直在裴廷身边挣扎，手背拍到了裴廷的下巴，跟扇了一耳光似的。

纪图付好款，关上车门，就上去帮忙："松手！再不松手，我就报警了！"

裴廷手里拉着顾宝的胳膊，话却是对纪图说的："你别插手，我和他有话要说。"

纪图气死了："顾宝没话跟你说！"

他的话让裴廷的神色一僵，最后裴廷望着顾宝，问道："你再也不想见我了，是吗？"

纪图想说：是啊，你可快点滚吧！

可惜顾宝不像他，没有那么争气，顾宝的动作停了下来，不再继续挣扎。看着顾宝这样，纪图还有什么不明白。

他叹了口气："顾宝，我先上去找我妈和阿姨，你一会儿谈完就上来吧。"

顾宝点点头，突然道："对不起，图图。"

纪图拍了他肩膀一下："有什么好对不起的，走了。"

纪图走后，顾宝又挣扎了几下，让裴廷松开他。他后退几步，望着裴廷，抱起双手，以一个防御性的姿态面对裴廷："你想谈什么？"

不等裴廷说话，顾宝又道："如果又是来劝我跟你保持现状的话，我不想听。"

裴廷沉默了一会儿，然后才说："顾宝，你不要胡来。"

胡来？顾宝很快就明白裴廷在说什么，他觉得很好笑，他也笑了："你是不是管太多了？我们现在的关系，不配过问对方的生活吧？"

裴廷忍耐道："你如果正经来往，和知根知底的人做朋友，谁也不会说你什么。"

顾宝拍了拍手："你真行，真够负责的。是不是每个曾经跟你关系很好的人，下半辈子你都要管啊？我是不是正经来往，和谁做朋友，都跟你没有关系。"

"这才是绝交，真正意义上的。"顾宝没有立刻走，而是望着裴廷，"之前我不愿意绝交，是因为我觉得可惜。我们耗了这么多年，才和好多久，就因为误会散了。"

他眼睛有点酸，但他表现得很好，他不会再在裴廷面前露出丢人的模样："我还在乎你，所以我认错，我努力，我开店，我自己解决那些事，我想做一个配得上我哥的人。"

"而你不是这么想的，你直接否认了我们的一切，自欺欺人般想要维持现状。现状是什么？路人甲？你以为至交好友有可能变回普通朋友吗？"顾宝靠近裴廷，直视着对方的眼睛，"不可能。所以如果你不是想要找我和好的，就别来了。"

裴廷哽着声道："你这样会让我觉得害了你。"

"我好好过日子总行了吧？你不用觉得自责，你也没有半点责任，这是我自己的选择。"顾宝咬牙道。

他不知道裴廷脑子里到底在想什么，还是说裴廷真的这么讨厌他，才这样折磨他。

裴廷不说话，只是用深邃的眼望着他。

顾宝："你到底想怎么样？"

裴廷呼吸声很重："如果我们和好了，又像之前那样怎么办？"

顾宝一怔，他下意识道："出门有可能被车撞，你是不是就不出门？做朋友有可能会绝交，所以你就不交朋友了？"

"裴廷，你是个傻子吗？"

裴廷被顾宝这话堵得无话可说。

顾宝的声音都哑了，像是被难过浸透："哥，你还在乎我吗？"

他期盼地望着裴廷，裴廷亦望着他。他不知道裴廷到底在他脸上看到了什么东西，他只知道，此刻的裴廷是这样的挣扎又矛盾。

而下一秒，顾宝得到了重要的答案。裴廷伸出手，像以前一样，轻轻揉了揉他的头发，一如裴廷一直以来的照顾，带给他满满的安全感。

他听见裴廷说："顾宝，我在乎你，一直都在乎你。"

那一瞬间，就像流浪许久的人终于回到了他的归宿，不完整的拼图到底寻回了缺失的那块，他再次抓住了他在乎的人，真真正正地找回来了。

"所以不要再骗我。"裴廷压抑的声音在他耳边响起。

顾宝笑着，却同时眼眶含泪："怎么，你还要再抛弃我一次吗？"

"对不起。"裴廷和他道歉。

顾宝低下头："我也对不起。"为他曾经干过的所有蠢事和动摇，为他说出的那些伤人的话，为他在友情里所有不成熟的地方。

他和裴廷都不是完美的人，那些友谊中的猜忌和怀疑、折磨和怒火，让他们都放弃过。他知道自己有很多不好的地方。也许裴廷说得没错，即使再次和好，他们也可能有下一次争吵，甚至有闹到绝交的可能。

但是害怕阻止不了现在。

顾宝带着哭腔道："所以不能拉黑我了，要吃我做的饭，夸我蛋糕做得好吃，监督我吃饭，不能无视我、讨厌我、嫌弃我。"

裴廷听了半天："什么无视？什么讨厌？"

顾宝恼了："我走近你的时候，你推开我！不止一次！"然后他也推开裴廷。

裴廷迷茫道："什么时候？还有……我不是夸你蛋糕做得好吃吗？"

顾宝："那种不走心的夸，你还好意思说！"

裴廷："当时不是忙你爸的事吗？哦，你说那天我推你啊？"

顾宝："纪图说，如果不在乎了，就会觉得烦。"

裴廷："不是，那时候我一门心思都在那个 U 盘上，你突然过来。"

顾宝出离愤怒了："不许狡辩！"

裴廷哄他："我们都不吵了，好吗？"

顾宝撇嘴："不行。"

下一秒，裴廷重新揉了揉顾宝的头发。

裴廷："不生气了。"

顾宝把裴廷带上楼时，汤玉美和纪妈妈坐在客厅里，两个人学着打毛衣。纪图在旁边给她们削水果，见到裴廷的那一刻，他咬了一口手里的苹果压惊。

裴廷自然而然地过来跟汤玉美打招呼，汤玉美面露些许尴尬。裴廷仿佛没察觉，坐下来接过纪图手里的活，给汤玉美切了水果。

纪图从未见过如此自来熟的人，还熟练得让人说不出不好来。他起身躲到厨房，顺手把顾宝给抄走了，要问问到底怎么回事。

厨房里，顾宝给自己拿了一瓶奶，一边喝一边说："和好了。"

纪图不敢置信："就和好了？之前不还要没事不来往吗？"

顾宝："他是心里有结没解开，怕和好了，我俩还会闹得跟之前那样，又不想见不着我，这才找了个借口。"

纪图："那现在结解开了？"

顾宝睫毛耷拉下来，不是很精神的样子："不知道啊。我逼了他一把，让他松口，可是我也不知道他以后还会不会信我。"

纪图："这是什么意思？"

顾宝吐出吸管，一双眼清亮："他心里有个口子，我得慢慢去补上。"他其实都明白，只是要真顺着裴廷的想法来，那变数可太多了。

等裴廷想明白了再和好，黄花菜都凉了。他努力了这么几个月，裴廷还没想明白，那什么时候才能想明白！

好听的话说一百遍，不如实际行动来得有说服力。

他也明白，他和裴廷的问题不只是信任不信任的问题，还有两个人的观念差距。裴廷的安全感来自自身的掌控欲，偏偏顾宝自己也有主见，让他依照旁人的规划，那也不可能。

他相信，裴廷对他们两个之间的问题，也看得很清楚。

厨房门被敲了敲，裴廷靠在门口，静静地望着他们两个，着重看了纪图一眼："你妈妈说要回去了。"

纪图"哦"了一声，被裴廷看得心里有点发毛。他甩了甩手上的水珠，刚想拍顾宝的肩膀，叮嘱顾宝一些事，他的手臂就被裴廷隔开了。

也不知道是不是故意的，裴廷走过来，刚好插在两个人之间，接过顾宝手上装糖水的活，挤开了纪图。

纪图差点想翻白眼，就这看孩子的劲儿，还没事不来往呢，要是顾宝真放弃了，他看这裴廷第一个坐不住。

顾宝还傻乎乎的："别啊，你出去坐着就好了，我来端。"

纪图扬声道："顾宝，我回去了！"

顾宝这才回头："行，你走吧。"

等纪图走后，裴廷突然问："纪图跟你很好吧。"

顾宝点点头："当然。"

裴廷若有所思道："嗯，是。"

顾宝："他跟我从小一起长到大，我俩幼儿园的时候就认识了，他是我发小，你不是知道的吗？"

裴廷没说话，顾宝就用手去掐他的脸："但你是我哥啊！比发小还要亲。"

裴廷拨开顾宝的手，力道有点重，顾宝"哟"了一声，没跟裴廷计较。

　　他让裴廷继续装糖水，自己出门送客。

　　把纪图他们送走时，顾宝还硬塞了很多点心、水果到纪妈妈手里。汤玉美笑呵呵的，脸上已露出倦色。她手术后容易累，顾宝把人送进房间，给人盖好被子，这才走出来。

　　顾宝说："你今晚要不要住我家？"

　　裴廷有点意外："阿姨……"

　　顾宝挑眉："我留我哥过夜怎么了？"

　　裴廷到底顺从了顾宝一次。顾宝把自己最大码的短袖和短裤翻出来给裴廷穿，还在厨房端着个盆，把裴廷的衬衣和西裤手洗了。

　　这样昂贵的面料，机洗可不行。

　　洗衣服这活还是顾宝给餐厅装修的时候学会的。那时他的衣服老脏，很不体面，油漆又用普通方法洗不掉，他就跟工人学了一手。

　　裴廷洗漱好出来，看见顾宝在那儿搓他的衣服，还愣了愣。

　　顾宝刚好把衣服过了两遍水，拧干，才转头对裴廷说："洗好了？"

　　裴廷却急步走过来，抢过顾宝手里的衣服："怎么自己动手洗？不是有洗衣机吗？"

　　顾宝对裴廷过度的反应有点惊讶，他伸手拿回裴廷手上的衣服："哥，你平时那么聪明，怎么一点生活常识都没有？你这面料不能机洗啊。"

裴廷依然一副震惊的模样，顾宝有点好笑。他走到阳台把裴廷的衣服晾上后，才推着僵在旁边的裴廷去休息。

　　裴廷忽然望向顾宝的手。

　　顾宝当年哪里都很娇贵，一双手也光滑柔软，打篮球的时候打得狠了，破一层皮汤玉美都会一边凶他，一边用最贵的药给他处理，不让他的掌心留下一点点疤痕。

　　如今顾宝的一双手有了很多新的或旧的伤口，掌心粗糙了很多，还有了一层薄茧。

　　裴廷皱眉："怎么弄的？"

　　这么多小伤，顾宝哪里记得清："没事，不疼，你看我都不记得了。"

　　裴廷深吸了一口气："餐厅我可以……"

　　顾宝立刻打断裴廷的话："你看你，哥，你又来了。给我开餐厅之后，是不是下一秒就要给我五百万支票了？哥，我知道你对我好。"

　　裴廷："我不是在开玩笑，你完全没必要做这些工作。"

　　顾宝："可是我想要做，我觉得踏实。"

　　"哥，受点苦没什么，最怕的是连苦都吃不了。"顾宝笑得十分开心，"你不能总把我当小孩一样，我都这么大了。"

　　裴廷依然愁眉不展，顾宝说了几句玩笑话，都没把人逗乐。顾宝只好说："好了，我答应了，等餐厅稳定以后，我要开分店的时候，你来赞助我行了吧？"

　　说完，他问裴廷："哥，之前我送你的手表，你真丢了吗？"

　　裴廷摇头："没丢。"

顾宝小声道："我就知道你骗我。"

裴廷问："怎么，要帮我戴上？"

顾宝说："何止啊，还想送你一份礼物。"

"什么礼物？"裴廷好奇道。

顾宝："到时候你就知道了。"

顾宝忙着给裴廷准备生日礼物。

只是餐厅要经营，汤玉美要照顾，顾正的事还在走流程，他即使想跟裴廷见面，也只能挤一挤可怜的休息时间。

自从有一次中午顾宝在裴廷办公室睡得差点起不来后，裴廷就要求顾宝别再来了。

说这话的时候，裴廷脸上的表情淡淡的，就像真的不在意的样子，气得顾宝在临走时委屈道："你现在都不想见我了？"

裴廷好声好气地跟他讲道理："往返这么累，没必要。"

顾宝觉得有必要，他当然知道这是吃力不讨好的事。

现在的顾宝也不是高中生了，能一天到晚闲着去裴廷公司楼下蹲等。

累不是重点，见面太少也不是主要的。

顾宝真正难过的是裴廷不认同他这份努力，好像只有他一个人在努力弥补。

顾宝低着头："那我走了。"

这时吴鸣山正好敲门进来，看见顾宝还自然地打了个招呼，夸了句："今天的蛋糕不错。"

顾宝勉强笑了笑，快步走了。

顾宝在裴廷这里受挫的后遗症就是，餐厅里的客人们都没得到今日份来自老板的微笑。

纪图被打发着过来问情况，顾宝正洗樱桃，然后一颗颗装点在雪白的奶油上。

"怎么了，是不是太累了？累了就放你一天假，回去休息吧。"纪图说。

顾宝看起来还是蔫蔫的，纪图刚想安慰他，话却突然拐了个弯："行了，我不问了，你哥来了。"

纪图让开，露出了门口正好撩开风铃走进来的裴廷。那串风铃挂得高，不知哪位客人在上面缠了丝巾，正好垂下一缕，撩在了裴廷的眉宇间。

风铃和蛋糕的味道，与此时的画面，一同进入顾宝的视线。

裴廷走过来，把顾宝抓进小厨房。

烤炉嗡嗡地响着，裴廷垂眸看着顾宝，还未说话，脸上就被抹了一撇奶油。

顾宝笑了，又主动擦去了那抹奶油，主动开口："我原谅你了。"

裴廷："什么原谅？"

顾宝："你不是知道我不开心了，才来找我的吗？"

裴廷却故意道："你不开心了？什么时候？"

这种时候这人还要捉弄他。

自从和好以来，不自然的何止是裴廷，顾宝的过度黏人也充分地体现了他的不安。

其实正常情况下实在见不了面，电话联系也可以，微信聊天照样能维持感情。

可顾宝就是不行，他太容易不安，前段时间的种种还历历在目。

人对得来不易的总是格外眷恋，也格外珍惜。

但他又很好哄，比如说现在，裴廷只是来找他了，他就觉得所有不开心的事都变得开心了。

两人在小厨房里聊了许久，直到纪图来敲门，顾宝从厨房里出来。

纪图用打趣的目光看着他们两个，对裴廷说："这位客人，不能独占我们的厨师哦。"

裴廷自在得就像这餐厅是他开的一样："我有甜品方面的问题想要和厨师探讨，可以帮助改进你们餐厅的饮食质量。"

纪图撇嘴：我信你个鬼。

顾宝轻轻推裴廷，让人去阳光好的地方坐下，他一会儿过去。他去做海鲜的后厨，充满私心地给裴廷点了好几个菜，连虾都要挑最大只的。

纪图随在他身后，啧啧道："这虾也太大了。"

顾宝挑好虾，站直，对纪图道："放心，等杨扶风来了，我也会给他上最好的大虾。"

纪图给他一拳："关杨扶风什么事！"

顾宝脱掉了手套："本来还不确定，现在大概知道关他事了。"

纪图一下子就蔫了。

顾宝："你别扭什么？你和杨扶风和好了，我只会替你开心啊。"

纪图依然别扭道："我之前跟你说了那么多不可能，现在被打脸了，我不要面子啊！"

顾宝哄他："哎呀，面子一点都不重要，我从来都不要面子。"

不等纪图说什么，顾宝就急匆匆地出厨房找裴廷去了。

主要是他知道纪图现在正尴尬，得留点空间给纪图缓缓。

走到裴廷落座的位置，顾宝觉得自己真是给裴廷选了个优越的座位。

裴廷解开了西装扣，手里拿着手机，睫毛和头发都被太阳晕出好看的浅色，不远处的一桌女客还在偷拍。

顾宝快步走过去，然后拉开裴廷面前的椅子坐下了："你公司不忙吗，现在跑过来？"

裴廷收了手机："还好，吃顿饭的时间还是有的。"

顾宝双手托腮："下次别过来了。"

"怎么了？"裴廷奇怪道，他以为顾宝会高兴。

顾宝依然是得了便宜还卖乖的神情："我哥太帅，不高兴让别人看见。"

裴廷没计较他嘴上占便宜，顺着话道："那以后都不来了？"

话音刚落，顾宝嘴巴就扁起来了，难受道："你这人怎么这样？"

裴廷哂然："我怎么了？"

顾宝委屈巴巴："不调笑我几句，你就活不下去是吧？"

裴廷逗他："你让我别来，我听你的，怎么就成我欺负你了？顾宝，什么时候学会不讲理这套了？"

上菜的速度快得惊人，不等顾宝再借机发挥几句，海鲜就被端上来了。

顾宝戴上手套给裴廷剥虾。顾宝剥得快，裴廷也吃得快，就像今天来就是为了吃虾，不为别的。

裴廷在顾宝的店里耗到了下午才走，走之前还对顾宝说："晚上送你回家，忙完等我。"

顾宝不舍地点头。裴廷上了车，没关门，从外套里拿出一个丝绒盒子。

裴廷没多说，只把盒子塞进顾宝手里，就关上车门离开了。

顾宝打开盒子，没有意外地，那是一块手表。从盒子的外观就看出来了。让顾宝意外的是，这块手表的款式。

它和顾宝在五年多前送给裴廷的是同一款，并且从手表的外观来看，已经有一定时光的痕迹。

这说明这块手表存在的时间比顾宝想象的要久。手表上绑着一张小字条，顾宝拆开一看，是四个数字：1029。

无须裴廷说，顾宝都知道这串数字的意思，是门锁密码。顾宝眼皮热了，又忍不住笑，哭哭笑笑，表情一时间扭曲得厉害。

裴廷新家的密码，裴廷给他买的手表，现在裴廷都交给他了。

他把手表取出来，戴到手腕上，有点松，因为他这段时间瘦了不少，而这块手表是从前裴廷买给他却一直没能送出来的。

这份晚到的礼物。

晚上裴廷过来送他回家，他爬上了车后座，凑过去："手表什么时候买的呀？竟然藏得那么紧，我住你家那么久了，都没发现。"

顾宝说："哥，你现在搬的这个家，是几室几厅的啊？"

裴廷说："两室一厅的，怎么了？"

顾宝轻声道："那还有一个房间，能不能给我啊？"

他等了一会儿，见裴廷没出声，还以为是自己过分了，忙说："不能就算了，我就随便问问。"

裴廷低声道："顾宝，对不起。"

这个道歉让顾宝意外极了："没关系啊，不就是一个房间吗，你别道歉，我没关系。"

裴廷顿了顿："你应该有关系。"

"啊？"顾宝迷茫地眨眼，裴廷笑着弹了下他的额头："顾宝，你可以在我这里拿你想要的一切，不用这么……小心翼翼。"

"我们之间没有谁欠谁的，在我和你和好那刻，过去的那些就已经是过去了。我们都有错，所以我们才要重新开始。"

裴廷一字一句地说着，顾宝眼皮酸得厉害，还倔着说："我就想对你更好而已。"

"你好好的，就是对我好了。"裴廷说。

"顾宝，我们都不要再别扭了，好不好？"裴廷叹息般道。

从此刻开始，顾宝才真正获释了。他一直被不安和惶恐所束缚，时刻都谨记着自己犯下的过错，在裴廷面前，一直以过错方的身份谨小慎微。

每一句话、每个想法，都会在脑子里过几遍才表达出来。就好像他们的关系是一座岌岌可危的桥，只要轻轻的一下就能崩断。

现在裴廷一句话解开了顾宝的慌张，他才真真正正缓了过来。

顾宝抬手捂住脸，眼皮通红："你不要再惹我哭了，你总是惹我哭。"

"是我的错。"裴廷说。

顾宝不管不顾地宣泄："我去你的公司，你还赶我走。"

"那不是赶你走，是因为你休息不够的话，开车很危险。"裴廷试图跟他讲道理。

顾宝却蛮不讲理，他从来都是这样的人。以前裴廷还会在他作起来的时候，适时掐灭他的气焰，现在裴廷许久没见他在自己面前嚣张，于是纵容着，没有打断。

顾宝继续道："你不许赶我走，以后都要吃我做的饭。"

"我给你做的小丸子，你都没有吃。"越说越委屈，顾宝释放天性般，"你还对我冷暴力，我最讨厌别人不理我了，你知道还这么做！"

顾宝转身瞪裴廷，却见裴廷在笑，更气了："笑什么！我很好笑吗？！"

裴廷赶紧正色："不好笑，都是我的错。不过当时你不是不想见我吗？我也不知道该和你说什么。"

裴廷指的那段时间，是这些日子他们都没有提的那段过去，现在反而轻而易举能说出来了，就好像提起一段无关紧要的往事。这段回忆对他们来说，不再是不可触碰、互相折磨的伤处。

顾宝叉着腰："你那会儿还说，让我出去了就别回来，你不就仗着我在乎你，不敢出去吗？！哦对，不是觉得我在乎你，你是觉得我为了我爸，你说你过不过分！"

裴廷举起双手求饶："是我错了，但是我没有不理你，是你不想见我。"

顾宝立刻否认："我哪有！"

裴廷："你说你看着我吃不下饭。"

一句话，顾宝完败。他气焰熄灭，再也嚣张不起来，嘴巴却还是负气般地抿着："那你现在干吗不监督我吃饭了？你以前不是我碗里剩一点都要说我吗？"

裴廷叹息道："因为我也想改一改自己的坏毛病，别管你这么紧。"

裴廷有点局促地别开脸："有人说我管你跟管儿子一样。"

"胡说！"顾宝炸毛了，"什么人啊！瞎说八道！我就乐意我哥管我！怎么了，我乐不乐意我自己不会说啊，还要他分析！是谁！我去骂他一顿！"

裴廷赶紧顺毛："好好好，我管你，以后我都管你。"

顾宝气呼呼的，横了裴廷一眼，不情不愿地消停下来："我跟你说，不要跟不正派的人做朋友，不要听他们煽风点火。我才是你最好的朋友，哥记住了，我最好了。"

他不要脸地往自己脸上贴金，趁着说开的机会，顺便让裴廷觉得他超棒。

顾宝继续吹牛："我现在可是我们餐厅有名的帅哥老板，有多少回头客是为了我而来。我这么年轻，长得还好看，你要是错过了我这个帅哥朋友，你就亏大发了。"

裴廷又忍不住笑："是吗，那我真的赚到了。"

　　顾宝矜持地仰着头："是啊，所以你赶紧把房间清出来，我有东西要放进去。"

　　裴廷却说："房间已经准备好了，按之前那样弄好了。"

　　顾宝奇怪道："哪样？那些我送给你的东西，你不都留在之前的房子里了吗？你还说你不要了。"

　　裴廷尴尬地侧眸："是啊，我说我不要了。"

　　顾宝委屈了："你不知道，我当时抱着那个纸箱子，里面装满我自己的东西，就跟个流浪汉一样，还在楼下的小公园里那个滑滑梯的屋子里坐了好久。"

　　裴廷有点心疼："你傻啊，坐那儿干吗？"

　　顾宝："想等你接我回家。"

　　他摇了摇头，不想说这么丧的事了。

　　顾宝："东西我都留在家里呢，什么时候我再搬回去吧。之前我用过的小书桌留在那个房间里了，太大了，我没能搬走。不过狗狗木雕，还有毯子那些都还在。"

　　"还有照片，你出国偷拍我的照片，我要挂回去，挂在你房间，让你天天看着。"

　　裴廷脸色有点奇异，顾宝拧眉："你不愿意吗？"

　　"倒没有不愿意。"裴廷说，"不过……"

　　顾宝要闹了："不过什么？！必须要，你偷拍的时候就应该想到会有今天，难道不应该天天看着吗！"

　　裴廷揉顾宝脑袋："照片源文件本来就在我这儿，我有那些照片。"

顾宝愣了一会儿，忽然笑出声："你偷藏我照片。"

裴廷没想到顾宝是这个反应："也不算偷藏。"

顾宝："你还偷偷去国外看我了，去了几次，我都不知道。我还一直以为，在你这里，我早就算是记忆模糊的陌生人了。你都不出现。"

裴廷却说："出现过，你不记得了而已。"

顾宝这会儿是真的怔住了："什么时候？"

裴廷回忆了一下："两年前的圣诞夜，你和同学们开派对，你醉了，不知道为什么自己一个人从别墅里出来倒在路边。我本来只是想去看看你，见你这样，雪又那么大，只好出来把你背回你家。"

那是个极冷的夜晚，周围都是雪。已经是他们决裂的第三年，裴廷渐渐快记不得顾宝的声音。

顾宝倒在雪里，裴廷等了几分钟，都不见有人出来，只好上前把地上的人扶了起来。

顾宝的头发都打湿了，弯曲地卷在额头前。他双颊通红，人好像还是烫的，醉得迷迷糊糊，一看见裴廷就笑了。

他下意识咕哝道："是圣诞节礼物吗？"

裴廷身子绷紧了，怕顾宝认出自己来。他想，顾宝醉了，都醉得分不清他是谁，不然顾宝不会对他笑。

顾宝迷迷糊糊地继续说："哥，圣诞节到了，下雪了。"

裴廷轻声应道："嗯，下雪了。"

顾宝："哥……我好想你啊。"

他闭上眼，脸颊在裴廷的西装上蹭了蹭："想吃五嫂做的点心，想弄脏你的地毯，然后……听你骂我。"

裴廷稳稳地扶着他，把他放进了车里："顾宝，你醉了。"

顾宝眼睛艰难地眨了一下："是醉了吧，哥怎么会来找我。"

他放松地瘫在后座上，渐渐软成了泥："想吃哥给我的巧克力……甜甜的，然后……"

裴廷压抑道："然后什么？"

顾宝闭着眼，呢喃道："然后……继续和哥玩……"

顾宝昏昏沉沉的，身子一直往下坠。醉梦中他听不清面前的裴廷说了什么，就像隔着一层水面。他再次醒来，是同专业的同学打开了他的房门，问他要不要喝点东西。

顾宝从床上支起身子，看自己换好了睡衣，脚上穿着平日不会穿的保暖棉袜，床头压着一盒礼物，没有赠送者的姓名，是一件浅色的毛衣。

他咽了咽干涩的喉咙，说他想喝热巧克力。

如今裴廷的话语把顾宝过去的记忆点醒，他惊讶地望着裴廷："那晚不是做梦？"

裴廷"嗯"了一声，顾宝又说："那你怎么没等我醒来啊？"

"等你醒了，你能跟我和好吗？"裴廷问。

顾宝就没答了，其实他也不知道。

现实归现实，心酸也真的很心酸，顾宝望着裴廷，说醉了的时候说的话是真的，他出国以后，再没遇到比裴廷对他更好的人了。

过去的事情提起来只有怅然，顾宝故意插科打诨，让裴廷珍惜当下，少点吵架。

一个月后，顾正被保释出狱。

顾正从白手起家到家财散尽，如今明白了什么都可以从头再来，只有家人不能失去。

他对顾宝说："宝宝，爸爸护不了你了，你选了一条很难走的路，我真的很担心。可是我相信宝宝，你现在是个成年人，我不愿意去质疑你的选择。做人只要对得起自己，对得住天地就可以。"

"爸爸做错了事，也许等庭审过后还要再进去好几年，在此期间，妈妈就交给宝宝了。"

顾宝握住顾正的手，紧紧地："爸爸，我们再想想办法，那个U盘不是有用吗？我之前也问过了，还是有门路……"

顾正却摇头笑了笑："宝宝，U盘的确有用，但也不是什么特别厉害的东西。何况门路就算走通了，以后情形有了什么变化，我们也不能完全掌握。但是我有把握，我离开你们的时间不会太久。"

"我也会在里面加油，早点出来陪着你妈妈。"

顾正还将裴廷叫了过来，两个人在房间里谈了很久。顾宝在厨房里帮汤玉美忙，眼睛却不时地往房间那边看。

汤玉美搂住了顾宝的肩膀："怕什么，你爸不会吞了你哥的。"

顾宝反驳道："我哪有怕，我就是有点担心。"

汤玉美笑了笑，可很快笑容就淡去了。

裴廷出来后，顾宝问裴廷爸爸和他说了些什么，他只说没什么，长辈叮嘱小辈的话罢了。

还有，拜托他保护好顾宝，解决好家里的事情，不要让顾宝因此烦心。

顾正案子开庭的那天，顾正和汤玉美牵着手在小区里散步。顾正还给汤玉美买了一束花，摘了其中一朵，插到了汤玉美的鬓边。

汤玉美哭哭笑笑："干什么，都多大年纪了。"

顾正温情脉脉地看着汤玉美："多大年纪了，你都是我的小姑娘。"

汤玉美再也挤不出笑容，她双手捂住脸："老公，时间怎么就过得这么快？万一今天的结果不好怎么办？"

顾正抱住了她："会好的。我的图图在外面要好好照顾好自己的身体，有什么要做的事情，都让顾宝去做。他现在是个成年男人了，该保护妈妈。"

汤玉美在他怀里使劲摇头："不行，我就要你，你得早点出来。"

夫妻俩仿佛有说不完的话，诉不完的思念。直到开庭，庭审的时长长达四个小时，最终结果终于下来，有期徒刑三年。

律师抹着汗下来，对他们说，这是最好的结果，他已经尽力了。

减去羁押的时间，离顾正回到他们身边，还有两年零三个月。

顾正被押送离开时，回头对顾宝做了个口型，顾宝知道，这是顾正已经说过千万遍，最忧心的事情，那就是要他照顾好妈妈。

汤玉美没有顾正所想的那么脆弱，之前一直提心吊胆，却不如现在有了个确定的时间，也有了盼头。她知道该等多久，也知道该在日历上的哪个数上画下圈，只等秋去冬来，她的丈夫，那个喊她囡囡、小姑娘的男人，最终会回到她的身边。

纪妈妈还带着汤玉美去参加了不少活动，怕她一个人憋在家里会更忧郁。

对此顾宝也是很赞同的，甚至鼓励汤玉美多多出去走一走，对身体也有好处。

餐厅发展得很不错，很快纪图就跟顾宝商量着再开一家分店。这一回便有了裴廷的入股，他作为投资者，成为合伙人。

裴廷公司订的外卖，包括平日迎新的活动，都会在餐厅里举办，裴廷的朋友们也都来过顾宝开的餐厅。

周玖也过来了一趟。装沙拉的时候，他一脸尴尬地看着站在他面前给他递盘子的顾宝："行了，你和老裴好好的，之前的事情呢，咱就算翻篇了成不？"

顾宝眯着眼看周玖，直把周玖看得心里发毛了，才问："是不是你让哥别像管儿子一样管着我？"

周玖啐了声："老裴怎么这样，什么都告诉你！"

顾宝冷笑连连："哥没说，你现在倒是自己交代了。"

周玖明白自己这是被诈了，冷汗都下来了："行吧，以后你们俩的事情，我再也不发表意见了。"

顾宝给周玖把沙拉装得满满的："还是可以发表意见的，多说点我的好话吧，以后来我们餐厅，给你八折。"

周玖开玩笑："才八折啊！"

裴廷的声音从背后传来："都八折了，你还想怎么样？"这餐厅可是有他的股份的，八折他都觉得有点多。

周玖赶紧溜了。

裴廷的二十八岁生日，顾宝定好了海边别墅，请了很多人，他把裴廷载到了当年他们四个人去过的那个海边沙滩。

顾宝大手笔地安排了很多活动，美食、啤酒和小游戏。

他费了不少心思，也花费了不少金钱，只为两人和好以后他给裴廷庆祝的第一个生日。

杨卿兰也来了，和她同行的是顾宝很久没见到的方灵。

杨卿兰喝酒的时候凑到裴廷身边，说："看到你们像现在这样，真好。"

裴廷的目光落在远处和王辉打闹的顾宝，对杨卿兰说："你也是。"

话还没说完，就见顾宝朝裴廷跑过来，对裴廷说："哥，快帮我拦着王辉，他的水枪也太厉害了，我的耳朵都进水了！"

王辉举着水枪对顾宝吆喝："有种别找裴廷，出来单挑！"

顾宝从裴廷的身后冒出一个头："我有哥，为什么要单挑？你不服，你也去找你哥啊！"

王辉气死了，喊了复明过来帮忙，他今日就要为民除"宝"。

派对时间过半，顾宝一身狼藉，还不忘给自己和裴廷弄花环，一一挂在脖子上，还让纪图给他们拍照。

纪图在镜头后伸出头来，跟顾宝说："你怎么品位还这么差！这个花环一点都不好看。"

顾宝被怼得扎心，裴廷却大方地赞同顾宝："我们人好看就行。"

　　纪图差点想翻白眼，又不能否认。这时有人伸手接过了他手里的相机，对裴廷和顾宝说："我来给你们拍吧。"

　　纪图直起腰："杨扶风，把相机还我。"

　　杨扶风："行了，你都忙了一晚上了，去吃点东西吧。"

　　纪图却不高兴："我来拍，你的技术也烂。"

　　杨扶风："行了，再不吃东西，你又要低血糖了。"

　　纪图："关你什么事！相机给我！"

　　两个人在那里吵闹，顾宝和裴廷对视一眼，感觉好像回到了一切都很美好的多年前。

　　刚才裴廷已经在众人的祝福下吹了蜡烛，转眼那个大蛋糕就被大家玩得一塌糊涂，大家追逐打闹。

　　顾宝还请了一支乐队，搭了个简易的舞台，顶着满脸的奶油上去给裴廷唱了首歌。他反串唱了一首《晚安喵》，大家都在下面笑疯了。

　　裴廷也在笑，却不是笑顾宝唱得搞怪，而是他知道顾宝真正在唱什么。

　　他们周围的朋友也一起起哄，玩起了沙包大战，被围攻的两人只好落荒而逃。

　　离开了喧闹的人群，海浪的声音一阵阵翻涌。

　　顾宝和裴廷肩并着肩，安静地走着，突然一阵咻咻的声音响起，许多烟花在天上盛开。

　　裴廷望向顾宝，看着顾宝得意的眼神，还有花猫一样的脸，他明白了，烟花是惊喜。

顾宝的眼睛就像盛满了天上的烟花，亮晶晶的，他扭头问裴廷："今天的生日，你开心吗？"

"开心，就像做梦一样。"裴廷抹掉了顾宝脸上的奶油，"真怕醒了。"

此刻，更盛大的烟花在天上盛开，铺天盖地，将天都点亮了。

【全文完】